目加田诚 北平日记

ほくへいにっき

九州大学中国文学会 编

[日] 静永健 主编

凤凰出版社

图书在版编目（CIP）数据

目加田诚北平日记 / 九州大学中国文学会编 ；（日）
静永健主编. -- 南京 ： 凤凰出版社，2022.3
ISBN 978-7-5506-3621-7

Ⅰ．①目… Ⅱ．①九… ②静… Ⅲ．①日记—作品集
—日本—现代 Ⅳ．①I313.6

中国版本图书馆CIP数据核字(2022)第020416号

目加田诚「北平日記」
by MEKADA makoto, Kyushu University Chinese Literature Society (edited)
Copyright © 2019 MEKADA makoto
All rights reserved.
Originally published in Japan by CHUGOKU SHOTEN CO.,LTD., Fukuoka.
Chinese (in simplified character only) translation rights arranged with
CHUGOKU SHOTEN CO.,LTD., Japan
through HIROGAWA CO.,LTD.

著作权合同登记号：图字10－2021－606号

书 名	目加田诚北平日记	
编 者	九州大学中国文学会	
主 编	（日）静永健	
责 任 编 辑	樊 昕	
装 帧 设 计	徐 慧	
出 版 发 行	凤凰出版社(原江苏古籍出版社)	
	发行部电话025-83223462	
出 版 社 地 址	江苏省南京市中央路165号，邮编：210009	
照 排	南京凯建文化发展有限公司	
印 刷	徐州绪权印刷有限公司	
	江苏省徐州市高新技术产业开发区第三工业园经纬路16号	
开 本	960毫米×1304毫米 1/32	
印 张	11.25	
字 数	282千字	
版 次	2022年3月第1版	
印 次	2022年3月第1次印刷	
标 准 书 号	ISBN 978-7-5506-3621-7	
定 价	88.00元	

（本书凡印装错误可向承印厂调换，电话：0516-83897699）

图 1. 1933年时的目加田诚

图2. 目加田诚《北平日记》全8册（大野城市目加田文库藏）

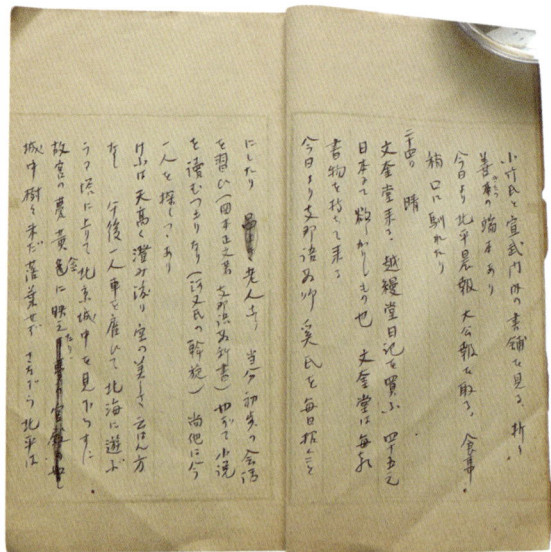

图3. 《北平日记》第1册

图4. 30岁生日时的目加田诚

图5. 北京东方文化事业庭院内摄影

（自左至右为：秋山达三、冈田武彦、楠本正继、森住利直、目加田诚、九须本文雄）

图6. 周作人宅前合影

（自左至右为：滨一卫、目加田诚、八木秀一郎、小川环树）

图7. 1934年12月30日杨树达《说文》课结业后合影

（前排左一为目加田诚，中为杨树达）

图8. 与钱稻孙合影

目次

一 "修文"逸事

2019 年初夏，日本政府正式将新的年号定为"令和"，时代之船，又开始了一次新的启航。

新年号颁布之际，报纸和电视以及各类媒体，都不约而同地提到了大约三十年前有关制定"平成"年号时的各种趣闻逸事。其中年号最终候补名单中有关目加田诚博士(1904～1994)的故事，对于生活工作在九州的我们来说，尤感亲切与自豪。

博士所提出的年号为"修文"，即使现在回过头来看，也可谓是一个非常优秀的提案。以下就站在我个人理解的角度来试着对此年号作一些诠释。

文——泛指教育、文化、艺术等扎根于人类伦理、道德，通过人类温暖柔韧之心理、情感而衍生的人文活动，涵括了一个国家的所有行为。

修——当包含了归于一元、行为正确、面向未来、永不泯灭等种种意蕴。

所谓年号，本来就是对于即将要开启的未来时空所赋予的称号，其心之切宛如为吾子之命名。需要强调的是，以上只不过是我对目加田博士所提出"修文"这一年号草案的一些揣测。那么，三十年前的目加田博士，又究竟是抱着一种什么样的心态，最终思考出这个年号草案的呢？

非常幸运的是，目加田博士所遗留下来的藏书、草稿以及大学讲义，已经全部寄赠给了福冈大野城市，现被珍藏于由市政府运营的"大野城心之故乡馆"。在整理过程中。我们竟然发现了目加田博士亲笔所书的、记录了其对元号案（包括"修文"在内的二十九个草案）思索过程的九张稿纸！

二　目加田博士的主要著作

目加田诚博士，1904 年出生于日本山口县岩国市，1929 年从东京帝国大学毕业之后，先后担任了东方文化学院东京研究所助手、京都第三高等学校（旧制）教授，1933 年，被任命为九州帝国大学法文学部（现文学部之前身）中国文学讲座初代专任教员。于此之后，无论是在战前还是战后，博士一直是日本中国学研究的领头羊，其影响也远远超出了九州大学及九州地区。1967 年 3 月，博士从九州大学荣休之后，又单身一人到东京早稻田大学文学部继续担任教授，成为了早稻田大学中国文学科及大学院讲座的开创者。1974 年，博士从早稻田大学再次荣休之后，回到家人居住的福冈大野城市，继续孜孜不倦地投入学术耕耘，于 1985 年 11 月被选任为日本学士院会员。1988 年，如前所述，博士参与了制定新年号的工作。1994 年 4 月 30 日驾鹤仙去。

以上大致为目加田诚博士一生之略历，以下再分三期来介绍一下博士的主要学术成果。

(1) 初期之学术著作

目加田博士一生中最为重要的学术研究，也就是至今仍为学界所推崇的，当数其对中国文学之源流《诗经》的系列研究。此领域之最初的学术著作，可以上溯到战前选入日本评论社"东洋思想丛书"的《诗经》(1943年)。尔后，博士又相继于京都丁子屋书店出版了《诗经：译注篇第一》(1949年，未完)，1954年于岩波书店出版了《新释诗经》(岩波新书 青版)。岩波新书版的这部《诗经》，至今还可在各地的旧书店中找到。另外，集博士七十岁前代表作之大成的《目加田诚著作集》(全八卷，龙溪书舍，1981～1986年，以下简称其为"龙溪著作集")第一卷即为《诗经研究》(1985年)，此书是在前述未完之丁子屋版"总说"基础上增补修订而成的。之后从八卷本龙溪著作集精选出来重编为讲谈社学术文库的三册文库本亦保留了《诗经》(1991年)。不过此文库本是博士在战时日本评论社版之基础上重编而成的——除了将旧假名改为新假名之外，还进行了大范围的修订。

其实，作为学者的博士之眼光并非只聚焦在古典文学的研究上。博士对于1912年近代中国建国之后的文学动向也极为关心，博士曾为共立社"汉文学讲座"丛书撰写第五卷《现代文艺》(1933年)。在此书中，博士从胡适的文学革命开始谈起，对鲁迅、其弟周作人以及郑振铎的文学研究会和由郭沫若等人发起的创造社的活动都进行了介绍。此外，虽然不是专著，博士还为早稻田大学吉江乔松教授(法国文学)主编的《世界文艺大辞典》(中央公论社，1935～1937年)之编写提供了帮助。此时博士还只是一个三十岁出头的年轻学者，却独自一人承担了最后一卷各国文学史之概说中国部分第四章"清"(原书第205～213页)的全部撰写工作。

这一时期，博士还出版了其第一本学术论文集《风雅集——中国文学的研究与杂感》。此书由十三篇论文组成，是在战争结束不久的1947年由一家名为惇信堂的出版社所发行的。这本书，也就是前述讲谈社学术文库三册本之《中国之文艺思想》(1991年)的原型。不过，平成时期出版的讲谈社学术文库本，只保留了惇信堂版中的五篇论文，重新选入了此后新撰写的论文五篇，亦可视为一本由十篇论文组成的新论文集。

(2) 壮年时期之译著・学术专著

1955 年以后，目加田博士一方面将研究的对象逐步拓展到屈原与杜甫等人，另一方面由于彼时文化界对博士的《诗经》译注予以很高的评价，应出版社之要求（亦即时代潮流之需要），博士又编写了不少中国古典书籍的日语译注书。

以战国时代屈原为开山之祖的《楚辞》，是《诗经》之后代表中国古典文学之源流的又一部古典名著。1960 年，博士为平凡社的"中国古典文学全集"撰写了第一卷之《诗经・楚辞》。此书完成了之前丁子屋版没有完成的《诗经》全译工作，且进一步增补了据传为屈原所作的《楚辞》诸篇（不包含据传为弟子宋玉等所作的《九辩》以后作品）。这本译注，可谓是博士反复推敲的结晶。然而遗憾的是，此书在 1969 年平凡社收入"中国古典文学大系"再版时，根据编辑部的统一方针删除了古典原文，注释也压缩到仅限于补白之程度。对于此书的再版，博士曾表示"非常不满意"（参见后述自传）。

1971 年，社会思想社"现代教养文库"出版了博士的《中国诗选Ⅰ：周诗～汉诗》。此书除包括了博士从《诗经》《楚辞》精选出来的名篇之外，还收录了博士对汉代古诗及乐府诗名作的部分译注。之后，平凡社也推出了"中国的名诗"丛书，其第一卷之《歌之肇始：诗经》、第二卷之《沧浪之歌：屈原》，均为博士的精心之作，只是这两本书也不是全译本，均是较为简洁的选注本。直到 1983 年，龙溪著作集推出了第二卷《定本诗经译注（上）》和第三卷《定本诗经译注（下）・楚辞》，博士长年研究《诗经》《楚辞》之集大成才终于以完整之面貌问世。

再来介绍一下博士有关《楚辞》之作者屈原的相关研究成果。在这一研究领域，首先可以举出岩波新书（青版）《屈原》（1967 年）。

此外，还有博士参与编纂的日本读卖新闻出版社刊行的影印本《楚辞集注》。值得一提的是，这本《楚辞集注》是读卖新闻出版社为了纪念前一年之中日邦交正常化(1972年9月29日)而隆重推出的。其底本为中国的人民文学出版社五十年代中期所出南宋刊本之影印本，读卖新闻出版社照原书予以覆刻，并将其装订为一本配有书帙的线装豪华本。覆刻所用之底本，乃是《中日共同声明》正式公布之前两天晚上日本总理大臣田中角荣访问毛泽东书斋时所接受的赠品。此书附录了一本名为《楚辞集注解说》的小册子，第一篇为田中总理所作序言，第二篇为京都大学名誉教授吉川幸次郎博士的《关于毛主席赠送给田中总理的〈楚辞集注〉》，第三篇即是博士的《楚辞解说》。再多说一句，或是冥冥之中有奇缘促成此事，两位博士竟然都出生于1904年，算是同庚好友(目加田博士出生于2月，吉川博士出生于3月)。

此外，这一时期博士还出版了两本有关六朝时代古典作品的译注。一本是文艺理论书《文心雕龙》全译注，此书先是作为平凡社"中国古典文学大系"中的一册被收入《文学艺术论集》(1974年)，尔后几经修改为龙溪著作集之第五卷《文心雕龙》(1986年)。另一本则是六朝前期贵族文人轶事集成之《世说新语》译注，此书乃为明治书院"新释汉文大系"所撰，分上、中、下三册(1975～1978年)，但后来没有被选入龙溪著作集。

下面让我们来谈谈博士有关唐代诗文的系列译注成果。首先，1964年，同样作为明治书院"新释汉文大系"中的一册，博士出版了多达八百余页的《唐诗选》，可谓是此丛书中分量最厚重的一本。此书前附有一篇详细的《唐诗概说》(原书第8～158页)。后来博士便是在这篇概说的基础上，对晚唐部分作了较大的修订与补充，将其整理为龙溪著作集之第六卷《唐代诗史》(1981年)。另外，作为唐诗的入门书(选集)，日本一直对明代编成的《唐诗选》情有独钟，然现代中国则一般流行的是清代编的《唐诗三百首》，基于此，博士又在平凡社"东洋文库"丛书中相继出版了《唐诗三百首1·2·3》(1973～1975年)。

再来谈谈博士的杜甫研究。首先，博士于1965年出版了《杜甫》，此书为集英社出版"汉诗大系"中的一册。不久之后，博士又应集英社之邀，在此译注基础上精选出部分诗歌重编为"中国诗人选"新书版中的一册(1966年)。这两本书当时极受欢迎，此后又不断地被编入别的丛书系列予以再版。不过，如要推博士的杜甫赏析集大成之作，还要数1969年由社会思想社"现代教养文库"出版的《杜甫物语——诗及生涯》。该书之作品选录及排列虽基本沿袭了之前的集英社版(部分作品做了重新编选)，然于鉴赏部分却做了极为详细的增补，可谓进一步披沥直陈了博士对杜甫诗的深刻理解。

对于博士的杜诗解读，读者或不免有些微词——文学研究既然已被归类为近代科学的主要范畴之一，就必须强调研究的实证性及客观性。杜甫乃是一位生活于八世纪的唐代诗人，在阐释作品时岂能加入与作品无关的近代读者的个人感想？然而值得我们深思的是，文学之本质究竟为何？文学作品本来就是基于个人生活及体验所产生出来的一种创作。如再延伸下去，考虑到作品鉴赏应该如何去引起读者的共鸣，就不难得出一个结论：博士在面对杜甫诗时所写下的个人感受，是有其道理的。换句话说，其实这才是博士毕生所追求的古典文学研究及译注之真谛，我们甚至还可以将此精神追溯到之前的《诗经》翻译——博士将《诗经》从经学桎梏中解脱出来，用一种栩栩如生的现代语言为我们重现了古人朴素歌谣的原生形态。此后，博士在这部《杜甫物语》的基础上，增补入了集英社版"语注"部分，将其编成了龙溪著作集第七卷之《杜甫的诗与生涯》(1984年)。

在早期出版的第一本论文集《风雅集》之后，这一时期博士又出版了第二本论文集《洛神之赋——中国文学论文与随笔》，收录了《风雅集》之后撰写的十篇论文及十四篇学术随笔。这段时期博士的笔耕，除了学术论文和随笔之外，还断断续续地在报纸上发表了一些篇幅为千数字至数千字的随笔（随想）。这些论文后来被汇总为龙溪著作集第四卷之《中国文学论考》（1985 年），而随笔（随想）类文章则被汇总到了龙溪著作集最后一本之第八卷《中国文学随想集》（1986 年）。另外，三年之后，博士又在讲谈社学术文库重新出版了一本名为《洛神之赋》（1989 年）的论文集，此书虽然与之前的武藏野书院版书名相同，但删去了武藏野书院版所收的全部随笔，只保留了《洛神之赋》以下的五篇学术论文，重新补入了后来撰写的四篇论文及随笔，以及一篇以《代解说》为题的博士自传（主要是根据龙溪著作集第四卷《写在论文集之后》一文修改而成）。

1976 年，二玄社策划的"如何思考"丛书之一《中国今昔》，是一本包括了博士在内的八名著名学者的对谈录。博士之外的七名学者依次为东京大学名誉教授山内恭彦（理论物理学）、早稻田大学名誉教授栗田直躬（中国哲学）、青山学院大学的三上次男（考古学）、东京大学名誉教授小野忍（中国现代文学）、原专修大学教授野原四郎（中国近现代史）、一桥大学教授西顺藏（中国近现代思想史）以及东京大学教授尾藤正英（日本儒学思想史），此书也没有被选入龙溪著作集。

最后，还有必要提到博士 1979 年在时事通信社出版的《唐诗散策》，此书最终也未选入龙溪著作集。这本书主要是采用了之前《杜甫物语》作品鉴赏的形式，将选诗范围扩大到整个唐代，可谓是已刊唐诗入门书（《唐诗选》《唐诗三百首》）之外的又一个目加田版的唐诗精选集。

（3）圆熟期的随想以及歌集

1975 年以后，博士由于身体不适的原因，特别是患上了较为严重的眼疾，其研究活动逐渐缩小到一些学术随笔的创作之上。这些学术随笔，博士将其命名为"随想"——主要是回顾自己的学术生涯，抒发一些人生感想。其中多为博士自费出版，正式出版仅有以下三部：1979 年龙溪书舍的《随想　由秋向冬》，1986 年时事通信社的《夕阳无限好》，1992 年时事通信社的《春花秋月》。此外，还在时事通信社出版了一本选录了三百六十五首中国古典名诗的《汉诗日历》，此书是博士任教于九州大学及早稻田大学时期召集门生于大野城市家中举办汉诗阅读讨论会的结晶。

博士最后一部著作为 1993 年由福冈石风社出版的《歌集　残灯》。此书俨然一篇博士回顾其长达九十年人生的史诗。晚年双目失明的博士虽然经常被迫躺在病榻之上，然其思绪却依旧纵横无碍。这本歌集，可谓淋漓尽致地表述了博士的"诗心文魄"。

最后再赘言一句，在前文第（2）节中也提到过，龙溪著作集第四卷《中国文学论考》末收有一篇《写在论文集之后》。另外，还有一篇以此文为基础改写而成的（主要是删去了最末一段的谢辞）讲谈社版《洛神之赋》末尾的《代解说》。这两篇文章，都是博士的亲笔自传，是我们了解博士生涯最好的第一手资料。

三　北平（旧北京）日记的发现

在阅读博士的随想集时，经常可以看到博士对于战前北京（当时称为北平）大约一年半留学生活的回忆。在北京留学时期，博士经常与小川环树先生（后任京都大学教授）及滨一卫先生（后任九州大学教授）一起出入表演京剧的小戏院，一起去北京大学等大学听课。除此之外，博士还经常与胡适、周作人、朱自清、钱稻孙等在京一流学者、文人进行交流。有关这段时光的片断描写，虽然也常出现在博士的随想之中，然而，具体到博士留学生活之细节及其全貌，却无法从现有的这些文字予以管窥，而且，当今之北京已经发生了天翻地覆的变化，出现在博士回忆里的北京街景，也已经无法一一对号入座，或许这也是博士没有将其北平时期撰写的日记公之于众的原因之一。

这部详细记录了博士北平留学生涯的日记发现于 2012 年夏天。当时，大野城市府开始对目加田家所藏的书籍文稿进行整理保存，而我们所在的九州大学教员与大学院生也责无旁贷地参与了这项工作。在整理博士所藏的中国书籍（汉籍）与笔记时，我们发现了八册与其他书籍明显不同的线装册子，这八册笔记被珍藏在一个糕点包装盒里。第一发现者为时任九州大学中文研究室的主任教授竹村则行先生。接到竹村教授的通知，我们也立即赶去确认，只见这些线装册子的封面均用一种秀逸的小楷毛笔字写上了"北平日记一·二·三……"。后来才知道，这些册子均是博士购自北京的文房四宝店（王府井东安市场内）的杂记簿。在藏书整理告一段落之后，得到大野城市府及博士家人的许可，九州大学师生对日记全文进行了拍照整理，工作主要由当时的大学院生栗山雅央负责。在完成了日记全文的摄影之后，2014 年春天，我们安排出时间开始对日记原文进行判读。不过，由于此年 3 月竹村教授从九州大学荣休，读书会的主办者之重任就落到了时任准教授的我的身上了。

对日记原文判读的困难之一，首先是博士独特的草书体及简笔字。工作伊始，如何正确地判读这些文字一直困扰着我们。不过，经过数月的工作之后，大家逐渐熟悉了博士的字体，这个困难也就自然而然地得到了解决。较之更为困难的是对于战前北京以及当时在北京的日本中国古典文学研究者的学术交流等知识的欠缺。对于主要从事中国古典文学研究的我们来说，相关知识的欠缺成为了我们整理、解读博士日记的最大障碍。幸运的是，当时我的九州大学同僚中里见敬教授正在调查九州大学附属图书馆（旧教养学部之六本松分馆）所藏滨一卫教授寄赠资料的"滨文库"，从中发现了北京留学时期滨教授寄宿于周作人家（西城区八道湾胡同）及与其子周丰一交流的种种有益资料。恰好此时大学院生稻森雅子也开始了对当时九大图书馆通过目加田博士之介绍从北平旧书店所购入书籍的调查。稻森雅子对这些汉籍进行了十分精细的调查。以上这些，都为日记本文之判读工作提供了很多有益的帮助。

最值得感谢的还要数时任北京成立的东方文化事业北平人文科学研究所事务局局长桥川时雄（后任二松学舍大学教授）所编的《中国文化界人物总鉴》（出版为1940年，1982年名著普及会予以复刻再版）。这本书基本上囊括了目加田博士在北京所交流的大学教授及文化名人（其中有些人甚至还附录了照片以及当时的居住地址）的基本信息。如果没有这本书的存在，我们也就无法按图索骥，日记的注释部分极有可能无法达到现有分量之一半。

在日记判读的大环境得到完善之后，我们开始了对日记进行本文的整理录入及注释工作。每周读书会的发表轮流由九大中文的助教、院生、专门研究员轮流担当，一字一字，反复斟酌，逐渐形成了这本《目加田城北平日记》的雏形。另外，在读书会上，还得到了名誉教授竹村先生、从事周作人研究的九州产业大学吴红华教授的种种赐教与指正。

与读书会同时进行的是由大野城市每月举办一回的市民讲座的读书会及每年一次的演讲会。读书会在大野城市役所承续历史事业推进室的舟山良一先生的鼎力协助下，得到了同市古文书讲座成员以及对博士北京留学经历有兴趣的市民诸君之指教，订正了许多我们读书会所编原稿的文字判读错误以及注释上的欠缺。同时，在举办市民读书会及研究会时，博士门下的松崎治之先生（筑紫女学园大学名誉教授）、稻畑耕一郎先生（早稻田大学名誉教授）、高桥繁树先生（摄南大学名誉教授），以及博士的长子目加田懋先生及女儿东谷明子女士也不辞辛劳，莅临会场，传道解惑，为我们披露了很多有关博士的珍闻轶事。

更为幸运的是，此后博士家人又相继发现了不少"应该是北平留学时期的照片"，本书所附图片之大多数就是从中精选出来的。至此，1930 年代博士眼中的北平面貌，终于浮现在了我们的眼前。与此同时，《目加田诚北平日记》的正文与注释也渐具规模，日益得到完善。

四　重返八十六年前的"原点"

更让人惊讶的是，一直到这些日记的被发现，博士生前无论是对其门下弟子还是家人，都从来没有谈到过这些日记的存在。即使是在龙溪著作集第八卷所收的《俞平伯氏会见记》中，博士也只是提到"昭和十年（1937）二月末"，并未标示具体日期，并称"当时的谈话乃根据现在的回忆大概而成"，没有提到有关这一会面之日记的存在。实际上，根据现存日记可知，此次于北京大学与俞平伯教授的会面乃是 1935 年 2 月 26 日，担任翻译的北京大学钱稻孙教授也同时在场。至于会见的内容，著作集版与日记除了部分文辞修饰稍有差异之外，内容大致相同。

那么，为何博士要隐瞒这些日记的存在呢？其理由，也许大家可以通过对这本日记的阅读而推测出一二。不过我认为，其理由之一，首先与当时日渐紧张的中日政局不无关系。参考本书末所附相关年表则不难看出，目加田博士的北平留学期间刚好夹在两个重大历史事件之间——约发生于两年之前 1931 年 9 月 18 日的柳条湖事件与两年之后发生于 1937 年 7 月 7 日的卢沟桥事变。在这么危险的政局之下前往北平留学乍看可谓胆战心惊，然而实际上当时中日两国刚刚签订了"九一八事变"的停战协定——塘沽协定（1933 年 5 月 31 日），中日之间关系暂趋稳定，彼时的北平恰好处于一个"小阳春"的和平时期。不过，从战后日本社会的角度来看，即使是"以学术研究为目的"，当时的这种国费留学（而且其资金还是来源于 1900 年义和团事件后外务省所管辖的"庚子赔款"），还是难免会引起种种非议，这或许就是博士将这些日记深藏于书斋之一隅而不让其为人所知的主要原因之一吧。

另外，日记未公之于世还当与博士的某些私人原因不无关系。在前面也屡次提到过，博士的北平留学属于当时外务省东方文化事业的派遣。在战前的日本社会，可以毫不夸张地说这是一种属于"国家命令"之高度的政府行为。日记中之所以将每天的行动细节及会谈对象记录得如此详细，或也是为万一受到外务省的质询而需要予以澄清时有所证明。除此之外，十多岁时父母就早亡的博士，还肩负着目加田一族"家长"之重任。日记中随处可见博士对待字闺中的妹妹及弟弟之学业成绩的担心。当然，对于此，我们还有必要对战前日本的"家长"制度做一些了解，于此就不再赘述。另外，雪上加霜的是博士的妻子满寿代在博士留学不久肺结核的旧病重发，不得不入院治疗，而此时的女儿顺子还是一个嗷嗷待哺的婴儿，也只能拜托给满寿代的父母照顾。这些日记，一读即不难体会到彼时博士的悲切心情，以致今天的我们还深为感动。纵观这一年半的留学生活，博士竟然没有一天在外住宿，其最远的外出也只是 1934 年 9 月 22 日的"八达岭（以万里长城之名而闻名于世）"之行，而且还是早出晚归。这或许也可推测为博士以免在日本的家人有紧急之事找他时无法及时取得联系。1935 年 3 月，博士在完成了整个留学计划之后，与已经成为知音的小川环树、赤堀英三（人类学者）一起离开了北京，坐火车南下途经曲阜、南京、苏州，最后经由上海坐船回到了日本。

此外，可能还存在着第三个理由，也就是考虑到日记中所出现的中国文人的立场。胡适、周作人、孙楷第，还有钱稻孙，这些在博士留学期间常有来往的文化名流，均是彼时领导时代潮流的先锋人物。不过，到1949年之后，其中不少人受到了冲击，或被迫逃亡他处，或被迫自我批评。在群众的怒号之中，甚至有人不堪凌辱而选择了自决。许多人被批判的主要理由之一就是三十年代"与日本人的交往"。如果将这些信息公之于众，或即使是诸如目加田博士一样的青年学者，也有可能造成相关人物有口难辩、难逃被批判之命运。博士之所以将这些日记隐藏起来，或与当时中国的政治环境有很大的关系。

虽然与日记没有直接的关联，博士这种基于政治环境而为对方立场予以周到考虑的做法，还可以从学术随笔集《春花秋月》一书所收《某位中国老学者》一文中窥知一二，这是一则披露某位知名的《楚辞》学者特地绕路福冈以求得与博士见一面的学术轶事。博士写道"在此本应披露此学者之大名，然而考虑到当今中国之复杂的政治局势，在此有意将其名字隐去"。

那么，时至今日，我们为何又要违背博士之意将这部《北平日记》整理出来公之于世呢？就此请允许我稍作说明。我不免有些僭越地推测，博士生前之所以没有销毁这些日记，当是一直在等待着将这部日记整理出版的最佳时期。

对于身处令和时代的今天之读者，这部日记，更为我们提示了几个非常重要的历史"原点"，值得我们深思。首先，这部日记可谓揭示了作为日本中国文学研究筚路蓝缕时代之先驱者目加田博士的"原点"。短短一年半的日记，博士却留下了让人惊叹的大量的读书记录。从《诗经》开始到《文选》《世说新语》、杜甫、宋词、元明戏曲、清代的《红楼梦》《儒林外史》，甚至还包括了奇书《品花宝鉴》等书，显示了博士年轻时期旺盛的求知欲。只要时间允许，琉璃厂、隆福寺街的旧书店主基本上每天都会造访博士的宿舍，向博士提供新到货的新旧书籍。另一方面，近代活字印刷以及玻璃板印刷在当时的中国也逐渐得到了蓬勃发展，因此，在书店提供的书籍之中，不仅有清代以前的旧书，还包括了这一新式印刷的书籍。其中最具有代表意义的学术书籍就是郑振铎的《插图本中国文学史》（全四册，朴社出版部，1932 年 12 月刊），博士在留学期间很早就购入了此书（1933 年 11 月 2 日条），并且在短短数日内就读完了全书。凡此种种，毋庸置疑，都给中国文学研究者目加田诚的学术生涯带来了深远的影响，前文所提到的博士渊博著作之根源，都可以归溯到这一年半留学生涯的学术积累。

其次，博士的这段留学经历，可谓是今天日本中国学研究之"原点"。如本文第三节及第四节所述，当时，以桥川时雄为事务局长的东方文化事业北平人文科学研究所，为以目加田博士为首的许多日本年轻的中国学研究者与中国一流文人的交流积极地穿针引线。根据九州大学大学院生稻森雅子的调查，这些年轻学者包括了研究宋明儒学思想的楠本正继（1928 年 3 月～1930 年 4 月，不过期间有一段赴英美留学时间）、研究中国语言学的仓石武四郎（1928 年 3 月～1930 年 8 月）、研究中国文学的吉川幸次郎（1928 年 4 月～1931 年 2 月）、小川环树（1934 年 3 月～1936 年 4 月）、滨一卫（1934 年 5 月～1936 年 4 月）、奥野信太郎（1936 年夏～1938 年 3 月）。由此可以看出，活跃在战后日本中国学研究一线的学者，大多拥有一段彼时于中国留学的经历。另外，根据稻森雅子的调查，日本书志学的先驱者长泽规矩 1923 年到 1932 年也基本上每年都有两三个月在北平度过。1920 至 1930 年代的北平，恰似一个养育了战后日本中国学者灵魂人物的大摇篮。然而，由于之后爆发了中日战争及太平洋战争，导致了关于这一时期原始记录的缺失，对于这些学者如何在北京度过他们的学术积累时光，一直都无法展开深入的研究。战后虽然偶有一些以"回想"的方式谈及这段经历的小文章，然大都仅是根据已经非常模糊的记忆予以陈述，许多重要的事实并没有得到忠实的呈现，因此在使用此类文章时不得不慎重。幸运的是，除了目加田博士之外，近年来，仓石武四郎博士的日记也得到了整理（荣新江、朱玉麒辑注《仓石武四郎中国留学记》，中华书局，2002 年）。今后，仓石与目加田这两大学者的留学日记的公开，一定能让我们对"1930 年代北京的学术交流"研究取得很大的进展。再附言一句，目加田《北平日记》中所谈及的当时学术界声名尚未显赫的人物，还可以举出赤堀英三与石桥丑雄。赤堀英三在上文谈到目加田博士回国时已经提到过一次，他是博士南下回国的旅伴之一，毕业于东京帝国大学理学部地质学科，此后进入京都帝国大学医学部大学院学习，专攻以解剖学为基础的头盖骨骨骼分析，后来成为了日本人类学研究的开山之祖。其代表著述有《原人之发现》（镰仓书房，1948 年）、《中国原人杂考》（六舆出版，1981 年）等。而石桥丑雄当时则尚在北京的日本警察署任职，是博士宿舍的介绍人。石桥对中国民间信仰研究造诣极高，学术著作有《关于北平的萨满教》（外务省文化事业部，1934 年）、《天坛》（山本书店，1957 年）。我们在整理《北平日记》时注意到石桥丑雄这两本书中所附的北京照片均为战前所摄，具有很高的史料价值，衷心希望这两本书今后能够得到再版。

再次，博士的这段留学经历，甚至还可称得上是近代中日交流史之"原点"。在石桥丑雄当时编写的北京旅行导游指南（《北京游览案内》，日本观光事务所发行，1934 年）中，提到 1933 年居住在北京的日本人有三百一十三户，男性五百八十二人，女性四百八十人，共一千零六十人。如果以今天中等规模的公寓来换算的话，可以看出，大致为一个两到三栋规模的"日本人村"已经在北京形成了（当然也包括了青年留学生目加田）。当时，北京城内与郊外之间尚有城墙，也就是现在中国人也时常怀念的"老北京"的风景。

通读《北平日记》，可以看出，这个千人规模的日本人社会，与当时旧习尚存的北京"胡同"生活，保存了一种井然有序的共存状态。譬如日记1934年7月15日（星期天，日本的盂兰盆节）条记道：早上，博士与住宿处的主人中根一家一起造访了朝阳门外的日本人墓地。下午，为了给其汉语教师常先生的婴儿庆祝"满月"，博士去了西单牌楼的饭店，见到隔壁饭桌正在举行婚宴（中国的中元节）。这种多元文化和平共存的街坊，其实在八十多年前的北京（虽然只有短短的几年）就早已存在了。博士日记中所记录的种种生活片段，在现实生活中虽然已经成为了一段遥远的记忆，然而，其所记录的这种近代日本与中国"人与人之心灵交流"，又何尝不是现实中的我们所要借鉴的呢？

接下来，还是让我唐突地回到文章开始所提到的有关年号的话题上来吧！

目加田博士提出的"修文"年号案，本出自于五经之一《书经》中的《周书·武成篇》。公元前1100年，在推翻暴君殷纣王的胜利演说中，周武王提出"偃武修文"，呼吁大家让手中的武器重新回到仓库，让人民抛弃互相仇恨之心，让大家生活在一个文明和平的协调社会！国家不同，文化亦林林总总，但只要互相尊重，便可和谐共处——目加田博士心中的原风景深处，无疑一直都保存着1930年代时北平留学时所留下的印记。

最后，就让我引用博士《歌集 残灯》中的一首诗歌来结束这篇序文吧！

年少之时，留学北京，借宿城内南池子家。春季来临，其家院子所植丁香花芬芳甘甜，萦绕房内，不可名状之愁思油然而生，令人难以释怀，或可谓之春愁。此花似紫丁香而又非，花蕾固结，宛如妇人服装之盘扣。或因如此，"丁香结"之语亦常为古艳诗丽词所用。

丁香之甘芳，春愁上心头，北京之年少记忆。

丁香之甘芳，春夜却难堪，家人之淡淡思恋。

有关丁香花，我们可以在日记的 1934 年 4 月 22 日(星期天)条及第二天之 23 日(星期一)条找到相关的记叙。这朵丁香花，竟然超越了近六十年的时空，一直都灿烂开放在博士的内心深处！

另外，本书出版之际，得到了中国书店川端幸夫社长(现居大野城市)的快诺，博士的子女永岛顺子女士、目加田懋先生、东谷明子女士寄来了跋文，谨在此深表谢意。

现任九州大学文学部中国文学研究室教授

九州大学中国文学会代表

静永健

2019 年 5 月

凡例

1. 本书为目加田诚遗稿《北平日记》的正文及注释的汉语译本（以下简称"汉译版"）。原书已于日本出版，正文、注释均为日语。敬请参考《目加田诚北平日记：1930 年代北京的学术交流》（日本福冈：中国书店，2019 年 6 月，以下简称"日文版"）。又，汉译版的注释较日文版有增删，敬请鉴查。

2. 关于作者目加田诚，在注释中称为"作者"。

3. 参与日文版的注释等工作的人员为九州大学中国文学研究室成员（教师与学生）及往届毕业生。在此列举名单，以示谢忱：
   井口千雪、稻森雅子、奥野新太郎、长谷川真史、甲斐雄一、栗山雅央、山口绫子、上之原怜那、雁木诚、岩崎华奈子、原田爱、种村由季子、陈艳、何中夏、李由、刘洁、蒙显鹏、邵劫、孙亚秋

4. 此次参与汉译版翻译工作的人员为九州大学大学院成员（教师与学生）及往届毕业生。在此列举名单，以示谢忱：
   陈翀、陈祎璇、干佳琳、黄冬柏、李由、蒙显鹏、汪洋、王昊聪、王源、吴红华、阎绍婕、井口千雪、稻森雅子、岩崎华奈子、木村淳美

5. 日文版中原附数十幅照片插图，为目加田诚所持或拍摄的当时的老照片，以及当时制贩于北京的绘画明信片。汉译版中未能全部收录，如有兴趣，请参考日语原版。

6. 本书的日文版及汉译版的总编工作由九州大学中国文学会代表——静永健负责。

第一卷

（1933 年 10 月 14 日～11 月 19 日）

昭和八年^①（1933 年）

十月十四日

晚上，九点四十五分从东京出发。

十月十五日

到京都。本欲一探古都秋色，无奈秋雨萧条。同临川书店主人武井^②一同去拜访了嵯峨的驹井^③，在小仓山山麓的书房里交谈了半日。

晚上，到大阪。留宿于末次^④。

十月十六日

中午，神户起锚。船为大阪商船的长江丸^⑤。武井自京都前来码头送别。即使天气恶劣，船体摇晃得似不处于内海一般，由于出发前连日的疲劳，依然熟睡了。

十月十七日

到门司^⑥。低气压已过境，晴空万里。停泊六个钟头。渡海到下关拜访了松本延治。下午两点再次出航。越过玄海洋^⑦、多岛海^⑧，朝着山东横穿黄海之时，虽有些许晕船但尚不觉痛苦。船中同室者名叫三田一，是大阪市东区安土町二丁目伊藤忠合名会社的职员。我们一起谈论俳句、谈禅，诚为良伴。

【注】① 昭和八年：1933 年。作者自 1930 年起执掌京都第三高等学校教鞭，于本年 7 月改任九州帝国大学法文学部助教授。此时之事，作者自己记录如下（括号内为注者所补）："正在受到所谓'要不要去九州大学呢'的诱惑时（中略），我也在考虑因为自己身体虚弱，如果从京都到九州，是不是可能会更健康一些，服部宇之吉先生来到京都，对我说了'这次你可从学士院到北京留学'这样的话。本来四月可成行，但因热河

事变(1933年2月至5月)而要推迟
到十月。但必须要确定此行相关的
研究题目。我经多方考虑，后向服
部先生妥协，想出了所谓'关于清
末时期的学术文艺'这一题目，准
备先暂且去拜访一下九州大学，等
回来时再执教，就这样出发去北
京了。"

② 武井一雄：京都临川书店创始人(创
业于1932年)，同作者自水户高等
学校以来便是友人。

③ 驹井义明：东洋史学者，毕业于东
京帝国大学文学部东洋史学科。这
段时期就职于京都外国语大学。著
有《南亚上古史论》(汇文堂书店，
1941年)、《蒙古史序说》(汇文堂书
店，1961年)等。

④ 末次：大阪市平野区的旧地名，作

者的亲戚当时家住于此地。

⑤ 大阪商船、长江丸：当时，大阪商
船(后与三井船舶合并，现为商船三
井)运行着大阪—天津航线(经由神
户、门司港)。自1927年起，整备
了旅客设施的高速柴油机船长城丸、
长安丸以及长江丸开始运航，航海
时间较之以前缩短了。

⑥ 门司：门司港。位于日本九州岛最
北端的港口，属于福冈县。

⑦ 玄海洋：现称玄界滩，是九州西北
部的海域。南倚福冈、佐贺，北接
壹岐、对马岛，东连响滩，西接
东海。

⑧ 多岛海：是韩国全罗南道西南部一
系列群岛所在的海域，南接济州岛，
东接对马岛。

十月二十日

清晨七点，暂泊大沽口，待涨潮时进入白河①。

下午四点，抵达塘沽。这一带连绵着用泥土建造的中国民房，真可谓异国风情。其时，我看到了太阳旗飘动着②，还有我国士兵沿着河岸在巡逻③。行李有一个皮箱，一个大包袱，此外还有东京的泽本托我带给北平的竹田氏的一个包袱，都交给了名叫尾崎的向导，通过了海关的检查。其间，在船上吃了晚饭，并与三田氏及另外一人一起在塘沽的街上散了散步。弥漫着暮烟的昏暗街道，低矮杂乱的民房，令人甚有阴惨之感。

乘坐下午六点五十的火车④。与同行到天津的三田、守谷(天津三井洋行⑤)二人分别，之后火车上的日本人便仅剩余一人。尽管乘坐的是一等卧铺车厢，可将身子侧躺着也无法入眠，列车只是在黑暗之中轰隆前行。十一点十五分，抵达北平。文化事业部⑥（在塘沽预先打了电话⑦）的大槻⑧、小竹⑨（小竹为外务省文化事业部留学生，京城大学⑩出身）前来迎接。乘坐汽车直达东厂胡同文化事业部⑪。会谈数刻，夜已深，就住在了客房。就寝前，去河又氏（文化事业部图书科职员）家泡了澡。

【注】　① 白河：即海河。由于支流北运河在下游与潮白河合流，因此中国近代早期海河整体被西洋人称为白河。

② 太阳旗：当时，天津有日本租界，根据1871年的《中日修好条约》，日本在天津设置了领事，后来根据1896年《日清通商航海条约》，日本获得了设立租界的权利，并于1898年设立了天津租界。

③ 天津变：1931年11月，天津事变爆发，天津陷入战火，因此于同月27日在日租界发布了戒严令（设立租界以来首次），当时天津的日本侨民约有七分之一撤回到了日本、大连。作者留学的1933年5月，《塘沽停战协议》缔结，战火暂时停止了。

④ 津沽铁路：塘沽至天津间的铁路于1888年开通。1897年6月天津至北京间的铁路亦开通，由此，从塘沽下船，乘火车便可抵达天津、北京。

⑤ 三井洋行天津分店：1873年，三井洋行上海分店在英租界的海大道（现大沽路）开办了上海分店办事处，1889年升格为分店。

⑥ 东方文化事业：1923年，日本议会制定了《对华文化事业特别法》，在外务省设置了对华文化事务局，由外务省管辖，以义和团赔偿金为基金，谋求中日两国共同发展相互文化交流，意在对中国文化发展做出贡献。特别法确立了北京人文科学研究所、上海自然科学研究所的设立及运营，北京近代科学图书馆、上海日本近代科学图书馆的开设，东方文化学院的设立及运营等事项。此外，本事业最初名为"对华文化事业"，所辖部局亦名为"对华文化事务局"，1924年末外务省官制改革时，改名为"文化事业部"，并在北京设立了东方文化事业总委员会，"对华文化事业"亦改称"东方文化事业"。另外，作者曾经师事的服部宇之吉亦曾担任总委员会的日本方面委员。

⑦ 电话：1900年英租界的电气工程公司（丹麦商人鲍尔森创立）在天津与塘沽、北塘之间架设了单线式电话线，1901年开通了天津与北平之间的长途电话。1904年袁世凯亦在天津电报总局开通了天津与北平之间的长途电话。1915年后，公用电话也渐渐增加了。

⑧ 大槻敬藏（1885～?）：时任东方文化事业总委员会事务所总务部主任兼会计部主任。后担任1936年12月开馆的北京日本近代科学图书馆创立委员。

⑨ 小竹武夫（1905～1982）：时任东方文化事业总委员会图书部主事。小竹武夫与其兄小竹文夫共同翻译过《史记》，又独自翻译了《汉书》（均由筑摩书房出版）。

⑩ 京城大学：即京城帝国大学，首尔大学校前身，1924年，创立于日治

下的朝鲜京畿道京城府，为第六所帝国大学。

⑪ 总委员会事务所：1926 年 8 月 14 日临时设立于王府井大街甜水井，不

过由于购入了前总统黎元洪的旧宅，1927 年 12 月 18 日搬至东厂（参考本日记翌日所记），一直持续到抗战结束。

十月二十一日

晴。

上午，雇洋车前往日本公使馆。同翻译官原田龙一、副领事冈本久吉、武官柴山（受长江丸事务长中岛薰所托带来一筐松茸）等会面。

接着拜访了西城绒线胡同①的竹田四郎，此行是由泽本所介绍，竹田已经在北平住了十几年，他的夫人精通汉语。竹田夫妇二人都对文学抱有兴趣，已经拥有相当的修养。陈旧的宅邸中养着一条哈巴狗，完全就是中国式的生活。夫妇二人带我去西长安街的忠信堂吃了午饭。虽然号称是一流的饭店，着实很脏乱。之后告别竹田夫妇去了东安市场②。买了墨汁、墨盒儿以及纸笔。

回到住处，搬到了文化事业部里的桥川③的空宅，文化事业部购下了黎元洪的旧宅，因此空宅可以随便使用，有一百余座、五百余间，大半都已荒废不堪使用，眼下这里面住人的也是极少数。数十座小门院子里窗格都已腐烂，宛如《聊斋》④里的鬼屋。

饭都是中国厨子做的，一餐二十五钱⑤。早餐是盛在脏盘子里的馒头（我再加点牛奶），昏暗的灯泡下，单人桌旁，筷一举，一股难以忍受的乡愁便不觉袭上心头。黄昏时顺子向我爬过来嬉戏的家中的晚餐，此刻该是怎样一幅欢乐的光景啊。满寿代、千鹤子、义五郎⑥，此刻无论如何，在日本晚餐应该已经收拾完了吧。顺子在跟谁玩呢？

夜半，风卷残叶。被纸窗摇晃的声音吵醒了，远处槐树的枝丫

轰隆隆作响，狂风一阵阵地吹过院子。一夜不寐，满是秋夜的寂寥，直到黎明，才打了一会儿盹。

【注】　① 绒线胡同：北京地名。位于今天安门广场西侧，东西走向，连接人民大会堂的正后方与宣武门内大街。

② 东安市场：1903 年至 1990 年代开设于北京王府井大街东侧的市场。作者频繁到此处采购日用品。现为新东安市场购物中心。

③ 桥川时雄（1894～1982）：出身于福井县的中国文学学者。1928 年起任职于东方文化事业部，1932 年濑川浅之进辞任总务委员一职后，作为总务委员署理成为实际上的次任事务局长，直至日本战败都常驻北京，负责北京人文科学研究所的运营等事务。编著有《中国文化界人物总鉴》（1940 年）。

④《聊斋志异》：清蒲松龄著，文言志怪小说集，十六卷。当时，柴田天马所翻译的日语版（1919 年初版）在日本十分流行。作者的随笔《柴田天马译聊斋志异》中，亦提及了自己在高中三年级时沉浸于书中的回想（收于《目加田诚著作集》第八卷、《中国文学随想集》，龙溪书舍，1986 年）。

⑤ 一餐二十五钱：当时东方文化事业部内部，日本人在食堂或是支付日币。

⑥ 满寿代、顺子、千鹤子、义五郎：此处所列举的均为作者的家人、亲属。妻子满寿代、长女顺子，以及作者的妹妹千鹤子、弟弟义五郎。

十月二十二日

晴，强风。

在北平，有句俗语叫作"三寒四温"①，意谓如果连着三天寒冷，那么接下来的几天会比较暖和。借着昨夜的风，寒气骤袭北平，整日都是狂风。在书斋中确认了书信，又阅读了一会桥川的藏书。

晚上，至小竹、大槻房间拜访两氏。

十月二十三日

晴，强风，多尘埃。

在文化事业部难以久住，四处寻找住处却一无所获。看了小竹介绍的一二三馆②，是日本旅馆，本不想在北平过日本式的生活，只因别无他所只好不得不如此。加之这样或许冬日里反倒对我羸弱的身体有好处，就想近日便搬到这里。

与小竹逛了宣武门内的书铺③。善本、残本时而可见。

自今天起读《北平晨报》④《大公报》⑤，稍微习惯了中国的饮食。

【注】 ① 三寒四温：原为中国北方或东北地区的俗谚。指冬天如果连续三天气温寒冷，则接下来会持续四天温暖的天气，如此循环往复的气候现象。天气变化以七天左右为一周期。这一现象在中国北方以及朝鲜半岛北部等地表现得相当规律。《寻常小学国语读本》(1929 年)卷十第十三、《京城的朋友们》中有"有趣的是，三四天持续寒冷的话，接下来约摸相当的时期内会持续温暖，如此般寒暖天气规律地循环往替，在此间叫作'三寒四温'"等语。

② 一二三馆：面向日本人的日式旅馆。拥有日式房间十九间，每晚 7 到 14 钱日币。1917 年开业，店主为平井新太郎。位于北京内城的东南部，崇文门内大街羊(洋)溢胡同 37 号。九州帝国大学楠本正继教授在北京留学时也在这里逗留过。后改称日华饭店(参考本日记 1933 年 11 月 1 日条)。当时访问北平的作家伊藤整有如下回忆："面向着东安门大街宽广的街道便是日华饭店了。……是砖砌而成的半中式半西式的巨大建筑。走廊铺有石阶，也有中庭，在其周围有些房间，这些虽是中式风格，但被带往的，却是一件带有土间(在店家入口台阶下方，类似玄关的一块土地，面积较玄关大)的二十叠(约 32.4 平方米)的大屋子。像在

走廊那样(日本人通常的习惯)，在土间处脱了鞋，坐上坐席，喝着日本女佣端上来的啤酒，完全没有了身在北京的感觉。"(木村毅编《中国纪行》，第一书房，1940 年，第 69 页)

③ 宣武门内的书铺：当时宣武门内旧书店林立。记录了 1930 年代情景的孙殿起《琉璃厂书肆三记》《琉璃厂小志》，北京出版社，1962 年)中可以看到头发胡同的五家(醉经堂、文苑阁、文鉴堂、珍古斋、学海堂)，抄手胡同的六家(文学斋、蔚珍堂、李书舟、华文书社、蔚文阁、萧福江)店名。

④《北平晨报》：国民党系军阀张学良(1901~2001)等所办的日刊汉语报纸。1930 年 12 月 16 日创刊于北京。社长陈溥生(号润泉，留学早稻田大学后，又留学欧洲。亦曾担任过国民党系《东三省民报》主笔等。报社位于宣武门大街，1932 年时，报纸有十二个版面，发行量达到了 9500 份(国立公文馆亚洲资料中心网站：URL：http://www.jacar.go.jp/)。

⑤《大公报》：1902 年创刊于天津。本日记 1934 年 1 月 19 日条，记有"自今天起改《大公报》为《实报》(小报)。《晨报》如旧"。现在亦有香港版在继续发行，是发行时间最为长久的中文报刊。

十月二十四日

晴。

文奎堂①来,买了《越缦堂日记》②,45元。此书在日本原就想要了。文奎堂每早都会带书来。

自今天起,每天都请汉语老师奚氏③来,他是很有风度的老人。暂时学习入门会话(冈本正文著《汉语教科书》④),打算不久就读小说(河又氏⑤的斡旋)。目前尚在另找一人当中。

今天,天高清澄,其美不可言喻。下午,一人雇车游玩了北海。登上喇嘛塔下望城内,故宫的琉璃瓦映照出黄金之色,城中的树木尚未落叶,北平宛如森林之都。本想登上景山一赏其美,可惜今天放假没有开门。

夜,通过外务省留学生樫山君⑥的介绍见到了名为李君的青年,因为九大的大泽氏⑦跟他先前谈过九大汉语教师的事,因此他本人甚是希望有此一晤,通过我写信给大泽氏打听自那后来的消息。跟他聊了一会中国新文学(樫山君翻译),但是李君似乎对现代没有深刻的认识。看了小竹氏五台山旅行的照片。

【注】 ① 文奎堂:隆福寺街(仅次于琉璃厂的北京旧书店街)的大旧书店之一。光绪七年(1881)王云瑞开创,民国十六年(1927)由其子王金昌继承,采用与店长级别的弟子合议的经营方式,弟子自来薰阁的陈杭起大约有四十人之多。作者在留学期间,除《越缦堂日记》外,还购买了《碑传集补》《吕晚村文集》《小说月报》等大量书籍。

② 《越缦堂日记》:清代李慈铭(1829～1894)的日记。现存自同治二年四月一日至光绪十五年七月十日的五十一册。由其同乡的北京大学校长蔡元培出版,日记原作者的亲笔本亦如原样石印。作者所购入的原书,现存于九州大学附属图书馆。

③ 奚待园(奚先生、奚氏):作者的汉语教师。作者在著作中,对当时同中国人的交流有如下所述:"在北京首先是找汉语教师,又与两位青年互相教授,从那以后又另外请了一位奚先生读《红楼梦》。"(《写在论文集之后》,《目加田诚著作集》第四卷,龙溪书舍,1985年)。"在北京,前清的举人奚先生每早都来读《红楼梦》,又向一位姓张的青年学习汉语。此外,还跟来自东北(当时的伪满洲国)的赵君、苏州来的俞君互相教授。"(《别离》,《夕阳

无限好》,时事通信社,1986 年)。除作者外,奚待园还曾用《红楼梦》为仓石武四郎、吉川幸次郎、奥野信太郎等人教授中文。吉川有如下回忆:"最初的一年,几乎只是夜以继日地学习汉语。学习方法是跟仓石一起,请一位叫奚待园的'旗人'即满族旧贵族的老人来读《红楼梦》,正由于是旗人,因此对《红楼梦》里描写的满族贵族生活极为熟悉。"(吉川幸次郎《留学时代:回答质问》,定版《吉川幸次郎全集》第二十二卷,筑摩书房,1975 年版。是文最初见载于《展望》,筑摩书房,1974 年)此外,仓石武四郎《中国语五十年》(岩波新书,1973 年)、奥野信太郎《北平通信》(二)《三田评论》第 47 号,庆应义塾大学,1937 年)中亦曾言及此事。又及,本日记中作者在介绍奚氏时,最初写作"很有风度的老人",后来又将"很有风度"数字涂去。

④《汉语教科书》:1924 年出版的初级汉语教材。此后被继续改订,1931 年发行的第九版定价一元零二十钱日币。作者冈本正文为 1899 年新制东京外国语学校的首期毕业生。后来成为东京外国语学校教授。著有《中国声音字汇》(文求堂,1910 年)、《谈论新编译本》(文求堂,1910 年)等。

⑤ 河又正司(1903～?):1930 年毕业于大东文化学院高等科,1931 年 9 月作为外务省文化事业部公费生留学北京,担任东方文化事业总委员会图书筹备主事一职,1933 年 12 月突然回国(参考本日记本年 12 月 9 日条),后任善邻书院讲师。

⑥ 樫山弘(1901～?):出身于长崎县,毕业于上海东亚同文书院。自 1933 年 6 月至 1936 年 5 月作为外务省派遣生留学。其后,自 1937 年 8 月至翌年 2 月在上海担任外务省的书记生。

⑦ 大泽章(1889～1967):此时为作者的同僚,担任九州帝国大学法文学部教授。专业为国际法、国际私法。

十月二十五日

晴,风和日丽。

早晨,奚先生。

下午,托小竹氏带我前往国立北平图书馆①,实在是气派,而且甚是完备,需要阅览券是待改进之处。此馆由美国的资金所建②,此外,协和医院亦是如此。想到了日本对华文化事业进展的缓慢。同金石部的刘君③、善本室的韩氏打了招呼,这是为了以后阅览善本的方便。进入善本藏书室,就看到汇聚了相当漂亮的本子。多为戏曲类，以后应当不断通过这些来帮助研究。《永乐大典》残本（八十余册）、文津阁《四库全书》（有避暑山庄印）均收藏于此。

四年前来此时还没有现在的图书馆。

之后到中国大辞典编纂处④（府右街⑤）拜访了孙楷第⑥，将盐谷先生⑦所拜托之事转达给了他。此人甚是神经质，颇小家子气⑧。也见到了汪氏⑨。

晚上，读《越缦堂日记》，李慈铭⑩生活似乎很无趣。彼生来甚为虚弱，日记中，屡见苦病；且贫穷，抱多病之身。有时，被他在风沙飞走之日还强压着焦虑之心坐于书斋之中的栩栩如生的姿态所感动。

前往东安市场买朱墨，为了誊写桥川氏所藏《书目答问补正》⑪孙人和⑫的校补，不过由于朱色很差，甚是不愉快。

【注】 ① 国立北平图书馆：现中国国家图书馆前身。1912 年（中华民国元年）作为京师图书馆正式公开，1928 年改称国立北平图书馆。此处所记的文津街馆完成于 1931 年，是当时中国国内规模最大、最先进的图书馆。新中国成立后，1987 年在北京市西北部的白石桥又建了新的本馆，文津馆作为分馆。

② 美国资金：由义和团事件后的庚子赔款所得赔款而来。意图与中国关系亲近的美国，将此赔款作为中国大学的硬件建设以及支援中国留学生的资金。以此基金所建立的，还有清华大学。

③ 刘节（1901～1977）：浙江永嘉人，毕业于清华大学。当时担任国立北平图书馆编纂委员兼代理金石部主任。后历任河南大学教授、北京大学教授、燕京大学教授等。其研究横跨史学、考古学、金石学。参见

桥川时雄《中国文化界人物总鉴》，第 687 页。

④ 中国大辞典编纂处：原名"国语辞典编纂处"。以普及普通话、编纂统一的正音字典为目的，1923 年成立于北京。中国大辞典编纂处的名称自 1928 年开始使用。位于北平中海居仁堂西四所。

⑤ 府右街：位于西城区东南部。南起西长安街，北至西安门大街。因其位于民国总统府右侧得名。

⑥ 孙楷第（1898～1986）：字子书。河北省沧县人。毕业于北平师范大学国文系，后历任北京大学教授、燕京大学教授等。此外，还担任过北平图书馆编纂员、中国大辞典编纂处编辑等职，在编辑任上于 1934 年前往日本。研究领域在中国古典文学、敦煌学之外，还涉及戏曲、小说等。著有《日本东京所见中国小说书目提要》（国立北平图书馆中国大

辞典编纂处，1932 年)、《中国通俗小说书目》(同，1933 年)等。参见桥川时雄《中国文化界人物总鉴》，第 320 页。

⑦ 盐谷温(1878～1962)：毕业于东京帝国大学汉学科，在留学德国、北京、长沙等地后，任东京帝国大学中国文学科教授。特别值得一提的是，他对元代《全相平话》、明代白话小说集《古今小说》等的重新发现，在中国近世小说、戏曲研究领域有突出贡献。著有《中国文学概论讲话》(大日本雄辩会，1919 年)、《国译元曲选》(目黑书店，1940 年)、回忆录《天马行空》(日本加除出版株式会社，1956 年)。作者关于恩师盐谷氏有如下回忆："盐谷温先生，是我在东大的恩师，冒昧在此记叙先生事迹。先生出色的弟子有很多，我是经常顶撞先生的，譬如先生可谓清浊并饮而勇壮之士，至于我只能是归类于'浊'，气量狭小的人。先生刚健，我则神经质；先生豪放，我则偏狭。可是那样一种对立的情感，或许正似男子在精神形成期通过顶撞父亲，树立自我式的感情。先生却同对待其他弟子一样疼爱我。"(《盐谷温先生》，《洛神之赋》，武藏野书院，1966 年)"于是，尽管此次入手并读了盐谷温先生的《中国文学概论讲话》，然而在诗之外，中国还有戏曲、小说，关于戏曲、小说的解说极简单。不过，亦有可圈可点之处吧？即应该有迄今为止汉学家们所未触及的东西吧，先生这样想着并去尝试实践之处。(中略)大学时，那年盐谷先生讲授了《明曲解题》，这是我在大学期间，先生最精熟的一门讲义。此外，盐谷先生还将元曲研究设置在专

业中，组织读书会读了臧晋叔《元曲选》中的几种。"(《写在论文集之后》，《目加田诚著作集》第四卷，龙溪书舍，1985 年)

⑧ 孙楷第逸闻：乃师杨树达先生亦有言于此，《积微翁回忆录》云："孙楷第十余年不通书问，忽来书诉受人排斥之苦，长十五纸。此人颇褊，当有以慰之。抗战服务于图书馆，及倭寇接收，则退出，赋闲半年。此种节概殊未易也。"参考杨树达《积微翁回忆录》，上海古籍出版社，1986 年，第 396 页。

⑨ 汪怡(约 1875～1960)：字一庵，浙江杭州人。毕业于两湖书院，曾任"国语统一会"常务委员，北京师范大学讲师，中国大辞典编纂处国音普通词典组主任等。主要从事语音和速记学研究。代表作《中国新式速记术》(自刊)、《国语辞典》(主编，商务印书馆，1943 年)、《新部首索引国音字典》(黎锦熙主编，汪怡主稿，商务印书馆，1949 年)。参陈建初、吴泽顺主编《中国语言学名人大辞典》，岳麓书社，1997 年，第 726 页。

⑩ 李慈铭(1830～1894)：字爱伯，号尊客，浙江会稽人。《越缦堂日记》的作者。继承乾嘉之学，在经学、史学方面有相当成就，并有诗行于世。

⑪《书目答问》：清代张之洞著，刊于光绪二年(1878)，为初学开列必读书目及其版本。著录书目二千余种，按经史子集及丛书分类，各类依其年代排列。列举通行版本中的善本。以其实用性，一直被当作传统中国学的入门书籍。1931 年，范希曾补正《书目答问》的错误、不足，作《书目答问补正》五卷，现为中国目录学的基本书籍。

⑫ 孙人和（1894～1966）：字蜀丞，江
苏盐城人，毕业于北京大学，自民
国十八年（1929）起任中国大学国学
系教授，兼任国立北平师范大学及
北平大学女子师范、北京大学国文
系讲师，辅仁大学国文系名誉教授。
与桥川时雄有深交。

十月二十六日

晴，无风。

早上，奚氏。

应该是日本的小春日和①吧，暖和得连外套都忘了。

下午，又去了东安市场，买了红墨水跟这个日记册。

文奎堂带着《碑传集补》②来了。很是想买。报价十八元。

誊写了一些《书目答问》的批点。

晚上，与小竹、大槻、八木③三人一同去前门外的叫作便意坊④的餐馆吃了烤鸭。全都有些脏兮兮的，与东京晚翠轩⑤的东西很不一样。而且将三只拔了毛的鸭子提了过来，讲了每一只的价钱然后让客人选。期间，从后厨不断传来鸭子的啼叫声。

到大栅栏及狭斜之巷⑥散步，然后回了住处。月色皎皎，前门的天色清澄，夜里的寒气冷得入骨。与白天的温暖相比，夜里才是日本十二月的气候。城里，家家户户已经关了门，十点便早早地人影稀薄了。

回来后，又坐在了桌前。

远处传来了叫卖声。

目黑的夜此刻该是如何。

【注】　① 小春日和：小春为农历十月的别称，
小春日和指晚秋至初冬之间温暖持
续的晴天，是冬天的季语。
② 《碑传集补》：《碑传集》为清人钱仪
吉（1783～1850）所编，汇集清代人
物墓志铭、传记，刊于光绪十九年
（1893）。钱仪吉在为官之余，从清
初至嘉庆年间约五百六十余种书中
选出约两千人的墓志铭、行状等编
辑而成。其后又有缪荃孙编《续碑传

集》八十六卷(1910)，此处所见为闵
尔昌所编《碑传集补》六十一卷
(1932)，汪兆镛编《碑传集三编》五
十卷(1938年自序，1978年稿本
影印)。
③ 八木香一郎：作者有随笔《八木香一
郎在何处》(收录于《春花秋月》)。

④ 便意坊：即便宜坊。北京著名餐馆。
创业于明永乐十四年(1416)。
⑤ 晚翠轩：位于东京港区虎之门的著名
中餐馆。据说森鸥外等人亦曾去过。
⑥ 狭斜之巷：古时长安的娼街，狭而
斜，古乐府"长安有狭斜，道狭不
容车"，后以狭斜代指娼街。

十月二十七日

阴，无风。

昨天的菜中有大蒜，至夜中气味仍散不去，不快之感，无需赘
言，起来多次漱口仍然挥之不去。

今天是难得的阴天。

奚先生来，告诉我今天是重阳(重九)。诚然，菊花亦是满开，
令人不住地思念京都的秋天①。

给服部先生②写了信。誊抄了《书目答问》。将报纸上值得注意
的学术记事剪切下来，亦是每日的功课。

继续阅读《越缦堂日记》，未尽兴。

下午，去了琉璃厂，一家名为翰文斋③的书店善本很多，价格
自也不菲。

去来薰见到了陈杭。在商务印书馆过眼了《四部丛刊》零本的
《鲒埼亭集》④，十二元，下次想买了它。买了《越缦堂诗续集》⑤，
其诗自日记(乙亥以后)中所辑。又在两三家书铺只是问了问价，就
去绒线胡同⑥访问了竹田氏。四点半回家。

晚上，在河又氏处泡了澡。这还是到北平当晚之后的首次。小
竹氏介绍了汉语教师常启光⑦，二十多岁的青年。每日从下午两点
半到三点半教授。

今天天气转寒。

【注】① 京都的秋天：作者的随笔《秋月》中有如下记叙："我年轻时在京都，孩子夭折了，虽然是生下来不久便去了，但因为是首胎，深感悲痛。在嵯峨的火葬场火化后，抱着小小的骨灰盒，与家人一起从罕有人迹的嵯峨野的路上归来之际，一轮秋月清澈了夜空。踏影而归，那一夜月色真美。"（收录于《夕阳无限好》，时事通信社，1986 年）

② 服部宇之吉（1867～1939）：出生于福岛县。东京帝国大学中国哲学讲座教授，通过西方哲学的方法研究中国哲学与中国制度史。1900 年留学中国，恰遇义和团运动。致力于以庚子赔款为基金的"东方文化事业"的创立，担任东京"东方文化学院"研究所所长。著有《清朝通考》《中国研究》《儒教与现代思潮》等。作者从东京帝国大学毕业之后，担任东方文化学院助手，又在服部先生的推荐下担任了京都的旧制第三高等学校的教师。作者的《思念服部宇之吉先生》一文有如下记叙："1933 年初夏，因为研究所的工作，又在京都见到了先生，被叫到住处，'打算这次让你从学士院去北京留学，你准备一下'，先生如此说道。正当那时，被九州大学文学部招聘为助教授，都是亏了盐谷先生的斡旋，有念及此，面对这突如其来的安排思考着如何是好，最终决定先去九州大学交接档案，再去北京。将家人迁往了东京，在当年十月动身去中国。出发之前，拜访了服部先生，先生带我去上野池尽头叫作晚翠轩的中餐厅，两人一起用了餐。先生聊起了年轻时在北京的回忆，并说了一些还想再去一次，可惜身体已经不行，去不了了之类伤感的话。先生又回忆了北京城的许多地方，说离开外城有一处叫陶然亭的地方，我经常去那里散步、喝酒。你也一定要去一次呀。"（收录于《夕阳无限好》）

③ 翰文斋：位于琉璃厂东路南边的旧书店。开业于光绪十二年（1886），创始人为韩俊华，后其子林蔚于光绪二十一年（1895）继承。书店开业以来有约二十五名学徒，是当时琉璃厂最有名的老铺书店。

④《鲒埼亭集》：清人全祖望（1705～1755）的诗文集，一百卷，刊于嘉庆九年（1803）。1922 年被收录进《四部丛刊》。全祖望，字绍衣，号谢山，浙江鄞县人，清代浙东学派代表人物，精通经学、地理学，特别见称于传奇、墓志铭等的收集与考证。

⑤《越缦堂诗续集》：十卷，为从李慈铭《越缦堂日记》中光绪元年（乙亥，1875）起十年间（甲申，1884）的诗作中选辑而成。编者为由云龙（1877～1961）。1935 年 5 月由上海商务印书馆刊行。

⑥ 绒线胡同：位于北京中南海南侧的街道，即西城区的司法部街与宣武门内大街之间。从明代起被称作"绒线胡同"，1913 年由于和平门及北新华街的新设被分为"东绒线胡同"与"西绒线胡同"。

⑦ 常启光（常氏、常裕生）：作者的汉语教师之一。

十月二十八日

晴。

奚氏。

又誊写了一些《书目答问》。

到东亚公司①，求《华语萃编初集》②。这是为了跟随常氏练习发音。(日币)三元五十钱。此店日本杂货的价格高得令人可笑，妻沼发油③(在日本定价五十钱，实卖四十钱)一个卖一元三十五钱便是一例。

途中照例买了鲁比君④回家。一路上风刮得尘土飞扬。

下午，常氏来，学习注音字母⑤。

对《越缦堂日记》中当时书籍的廉价⑥很感兴趣。日记中，数见关于汪中⑦、龚定庵⑧的记叙。此是去年以来，余尤其抱有兴趣之物，诚为可喜。

夜，庆祝与大槻氏、八木君(此人二十五岁，为学习汉语来到北平)一同迁至后园的一栋屋子，邀请了文化事业部里的七名日本人(是为全部)以及中方事务员董氏，请他们吃了寿喜烧。

与好像是叫做小池的公使馆的男子及其同伴的妻子一同畅谈，大醉。

从东京寄来的满寿代、千鹤子二人的信(二十三日寄)以及出发前夜在河村家的照片收到了。由于顺子很健康的缘故，十分开心。立刻写了回信。

【注】 ① 东亚公司：隶属于明治时代从事出版业的大桥佐平(1836～1901)创立的以杂志发行、书籍出版为主要业务的博文馆，是其海外投资之一，主要从事在中国的书籍、药品、教育用品的制售，以及进出口贸易、代理销售等。明治三十八年(1905)于上海成立，后在中国各地开设了分店。当时北平的东亚公司位于东单牌楼北路西。

② 《华语萃编初集》：东亚同文书院发行的北京官话教科书。东亚同文书院，是东亚同文会在上海创立的面向日本人的高等教育机关。该院重视汉语教育，《华语萃编初集》是基于当时已经普及的《官话指南》《谈论

新编》等新编而成。自 1916 年初集刊行始，共刊行了四集的汉语教科书，其后又改订了数次。

③ 妻沼发油：男性用发油，为埼玉县妻沼出身的井田友平于 1917 年制售的纯植物性发油。

④ 鲁比君：美国产高级香烟，Ruby Queen。

⑤ 注音字母：根据篆书设计出的汉字表音符号。前四个"ㄅ、ㄆ、ㄇ、ㄈ"即对应"b、p、m、f"，主要是由 21 个声母与 16 个韵母，及阴平、阳平、上、去、轻声五种声调记号组合而成的汉字表音符号，使用方法类似假名。1913 年，包括鲁迅、钱稻孙等人在内的中华民国教育部的"读音统一会"决定注音字母作为汉字的记音符号，并于 1918 年正式向全国公布，1930 年改称"注音符号"。目前中国台湾仍在使用。

⑥ 《越缦堂日记》节录：例如日记中所记同治二年(1863)八月十五日一则，"晡，访厂肆。以钱四百三十文买得潘文恭《思补斋笔记》一册"等。

⑦ 汪中(1744～1794)：字容甫，江苏扬州人，清代学者，于经学考证造诣颇深，亦是骈文名家。著有《述学》内外篇六卷、《遗诗》一卷、《广

陵通典》十卷等。李慈铭服膺汪中的学问，于日记中有如下所述："同治二年(1863)五月二十二日 阅《湖海文传》，手录汪容甫《自序》一篇。同治二年十月二日 晡后，小游厂肆，买得(中略)汪容甫《述学》一本。同治七年(1864)六月十七日 阅《卷葹阁诗文》。予于近人最喜北江(洪亮吉)及汪容甫两家文字。同治三年十二月十六日 取汪容甫《述学》读之。容甫学问文章俱可当坚卓二字，乃儒林之隽骛。"

⑧ 龚自珍(1792～1841)：字尔玉，又字璱人，号定庵，浙江杭州人。外祖父为清代文字学大家段玉裁(1735～1815)，本人亦深谙经学、金石学。氏著《春秋决世比》在清末风靡学界。有《定庵文集》三卷、《定庵文集续集》四卷等。李慈铭日记中有如下所述："同治二年(1863)四月十六日 阅《龚定庵集外文》一卷。杭人谭献所传录者。定庵通经制训诂之学，以奇士自许。同治二年八月二十一日 访平景荪(平步青)，久谈。借得张维屏《松心文钞》一册、《龚定庵文集》一册。同治二年八月二十七日 夜归，阅《定庵文集》。"

十月二十九日（周日）

晴，微风。

汉语休课。早上，《书目答问》。

下午，竹田氏来访。复习了汉语，并拜托他物色一位杂谈老师。

应河又氏邀请游玩景山。远眺叶子泛黄了一半的城中的树木、宫观之美，诚为难得。山上有崇祯皇帝殉国碑（非原址），在北海遇

到了大槻、八木两氏，乘画舫到湖的另一边，在茶亭休息了一会，日暮归宅。

晚上，去浅野君处泡澡。阅读各家书店的书目，十分愉快。

自从日本出发已经过了三四个月，感觉愉快，身体健康是很幸福的。

夜里愈来愈冷，在床上阅读《江都汪氏丛书》①。

【注】　①《江都汪氏藏书》：汪中及其子汪喜孙
　　　　的著作合集。全二十册，四十五卷。
　　　　江都即指汪氏所出身的江苏扬州。

十月三十日

晴，啼鸟声中醒来①。透过清晨澄澈的空气，叫卖声远远地传来。

奚先生。

北平图书馆的杨维新氏②碰巧来到文化事业部，自我介绍，他精通日语，这是因为他在日本旅行过一些时日。此人回到北平，在图书馆应该会得到各种方便。且《北平图书馆善本书目》③近日问世，边期待边去图书馆，不是正好吗？

进入了文化事业部书库，善本十分丰富。其中有趣的是《复社姓氏谱》④的抄本，有必要改日来调查。记入了今后必读书目之中。

跟着常氏大概学习了注音字母，从明日起读《急就篇》⑤。

在东安市场买了印刷本的《文史通义》⑥与《清代学者生卒及著作表》⑦（萧一山《清代通史》中抽出单行），共一元。从昨天起，便诧异于天上奇怪的声响，今天一打听，才知是鸽哨。数十只鸽子带着鸽哨飞向高空，在风中发出奇妙的音响来。以前曾在书上读过，亲耳所闻还是头一次。

皎皎的月光照在院子里。在后园散步时，仿佛将有白衣女从树丛中现身一般，梦幻之夜。

大槻、八木邀我上街，买了北平地图与零钱罐儿回来。试着讲价却很快败下阵来，只好买下了。

上床读《文史通义》之《易教》《书教》两篇，诚如其论。

夜深才入睡。

[栏外注]：给高田先生、布施、河村（千里）、泽本、清水（元助）、修等寄明信片。

【注】　① 啼鸟：语出孟浩然名作《春晓》："春眠不觉晓，处处闻啼鸟。"

② 杨维新（1888～1968）：字鼎甫，广东新会人。1911 年（或为 1910 年）毕业于早稻田大学高等师范部法制经济科，翌年于该校专门部政治经济科毕业。1928 年起任北平图书馆日文书籍采访。（以上参考中央文史研究馆编《中央文史馆馆员传略》，中华书局，2001 年，第 222 页）根据日本外务省资料，杨氏于本年十一月二日从北平出发，视察日本各地图书馆及教育设施。参考日本国立公文书馆，亚洲资料中心：http://www.jacar.go.jp/。

③《北平图书馆善本书目》：四卷，赵万里编。著录北平图书馆所藏善本约 3800 种，民国二十二年（1933）十二月傅增湘序刊。

④《复社姓氏谱》：明末苏州诗文结社的复社党人名簿。复社于崇祯二年（1629）以张溥为中心结成，作为东林党的后继对当时的政治社会影响很大，不过在张溥去世后便瓦解了。参考谢国桢《明清之际党社运动考》（商务印书馆，1933 年）以及小野和子《明季党社考》（同朋舍，1996 年）。

⑤《急就篇》：宫岛大八（1867～1943）编写的汉语会话教科书。曾以《北京官话急就篇》为题于 1904 年出版，后以《急就篇》为名由善邻书院于 1933 年再版。是抗战以前最受好评的汉语教科书。又，作者在东京大学读书期间曾在东京外国语大学的专修科（夜校）使用此书作为教科书学习过。作者《写在论文集之后》云："进入东京外国语大学专修科，即夜校的专修科，上了两年夜校，彼时汉语教育还不如现在这样发达，不过是跟着老师记诵《急就篇》《华语萃编》等罢了。"（《目加田诚著作集》第四卷）

⑥《文史通义》：清代学者章学诚（1738～1801）所著。章学诚，字实斋，浙江绍兴人。此书系统地论述了中国学术的经史子集的传统，以《易教》《书教》篇为起始，共 303 篇，本书自 20 世纪引入日本以后，经过内藤湖南的再评价，备受瞩目。参考内藤湖南《章学诚的史学》（收录于《内藤湖南全集》第十一卷）。

⑦《清代学者生卒及著作表》：从近代学者萧一山所著《清代通史》中抽绎的单行本。萧一山（1902～1978），字非宇，江苏徐州人。此表记录了自沈国模、钱谦益至王国维、刘师

培等有清一代学者的姓名、籍贯、生卒年、著作等。《清代通史》分上、中、下三卷(下卷更分三册),详细地描述了从清太祖努尔哈赤到辛亥革命民国成立期间清代的历史。日本的朝鲜史研究者今西龙(京城帝大、京都帝大兼任教授,于 1922 年至 1924 年留学北京)及梁启超作序,分别于 1923 年(上卷,中华印刷局)、1925 年(中卷,中华印刷局)、1963 年(下卷,台湾商务印书馆)出版。下卷第三册收录了包括《清代学者著述表》在内的七表,从其《叙例》来看,此七表于 1926 年完成初稿,后加修订,1937 年交付上海商务印书馆排印出版,可惜由于战乱,商务印书馆仅刊行了《清代学者著述表》,其余六表则未及刊行。

十月三十一日

晴。

早上,奚氏。

风和日丽的晴天。搬了把椅子到屋外向阳处读书。

在天津逗留的三田氏寄来了两张照片。他是从天津去"满洲"。

逛了隆福寺街①的书铺。东来阁、修绠堂、文奎堂、保萃斋②等都是常去的,有很多书都想买,不过近来不甚宽裕,只是带了书目③回来。

下午,常氏。发音愈加严格了。

在桥川氏的书斋中的《文学年报》④(燕京大学出版)中发现了有用的记事。《白仁甫年谱》⑤(苏明仁)、《李后主评传》(郭德浩⑥)、《宋金元诸宫调考》⑦(郑振铎⑧)等。其他未读。

修寄来了明信片。就要到冬天了,兵役很辛苦吧。其他,修、千鹤子(或已去了宫城君那里吧)、满寿代,大家正是修行之时。咽喉有些痛。来到北平,一次雨都未曾下过,冬天的空气就是这样甚是干燥。

【注】 ① 隆福寺街:位于北京东城区,王府井东北的街道名。东西长约六百米,其中新的藏传佛教寺庙隆福寺敕建于明景泰三年(1452),每月初一、

初二、初九、初十几日举行的庙会
上，有从高价古董到生活用品各种
各样的货摊，在北京属首屈一指的
规模，以文奎堂为首，文殿阁、三
友台等旧书店也在这里营业。

② 东来阁、修绠堂、文奎堂、保萃斋：
均为隆福寺街上有名的书店。以藏
书丰富的文奎堂、修绠堂为首，还
有以修补古书闻名的东来阁、处理
廉价书籍的保萃斋等，各具特色。
其中修绠堂是 1917 年由河北冀县人
孙锡龄所创，其后由其长子孙诚温
及次子孙诚俭继承。

③ 书目：当时书店都有各自所售卖的
书的目录。现在日本的旧书店大多
亦保留这种传统。

④《文学年报》：燕京大学中国文学会
的学术杂志。当时作者所读为创刊
号，发行于 1932 年 7 月。其后休刊，
直到 1936 年才再次发行了第二期。
此后每年发行一期，至 1941 年终刊
共发行了七期。又，创刊号收录的
论文有：郭绍虞《杜甫〈戏为六绝句〉
集解》、陆侃如《中国古代的无韵
诗》、郑振铎《宋金元诸宫调考》、沈
心芜《文学起源与宗教的关系》、容
庚《颂壶考释》、杨式昭《读〈闺秀百
家词〉札记》、张寿林《王昭君故事演
变之点点滴滴》、沈启无《〈近代散文
钞〉后记》、瞿润缗《桐人？相人？》、
郭德浩《李后主评传》、苏明仁《白仁
甫年谱》、奉宽《〈渤海国志〉跋》等。
另参本日记 1934 年 6 月 5 日条。

⑤ 白朴（1226～?）：字仁甫，河北正定
人。元曲四大家之一。代表作为《梧
桐雨》等。参考《白朴戏曲集校注》
（人民文学出版社，1984 年）。

⑥ 郭德浩（1909～1987）：黑龙江省爱
辉县人。日记中提及的《李后主评
传》为其在燕京大学学习期间所撰。

论述了南唐后主李煜的生涯，并为
受外国势力所压迫的祖国现状敲响
了警钟。毕业后参加了北平义勇军，
化名高兰进行活动。1951 年起任山
东大学中文系教授。从事中国现代
文学研究，本人亦创作诗歌。代表
作《我们的祭礼》(1937 年)、《我们的
家在黑龙江》(1939 年)、《哭亡女苏
菲》(1942 年)等。参考《高兰朗诵诗
选》(新文艺出版社，1965 年)。

⑦ 诸宫调：是以琵琶等乐器的演奏与
说唱相结合的演艺的一种。由各种
音阶（宫调）而成的音乐，以恋爱或
历史题材为中心内容，从宋代起即
流行于民间。《宋金元诸宫调考》系
统地考察了诸宫调的起源与发展过
程、构造等，亦收录于郑振铎《中国
文学研究》(作家出版社，1957 年)。

⑧ 郑振铎（1897～1958）：浙江永嘉人。
新文学运动的领导人之一，1919 年
与瞿秋白等人创刊《新社会》。又于
1921 年与茅盾等成立了"文学研究
会"，编辑《小说月报》《文学季刊》
《戏剧月刊》等，培养了许多作家、
翻译家、学者。新中国成立后，担
任文化部文物局局长、科学院考古
研究所所长、作家协会理事等要职。
1958 年 10 月 17 日，作为中国文化
代表团团长飞赴开罗途中，由于飞
机事故去世。作者在留学期间亦读
过郑振铎的一部代表作《插图本中国
文学史》(朴社出版，1932 年)。他的
其他作品，如《中国文学论集》(开明
书店，1934 年)、《中国俗文学史》
(商务印书馆，1938 年)以及抗战时
期在上海记录的《蛰居散记》(上海出
版公司，1951 年)有日语版《烧书
记》，岩波新书，1954 年)，在日本
亦有众多读者。

十一月一日

晴，风。

昨夜起风很大。树叶不待黄而落。

早上，奚先生的汉语课罢后，打包行李搬到了羊溢胡同①的一二三馆(近来改称日华饭店)。

午餐为面包、红茶、两枚鸡蛋。不够吃，且担忧今后的营养问题。

下午拜访了孝顺胡同②的林屋洋行③，主人外出，见到了其夫人，她是三高文甲二年④林屋的母亲。亦是舞文弄墨之辈。她极力建议我将家人召到北平来，这也是之前许多人跟我讲的，还是依来年春天满寿代、顺子的健康状态而定吧。

常氏。

读《越缦堂日记》第二函。稍有些感冒的感觉。用了暖炉，温暖得令人欣喜。

晚餐着实粗劣。

晚上，风声呼啸，边读唐诗边思念远方的家人，思念甚切，推窗见明月⑤。

【注】①羊溢胡同：位于北京市东城区、崇文门东北的胡同名。亦称洋溢胡同。
②孝顺胡同：位于北京市东城区、崇文门东北的胡同名。
③林屋洋行：金泽的旧茶商一族林屋次三郎在北京开设的美术古董店。
④文甲：日本旧制第三高等学校的文科甲类。甲类以英语为第一外语，其后乙类则是德语，丙类为法语。作者从 1930 年起至留学北平，在此教书大约三年。此处所教授的"林屋"为日后从事日本史研究的著名学者林屋辰三郎(1914～1998)。
⑤明月：这一天为农历九月十四日，对月寄托思乡之情的唐诗数量很多，作者日后在自著中写道："从前，月亮便令人起相思之情……在异乡望月的话，便会联想到这月光此刻也照耀着故乡，如此怀念着远方的故乡，感叹与亲人之间的距离吧。"接着，又引用了李白的《静夜思》："床前看月光，疑是地上霜。举头望山月，低头思故乡。"(《秋月》，收录于《随想 由秋向冬》，龙溪书舍，1979 年，第 21～22 页)

十一月二日

晴，微风。

昨晚，楼下客人的收音机吵得半夜都睡不着，又起来写了信。此为旅馆的缺点。而且暖炉温度过高，热得人发昏。

[栏外注]：给河村春生、桥川时雄写信。

奚先生汉语授业中，河村宪一氏介绍的出身于京都帝大中国哲学专业的外务省留学生桂太郎①来了。他说自己住在中华公寓②，早餐买了烧饼，午餐在东安市场，晚餐在公寓云云。与之相比，我的生活可谓奢侈了。

上午，在东安市场买了郑振铎的《中国文学史》③（五元五角），当即读起。

常氏。

读《中国文学史》至第八章一百六十三页。迄今所见作者的见识以及其观点中赞同处颇多，不过仍有实力薄弱之感。许是郑氏学问得意处乃宋以后俗文学，故不得不如此吧。暖炉太热，开了窗，时节尚早，想明天就停了暖炉。

[栏外注]：给辛岛氏④、石桥氏（明治学院）写信。

【注】　① 桂太郎：1933 年被选为文化事业部第三种资助生，是本日记后文中出现的滨一卫在京大早一年的前辈。
② 中华公寓：位于王府井大街西侧西堂子胡同的宿舍。
③《插图本中国文学史》：全四册六十章。北平朴社出版部 1932 年发行。将中国有文字诞生以来至明代的文学按古代、中世、近代各分一卷，系统地论述。并对之前常被忽略的敦煌变文、戏曲、诸宫调、散曲、民歌等给予高度评价，拓宽了文学史的视野。第八章以前的章节题目分别为"古代文学鸟瞰""文字的制作"

"最古的记载""诗经与楚辞""先秦的散文""秦与汉初文学""辞赋时代""五言诗的产生"。
④ 辛岛骁（1903～1967）：1928 年毕业于东京帝国大学文学部中国文学科，历任京城帝国大学教授、东洋大学教授等。著述有《中国的新剧》（昌平堂，1958 年）、《唐诗详解》（山海堂，1954 年），译著有中国文学大系所收录《醒世恒言》（东洋文化协会，1958 年）、《拍案惊奇》（同，1959 年）、《警世通言》（同，1959 年），汉诗大系所收《鱼玄机·薛涛》（集英社，1964 年）、《宋诗选》（同，1966 年）等。

十一月三日

朝阴，后转晴，无风。

今天是明治节^①。

奚氏来杂谈了一会儿即归。常氏停课。

早晨还是阴天，下午便放晴了，无风。街头卖菊花的人很多^②。

去了文化事业部，大家都不在，只有河又氏在。乘洋车到了东华门^③。参观了武英殿^④、太和殿、中和殿、保和殿^⑤。门票一元三角。文华殿^⑥因为宝物南迁中^⑦，无法进入。清朝皇帝玩赏的宝物很多，不过品味都很恶俗，低劣堪笑。只是带金子的东西多。

到了中山公园，茶店里休息了会，日暮时归去。

晚上，停用了暖炉，还没有必要用它。

读《中国文学史》至第二册廿二章^⑧。平凡。

读唐诗，特别有感于古人的望乡之作，不觉眼眶发热。

夜半，多梦，醒来看到月色苍苍，透过槐树照进了窗内。

[栏外注]：给三高教官室、三高学生诸君、武井、末次、河村（宪一）、香川、我宅寄了明信片。

【注】 ① 明治节：明治天皇的生日，现在被称作"文化之日"。

② 重阳菊花：是年 10 月 27 日为重阳节（参见本日记 1933 年 10 月 27 日条）。花贩在重阳节会贩卖菊花盆花，常用于盆栽、园艺。关于菊花的栽培，始见于南宋（范成大《菊花谱》等）。菊花的栽培与园艺后流传到日本，特别是盆栽在江户时代十分流行。

③ 东华门：故宫东侧大门。紫禁城正面为午门，东侧为东华门，西侧为西华门，北面为神武门，警卫四方出入。午门供皇帝出入，东华门为大臣出入用。

④ 武英殿：位于故宫西南角。在清代负责印刷出版皇帝的"钦定书目"，特别值得一提的是从《永乐大典》《四库全书》中选出珍本用木活字刊印的《武英殿聚珍版丛书》，一般称为"殿版"。

⑤ 太和殿、中和殿、保和殿：位于故宫中轴线中央由南至北的三座宫殿。

⑥ 文华殿：位于故宫东南角的宫殿，明清时为皇帝学习的场所。

⑦ 宝物南迁：九一八事变后，国民政府担心日军南下，侵入山海关，北京情势恶化，因此决定挑选故宫中所保存的皇帝珍藏的古玩、书画、文献等重要文物避难。起初将文物

装箱运送至上海租界。从 1933 年 2 月至 5 月，共运出文物 19557 箱。其后，由于战况恶化，又由上海运往南京，后又运往四川避难。抗战结束后，虽然汇集在了南京，但是由于解放战争爆发，国民党政府又将其中的约三成抢送至台湾。自此，故宫文物分别保存在了北京、南京、台北三地。

⑧《插图本中国文学史》章节题目：迄第二十二章的章节题目为"汉代历史家与哲学家""建安时代""魏与西晋的诗人""玄谈与其反响"（以上为上卷）、"中世文学鸟瞰""南渡文人""佛教文学的输入""新乐府辞""齐梁诗人""批评文学的发端""故事集与笑谈集""六朝的辞赋""六朝散文""北朝文学"。

十一月四日

晴。

同奚氏论诗，半为笔谈。且云昨天所见武英殿赵子昂①画多为伪作。而唐寅②画、董其昌③书法等本为真品。

去拿牛奶，不过稍有些变质就拒绝了。文化事业部的牛奶品质比较好。

午饭后，响晴白日，便在附近散步。去了官帽胡同、麻线儿胡同、苏州胡同④等。多为日本人聚居之地。日本妇人的和服，于此地实不忍直视，倒不如不穿。天气暖和，不必穿外套，还有些出汗。菊花、柿子在街上随处可见。

到文奎堂求购《新学伪经考》⑤。

常氏汉语课业罢后，樫山君为九大汉语教师一事前来，小竹氏亦来。

千鹤子、修来信。千鹤子已经去宫城家了，今后该如何是好？

晚上，微风，月色凄清。继续读《文学史》。

[栏外注]：给宫城寄信。

【注】　① 赵孟頫（1254～1322）：字子昂，号松雪，吴兴（今浙江省湖州市）人。

南宋皇室后裔，折节仕元。在元朝的书画中自成一派。其画以北京故宫博物院所藏《水村图》及台北"故宫博物院"所藏《雀华秋色图》最著名。

② 唐寅（1470～1523）：字伯虎，号六如，明代文人，吴县（今江苏省苏州市）人。工书画，与祝允明、文徵明、徐祯卿并称吴中四才子。其画以故宫博物院所藏《王蜀宫妓图》及台北"故宫博物院"所藏《山路松声图》最著名。

③ 董其昌（1555～1636）：明末文人。华亭（今上海市松江区）人。清康熙帝敬慕其书法，因而为有清一代特重。并著有书画理论著作《画禅室随笔》。

④ 官帽胡同、麻线儿胡同、苏州胡同：均为位于北京东城区的胡同名。与作者当时逗留的一二三馆所在羊溢胡同相邻。

⑤《新学伪经考》：康有为（1858～1927）著，十四卷。光绪十七年（1891）广州万木草堂刊。论述为使王莽篡政正当化，刘歆伪造儒家经典之事。本书非仅是儒家研究著作，给晚清疲敝的中国社会影响很大。三年后的光绪二十年（1894），此书被朝廷所禁。作者所购入的，为1931 年北平文化学社所刊印的活字印刷本。

十一月五日（周日）

晴，强风，沙尘甚大。

上午一直头痛。

下午，竹田夫妇开车来邀我去了孔庙、国子监①。数日来，孔庙中展览陈列祭器。见到了编钟、编磬、干戚、瑟琴、敔柷、搏拊、旌节、旄球、尊俎、筐、笾豆、篚②等。又在国子监看了"十三经石经"③（乾隆年间）。

归途，与竹田夫妇暂别，去了文化事业部。下午六点，与文化事业部内部同文书院出身的五名外务省留学生诸君一同乘洋车到了竹田夫妇家。被招待了晚餐。尽欢，再次被开车送回家。十二点。

（今天读《中国文学史》至第三卷四十章七四五页迄。时代愈降，郑说愈有价值④。）

【注】① 国子监：位于北京东城区的孔庙与与其相邻的官立学馆。同为元世祖忽必烈所建。

② 孔庙中展览陈列祭器：均为祭祀孔子的仪式中所用乐器与文物。编钟、编磬为演奏音乐的十数枚铜钟、铜板。磬原为石制，后世改为青铜制。干、戚为武舞所用的盾与钺。瑟为

二十五弦大琴。敔与柷为提示乐曲开始、终止的乐器。搏拊为鼓形、内盛糠的乐器。旌节、旄球为舞人手中所持旗。尊俎以下为盛放供品的食器。酒壶（樽）与案板为尊俎，筐为竹制筐。笾豆为高盘。簠为带盖碗。作者所见的这些乐器、文物的照片，由石桥丑雄出版。参考石桥丑雄《天坛》（山本书店，1957年）。

③ 十三经石经：清朝乾隆帝敕命刻有经书的石碑，现存189座。

④ 郑说愈有价值：指郑振铎《插图本中国文学史》的北宋部分。特别是第三十八章"鼓子词与诸宫调"、第三十九章"话本的产生"、第四十章"戏文的起来"，均论述此时期民间文艺。

十一月六日

晴，风不止。较昨天更加温暖。尚未在昼间使用暖炉。

同奚氏聊了昨天所见孔庙的祭器。

竹田氏来，一同去了三菱公司，见到了矢野春隆①，托付他再觅一位汉语教师。

亦见到了公平万②。

归家后，桂太郎来，告我钱稻孙住处③。

常氏。

晚上，矢野氏介绍的杜佑卿来。约定自明日起，下午三点半至四点半汉语会话。氏不同于奚、常两氏，为日本明治大学出身。目前在同学会教授日语。这一点别有意义。

读《中国文学史》第三册迄④。参考书目多有裨益。

夜，风吹在槐树上声宛如雨。

[栏外注]：给服部先生寄信。给文求堂⑤、阿部吉雄⑥寄明信片。

【注】① 矢野春隆：北京东方人寿保险公司副经理，亦兼任北京同学会教务主任。著有《华北地券制度的研究》（"南满洲"铁道株式会社经济调查会，1935年）。

② 公平万：东方人寿保险公司的顾问股东。此公司为日本与中国共同出资（日方为三菱），公平氏参与了公司的创立。

③ 钱稻孙（1887～1966）：翻译家，日本文学学者。幼时随担任外交官的父亲住在日本，毕业于东京高等师范学校。回国后，于清华大学、北京大学等讲授日本文学。翻译《万叶集》《源氏物语》，介绍日本文学至中国。与佐佐木信纲、吉川幸次郎、竹内好、岩波茂雄、谷崎润一郎等人有深交。除了作者，钱氏还支援了许多在北平的日本留学生。作者曾于自著中回忆道："在北京留学后期，寄宿于西城的钱稻孙府中。先生于浙江，长于日本，毕业于东京高师，精熟《万叶》与《源氏》，在北京大学教授日本文学。……彼时，举行了各种反日运动，先生的处境恶化了。似乎还有某月某日一定会被杀之类的预言。我从其他人那里听到后，实在深感抱歉。某一日，问先生：'为何会乱成那个样子？'先生颜色稍变，起身说道：'连你也这么说吗，难道不明白中国人的心吗？'先生严厉地盯着我，眼中含泪。我如同一盆凉水兜头而下，一个字也辩解不出。"（《钱稻孙先生》，收录于《夕阳无限好》）。

战后，钱稻孙因为在抗战中协助日本被审判，被贴以"汉奸"之名。作者《钱稻孙先生轶事》（收录于《目加田诚著作集》第八卷，龙溪书舍，1986 年。初见于《洛神之赋——中国文学论文与随笔》，武藏野书院，1966 年）。参邹双双《被称为"文化汉奸"的男人——〈万叶集〉的翻译者钱稻孙的生涯》（东方书店，2014 年）以及此后的 11 月 12 日条有作者登门拜访钱稻孙之事。

④《插图本中国文学史》第三册：第三册内容迄止于讲述元代文学的第四十七章"戏文的进展"。戏文为宋元时期流行于南方的戏曲。《永乐大典》中载有三十三种。不过绝大多数由于战乱中《永乐大典》流出而散佚，仅存三种（《张协状元》《宦门子弟错立身》《小孙屠》）。民国九年（1920）叶恭绰在伦敦发现收录了这些戏文的《永乐大典》第 13991 卷，购回国内。第四十七章所举参考书目为民国二十年（1931）古今小品书籍印行社新刊行的《永乐大典戏文三种》。

⑤ 文求堂：曾位于东京本乡的旧书店。专门售卖与中国相关的书籍。主人田中庆太郎（1880～1951）于汉学、书画等造诣颇深，与内藤湖南、郭沫若等有交往。

⑥ 阿部吉雄（1905～1978）：中国哲学学者。1928 年毕业于东京帝国大学，于东方文化学院东京研究所作为作者的继任担当服部宇之吉的助手。后任京城帝国大学教授。研究朝鲜儒学家李退溪（1501～1570），堪称该领域日本学者第一人。著有《日本朱子学与朝鲜》（东京大学出版社，1965 年）、《李退溪其行动与思想》（评论社，1975 年）等。

十一月七日

晴，晨光秀丽，没有一丝风。

奚先生课毕后，去东安市场买得茶叶半斤（香片）、茶碗、茶壶，共一元八十钱（日币）。信纸、信封二十钱。

傍晚，杜氏来，颇有所得。

换到了一号房间。六叠，壁龛①二叠（在这里放置暖炉），走廊四尺宽，全为日式的二楼。比先前所住更为闲静、安心。

晚上，誊写《书目答问补正校补》到近十二点。此事曾因书桌方面的原因而搁置。

也许是睡在榻榻米上的缘故，比往常更加安眠。

【注】　① 壁龛：日式房间中，在客厅里为在
墙上挂画或陈设摆件而将地板加高
的地方。

十一月八日

晴，无风。

诚为良辰。沐浴着透过玻璃窗照射进来的暖阳，坐在走廊的藤椅上读《万叶集》，久违地触动心弦，欣喜且寂。因为房间很大，终日开着暖炉，实则不是那么冷。

给满寿代写信。考虑来年春天之前的事，也为经济担忧。外汇关系甚为不利（一百日元兑中国币九十二三元），暂时不买书了。

不如待春天将家人接来，将顺子安置于身边。甚忧父女情薄。

终日未出门，《书目答问》集部结束。

餐饭粗恶。

[栏外注]：给满寿代、楠本氏①写信。

【注】　① 楠本正继（1896～1963）：九州帝国
大学法文学部中国哲学史讲座教授
（在任期间为1927～1960）。著有《宋
明时代儒学思想研究》（广池学园出
版部，1963年）等。在《话说先学
——楠本正继博士》（《东方学》第六
十二辑，1981年）中，作者曾写道：
"我也非常喜欢楠本君，楠本君也无
论我做什么，都笑眯眯地赞同我。
无论何时都很投契。因此经常一同

散步，一同去爬山，去海边，去旅行。也一起去过九重(福冈南部的山名)，平生再也没有这般好的交际了，能与那样的人交往，实在是我一生之幸。"

十一月九日

朝阴，后转晴，强风。

早晨醒来，突然想起了京都的秋。怀念起宇治、嵯峨野。心伤于萧条的北平晚秋。头痛，有些流鼻血。

由于奚、常、杜三氏来，最近昼间读书页数变少(自今天起，常氏亦上午)。

文奎堂来，付《伪经考》的书钱，五元。径读毕第一卷。

担心感冒恶化，终日未出门。且为学习汉语，几乎无暇外出。

宫庄寄来了带画的明信片。回信。

夜，早早上床，读《伪经考》第二卷毕，文章之妙，有魅人之力。

至十二点半仍未就寝。

[栏外注]：给宫庄福丸写信。

十一月十日

晴，无风。

晴天暖阳。上午，汉语。

过了十一点，往中华公寓拜访松村氏及桂君。与桂君一同于东安市场润明楼①用午餐。店面肮脏。

在书店逛了一会没有买，归来。

一如往常，杜氏三点来。目前有必要考虑方法，可杜氏不甚热心。

《书目答问补正校补》子部结束。

又觉有些感冒，早早上床。

读先前剩下的《中国文学史》第四册后半② 迄。是书有关词曲小说多用新材料,值得参考。然惜其叙述不及清人。

【注】 ① 润明楼:北京著名饭店之一。安藤更生《北京案内记》(新民印书馆,1941年)中将其作为提供鲁菜的北京馆子记载下来。似乎颇为当时的日本人所熟知。例如中村惠《北京生活第一课》(《三田文学》14卷1号,1939年)中有"润明楼的宴席"一条,记道:"润明楼在北京的日本人中间因为羊肉火锅很有名,让村上知行来说的话,日本人来都点日式料理,不过有价廉亲切的浅草的米久般的感受。"

② 《插图本中国文学史》第四册:后半为有关明代戏曲、小说的论述。参考书目多列当时最新研究成果,如董康《书舶庸谭》(大东书局,1930年)、鲁迅《中国小说史略》(北新书局,1931年改订版)、孙楷第《日本东京大连图书馆所见中国小说书目提要》(北平图书馆,1932年)、《中国通俗小说书目》(北平图书馆,1933年)等。

十一月十一日

晴。

一如往日,万里无云。

服部先生来信了。

在走廊的向阳处读《文史通义》的《经解》① 。与吾心多有戚戚焉之处。

奚、常、杜氏等人的汉语教授如常。

满寿代来信了。边奇怪笔迹怪异边裁开信封,原来是真江的代笔。由于十多天前生病了,满寿代每日发烧都持续在八度以上,因此现在与顺子共同住在河村家。读后甚是担忧。顺子如今也病倒了,如果在我身边的话,或不至此。顺子该如何是好,盼望着早日寄来康复的消息。

夜,此间旅馆来了十五位"满洲"来的客人。躲了这热闹去找大槻氏。八木君很喜欢豆腐的话,从附近订了酒跟豆腐,带着过去了。

对方则准备了寿喜烧。这二人雇了一名少年来做饭。光棍的生活，着实无趣。

闲聊到了十点，心中的忧愁稍微纾解了些。

满天星斗。夜里很冷。

仰望着星空思念着远在日本的妻子，祈祷她能早日康复。

[栏外注]：给满寿代写信。

【注】 ① 章学诚《文史通义·经解》篇：本篇对于中国的"经"的概念，列举"五经"、《山海经》《离骚经》《茶经》等进行分析。

十一月十二日（周日）

阴。

难得的阴天，虽然没刮风却很冷。

今天汉语休课。上午都在誊写《书目答问校补》。

下午，拜访住在西四牌楼北边受壁胡同①的钱稻孙。他目前在清华大学②教授日语，在北京大学③讲授《万叶集》④《源氏物语》⑤。中国人基本都感受不到日语的精妙处。恰好遇到了松村太郎⑥。聊了各种话题（《国粹学报》⑦已经很难得到之类，北京大学有一位对浙东学派⑧很了解的林损⑨之类，方言交谈时有许多文言的原因之类，郑振铎在商务印书馆的女婿⑩商人气太重之类，没有弄清清代何时有了"文学史"之类，还有《清人杂剧初集》⑪已经很难入手，现在预约中的二集出版日期还未确定之类，其他的学者与书店的关系等）。

晚上，《书目答问补正校补》终于抄毕。

读《文史通义·原道》篇，大有共鸣之处。

担心满寿代的病情，给目黑的河村家写了信。

[栏外注]：给河村久子、三田一写信。

【注】　① 受壁胡同：现位于西四北大街西侧的胡同，明代称"熟皮胡同"，清代称"臭皮胡同"，1912 年改称受壁胡同。

② 清华大学：前身为 1911 年创设的留美预备校的清华学堂，1928 年更名为清华大学。钱稻孙自 1927 年起在外文系以及历史系授课。

③ 北京大学：起源于 1898 年维新变法之际，光绪帝敕命所建的京师大学堂。辛亥革命的次年 1912 年更名为北京大学。是中国最早的国立大学。创设之初位于当时紫禁城的东北，与景山公园相邻，1952 年迁至现在的海淀区颐和园东路，是"五四运动"的据点。作者在留学半年后，成为了北京大学的旁听生（参考《北京的大学》，收录于《夕阳无限好》）。此外，钱稻孙自 1918 年起开始执掌北京大学的教鞭，后在北平沦陷后担任北京大学校长，因此作为"汉奸"受到了严厉的批判。

④《万叶集》：成书于奈良时代末期的日本现存最古老的和歌集，全二十卷，收录和歌 4500 首以上，全部用汉字写成，分"杂歌""相闻歌""挽歌"三类。钱稻孙是中国首位《万叶集》的译者，氏著《汉译万叶集选》（佐佐木信纲共著，吉川幸次郎作序，日本学术振兴会，1959 年）。

⑤《源氏物语》：钱稻孙译《源氏物语》第一帖《桐壶》发表于杂志《译文》1957 年 8 月号（人民文学出版社）。其后，人民文学出版社于 1959 年选定钱稻孙为《源氏物语》全文的译者，不过最终委托丰子恺（1898～1975），由钱稻孙协助。参考文洁若《怀念老社长楼适夷》（《楼适夷同志纪念集》，人民文学出版社，2005 年）、杨晓文《关于〈源氏物语〉在中国全译的实

现——以丰子恺、钱稻孙、周作人等相关人物为中心》（《中国研究月报》第 66 卷第 1 号，2012 年）。

⑥ 松村太郎（？～1944）：出身于大分县。彼时作为顺天时报社社员居住在北平。后为京驹达东洋文库参与其汉籍收集工作。《东洋文库的名品》（东洋文库，2007 年）记载道："松村太郎虽然是上文所述顺天时报社在北京的社员，不过在东洋文库成立之初，为其丛书、地方志、族谱、《明实录》等汉籍的收集工作格外尽力。氏于 1940 年返乡，1943 年将其收藏的数千册与近代中国相关的书册、杂志(中文、日文)寄赠本馆，十分遗憾的是他在翌年就去世了。"

⑦《国粹学报》：光绪三十一年（1905）创刊于上海，国学保存会编，国粹学报馆发行，月刊，价格三角。总编辑为邓实，章太炎、刘师培、黄节、王国维等人的文章多有刊载。于 1911 年 9 月第八十二号终刊。

⑧ 浙东学派：明清时，以浙江中部的钱塘江为界，其东南部的宁波、绍兴、台州、温州、金华等地的儒学。以王阳明为首，涌现出了刘宗周、黄宗羲、万斯大、万斯同、全祖望、邵晋涵、章学诚等杰出学者，他们从历史材料的视角看待儒家经典，通过对经典的重新阐释来批判社会，揭示社会变革的方向。

⑨ 林损（1892～1940）：字公铎，浙江瑞安人，师事北京大学中国哲学史初代教授陈介石，历任东北大学教授、中国大学文学系教授，后因与胡适不和而辞职。著有《政理古微》一卷。参考桥川时雄编《中国文化界人物总鉴》第 248 页。

⑩ 郑振铎：郑振铎于 1922 年神州女子中学任上，当时还是学生的高梦旦

与其女相识，并于翌年结婚。参考陈福康《郑振铎年谱》（书目文献出版社，1998 年）。

⑪《清人杂剧初集》：郑振铎所辑清代戏曲集，1931 年刊行，后又于 1934 年影印出版了《清人杂剧二集》。初集全十册共收录戏曲四十种，二集全十二册共收录戏曲三十七种。

十一月十三日

雨，转雨夹雪。

少见的雨天。虽然阴郁而寒冷，但在空气过于干燥的这个季节，实为一场好雨。近午时，雨转为雨夹雪，炉火灭掉了，十分不快。

奚氏来了，不过另外二人未到。给武井写了信。

通读《文史通义》中《原学》《博约》《言公》《史德》《史释》《史注》《传记》《习固》《朱陆》《文德》《文理》《文集》《篇卷》《天喻》《师说》《假年》《感遇》《辨似》《说林》《知难》《释通》《横通》诸篇，诚为近来所读中之快文。

入夜，雨夹雪，夹杂着冰雹，伴着狂风敲打着窗户。

十一月十四日

晴。

拂晓，屋檐上能看到薄薄的残雪。

虽是晴天却因刮风而寒冷。盐谷先生来信。

回想起从东京出发，是上个月的今夜。

虽仅过了一月，然觉已过数月。时常取出出发当夜的照片来看，现在又对着它不禁感慨颇深。然而妻子现在生病，样貌应该不像照片中了。人生足别离①。

汉语课如常。常氏自今天起改为傍晚六点十五分至七点十五分。

让少年去买了十包鲁比君香烟。昨天起，连日待在家中。

读《文史通义》之《繁称》《匡谬》《质性》《黠陋》《俗嫌》《针名》《砭异》《砭俗》诸篇(以上内篇四结束)。

【注】① 人生足别离：《唐诗选》卷六所收晚　诗井伏鳟二的译诗很著名，初见于
　　　　唐诗人于武陵(810～?)《劝酒》诗中　杂志《作品》1935年3月号(后收录于
　　　　的末句："劝君金屈卮，满酌不须　井伏《除厄诗集》)，此时作者尚未见
　　　　辞。花发多风雨，人生足别离。"此　译诗。

十一月十五日

晴。

见余终日伏案，寄住在此的人劝余适当外出，尤为健康故。

奚先生课毕后，先往五昌兑换所将三十日币兑换为中国币。今天一日币兑零点九零七中国币，汇率日渐下跌，诚为坏事。

其后雇洋车赴文化事业部，同小竹君谈话。在那里用了午餐，一个人去了隆福寺的东来阁①。见书目上的《西厢记十则》②已经卖掉了。又雇洋车到了琉璃厂(从隆福寺到琉璃厂两角钱)。在应该是叫作南山阁(?)的书店内见到二十二元的《王船山遗书》③，与正在广告预定中的《船山遗书》(三十二元)相较内容较少。来薰阁亦有《西厢记十则》(十六元)，眼下应当是追求经济宽裕的时期。在商务印书馆买下了先前看到没买的《鲒埼亭全集》④(《四部丛刊》本，十二元)。

(今天又在商务印书馆买了"国学小丛书"⑤的《浙东学派溯源》⑥的小册子。很无聊。又在隆福寺的街边摊位上花二十钱买了《廿一史弹词》⑦与印刷本《绝妙好词笺》⑧，为日后无聊时读。)

天气虽佳，可空气寒冷。能看到西山覆了一层白雪。由于昨天的雨，路上尘埃稍减，至琉璃厂的路尚泥泞，洋车难以前行。集市上，常常能看到驼队。

归宅后，与杜氏会话间，广岛的香川⑨寄来了明信片。空宅自那以后一直没有消息，六神无主，是余心所牵挂之处。

晚上，常氏课罢，去访日高氏(一二三饭店内所住)，氏为陆军大尉。

恰在此时，来了两名满人。我惊诧于他们汉语的熟练。满语似无卷舌音。读《鲒埼亭集》《全祖望年谱》。

【注】
① 东来阁：魏金水(字丽生)与李恩元(字佩亭)于民国十六年(1927)在厂甸四号开设的书店。民国十九年(1930)搬至隆福寺。参考孙殿起《琉璃厂小志》(北京古籍出版社，2001 年)。

② 《西厢记十则》：清末藏书家刘世珩(1875～1926)出版的十种关于西厢记的戏曲、小说及注释集。首先揭载的是作为代表的金代董解元《弦索西厢》与元代王实甫《西厢记》(第五幕为关汉卿续撰)，并收录了宋代赵令畤《商调蝶恋花词》、明代凌濛初《西厢记五剧五本解证》、徐逢吉《元本北西厢释义音字大全》、王骥德《古本西厢记校注》、陈继儒《批评西厢记释义字音》、李日华《南西厢记》、陆采《南西厢记》，以及刘世珩自编的《重编会真杂录》。为从刘氏《汇刻传剧》五十册[民国八年(1919)暖红室刊本]中抄出覆刻。

③ 《王船山遗书》：与《船山遗书》为清初思想家王夫之(1619～1692)的文集。明亡后，王夫之义不仕清而回到故乡湖南衡阳的石船山隐居，世称船山先生。至清末，曾国藩为了表彰乡贤，出版了《船山遗书》五十六种二百八十八卷[同治四年(1865)，金陵书局]，其后衡阳船山书院又于光绪十三年(1877)增补出版六十二种二百九十八卷本。民国二十二年(1933)上海太平洋书店又增补新见文章，共七十种三百五十八卷而出版。日记中所见"现今广告预约中"即上海太平洋书店本。南山阁(?)所售当为旧版(刻本)吧。由于"内容较少"因而评价较低，一方面是由于旧版未收录新见文章。另一方面，与传统的刻本相比，上海太平洋书店版使用新的活字排版，原文经过了仔细的校对吧。从这里也能看得出当时古代典籍的出版由刻本向铅字本转移的时代风潮。

④ 《鲒埼亭集》：先前看到的本日记 10 月 27 日条中，记有"在商务印书馆过眼了《四部丛刊》零本的《鲒埼亭集》，十二元，下次想买了它"。

⑤ "国学小丛书"：为主理商务印书馆的王云五(1888～1979)所刊行的大型丛书《万有文库》的第一集(1929)的一部分。全六十种，汇集了同时代的中国学者著作，铅字印刷。

⑥ 《浙东学派溯源》：作者为何炳松(1890～1946)。民国二十一年(1932)出版。记叙了宋代儒学与明清的浙东学派之间的关系。

⑦ 《廿一史弹词》：作者为明代的杨慎(1488～1559)。以诗词的形式，将从《史记》至《元史》的二十一种正史的重要场面，用诗词弹唱来通俗易

懂地讲述的艺术形式。

⑧《绝妙好词笺》：南宋周密（1232～
1298）撰。收录了南宋张孝祥（1132～
1169）到仇远（1247～1326）一百三十

二人三百八十五首词。清人查为仁
（1693～1749）、厉鹗（1692～1752）
等人笺注。

⑨ 香川：作者的亲戚，住在广岛。

十一月十六日

无风，暖和。

上午，奚氏课毕后，去理发。理发店清洁完备，不似中国。

拜访西裱褙胡同①太田洋行②住宅内的堤氏③。堤氏出身于早稻田大学，一直致力于唐代文学研究。与夫人一起过着极快乐的生活。

回家在走廊的向阳处读《文史通义》内篇五（《申郑》《答客问》上中下、《答问》《古文公式》《古文十弊》《浙东学术》《妇学》《妇学篇书后》《诗话》诸篇）。自此《文史通义》内篇读迄。

餐食粗劣，少营养。靠海苔（钱别时获赠）才勉强度日。觉得瘦了，想早些回家。怀念明亮的晚餐餐桌。

杜氏。

晚上，自常氏来时旅馆即吵闹，今夜无论如何也不能读书。正在忧郁时，桂太郎君来。他此时亦渴望说日语。聊了人生、艺术、历史、文学、战争、社会百态，不知不觉将近十二点了。愉快的一夜。然而一想到今天读的书有些少，心中稍感失落。

【注】 ① 西裱褙胡同：位于北京东城区长安
街南侧的胡同。靠近曾经的贡院，
汇聚了许多书画商人及装裱工匠。
② 太田洋行：位于东单牌楼经营日本
的日用百货以及医药用品的商店。
③ 堤留吉（1896～1993）：毕业于早稻
田大学文学部国文科，自 1931 年 8

月至中国留学。战后，担任早稻田
大学教授，著有《白乐天：生活与文
学》（敬文社，1957 年）、《白乐天研
究》（春秋社，1969 年）。1967 年，
在早稻田大学文学部开设中国文学
讲座，彼时聘作者担任首任主任
教授。

十一月十七日

晴，薄云，无风。

奚先生说明天就是阴历十月一日①了。因此交付束脩八元。商定以后每月十五日支付月酬。

文奎堂带了《吕晚村文集》②。先前拜托他们制作函套，四元。《鲒埼亭集》也请其做函套。

千鹤子来信，当即回信。

[**栏外注**]：分别给千鹤子、满寿代二人写信。

过了中午，无风且暖和，出门散步。在叫作八宝儿胡同③的地方有日本料理石田、荞面屋万岁家、日本点心店青林堂等。去东安市场(乘洋车)买得日记本一册，小楷笔一支，并求购新式评点本④《文心雕龙》⑤（四十钱）。之后步行至交民巷⑥，转了一圈归来。今天在街上见到许多乞丐，迫于寒冷之故吧。

黄昏，满寿代来信，言尚未退烧，我不能在身边照顾，实在是遗憾之极。体察满寿代的心情，心痛难忍，又给满寿代写了封信。

学士院⑦汇来了四百五十元（日币）。换成中国钱，不过四百零一元。

打乱了预算着实苦恼。

武井、河村寄来了明信片。给武井写信（先前写好了信却未投函，因此重写一封）。

顺子康复了，真是太好了。满寿代、顺子太可怜。

夜读《浙东学派溯源》，对于浙东学派出于程子⑧之说，大致是妥当的。

[**栏外注**]：给服部先生、武井写信，领收学士院汇款。

【注】　① 寒衣节：阴历十月一日是三大鬼节之一的寒衣节（其他两个为清明节、中元节）。旧俗为先人扫墓，焚烧纸钱、纸寒衣等。其起源相传有孟姜女等诸说。参考村上知行《北京岁时记》（东京书房，1940 年）。

②《吕晚村文集》：八卷，民国十八年（1929）刊行活字本。作者吕留良（1629～1683），字用晦，号晚村，浙江崇德（清代为石门）人。明亡后，不应朝廷再三召请出家为僧，专心在野讲学。奉程朱之学，在当时知识分子中影响颇大。雍正年间（1723～1735），其私淑弟子湖南人曾静推翻清朝的意图被发现，其著述被认为包含民族主义的危险思想而遭焚禁。

③ 八宝儿胡同：位于东单牌楼附近的胡同名。日本人多有在此居住者。亦称八宝胡同。石田、万岁家（亦作屋）、青林堂等名，亦见于《中国案内：朝鲜、满洲》（铁道院，1919年）。关于石田与万岁屋，村上知行《北平：名胜与风俗》（东亚公司，1934年）中作为纯日式的怀石料理有介绍。

④ 评点本：带有句读以及批点的书。

⑤《文心雕龙》：南朝刘勰撰，十卷，五十篇。现存中国最早的系统性文学理论著作。作者在《解题〈文心雕龙〉》（《目加田诚著作集》第五卷，1986年）中论道："集先论之大成，考察全部之种类，细分文体，正各体之名义，求其原始，明其文体所然之基准，评举前人之作例，考其继承变革之道，匡时俗之趋戏弄之好奇、技巧之末。"又，作者曾于1945年3月在九州大学文学部《文学研究》第三十四辑中登载《文心雕龙》的译注，在日本尚属首次。其全译全注收录于中国古典文学大系《文学艺术论集》（平凡社，1974年）以及《目加田诚著作集》第五卷。关于其经过，在《写在论文集之后》（收录于《目加田诚著作集》第四集）中叙述如下："果然要了解中国文学的

本质就必须知道六朝的文学思想。……文艺理论方面，在战时开始逐渐翻译《文心雕龙》，并在大学讲读……'中国古典文学大系'中要出'文学艺术论集'的系列，我承担了《文心雕龙》的翻译，其他人承担了《历代名画记》等其他书。我的《文心雕龙》终于问世了。因此，重读了以前的译文，发现错误很多，因此一狠心全部改译了。可是其他原稿没能集齐，'文学艺术论集'的出版已经是多年后的1974年了。不过这也是与长久以来结缘的《文心雕龙》总算是解决了。"此时购入的书籍藏于大野城市目加田文库（范文澜注，文化学社，1929年），写有大量批点。

⑥ 交民巷：位于天安门广场南边，北京最大的胡同。与长安街平行，东起崇文门内大街，西至北清华街，全长5.6公里，以天安门广场为界分为东西两部分。明代万历年间，是南方运来的粳米的集散地，因为北京方言将南方的粳米称为江米，故而叫作"江米巷"。第二次鸦片战争（1856～1860）后，英、法、美等国在东交民巷设置了公使馆，东交民巷变成了列强各国的公使馆区域。另一方面，西交民巷自清末以后即称为中国系的金融街。作为历史遗迹至今仍保存着20世纪初所建的许多西式建筑。

⑦ 学士院：当时的帝国学士院。1879年作为东京学士会院被创立。初代会长为福泽谕吉。1906年起变为帝国学士院。1947年起变更为日本学士院。为文部科学省表彰学术上功绩显著的学者所设置，以进行有助于学术发展的事业为目的。作者即由学士院前往北平留学，1985年

11月成为日本学士院会员。

⑧ 程子：北宋的程颢(1032～1085，程

明道)、程颐(1033～1107，程伊川)

兄弟。其思想被南宋朱熹继承。

十一月十八日

昨晚息灯后，想着空宅一直未能成眠。

今天又是明媚的日子。奚氏给了我中国点心。

沐浴着暖阳继续读《浙东学派溯源》。

今天，日本人居留民工会堂①落成，在俱乐部有演出。被旅馆的人推荐去了。

遇到了八木君，看了两三个节目，无趣，故离开俱乐部。同八木君散了一会儿步，到青林堂买了点心，带他归宅。

杜氏来，三人谈话。修、宫庄来信。曾托宫庄关照满寿代的病情，来信却以过度干涉不好为理由，拒绝了，一如既往是冷漠的人。人世间正是真心可贵啊。给修、宫庄写了信。

临就寝之际，看到镜中消瘦的脸，忧伤。

【注】 ① 日本人居留民公会堂：社团法人北京居留民会的集会地点。曾位于东单三条胡同。社团法人北京居留民会，脱胎于 1903 年开始活动的北京日本人会，1912 年 9 月，在外务大臣的许可下成立。业务包括经营小学、卫生管理、日本人墓地管理等。日本俱乐部中有大厅、图书馆、舞台灯。参考村上知行《北平：名胜与风俗》(东亚公司，1934 年)。

十一月十九日（周日）

早上，睡至十点半。

去了文化事业部，途中虽然暖和但风很大。邀请八木、小竹两君去看真光剧场①的电影。原打算看中国的有声电影②，未曾想今天换作了德国电影《埃姆登巡洋舰》③，比较舒服的电影馆。

（在文化事业部门口遇到了今天来平的外务省田村理事官。）

黄昏，竹田氏夫妻请我去德国饭店④吃了西餐。夜里在哈德门⑤的街上散步，一点儿也不觉得冷。夜空星光灿烂。

我到北平是上月二十日夜里，今天是十一月十九日。恰好经过了一整月，回想所经历的种种，诚为充实的一月。夜阑，远处传来火车的鸣笛。

上床读《浙东学派溯源》讫。近三点未成眠。

[栏外注]：给修、宫庄写信。

【注】　① 真光剧场：于 1921 年在东安门外大街开业的电影馆。使用当时最新的设备，可容纳五百人，拥有牛皮坐席等豪华设备。1937 年到中国至战败一直在北京从事写作的作家中薗英助曾回忆道："真光是家高档电影馆。从太平洋战争开始，便不放映美国电影，像欧洲大片电影馆那样。不过仍为日本拥趸与中国的青年男女所爱。"（《在北京饭店旧馆》，筑摩书房，1992 年，第 13 页。）

② 有声电影：对在那之前的无声电影加上演员的声音以及背景音乐的电影的总称。1930 年代流行于全世界。著名的譬如《蓝天使》（1930 年，德国）、《我们等待自由》（1931 年，法国）、《一夜风流》（1934，美国）等。日本最早的有声电影为 1931 年公映的《夫人与老婆》。中国拍摄的有声电影有《歌女红牡丹》（1931 年）、《自由之花》（1932 年）、《脂粉市场》（1933 年）、《姊妹花》（1933 年）、《春潮》（1933 年）等。

③《埃姆登巡洋舰》：原名 "Kreuzer Emden"，导演路易斯·拉尔夫（1878～1952）于 1932 年制作的德国电影。"埃姆登"为德国的小型巡洋舰，第一次世界大战中在印度洋多次单独袭击了同盟国的商船、要塞港口等，留下了许多逸话。本电影是以埃姆登巡洋舰的活跃及其船员的奋战为史实进行描写的。

④ 德国饭店：曾位于崇文门大街的德式酒店。三层西式建筑，外观是"小型公寓式的很小的"（中薗英助前揭书，第 31 页）。另外，1932 年 8 月起在北平逗留了一月的竹内好亦在此饭店屋顶喝过啤酒。（《游平日记》，《竹内好全集》第十五卷，筑摩书房，1981 年，第 21～22 页）

⑤ 哈德门：即崇文门。建于宋咸淳三年（1267），因其门内为元朝皇族哈达大王王府而得名。明代改称崇文门，但仍被很多人称作哈德门。

第二卷

（1933 年 11 月 20 日～12 月 20 日）

昭和八年（1933 年）

十一月二十日

晴。

到北平正一月，叶落殆尽，然温奥，不似往年，余则幸矣。

早上，奚氏课后，往前门邮局领汇款，奈无旅馆凭印，不与。无可如何，雇车往东安市场，食包子、面条于润明楼。恐旅店中营养不足，近时身体常消瘦故也。

尝闻工藤洋行租赁信息，下午往看其赁出之屋。不够理想。

杜氏携同学会中正习日语之赵姓青年[①]来。思以后与此青年以互授语言订交。多少当有所得。

晚上，常氏。

读《新学伪经考》。

【注】 ① 赵君：在作者嗣后的著作中回忆道："同赵君这个从东北来的大学生及俞君这个从江南苏州来的青年更相教学。自此实为好友。……赵君便是北方人般脸庞圆大，体格健壮，问近好读何书，答曰正读《曾文正公家书》，是一刚健开朗的青年。"（《随想　由秋向冬》，龙溪书舍，1979年，第 82 页）

十一月二十一日

薄阴，轻寒。

昨夜过十二点始安眠，无梦。

早上，使店家往邮局领款。

奚先生课后，昨天之赵君来。相谈至十二点半。

下午，为运动故，自右手登哈德门城垣。似一小公园。遥望故宫、景山。逍遥半时，止逢外国兵二人。

杜氏课时，复习《急就篇》。

晚上，常氏课罢，每逾七点。比来益觉夜长。

读《新学伪经考》，奈电灯殊晦，心不得宁，往楼下接待室与宿客语。

夜，安眠。

十一月二十二日

晴。

不知暖到何时？较京都之节候仍无大异。

奚氏课后，赵君复来，相谈至十二点半。读《新学伪经考》大半，已尽悉其义。不尽惬于心处亦多。

因桂君介绍，世古堂书店①来。来人口音实不可解，与语近一时。

杜氏、常氏。

自文化事业处来电，邀余晚餐②。遂提酒一升而往。大槻氏、八木君、此处之小竹君、其后使馆之伊东氏③，谈笑至十一点半。与伊东氏夜路而归。出东长安街，与伊东氏别，以中夜故，雇车，谓余曰欲送至妓院。终叱呵之而归。

已过十二点。

家中后来都无消息。不知满寿代病体如何？人皆薄情邪！

【注】 ① 世古堂：是琉璃厂上的书店。店主张世顺曾学艺于文鉴堂书店。
② 新尝祭：当时的11月23日是日本新尝祭的节日。这是作为其前夜祭的晚餐会。
③ 伊东孝利：1930年任日本驻上海大使馆外交书记员，此时转任于北平大使馆。其后于1935年升任北平大使馆副领事。

十一月二十三日

晴。

早上，奚先生、赵君、常氏（今后改为上午）、世古堂书店（张世顺），下午，樫山君，以上人至。劳甚。

以世古堂（是极贫寒之店家也）有二十元大版《拍案惊奇》[1]故，下午往琉璃厂，云已卖去。于来薰阁求前日所见《西厢记十则》，十五元。

归途，下车交民巷，往林屋家，主人尚未自日本返，遇其妇，委其为觅落脚处。以宿于旅馆极不经济故也。

晚上，又访堤氏宅，询落脚事，似无当意者。

既返，稍参比王实甫《西厢记》、陆天池《南西厢》[2]、李日华《南西厢》，又略觉此物可爱。

近来能安寝，可喜。

【注】 [1]《拍案惊奇》：明末凌濛初（1580～1644）所创作并出版的短篇小说集。有《初刻拍案惊奇》（1628年）及《二刻拍案惊奇》（1632年）两种。此处见到的应是《初刻》。本书题为《拍案惊奇》，虽荟集各种使人惊叹的奇怪故事而成，但凌濛初编辑自六朝、唐代的志怪与传奇以及宋金元的小说与逸事集的也为数不少。

[2]《南西厢》：明清时代以长江中下游为中心（江西、江苏、浙江省一带）所流行的戏剧称作南戏。用南戏的形式写成的《西厢记》一剧的剧本就是《南西厢》。它的特征是用箫笛（长笛）伴奏。

十一月二十四日

晴。

早上，奚氏、文奎堂、常氏。

下午，访石桥氏[1]于日本警局，以午休至下午两点，故不在署。其间又上城垣。

真是日暖天青，明丽无翳。自城垣下视，树叶汔脱，娇鸟杂飞，莫识其名。

两点，复往警局，乃值石桥氏，求以落脚事。

漫步归家，体汗微下。

既至，或云不在时林屋夫具洋点心来访。已电话相谢。

杜氏，恹恹如故。良为不悦，思于今月谢之。赵君复来，今则话情事。

读昨天世古堂所求得《反生香》诗集②（集明末女子琼章诗词。光绪年间刻），诚顽艳多感之作。作者年十七，将嫁先亡，女之薄幸也。其情极哀艳。取朱笔点其佳句，至更深。

【注】 ① 石桥丑雄(1892～1978)：出生于岛根县。1912 年受征加入日本侵华驻军，以军人身份在中国生活了十年。其间，自学日本文学、汉文学、历史学，通过了大学入学资格考试(具有高中毕业同等学力)。1923 年退伍，短期回到日本。回国后，进入东京警视厅。由于醉心于道教，经常前往帝室博物馆(今东京国立博物馆)阅读《道藏》，与博物馆总长森鸥外(出生于岛根县津和野町)因同乡之谊而亲近。1925 年志愿担任日本外务省巡查(下级警官)，任职于北京日本驻华大使馆，与蒙古王公、蒋介石等许多中国人有密切交往。1938 年由警察署长之职退休于北京大使馆后，又担任北京特别公署(北平伪临时政府)秘书长，除继续进行中国历史研究之外，还与铃江言一、中江丑吉交往，为许多在北平的日本人提供援助。对北平所保留的传统文化、民间信仰以及中国历史朝代的制度等进行了细致的调查研究，1940 年作为"在外文化有功人士"受到了外务大臣的表彰。旋即，太平洋战争爆发，1945 年 3 月偶然因出差回到日本，直至二战结束，再未能回到北平。著有《关于北平的萨满教》(外务省文化事业部，1934 年)、《天坛》(山本书店，1957 年)等。特别值得一提的是，此二书附载了大量 1930 年代的北京老照片，十分珍贵。

② 《反生香》：明末女诗人叶小鸾(1616～1632，字琼章)的诗集。作者为明末清初苏州文人叶绍袁(1589～1648)的三女儿。《反生香》一卷收于叶绍袁所编丛书《午梦堂十种》第四册。

十一月二十五日

晴。

晓,梦与亡友山形克美①相语。觉而心伤。其死倏忽十年。卒与其会者,吾年十八之夏夜。始与其交者,吾年十六。其容貌不可忘,何一美少年邪。

天色明丽,今天犹然。青空有鸽哨之音。

与奚先生说《反生香集》事,遂以近时自作七律一首示之。

赵君复来。文奎堂来,求《董解元西厢记》②(四元)。

常氏来(觉合乎③发音甚难)。

午餐于楼下用寿喜烧。

日下对读《董西厢》及《王实甫西厢》离别场面。凡再读而兴未已。今天泪下殊多。

世古堂又来,所持书中可喜者有《燕居笔记》④,然要价至四十元,多少有些退缩。

又有《雅趣藏书》⑤者,别摘《西厢记》各出佳句为题作成八股文。虽止文人消遣之戏,以稀见故,约定留借两三天。

杜氏来。文求堂田中氏赠邮片。

晚上,小竹氏来,谈笑久之。

【注】 ① 山形克美:作者《我的半生:生别死别》中有如下回忆:"我高中三年级的九月一日发生关东大地震,我前一天去了小田原表姐家,虽撞上了灾难,却从粉碎了的房子里爬了出来,好在大家都没有受伤,同左邻右舍们暂时在避难营里过日子。九月末,回水户,因路上马入川的铁桥震塌了,遂乘船渡水。终于回到了水户,当天发起热,诊为肋膜炎,住进水户支部医院里。住院期间,我遭受了一个极大的打击。我自中学时起,有个独一无二的好朋友。中学三年级的时候,从朝鲜转校来的同级学生,比身材瘦小的我要老成得多,对世事也很谙熟,英文也好,尤其擅长体育,在单杠上做大回旋这类危险的活儿对他而言很轻松。他在文学方面也知道许多。我一直倾倒于他。最终我往水户,他往大阪外语,各自进了学,但分散后我仍挂记着他。我回岩国市时,他也回了来,久别后又碰上了面,这种亲近就似恋人一般。再说我住

院的时候，从大阪寄来一封署着不相识名字的信，觉着奇怪，打开一看，说好友他患了肠扭结这种急症，受医生误诊，夜里把张榻榻米抓烂，痛苦地死去了。这封信是朋友从我的住处拿来，夜里才交到我手上的，我在床上读了信，惊得挺起身来。这时候，对开式的窗户'嘎吱'一声开了，疾风将雨水从漆黑一片的窗外吹了进来。"（收录于《夕阳无限好》，时事通信社，1986 年）

② 《董解元西厢记》：脱胎于唐代传奇《莺莺传》故事的讲唱文学。现存诸宫调中惟一以完整形态流传下来的作品。作者董解元，元代钟嗣成《录鬼簿》中传为金章宗（1188～1208 在位）时人，其余不明。"解元"指科举地方考试的第一名。之后元代王实甫的杂剧《西厢记》就是以此本为基础创作的。

③ 合乎：中国音韵学中发音方法的标记。指 u 介音（发音中包含 u 音的词语）

④ 《燕居笔记》：明代编纂的类书小说集。仿照类书体裁，设立各部类，并收录与之关联的小说笔记。现题名《燕居笔记》之书，有林近阳《新刻增补全相燕居笔记》十卷、冯梦龙《增补批点图像燕居笔记》二十二卷、何大抡《重刻增补燕居笔记》十卷三种。

⑤ 《雅趣藏书》：康熙四十二年（1703）刊。作者钱书。八股文是明代以来用作科举答卷的文体，其形式是将四书五经的解释用对句分八段来论说。

十一月二十六日（周日）

阴。

因前日约，八木氏、赵氏来，同出门，赵氏于东四牌楼餐馆请吃中国料理。

乘便往东安市场吉祥戏院①听戏。女伶金友琴②之红楼梦《饯春泣红》③，其关目之美惟梦中见之。其他《长坂坡》（侯喜瑞④扮曹操）、《六月雪》⑤（一名《斩窦娥》，即昉自元曲《窦娥冤》者）皆所好之戏。《红楼梦》林黛玉之 Sentimentalism（感伤主义）以女伶故，倍感凄美。听戏罢，已下午七点，故于德国饭店招待西餐为谢。后结伴两君，复归一二三馆，且行且谈。

于千鹤子信中知满寿带已移入传研⑥，其详难知，此情难堪。暗思满寿代病榻独卧，涕泣不可止。

【注】 ① 吉祥戏院:民国三年(1914)建造。一度更名为明星戏院,民国十七年(1928)改回本名。据说开业时观众麇集。参考滨一卫《中国戏剧之话》(弘文堂书店,1944年)。

② 金友琴(1912~?):擅长京剧青衣的女伶。字韵秋,清宗室出身,并擅诗书画,容貌娴静。学正旦、花旦于陈德林(1862~1930),以北京、天津的舞台为中心进行演出。桥川时雄《中国文化界人物总鉴》作"金又琴(生卒年不详)"。京剧女伶为清末同治年间(1862~1874)由上海之女伶京剧首设,男女共演因风教问题一直受到禁止。北京曾于民国二年(1913)一度驰禁,旋即复禁,民国十九年(1930)由北平市政府解禁。同年,程砚秋等所开办中华戏曲专科学校也变为男女同校。这样一名北京女伶的登场,恐是主张男女平权这一西方观点的渗透和电影界女性演员的活跃,以及当时京剧界名伶们(以梅兰芳为首)一齐南下上海,仅有男伶的演出在北京已很难维系,诸多情由合力的结果。

③ 《钱春泣红》:别名《黛玉葬花》。以《红楼梦》第26~27回为主题的京剧剧目。是林黛玉与贾宝玉互诉衷肠的著名关目。陶君起《京剧剧目初探》(中国戏剧出版社,1957年)也录有"《钱春泣红》金友琴演出"。

④ 侯喜瑞(1896~1983):字霭如,山东人,回族。富连成社第一期学生。擅演恶人(净角)。滨一卫、中丸均卿《北平的中国戏》云:"比杨小楼、赫寿臣的一统天下晚上一轮,又呈现出现代风格的便是周瑞安、侯喜瑞。此二伶之组合是杨、赫以来的有名组合,《连环套》等戏已炙手可热。总体而言,虽无赫氏之悲苦,却更显泼辣。(中略)是现今活跃着的最大的一个净角。"《长坂坡》是《三国志》戏中有名的一场关目。描写赵云、张飞在与追击刘备的曹操军队对抗时的英勇表现。

⑤ 《六月雪》:程砚秋创作。别名《金锁记》。将元曲《窦娥冤》改编为适合京剧表演的作品。描写负冤衔屈将被处死的可怜少女窦娥所引起的天变(六月刑场降雪、受刑后鲜血上溅白练、旱魃应天罚连现三年)。

⑥ 传研:东京帝国大学附属传染病研究所的简称。位于芝区白金台町。北里柴三郎1892年开办的大日本私立卫生会附属传染病研究所是其前身。

十一月二十七日

晴,真暖天也。

奚氏。

来薰阁持来前日所求《碑传集补》(十八元)。

世古堂又来,购《野叟曝言》①(小本)、《品花宝鉴》②《雅趣藏书》一共十二元。此后购书当少为节制。石桥丑雄氏来,介绍租房子，径往观之。是南池子③中根氏居。受光虽恶，心颇快也。月五十元。满寿代病中，余当竭力俭省，以作药钱。定于月末迁居。

既返，不在时，河村、宫庄朝子来信。

河村信备陈满寿代容体情状，中心如刺，不堪其忧，余所畏者成真矣。暗然心摧。但企一归故国，往满寿代侧侍病。

夜夜愁思何如哉！肠断之思，起坐莫安。

晚上，往谢石桥氏。不在，与其夫人语。见夫人身体康健，益思满寿代。

[栏外注]：给满寿代、河村(久)写信。

【注】 ①《野叟曝言》：清代夏敬渠作的章回小说，二十卷。借田舍老人(野叟)闲谈讲述文武双全、兼善诸艺的主人公文白的事迹。鲁迅《中国小说史略》(1924 年)尖锐地指出其"意既夸诞，文复尤味，殊不足以称艺文"。光绪七年(1881)刊，有毗陵汇珍楼一百五十二回活字本(缺一百三十二回至一百三十五回)及申报馆附光绪八年序一百五十四回排印本。线装本一九二九年由上海金钟书店发行。有山县初男的日译本(立命馆出版部，1934 年刊)。

②《品花宝鉴》：清代陈森作的章回小说。道光二十九年(1848)刊，全六十回。以贵族子弟梅子玉与倡优杜琴言故事为主轴，描写清代中期北京的贵族社会。鲁迅《中国小说史略》介绍其为清代长篇狭邪小说之先驱。尽管处理的是主人公同性恋这一题材，但小说写北京梨园人情世态，的有笔力，作者对此评价也甚高(参考嗣后日记 12 月 8 日条)。日本有秦浩二的抄译(紫书房，1952年)。参考麦生登美江《关于〈品花宝鉴〉中登场人物》(《野草》第 47 号，中国文艺研究会，1991 年)。

③南池子：故宫连通东侧与南北的大道。自来内属皇城，为皇族所宅，但光绪年间改作皇城门外之地，成为庶民的居住区。皇史宬(皇室公文馆)与普渡寺等建筑以及大小胡同集中于此。又，这里所说的中根氏是中根斋(1869～1952)，熊本县人，1915 年在天津开办中根洋行，在北京、天津及伪满洲国的奉天(今辽宁省沈阳市)经营海运贸易。据闻以喜爱书画古董而与刘铁云交好。此外，昭和五年志贺直哉因满铁邀请至中国旅行时，在北京一同观赏米芾书法云云。参考奥谷贞浩、藤村德一《满洲绅士录》(辽东新报社，1907 年，第 129 页)，长冈笃湖《中国在留国人兴信录》("东方拓殖协会"，1926 年，第 524 页)，周立《〈刘铁云与中根斋〉补遗附中根斋年谱》(《从清末小说》第 67 号，清末小说研究会，2002 年)，《满洲旅行日记一月二十日》(《志贺直哉全集第 11 卷》，岩波书店，1973 年)。

十一月二十八日

晴。

奚先生、常氏（昨天与常氏束脩六元）。

世古堂。

下午，与日高大尉语，三点半乃归自室，杜氏来而已回去了。

给宫庄写信。

赵君来。

晚上，往日高氏一声馆①，托其介绍互授语言者二人。

日间极暖，夜则天阴欲雪。

夜，初读《品花宝鉴》。计竟读之也，诚可知清代京都风俗一隅。

[栏外注]：给宫庄朝子写信。

【注】　① 一声馆：位于东城船板胡同的旅馆。
村上知行《北平：名胜与风俗》（东亚
公司，1934 年）中介绍为"方便的
旅馆"。

十一月二十九日

晴。

奚氏、常氏。

世古堂。

下午，为明天迁居事往文化事业局。与小竹氏语，又拜候大
槻氏。

杜氏来。以不便于时，杜氏又不热心故，即今辞却（特为谢礼
七元）。

夜，给千鹤子、川副写信。义五郎成绩不佳，学业荒怠，实为
痛心。诚百忧集身，谁知余艰？

还读《品花宝鉴》，至第十回[①]。第十回特有趣味，又饶富艳，诚荡人心魄(第六回子玉始观琴官戏一段亦佳。其他第九回元宵灯谜一场亦有味)。

【注】　①《品花宝鉴》第十回：描写主人公梅
　　　　子玉在朋友引荐下与相公杜琴言初
　　　　次见面，共坐饮食的情景。

十一月三十日

薄阴。

今天因迁居，停中国语课。恰今天又有奚先生脚肿手术，常氏为表弟成婚，有意请事假。当月末，凡百皆顺也。

上午，来薰阁持来《碑传集补》书套。

下午，迁居。小竹氏来帮忙。虽云迁居，二人并行李，合车凡三辆，于事俱足。

南池子二十七号，中根宅。自此似可安稳矣。

收拾行李罢，与小竹君往太庙。此宅邻近，即太庙东门也。每人铜钱二十枚。

入太庙，柏树森森[①]，惟欲呼快。最宜今后闲常散步。自南入口出，入天安门，过端门，自午门前出东华门大街，归。

故宫御沟已凝冰。小竹氏为赴丸山周年之忌，日暮乃归。

晚食与日本人小学校[②]教师西村君、池田氏及太太[③]同进寿喜烧。

比之旅馆，自觉神颐。

[栏外注]：给千鹤子、川副写信。

【注】　①柏树森森：杜甫的名作《蜀相》开头　　　森森"之句。参考目加田诚《杜甫》
　　　　有"丞相祠堂何处寻，锦官城外柏　　　(集英社，汉诗大系9，1965年)第

239 页。此外，关于太庙柏林，作者有如下回忆："来北京后不久便入了冬。北京的冬天很长。自十月末以后，街上树的叶子凋零起来，最终随着风在地上打转。我虽住在南池子的某户人家家里，孤独时每每游荡在太庙的柏树林间。隔着河沟，能眺望到故宫美丽的角楼。"（《我的半生：生别死别》，收录于《夕阳无限好》）

② 日本人小学校：指东城第一小学。

北京居留民会立北京寻常小学。该校 1906 年在羊肉胡同开校，其后随孩童数量增多，1917 年移至东长安街三条胡同。参考小川一郎《北京的日本学校：北京城北日本国民学校志》（朝文社，1994 年）。

③ 太太：即夫人。清代北京大宅中佣人称呼女主人时的敬称，这里特包含了对房东中根夫人的亲切之情。

十二月一日

晴。

忽忽十二月。心多忧苦，日惟感伤，然不知何时已住惯此地矣。昨夜夜半，颈为虫所啮，今晨瘙痒难耐。

奚先生。

与竹田氏电话，告以迁居事。寄信与满寿代。

往东安市场，购烟草（红帽儿①一匣五十个，日元二元二十钱。及卷叶二），于中原公司购拖鞋（日元一元五十三钱。拖鞋价高，非日本可比）。东安市场去此宅不甚远。

下午，读书倦，又往太庙散步。姑购太庙参观券一连。

晚上，常氏。

有意日中互授之青年俞鸣奇②者至。逾二十二，清华贵胄，英语、法语皆任运无碍。

与常氏、俞君闲谈，甚为愉快。然余中国语不能胜任，殊失所望。

读《品花宝鉴》至二十四回。

[栏外注]：给满寿代写信。

【注】　① 红帽儿：天津正昌烟草公司贩卖的香烟的商标。过去港口、车站把客人行李安全送到时有"红帽儿"的说法，大约这种香烟早年在类似场合被当作小费用。

② 俞鸣奇(俞君)：日记此处及之后频繁出现的"俞君"是作者在北京时的好友。作者回忆中有如下文字："俞君自己说他似是苏州俞曲园(清末学者)一支的族人，是纤瘦而风雅之士，爱读《红楼梦》。他好画而不精，又作诗填词。和俞君散步，便有与异性友人同行之感，偏偏其内里却是个顽固的男人。"(《别离》，收录于《夕阳无限好》)

十二月二日

晴。

奚氏，今天起每天授课一个半小时(九点始，十点半毕)。

河村来信。立草报书。

下午，访中华公寓之桂君，共归家，更往太庙散步，又自天安门至午门前，一巡而返，半日殆消磨于此矣。

世古堂虽至，辞以今后不必更来。

读《品花宝鉴》，读之虽才一日，而痛感中国文学良非吾等村学所能体味也。

傍晚，青年刘镜明①来。彼亦属意互相教授者。乍见如日本人，是一周至愉快之青年也。相形之下，如昨天俞君者，诚可谓柔弱少年。今时北平青年，一似多柔弱而乏气概。

晚上，常氏。读《急就章》罢，闲谈近一时。彼是勤谨人物，诚可信可爱。

读《品花宝鉴》至三十二回。第二十九回②琴言探病子玉处，及前文处，真是摹写入妙。

[栏外注]：给河村写信。

十二月三日（周日）

上午阴，下午转晴。

上午，无所事事。服部先生寄来文化学院①新建纪念邮片。

下午，与同宿之西村君外出散步，自南池子徒步至鼓楼，抵钟楼，出什刹海，一观醇王府②（其现为日本人持原氏③所居，适有桥本氏者至，为余等指引）。

规模雄大，虽已荒芜，犹是豪邸，时值冬令，后园虽草木寂寥，然遥想春芳之景，诚可想见中国小说中大家气象。此醇王府颇非古物，先此而在者，或说即《红楼梦》故事所本。《品花宝鉴》所见怡园、华公府④不知又当如何？

乘洋车归。日夕风寒。

傍晚，往东安市场，购日语会话读本（相互教授用）、袜子、火柴，欲返，有茕茕之思，遂至文化事业局。以河又氏今天下午来时不在，因访其室，复问田村氏⑤，往八木君之室。值小竹氏来。我自觉近来逢人，每加饶舌，岂平素无从语者乎？后当慎之。

夜深乃归。车上，见月光皎皎。

为武英殿大学士明珠(1635～1708)
所居,有人认为明珠子纳兰性德
(1655～1685)即《红楼梦》主人公贾
宝玉的原型。现作为宋庆龄(孙文
之妻)故居被保存下来。

③ 持原武彦:北京日本居留民团的民
会议员。

④ 怡园、华公府:怡园为子玉、琴言

幽会之处,怡园主人徐子云欣赏琴
言,在后者陷入绝境时伸出援手。
华公府是徐子云友人华公子的府邸。

⑤ 田村真言:外务省文化事业部理事。
参考山根幸夫《东方文化事业的历
史——昭和前期的日中文化交流》
(汲古书院,2005年)第59页。

十二月四日

奚氏来稍迟。俞君十点半来,共论中国文学,相投契。彼云近
来学画,诚所谓才子之流也(才子佳人之意);又云双亲已故,寄寓
叔父家。

宫庄来信告满寿代病状,一读愕然。非无预感,然不意一至于
此。奈何,当奈何?中心耿耿,两肩俱僵,不堪忍耐。出门漫游,仰
观天安门高空,心为之塞,饮泪而已。行出西城,聊思与人共语,以
慰余怀,乃叩竹田氏之门,云教师至,方在读书,竟不得会,又原路
返还。然使此时得侣,心亦不能为之稍宽。归家,黯然而坐。

千鹤子信至。千鹤子康健,在宫城氏所,诚为安心,万幸
万幸。

使满寿代、千鹤子无恙俱在,一何可喜邪!

晚上,常氏之中国语。读书罢,略谈故事,心且宽。潜思诸事,
不能自已,因抄俞君所借《水浒传施耐庵序》(金圣叹伪作)①以自遣。

[栏外注]:给宫庄、满寿代写信。

【注】 ① 金圣叹(1608～1661):明末清初活
动于苏州的文人。合《庄子》《离骚》
《史记》、杜甫诗、《水浒传》《西厢
记》六种作品,取名"才子书",加
以评点,特别是第五才子书《水浒

传》删去旧时百回本后半部分的文
本,定为七十回。而且他号称这七
十回本才是原本,并伪造了原作者
施耐庵的"自序"。

十二月五日

阴。

闻排行、诗条子^①事于奚先生。

上午雪絮暗堕，几如不察，登时寒生。自前日烦恼堆积，不觉身心俱疲。凭坐躺椅，小睡片刻。

下午，不堪忧愁，出门往东安市场，买点心而归。

于南池子街照相馆^②见天坛列陈诸乐器^③之相片。

晚上，常氏课罢，往一声馆谢大冢交换教授事。顺道访石桥氏，听他述长安旅行见闻。归，车上耳冻欲裂。上视夜空，不见星光，天色暗淡。

所可幸者，是夜无月无星，使有月明或星辉，岂能禁故国之思！

夜，方欲寝，念及满寿代疾疢，为之黯然。

【注】 ① 诗条子：清代主要流行于文人之间的一种游戏。将诗句一部分写在空白纸上，填上缺字。

② 美丽写真馆：位于南池子的照相馆。参考日记1934年7月12日条。

③ 神乐署：立于明永乐十八年(1420)，掌管祭祀所用一切音乐。据说在这里学习音乐之人极盛时多达三千。现在天坛公园内的神乐署也一直举行展示自古以来各种乐器的活动。

十二月六日

阴。

自朝至暮，来客接踵。

早上，奚氏、俞君。下午，桂、堤、石桥三氏。

晚上，常氏、刘君，其他，文奎堂、来薰阁。

客多虽碍读书，然于近来心怀殷忧之时，反觉洒然。

服部先生、武井来信。草服部先生之报书。

在斜对面的照相馆购买天坛乐器、祭器相片三张。

读《品花宝鉴》四十五回^①罢，此处已不如开场精彩。

于文奎堂购买《辛稼轩词疏证》^②《词学》二卷^③二书。

刘君诚是爽快伶俐之青年也。

[**栏外注**]：给服部先生写信。

【注】　①《品花宝鉴》第四十五回：内容是梅　　　　家梁启超的胞弟。留学于美国哥伦比
　　　　子玉等人宴会上，通过王胡子的扶　　　　亚大学，回国后历任北平交通大学、
　　　　乩(笔仙)，得知杜琴言为屈道生前　　　　青岛大学教授。终生从事文学研究，
　　　　世之女，因此成为屈氏的义子。　　　　著有词集《海波词》《曼殊室随笔》。
　　　②《辛稼轩词疏证》：南宋词人辛弃疾　　　③《词学》：梁启勋的词学研究著作。
　　　　(1140～1207)作品的首个注本，注者　　　　1932 年出版，分上下两卷。上篇论
　　　　梁启勋(1876～1963)是中国近代思想　　　　词的音乐性，下篇论词的创作方法。

十二月七日

阴。

奚氏。

给武井写信。下午，先往问昨天回平的桥川氏。午后，读书。傍晚，常氏。

读《品花宝鉴》五十五回^①罢。

夜，欲寝而思满寿代病体，煎焦不能寐，辗转反侧，以至于旦。

[**栏外注**]：给武井写信。给满寿代、河村写信。

【注】　①《品花宝鉴》第五十五回：改名为屈琴
　　　　仙的杜琴言与屈道生同回扬州。次日，
　　　　屈道生游山途中跌倒，身负重伤。

十二月八日

朝雪，转阴。

早上，既觉，院中下雪。

上午，犹堕雪絮。奚氏不来。

俞君来，持来自作《辟邪斋笔记》。其文可爱。

下午，读完《品花宝鉴》。

余观此书，虽每有秽处，然欲见主人公之清高，舍此亦无他法。后半似稍欠精彩，而第四十八回子玉、琴言离别，第五十六回屈道生之死，亦出色。

当时文人习气、贵游风俗、灯谜、酒令、科举等并见此书。文人之交，底是何物，一读即明。

寄学士院报告与服部先生。

晚上，常氏、刘君。

读梁启勋《词学》上卷。

欲寝，朝鲜人家眷扰扰，无如之何。竟过深夜一点，俟其哗已，而入浅睡，忽又何人归来，复高声语，又寤。真可厌。

十二月九日

晴，有风。

闻清皇陵事①于奚氏，如下：

东陵（遵化州）

太宗后（顺治母）	昭西陵
顺治	孝陵
康熙	景陵
乾隆	裕陵
咸丰	定陵
同治	惠陵

西陵（易州）

雍正	泰陵
嘉庆	昌陵
道光	慕陵
光绪	崇陵

读《词学》下卷，稍有所得。

读《辛稼轩词疏证》，则会心处较少。辛词难称词之正脉。

往佩文斋购闻于俞君之《漱玉词》②，售尽无书。

在地摊买《秋水轩尺牍》③。

欲登城垣往交民巷，道逢大槻、桥川等三四人，来送忽欲回国之河又君故。

独上城垣，望长天垂暮。不堪久伫城上，体察要回国的河又君的心情，凄然不乐，匆匆归去。先者，桂君尝曰：为起桑梓之思，不喜登临，是则不谋而合矣。

晚上，常氏。

泡澡。

【注】 ① 清皇陵：清顺治帝以次九位皇帝的陵墓。第二代皇帝皇太极的皇后并第三代顺治帝的母亲孝庄文皇后、第三代顺治帝、第四代康熙帝、第六代乾隆帝、第九代咸丰帝（与西太后合葬）、第十代同治帝的六处陵墓在北京东郊遵化县（现河北省遵化市）、第五代雍正帝、第七代嘉庆帝、第八代道光帝、第十一代光绪帝的四处陵墓在北京西郊的易县（现属河北省保定市）。此外，最早的第一代皇帝努尔哈赤与第二代皇太极的陵墓在沈阳。而第十二代宣统帝溥仪（末代皇帝）1995年终归葬于西陵范围之内。

② 《漱玉词》：宋代女性词人李清照（1084~1155）的词集。"漱玉"得名于其故乡济南的一处喷泉。

③ 《秋水轩尺牍》：清乾隆年间许葭村的书信集。与《雪鸿轩尺牍》《小仓山房尺牍》并称清代三大尺牍。作者购买的是《新体广注秋水轩尺牍》（上海广文书局1933年）。

十二月十日（周日）

晴。

周日故无有人至。下午，去理发（直至东单牌楼）。

漫读《碑传集补》及《鲒埼亭集》。其中如《黄梨洲碑文》①、《周思南传》② 文章诚工巧。

读《辛稼轩词》。

文奎堂来，出金。购《南江书录》③（五十钱）、《北词广正谱影印》④（二元）。

晚上，与西村君闲谈。

思及杜甫《梦李白》诗⑤："死别已吞声，生别常恻恻。江南瘴疬地，逐客无消息。故人入我梦，明我长相忆。恐非平生魂，路远不可测。"

寄日元十元钱与修。读《秋水轩尺牍》。

[栏外注]：给修、河村、千鹤子写信。

【注】
①《梨洲先生神道碑文》：收于《鲒埼亭集》第十一卷。明末清初学者黄宗羲（1610～1695）墓前所立碑文。由黄宗羲的同乡兼后学全祖望所叙黄宗羲之生平。
②《周思南传》：收于《鲒埼亭集》第二十七卷。与黄宗羲同生于明末，全祖望的同乡。无比爱酒之人。
③《南江书录》：清代邵晋涵（1743～1796）所作目录提要之书。南江为其号。解说自《史记》至《明史》的史部书。邵同样出身浙江余姚，是浙东学派的一员。
④《北词广正谱》：集录元曲及流行于明代北方的散曲的乐谱著作。编者李玉，号一笠庵，明末清初文人。影印本由民国初年青莲书屋出版。
⑤《梦李白》诗：杜甫怀念李白而咏的名作。收于《唐诗三百首》。关于此诗，作者的随笔《夕阳无限好》第259页记叙如下："那一夜，仿佛有所感触，转醒过来，揭开窗帘，月光皎皎，照进院子里，正觉对面屋顶的梁上分明看到了的妻子的影像，下一刻便消散了。我生出一种说不清的感受，点亮电灯。桌上却正打开着杜甫的诗集，那是一首《梦李白》的"落月满屋梁，犹疑照颜色"。这样的句子。我悚了起来。自此过了数日，从东京来了条消息，告知妻子患上结核病的始末。接着妻子的病时好时坏，我不知多少次想结束留学赶回去。但仍旧日夜祈祷着她能更坚持一会儿，等到我回来，就这样直到结束了一年半的留学。"

十二月十一日

奚氏，例谈清代故事①云云。闻及有关秋水轩②许葭村者。

督·抚—臬（按察）[刑法]·道·藩[财政]—知府—知县[法律]

幕府·幕宾·幕友·老夫子·师老爷[刑名/钱谷/书启]

文奎堂，带来李清照《漱玉词》（一元）。

俞君，例论文学（遗我《桃花扇传奇》③）。

下午，读书（《秋水轩尺牍》《辛稼轩词》）。

　　傍晚，与俞君经太庙(初拟为陶然亭之游，俞君学校业罢迟，不及故止)，往西长安街四川菜馆大陆春④。

　　六点，既返，常氏受风，请假。

　　晚上，刘君来。今天综论古文⑤。他与俞君适相反，好韩愈文，称赏曾国藩⑥之文章，小说喜《三国演义》，视胡适诸白话运动⑦者则蔑如也。极痛快丈夫也。他自谓少时不入学校，就老师⑧请学。是各人性格、环境使然者。

　　今天，有少年名俞钧(少川)者，因一二三馆之荐而来讲中国语，然已谢之。

　　读《秋水轩尺牍》。

　　东京一无消息，奈何。

【注】　① 清代地方行政：过去的地方行政区划自上至下可细分为省、府、县。但"抚"(巡抚)只管辖一省，"督"(总督)则兼领数省。"臬"别名为"按察使"，掌管省内刑罚与法律，"藩"掌管省内财政。"道"是省的副长官。"知府"是府的长官，"知县"是县的长官。绍兴师爷直属这些地方长官，辅助他们执行公务。

② 秋水轩：清代许葭村的号。《秋水轩尺牍》是他的书信文案集。他自祖上以来代代供职于地方政府机构，作为长官的私人秘书，处理各类行政上的事物，即所谓"专业行政人员"。清代类似人士生于绍兴者尤多，故总而称之为"绍兴师爷"。图表中"幕宾""幕友""老夫子""师老爷"均是其别称，他们的职能主要可分成"刑名"(司法)、"钱谷"(财政)、"书启"(公文)三类。

③《桃花扇传奇》：清孔尚任(1648～1718)所作戏剧。以明末为舞台，描写文人侯方域与妓女李香君的爱情

悲剧。民国初年，由上海广益书局出版单行本。

④ 大陆春：名列当时"北京八大春"的老牌餐馆。参考安藤更生《北京案内记》第 264 页。

⑤ 古文：韩愈、柳宗元以及北宋的欧阳修、苏洵、苏轼、苏辙、曾巩、王安石"唐宋八大家"所提倡的"散文文体"。不取重视修辞及音律的骈文，而以《韩非子》、司马迁《史记》等秦汉时期古雅矫健、以内容为本的文章为其努力目标。

⑥ 曾国藩(1811～1872)：一般作为镇压太平天国起义的将领而为人所知，但同样也是清末的代表学者。宗法推崇唐宋古文的桐城派。嗣后，由李鸿章编纂的《曾文正公全集》中除了诗文之外，又收有《曾文正公家训》以及他从二十九岁记录到六十二岁死前一日未尝间断的《曾文正公日记》。

⑦ 白话运动：自民国六年(1917)胡适在杂志《新青年》上发表《文学改良刍议》开始的中国的文言一致运动。陈

独秀、鲁迅、钱玄同、李大钊等人参与并推进了这一运动。鲁迅于次年1918年发表的《狂人日记》成为划时代的小说。

⑧ 老师：这里指的不是近代所设立的"学校"的老师，而是以前私塾的老师。中国因科举考试的关系，私塾盛行，1905年科举制虽被废除，各地仍存在着大量的私塾。其中尤以浙江省绍兴市的三味书屋因鲁迅（周树人）、周作人兄弟少年时所就读而负有盛名。

十二月十二日

昨夜，梦满寿代。颜色苍白，憔悴殊甚。

早上，河村及千鹤子来信。告千鹤子在宫城氏①宅，其貌乐，可喜也。写信与宫城氏。

奚先生来稍迟。

读《吕晚村文集》。集中凡与人书，一何语简意永。

往东安市场购信笺、笔、茶叶。因奚氏所言，知茶夏称龙井，冬则香片之由。今天所买，虽香片之泛泛者（半斤一元二十钱），其中固有一斤至十余元者。又茶商则多吴、方、汪三姓②之由。

下午，桂君来访。共出散步。上城垣，及前门侧下，游观劝业场③，自大栅栏出。桂君买烤红薯，余买落花生，归时乘洋车。四点半，桂君归。

又读《吕晚村集》。

宫庄亲男君来信。

常氏。

晚上，与西村君一起去真光看电影（下午九点十分开演）。雪艳琴主演《四郎探母》④。以戏台为背景，所录之有声电影⑤。

既返，给满寿代写信。

［栏外注］：给宫城氏写信。

【注】　① 宫城长五郎(1878～1942)：埼玉县人，毕业于东京帝国大学法学部。经东京裁判所检事正，1934 年起任长崎控诉院检事长。嗣后于 1939 年入阿部信行内阁任司法大臣。参考都筑龟峰《宫城长五郎小传》(故宫城元司法大臣建碑实行委员会事务所，1945 年)。

② 茶商三姓：吴氏、方氏、汪氏都是安徽出身的茶商。当时北京前门外方景隆号茶叶抄庄、观音寺街的汪正大茶庄都盛极一时。此外，清光绪十三年(1887)创业于东四北大街的吴裕泰茶庄在今天仍很出名。

③ 劝业场：位于前门的官办商业设施。别名国货陈列馆，以保护培植本国制品为目的的办展卖货。

④《四郎探母》：以明代小说《杨家将演义》和民间故事为原型的京剧名剧。电影 1928 年由上海天一公司制作。导演尹声涛。主演雪艳琴(1906～1986)是京剧女伶。京剧在传统上不喜女性登台，故每以男伶扮演女性脚色，但自 20 世纪 20 年代后叶起，女伶的活动转受瞩目。其中尤以雪艳琴功底人望俱佳，带动了京剧界女伶的登场。此外，因为此剧是实录演员肉声台词的有声电影，若依从前以男扮女的旧例，难免不和谐。

⑤ 有声电影：影像与声音同时播放的电影。talking picture 的简写。与无声电影相对。有声电影 20 世纪 20 年代发明于美国，30 年代以降在世界上广泛流行。中国电影史上最早的有声电影就是这部《四郎探母》，日本则是 1931 年松竹制作的《夫人与妻子》(导演五所平之助、主演田中绢代)。

十二月十三日

奚先生、俞君、赵君、桂君、樫山君、常氏、刘氏来。

俞君将前日所约自作诗赋手抄一过持来。

赵君久不过，以话题乏少故，已无所获。

西川信雄来信。噫！眷思阃门俱健，观戏于京都颜见世①之时。

常氏，与某武官口角以致衅，可悯。

刘氏，夜课讲骆宾王②之文。

夜，电灯灭，数时不复明。

东京文化事业研究所寄来《东方学报》③。

满寿代寄来日元一百元钱。寄此闲钱，我能察满寿代之情。

河村来信，告满寿代容体更恶。

榻上读《曾文正公家书》④，至两点不能寐。

[**栏外注**]：给宫庄亲男、满寿代写信。

【注】 ① 颜见世：日本京都南座每年十二月举行的歌舞伎公演。
② 骆宾王（640？～684？）：唐代诗人。与王勃、卢照邻、杨炯并称"初唐四杰"。诗文俱优，据说他为讨伐武后的叛军所草的檄文《代李敬业传檄天下文》中"一抔之土未干，六尺之孤安在？"两句令武后也感到佩服。
③ 《东方学报》：东京东方文化学院的研究纪要。创刊于 1931 年。东京与京都两处机构各自刊行，以《东方学报·东京》《东方学报·京都》为区别。东京号 1944 年停刊。京都号作为京都大学人文科学研究所的纪要至今仍刊行。
④ 《曾文正公家书》：曾国藩写给家人的书信集。"文正"是他的谥号。全十卷。收录道光二十年（1840）二月九日至同治十年（1871）十一月十七日的书信。1879 年传忠书局首次出版，1905 年商务印书馆也曾印行。是了解清代政治史、军事以及当时日常生活的一级资料。

十二月十四日

阴，小雨。

奚先生，今天话雍正帝①事。

川副来信。武井寄《帝大新闻》②至。

下午，往一二三馆，捺外汇印，过日高氏，偶值堤氏，于前门邮局取钱（日本一百元钱合中国九十元三角钱），远行隆福寺街东来阁，初欲购胡克家仿刻本《文选》③，昨夜计之久矣（二十元，好物价昂，故且罢），不成。购海录轩本，五元。归觉略有污迹，不太愉快。

早阴不散，天气森寒。下午，洋车上遇微雨。

桥村来信中知义五郎近来全不用心之状。慨叹不能已，如此将来且奈何？思之不胜其忧，作书戒之。

晚上，常氏。课罢澡沐。

读《文选》④。计此后渐渐读去也。

读《登楼赋》《洛神赋》《高唐赋》《神女赋》及他歌诗，至三点不能寐。

[栏外注]：给西川、义五郎写信。

十二月十五日

晴，寒冷。

给奚先生束脩十二元(每节一个半小时)。

晏起，觉时奚先生已到候。

俞君今天不来。

作《文选》目录。

下午，出门散步，无可去之处，故往文化事业局，与桥川氏谈(有山本君①者偶至)，后与小竹君闲谈。

既返，不在时樫山君、小竹君相过(与桥川氏谈时造我家，后会于文化事业局)。

比来与人语皆有俞君所谓"不同腔"之感。不胜寂寥，出门辄失望而返。

晚上，常氏。

今天与刘君论中国青年之思想，甚快。

夜，火炉吹冷，纸窗曳风。读《长门赋》《思旧赋》《叹逝赋》《怀旧赋》《寡妇赋》《恨赋》《别赋》《文赋》②。

【注】 ① 山本守(1906~?)：专业主要是研究
蒙古女真语。1931 至 1933 年为东方
文化学院京都研究所研究员。其后
留学北平。《满洲人名辞典》(日本图
书中心，1989 年，基于 1937 年刊中
西利八《满洲绅士录》的复制)中记有
"而来经北平留学，1935 年 10 月 10
日文教部嘱托任命"，北平留学后，
转赴伪满洲国首都新京(现吉林省长
春市)。著作有翻译蒙古民间故事
《蒙古一千零一夜：一个蒙古民间故
事》(东方国民文库，1939 年)。战后
任神户市外国语大学学长。
② 《文选》《长门赋》……《文赋》：接昨
天继续读《文选》赋。《长门赋》，西
汉司马相如为失宠于汉武帝的陈皇

后而作。《思旧赋》，晋代竹林七贤
之一的向秀所写的思念旧友的作品。
《叹逝赋》，晋代文人陆机所作思念
逝去亲友的作品。《怀旧赋》《寡妇
赋》同属晋代文人潘岳的作品，前者
伤悼自己岳丈和孩子的死亡，后者
代陈亡友妻子的心理。《恨赋》《别
赋》，梁代江淹的作品，是就一个主
题列举相关典故的"咏物赋"。最后
的《文赋》，陆机所作以"文"为题
的咏物赋，同时作为六朝文学理论
作品，与梁代刘勰《文心雕龙》和钟
嵘《诗品》一并受到重视。以上都是
《文选》第十六卷至第十七卷连续收
录的作品。

十二月十六日

晴。

奚氏来稍迟。

给盐谷先生写信。

中午，俞君来。相携远游陶然亭①。丛芦凋伤，满目萧条，坟
冢累累，一望千里，伤心难堪。长天澄碧，唯浮云一片不止，游子
之心，徒令增悲耳。

亭畔有香冢②，其碑铭曰："浩浩愁，茫茫劫。短歌终，明月
缺。郁郁佳城，中有碧血。碧亦有时尽，血亦有时灭。一缕烟痕无
断绝。是耶非耶，化为蝴蝶。"

[栏外注]：佳城，坟墓也。

旁有鹦鹉冢③。日欲沉，就归途。

晚上，常氏。

河村来信。告余满寿代胸中积水已放出。不知其后如何？

楠本氏亦来信，云亦病于肋膜。

读李萧远《运命论》《酒德颂》《典论·论文》④。

【注】 ① 陶然亭：北平南外城里的公园。清初工部郎中江藻取白乐天诗中"陶然"二字为名所建的亭子。中有元代建成的慈悲庵等景物。

② 香冢：陶然亭中古冢。建于清代，不知所葬者谁。似是哀悼早逝的薄幸美人。石碑在后来的"文化大革命"中遭毁坏，所幸碑文拓本收藏于北京国家图书馆。

③ 鹦鹉冢：香冢旁的墓冢。与香冢同样毁于"文革"，而拓本存于国家图书馆。或是香冢墓主的爱鸟陪葬所用。

④《文选》《运命论》……《典论·论文》：自昨天来连读《文选》不断。今天读的是收录于后半部分的散文。《运命论》，三国时期魏李康(萧远其字)所作，收于《文选》卷五三，论"命(天命)"的循环。《酒德颂》，竹林七贤之一刘伶作，收于《文选》卷四七。《典论·论文》，三国时期魏曹丕作，收于《文选》卷五二。作为六朝文艺理论先驱之作，为人所重。作者于后年萌生了对六朝文艺理论研究的关心。

十二月十七日（周日）

晴。

早上，写信与楠本氏。

读《文选》至下午，主于诗歌部分。

另手抄王粲《登楼赋》，记诵。

往东亚公司，购《井上日华辞典》①缩印本(二元九角五分)。

晚上，见邀于桥川氏设宴淮扬春②。有傅惜华等（含杨钟羲子③），及日本人桂、山本、芝田、小竹诸君。

宴罢，与桥川氏外诸日本留学生结伴而归。畅谈至十一点。

其后，读《越缦堂日记》至三点。

[栏外注]：给楠本氏写信。

【注】①《井上日华新辞典》缩印本：1933 年 8 月文求堂书店出版。编纂者井上翠（1875～1957）出身于兵库县姬路市，1904 年毕业于东京外语学校中国语科，1906 年作为日语教师，任教于为清朝留学生的日语教育而创立的弘文学院，1907 年来华任北京京师法制学堂日语教师。回国后出版《井上中国语新辞典》和《井上日华新辞典》。此后任教于山口高等商业学校、大阪外国语学校等。

② 淮扬春：北京"八大春"之一。扬州菜馆。江苏淮安人夏万荣开业于北京西长安街。

③ 杨钟羲（1865～1940）：辽宁省辽阳人，原名钟广，戊戌变法后冒为杨姓。光绪十五年（1889）进士及第，嗣后历任襄阳、淮安、江宁等地知府。辛亥革命后不复出仕，寓居上海、北平，专心治学。著有《八旗文经》八十卷、《雪桥诗话》四十卷等。参考桥川时雄《中国文化界人物总鉴》第 613 页。其子杨鉴资（1900～1967），字懿涑。著有《梦瞩室诗》。1949 年后在台湾度过余生。1931 年 6 月～1933 年 12 月杨钟羲因东方文化事业部的委托，参与执笔《续修四库全书提要》。又 1933 年 3 月，受狩野直喜的邀请，父子同赴日本，与仓石武四郎、内藤湖南、服部宇之吉等人会面，调查日本的汉籍善本。1939 年铃木吉武出版端洵《散木居奏稿》时，父子寄来杨钟羲所作序、端洵传及杨鉴资所作跋文。作者在北平时有与端洵、铃木吉武会面一事，参见本日记 1934 年 9 月 16 日条。

十二月十八日

晴。

奚先生。

俞君不来。复读《越缦堂日记》。

下午，去东安市场购《燕子笺》①《饮水词》②、胡适《尝试集》③（非初版，第三版）。

读《燕子笺》。以辞书逐一求其典故。

赵君来，语至日暮。

晚上，食迟，久候常氏。

刘君来，话中国结婚事，常叹古礼之渐寝。青年辈中奇男子也。

阅读《越缦堂日记》。

榻上读《饮水词序》，了解纳兰性德的生平及词风。

十二点半就寝。

【注】 ①《燕子笺》：明代阮大铖（1587～ 1646）所作戏剧。唐时举子霍都梁与妓女华行云的恋爱故事。民国时期出版了数种单行本，作者购入的是哪一种尚无法确定。此外，日本 1923 年宫原民平将其翻译出版（《国译汉文大成》文学部第十七）。

②《饮水词》：清代文人纳兰性德（1655～1685）的词集。书名取义"如人饮水，冷暖自知"，乃作者自题。康熙十七年（1678）刊行。友人吴绮、顾贞观在序中详细介绍了纳兰性德的人物性情和作品风格。

③《尝试集》：胡适用白话写成的新诗集，1920 年 3 月由上海亚东图书馆出版。前后修订四次，直到 1953 年亚东图书馆停业为止共发行约四万七千册。第三版刊发于 1922 年 2 月。印数二千册。参考陈爽《〈尝试集〉第三版的发现与胡适的误记》（《文艺争鸣》2015 年第 3 期）。胡适（1891～ 1962），安徽绩溪人，留学于美国哥伦比亚大学，1917 年在文学杂志《新青年》上发表《文学改良刍议》，提倡白话文运动。此后任北京大学校长。战后转至台湾，先后任台湾"中央研究院"院长等职。参考桥川时雄《中国文化界人物总鉴》第 280 页。作者对胡适有以下记叙："我还是东大学生的时候，应该是 1927～1928 年时，胡适不知是往美国去还是从美国回，途中到东大，办过一场关于中国文学革命的演讲。这时的胡适是个潇洒的男人，给我体形细瘦、年轻风趣的感觉。我们为他那杂着手势的流利的英语而入迷。1933～1934 年的时候，我正在北京留学。那时的胡适是北京大学文学院的院长，我试着探一眼他的课，但听者满堂，座无虚席。黑板上横排列着板书，说着《左氏》的内容。"（《胡适之死》，收录于《洛神之赋》）

十二月十九日

晴。

奚先生。

阅读《越缦堂日记》。

因石桥氏介绍，访协成堂书店。

下午，桂君来。同出散步，观北大出版组①特卖，并观景山书社②。

至北海公园，滑冰者众。池冻殆遍（余湖心一角），见冰始觉北京之寒。日午则不然，不甚寒也。既返，俞君来。彼以伯父南归日近，月末将傗屋寄宿，可悯也。芝田君来取前天所遗囊橐，即辞去。

晚上，常氏。与西村君③闲谈。

读《燕子笺》《饮水词》。

宫庄来信，告余满寿代病况。容体益恶，念之断肠。而入院费似渐次转蹙。中怀惨怛欲裂。

【注】　① 北大出版组：指位于当时北京大学南门附近的北京大学出版组（贩卖部）。最初是北京大学图书馆附属的印刷室，1918 年升级为出版部。1929 年从图书馆独立，改称出版组。刊行、贩卖北京大学的讲义印本、教科书，以及在任教师的著作。有百余名社员，一跃成为当时北京的印刷业巨头。参考白化文《我所知的老北大出版组》（《出版史料》2003 年第 3 期）。

② 景山书社：1925 年 11 月，以顾颉刚为中心，冯友兰、郭绍虞、俞平伯、朱自清等名人共同创办的书店兼出版社。位于景山东街十七号。1937 年因经营问题为上海开明书店所合并。参考潘光哲《顾颉刚离开北京》（收录于《何妨是书生——一个现代学术社群的故事》）、顾颉刚《我怎么进了商界》（收录于《顾颉刚自传》，北京大学出版社，2012 年）。

③ 西村义一（1908～?）：出生于石川县。1932 年以北京寻常小学校的教师身份来到北京。

十二月二十日

晴。

奚先生假我《作诗百法》①，上午读之。文奎堂来。

下午，读《饮水词》。

今天起常氏课改为下午一点半至二点半（为小林君之便）。

常氏课罢，往东安市场，购笔、日记册。

赵君来。

晚上，刘君。比来刘君吐词迅速，不明处多。与刘君谈极自在。刘君所论，纯是学问，应为此故。

以今天计，来北平已两月。

不觉寒深矣。此一月间，得赵君、俞君、刘君等中国友人，语言、学问，受益处多。已尽习北京生活，不复初到时孑然。然则满寿代之疾，形容日损，心无豫日。今天东安市场见镜，惊余颜色俄老。

夜，每不寝而思故乡之天，抱病之人，辗转反侧，心愀欲死，兼以日夜屏营，中情苦恼，一月可作一年看。北平城寒，及此日深。夜半，远闻贩卖吆喝之声。

【注】 ①《作诗百法》：即刘铁冷《无师自通作诗百法》(上下二册，铅活字本)。上海崇文书局及上海中原书局 1923～1934 年出版数次。将汉诗的作法细分为"较准平仄法""画定四声法"等一百个项目详细解说。刘铁冷(1881～1961)，本名刘绮，又名刘文魁，字汉声。江苏省宝应人。在上海时任职于《民权报》《小说丛报》编辑部。著有《铁冷书谈》《鸥梦轩诗牍》等。

第三卷

（1933 年 12 月 21 日～1934 年 1 月 31 日）

昭和八年（1933 年）

十二月二十一日

晴。

昨天傍晚的天空上挂着清澈的弯月，在这个弯弯的月亮旁边可以看到由于金星和土星相互靠近而散发出的光①。在今天早上的报纸上，可以看到有关于这件事情的报道。自古以来，这个现象都被当作是国家昌盛的前兆。雍正、乾隆即位的时候，都曾有过天文博士上奏此现象的记载。

半夜，惊梦之后无法再入睡，便再次出门仰望夜空，此时的月亮已落、天空已星斗灿然。以前在日本的时候从未看到过如此美丽的夜空。

奚先生来，讲清朝历代系谱②。

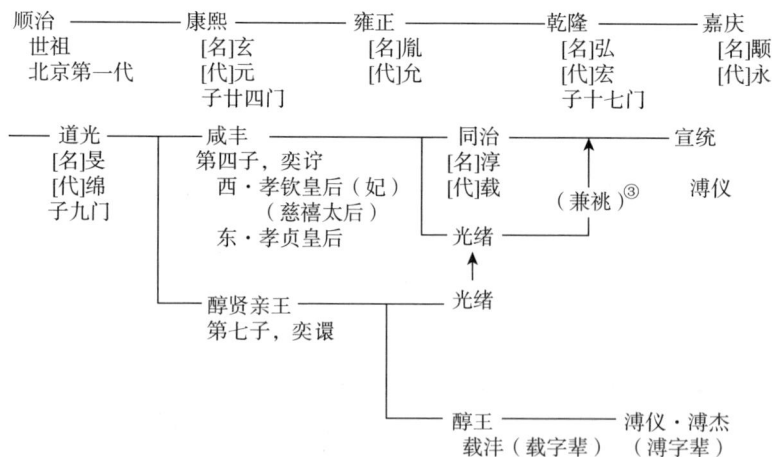

```
顺治 ———————— 康熙 ———————— 雍正 ———————— 乾隆 ———————— 嘉庆
世祖            [名]玄          [名]胤          [名]弘          [名]颙
北京第一代      [代]元          [代]允          [代]宏          [代]永
               子廿四门                        子十七门

—— 道光 ———————— 咸丰                        同治 ———————— 宣统
[名]旻          第四子，奕詝                   [名]淳
[代]绵              西·孝钦皇后（妃）          [代]载                       溥仪
子九门                 （慈禧太后）                        （兼桃）③
                   东·孝贞皇后              光绪
                                             ↑
               醇贤亲王 ———————— 光绪
               第七子，奕譞

                   醇王 ———————— 溥仪·溥杰
                   载沣（载字辈）  （溥字辈）
```

因为从东京寄来了一个小包裹，便到前门的邮局领取包裹。包裹里有杂志、袜子、罐头等。

既返，俞君已经在等着我回来，闲谈至一点。

常氏。

今晚，住家需要举办法事，所以便把房间借出去了，如果我在家的话会有些许吵闹，所以便出门往文化事业去了。与小竹君闲谈至傍晚，便前往大槻氏的住处，与八木氏三人一起共进晚餐。小林君也前来问候。小竹君也来到房间里交流到很晚。

回家时，洋车进到了毫无人影的阴森森的胡同里，觉得有些寂寞。

上床之后读今天寄来的杂志《朝日画报》④。读到了日本的读物才让我开始意识到自己已远离故国。心里总有些不舒服。

一点半就寝。

【注】 ① 金星土星接近月亮：此夜可以看到金星和土星以上弦月为中心，并逐渐接近月亮，最后消失在月亮背后的天文现象。日本也于 1933 年 12 月 21 日的报纸（朝日新闻等）上登载过相关报道。

② 清朝历代系谱：从清朝第三代（迁都北京第一代）皇帝顺治帝到末代皇帝溥仪（第十二代宣统帝）为止的系谱。康熙帝之后的旁注为皇帝的本名及其代替字。不仅仅是在公文之中，在那个时代的出版物中，都需要避讳皇帝祖父三代的本名（故意少写汉字的最后一划，或是用其他汉字代替）。

③ 兼祧：流行于清代皇族和贵族之间的养子继承的习俗。兄弟中，只有一个孩子的情况下，为了延续宗族的兴旺，这个孩子将同时继承亲生父亲和其父辈兄弟的家业，以此来维持两家的桃庙（先祖的祠堂）。

④《朝日画报》：由日本朝日新闻社刊行的杂志。于 1923 年 1 月创刊，于 2000 年 10 月 15 日休刊。日记中，作者之所以会写"心情终觉得有些不舒畅"，是因为报纸上关于"九一八"事变的相关报道以及对其评论，让作者心生芥蒂。

十二月二十二日

晴。

早上很早就醒了。

与奚先生闲谈有关冬至的事情。

给河村、满寿代写信，前几天小竹君拍我的照片，便和信放在一起寄了出去。还有满寿代的病或许已经有些许好转了吧。

收到了千鹤子的来信。

下午，常氏。

然后俞君来，与俞君谈有关于宗教和人生的问题。但因我汉语有局限，不能谈我所想的那样，感到有些遗憾。傍晚，为了送俞君便去了太庙，在出口处分别之后我一个人在太庙中彷徨。日暮时的柏树下，树影重重。

晚上，刘君来。他真是非常的热心、爽朗的一个青年。

[**栏外注**]：写给满寿代的信附给河村的信中。

十二月二十三日

晴。

奚先生。

文奎堂带来了《大鹤山房全书》（五元五角）。

郑文焯①（不提郑姓而直呼文焯的情况更多）是死于民国六年（?）的举人。

与唐震钧②（《天咫偶闻》的作者）同时代。平生不合时宜，当时他的反对者们都称其为狂生。因此极其贫困，并常常得到富豪友人立山的援助，不幸的是由于立山的早亡，文焯的遗作很多都未得到出版。他并能称得上是某一领域的大家，但是他优秀的地方便在于他不仅仅精通文学词章，诗词尤其是词更可以说是他的拿手好戏。同时他也非常擅长于绘画（指头画③）。

收到服部先生的来信。收到武井的明信片，据说他现在患肺尖粘膜炎。

常氏、俞君。

今天没有与人交谈的兴致。便到了东安市场买了点心，回来之后尝了一下味道，不是很喜欢。抄写了收录于《文选》中江文通的《别赋》④。

夜晚，虽然阅读了《冷红词》⑤（收录于《大鹤山房全书》），但由于我这里没有词谱⑥，所以渐渐感到有些吃力。虽然有些吃力但还是慢慢品味了二十几首。

在将近晚九点的时候，因为感到有些寂寞，便想着去拜访一下他人，便坐着洋车来到了住在吉兆胡同本佛寺⑦的山本君和樫山君的家里。在不知名的胡同中，沐浴着寒冷的月光⑧，在胡同里徘徊了半个小时，到十一点半，便又乘着洋车回家了。

今天，我国新闻报道说皇子⑨出生了。祝国家安泰，庆贺无比。从前几天开始，便开始出现天象的异常。每天的报纸都有所登载。特别是在日本可以观测到月亮和土星、金星的接近这一异象。觉着这便是国家隆盛的吉兆或者是出现明君的吉兆。虽然这有点迷信，但是却也因此感到心情舒畅。在日本特别是东京市内应该充满着庆贺的氛围。

晚上十一点半，回家之后泡了澡。早上醒来之后忧郁的心情也一扫而空。

【注】① 文焯：或称郑文焯（1856～1918），号大鹤山人，汉正白旗人。光绪元年（1875）举人。工诗词，通音律，擅书画，懂医道，长于金石古器鉴赏，是清朝末期首屈一指的文人。因七次会试不中，遂绝意进取，自镌私印"江南退士"隐居。生活的贫瘠，让他不得不辗转于苏州和杭州，行医市井，并以卖画和拓本以自给。民国六年（1917）北京大学校长蔡元培欲高薪聘请，却被其婉言谢绝。于第二年民国七年去世，享年六十三岁。其著作《大鹤山房全书》八册于民国九年（1920）出版（苏州交通图书馆藏板）。参考桥川时雄《中国文化界人物总鉴》第 67 页。同时桥川时雄以《文字同盟》第 12 号（1928 年 3 月刊）作为郑文焯的特刊出版，在刊物开头有如下记载："大鹤山人郑文焯，字俊臣，号小坡、叔问。少时风流倜傥。有志节。其文有奇气，并擅长书画。其诗词，有雄厚隽永的气韵，无人能及。空怀一身绝学却无处施展，终日为贫

困所扰，于民国七年（1918）二月，在苏州去世。在十年后的今天，时过境迁，和先生一样，能纵情谈论文学的人越来越少。并非先生没有留下劝诫之言，而是身处乱世，人们大都无暇顾及这等风花雪月之事。"依据满族人的习惯，并不会直呼姓名，而是只称其名，或是在名字前面加上爵位或官名。作者根据这一习惯，所以在提及郑文焯时，便会略去其姓氏。

② 震钧：或称唐震钧（1857～1920），字在庭，号涉江、悯庵。满族旗人。辛亥革命之后改名唐晏，字改为元素，闲居上海。参考桥川时雄《中国文化界人物总鉴》第 730 页。其著作《天咫偶闻》十卷为记录清政府统治下的北京的随笔。效仿孟元老《东京梦华录》和吴自牧《梦粱录》，记录了革命之前的北京。

③ 指头画：画家以手掌、手指代替传统的毛笔，直接蘸墨作画。也被称为指画。指画是中国传统的作画技法，清代高其佩首次将指画规范化，从此指画被大众社会认可为画法的一种，在日本也有以池大雅为首的中国南宗国画的代表运用此画法。

④ 《别赋》：收录于《文选》卷十六。梁江淹（440～505）所作。

⑤ 《冷红词》：收录于《大鹤山房全书》，为郑文焯的词集。全四卷。收录了郑文焯光绪十五年（1889）至二十二年（1896）之间的作品。

⑥ 词谱：每一词牌都会有对应的字数、平仄以及押韵。如果不借助词谱断句，对于词内容的理解将会相当困难。

⑦ 本佛寺：为了留学于中国的日本人而特设的佛教寺庙。包含各个宗派，位于东城区的吉兆胡同。

⑧ 月光：今天为农历十一月七日。

⑨ 皇子：后来成为平成时代天皇的明仁皇太子的诞生。

十二月二十四日（周日）

晴。

早上，比平时稍晚了一些醒来。汉语老师今天也没来。

协成堂带来了《词学全书》①，七元。用此书（词谱）作为参考阅读《冷红词》，读了十几首却也没有发现能让自己特别喜爱的作品。终于到傍晚读到了《漱玉词》，真是一唱三叹啊。

没人来与我玩，感到有些无聊，便出门散步，到了故宫的护城河边，但实在是觉着无趣，便回家读书（《文选·赋》）去了。

河村来信，知道满寿代的病开始逐渐有了好转。仅仅是这样还是无法感到安心，快乐的情绪也没能持续很久。希望之后能慢慢退烧，然后能接连收到好消息。

晚上，邀请了室友西村君、池田君，再去观赏真光的活动（电影）。标题是《赖婚》^②。实际上，这是曾看过的《一路向东》的无对白版，主角悲惨的命运让人不由地心生感伤。想起十年前曾在水户看电影时的兴奋，再想到现在的多思多虑，不由得心生落寞。几度落泪，泪眼朦胧。或许是因为最近正好看到了年幼时的照片，才难免会感到忧伤。

【注】　①《词学全书》：清代查继超编，十四卷。收录清代关于词（填词）的相关著作，包括毛先舒《填词名解》四卷、王又华《古今词论》一卷、赖以邠《填词图谱》六卷《续集》一卷、仲恒《词韵》二卷。此书于 1934 年 3 月 20 日被九州大学图书馆所藏。第一册留有用墨水写着"文华堂/词学全书/三元"的纸片。
　　②《赖婚》：电影原标题为 Way Down East，1920 年在美国公映。导演为大卫·格里菲斯。日本于 1922 年上映。作者于 1921 年至 1926 年，一直都在旧制水户高等学校就学，此电影是其高中时期所看的作品。中国将作品翻译为"赖婚"，即为订立婚约后却又反悔之意。电影描写了女主人公，一个单纯善良的乡下姑娘安娜波澜壮阔的一生。"无对白电影"指的是电影画面上只有背景音乐。介于默片和有声电影之间。

十二月二十五日

晴。

奚先生。

读《漱玉集》。

常氏、俞君、刘君，今天都没有来。

傍晚，出门散了会儿步。樫山君、竹田氏夫妻到访。

晚上，在池田君的房间中交谈。

读《鲒埼亭外集》。

十二月二十六日

奚氏今天有事不来。

　　再过几天就要到日本的新年了，因为身在北平而没有过年的感觉。

　　早晨，考量了一下费用相关的事情，事实上到三月为止，已经没有了买书的钱。颇感到失落。

　　修、满寿代（护士代笔）来信。

　　协成堂来，前天带来的《词学全书》因错简①过多而退还。

　　下午，常氏。

　　看望生病中的桂君（在中华公寓）。自从来到中国之后，一直在公寓中养病，会因此感到寂寞难耐吧。

　　去东安市场买了鞋油、鞋刷和袜子之后回家。

　　读《鲒埼亭外集》。有两三处新发现。

　　夜晚八点半左右，山本君到访。小竹、八木君相继到访，四人相谈甚欢，不知不觉便到了深夜两点半。

【注】　① 错简：常见于线装本中，指书中页
　　　　码错乱的现象。

十二月二十七日

　　雪。

　　早晨便迎来了初雪。雪花霏霏，如灰般细密。

　　奚氏来。

　　读《鲒埼亭外集》。

　　下午一点，参加东方文化事业委员会举行的柯凤孙先生①的追悼会，会上杨钟羲氏宣读祭文、江瀚氏②进行演讲。得以领略中国老学者们的风貌。

　　回家后，再出门看望桂君，从东厂胡同开始，都是在雪中走完了到中华公寓的这段路。外套上积着雪，轻轻一拂，雪便都落下，

全无沾湿的痕迹。和日本的雪全然不同。

千鹤子、赵君来信。

给满寿代、河村千里、赵君写信。

夜晚，雪停后的月光③格外清澈动人。读了一会儿书后便早早入寝了。

[栏外注]：给满寿代、河村千里、赵君写信。

【注】 ① 柯劭忞(1849~1933)：字凤孙、凤荪。山东胶州人。光绪十二年(1866)进士。历任清政府翰林院编修、武英殿总纂、翰林院侍讲、国史馆编修、京师大学堂总监督。后因考察教育而被派遣至日本。民国建立之后，任参政院参政、清史馆长事务代理。对宋濂等人编撰的《元史》二一〇卷，柯劭忞在参考了蒙古以及西洋文献的基础上编写了《新元史》二五七卷，民国八年(1919)大总统徐世昌下令把《新元史》列入正史。1923 年又因其著作《新元史考证》，被东京帝国大学授予文学博士学位。1925 年 10 月随东方文化事业总委员会的展开而被选为首任委员长。1928 年 5 月，参与山东抗议日军行动，并同时向委员会中的中方委员们请辞。但是在日军撤出山东之后，1930 年 2 月，柯劭忞收到北京人文科学研究所服部副总裁的邀请，担任《续修四库提要》的编撰工作。1933 年 8 月 31 日去世。柯劭忞的其他著作有《春秋谷梁传注》十五卷、《蓼园诗钞》五卷等。参考桥川时雄《中国文化界人物总鉴》第 290 页，并参考山根幸夫《东方文化事业的历史》、阿部洋《对华文化事业的研究》等。根据追悼会的记载《柯凤孙追悼会记录》(东方文化事业总委员会，1933 年，关西大学附属图书馆所藏)，会议于下午两点于东厂胡同的东方文化事业举行。参加者包括杨钟羲、江瀚、傅增湘、胡玉缙等中国学者，除此之外，还有饭岛涉(同仁会北平医院院长)、堤留吉、铃木吉武、小林知生等日本留学生约三十人。同时，还有柯劭忞的家属柯昌泗、柯昌济、柯昌汾三人，主办人是中山详一(外务省在北平一等记书官)，桥川时雄(主持人)，大槻敬藏、邓萃英(总务部主任)，徐鸿宝(图书部主任)，林秀英(图书部主事)等人也如约到会，共计七十余人。并已于上个月在东京先行举办了追悼会。

② 江瀚(1857~1935)：字叔海，号石翁。福建省长汀县人。光绪十九年(1893)以庶民身份出任重庆东川书院山长。历任京师大学文科经学教授兼女子师范学堂总理、京师图书馆馆长、北京大学科学长、故宫博物院院长。民国十六年(1927)开始，以东方文化事业总委员会研究员的身份，辅佐柯劭忞，写出《诗经提要》等著作。其著作还有《诗经四家异文考》一卷、《慎所立斋文集》四卷、《慎所立斋诗集》十卷等。参考桥川时雄《中国文化界人物总鉴》第 113 页。

③ 月光：今天为农历十一月十一日。

十二月二十八日

早上，奚先生的课毕后，和西村君一起前往太庙。雪景实在是美不胜收。心情也因此逐渐好转。

下午，常氏因要事告假。

想起和小竹君的约定，便前往文化事业，想邀请傅惜华一起参与，在那里小竹君说打算去北海溜冰。因为受到了邀请，与小竹、八木二君一起离开了文化事业，在路上买了双溜冰鞋（三元五角），并中途返回做了些准备，之后才三人一起前往北海。在北海公园的入口，与傅惜华汇合。溜冰的人可以说人山人海。刚开始时借助着椅子在滑，逐渐能把手松开，开始独立练习。最后，虽稍有辛苦但也渐渐熟练。夕阳下，银装素裹的北海，着实秀色可餐。

雪的雾气包裹着北海，隐隐约约地看到了北平图书馆的灯，宛若浮在那远远的对岸一般。

和八木君一同回家，途中还一起吃了晚饭并闲谈至十一点半。听了八木君的想法，感受到了他的纯真，顿时觉着一丝不苟的他慢慢地变得可爱了。

由于近来频繁的休息，导致汉语没有实质性的进展，有些惭愧。

服部武君来信。

十二月二十九日

奚先生。

昨天晚上，中根的儿子回乡探亲（立教大学教授）。暂且出门散会儿步。因为昨天溜冰，身体有些疼痛。

常氏。

时隔很久俞君再次来访，闲谈至傍晚。

夜晚，刘君。与平时相比，今天格外健谈。西村君也来了，一起研究汉语。

今天是充满着汉语的一天。

真正进入了严冬。

十二月三十日

晴，冷风。

早上，奚先生。

之后，和中根氏一起出门购买他的溜冰鞋。我脚上仍然留着前几天的伤，并未愈合。走路的时候会感到疼痛。协成堂来，仍然没有兴趣，遣其返。

下午，前往北海（西村、中根、中根的女儿）。今天稍显力不从心，几度跌倒。西风猛烈让寒冷加剧。是来北京之后，今年冬天最冷的一天。回程的路上，小竹、八木两君一起取回鞋子（因为铁有损坏的缘故），之后三人一起到东安市场喝咖啡，买了茶叶之后回家。

今天傍晚，心中总有些不是滋味。

常氏，下午五点到六点（因常君有事，改动时间），读完了《急就篇》"桃太郎"①。

【注】　① 桃太郎：指《急就篇》最终章"桃郎
　　　　征鬼"。桃太郎是日本流传最广的儿
　　　　童故事之一。

十二月三十一日

新年的缘故，从今天开始汉语课停课四天。

早上，到大仓①背面的池子里去溜冰。溜了一会儿后便回家了。

下午，桂君、赵君、小竹君、八木君到访。闲谈一会儿后，于下午三点半，一起前往北海。溜冰的技术已经渐入佳境。

其后，与桂、八木、小竹三君一起前往东安市场的润明楼吃晚餐。我独沉醉于饮酒的快乐之中，之后又结伴去喝了咖啡，然后一起去看电影(大饭店 Grand Hotel)^②。

今晚是除夕，不由地心生感慨，不自觉流了泪。和朋友们分别之后独自归家，泡了澡吃了荞麦面^③。至半夜一点半。今夜心绪难宁，始终无法提笔。

[栏外注]：给服部武君写信。

【注】 ① 大仓：指位于王府井大街的北平大仓洋行，是由实业家大仓喜八郎(1837~1928)所创立的大仓组商会(后更名为大仓财阀)的海外分公司之一。

② 大饭店 Grand Hotel：指位于北京东交民巷御河桥路东的六国饭店。1902 年，比利时一家专门做火车车厢的国际公司建设了一座名为 Grand Hotel des Wagons-Lits 的西式宾馆。之后 1905 年英、法、美、德、日、俄六国合资，重建此饭店，并更名为六国饭店。事随时迁，现已重新改名为北京华风饭店。

③ 荞麦面：日本迎接新年的传统菜，除夕吃荞麦面，通称为年越荞麦。

昭和九年（1934 年）

一月一日

今年的元旦风和日丽。

桂君来，便一起吃杂煮^①庆新年，之后到大使馆拜御真影^②。

又往文化事业部拜年。

下午，在家写了五六张贺年卡。

晚上和八木、小竹两君一起去拜访竹田四郎氏^③宅，并共进晚餐。十点半回家之后与两君闲谈至一点。

今年，我已经三十一岁了。

今年的愿望是大家都可以身体健康，并能度过充实的一年。

新年之际，想念遥远的故乡，并祈祷满寿代能早日痊愈，加之祝愿全家健康。

【注】 ① 杂煮：庆贺新年的日本传统菜，烩年糕。
② 御真影：昭和天皇的照片。
③ 竹田四郎：当时日本矿业株式会社的北平外派员工。住所是位于西城区的绒棉胡同。参考本日记 1933 年 10 月 21 日条等。

一月二日

吃杂煮。

收到三四张贺年卡。

下午，北海。虽然去溜冰了，但是由于脚伤未愈，早早回家。

山本君、堤氏到访。三人一起到西长安街大陆春吃晚餐。与堤氏分别之后，和山本君一起来到西堂子胡同拜访桂君，并到东安市场的咖啡馆谈天。

一月三日

桂君来，一块吃杂煮。下午，桂君和院子里的人一起打麻将，我因为不知道麻将的玩法，便和他女儿一块玩扑克牌。

桥川氏来，和其交谈之际，赵君、李姓男子结伴前来，一同聊到了傍晚。

和桂君、池田君、西村君在家一起吃晚饭，九点左右，送走桂君，便前往东安市场，买了亚东书局版的《红楼梦》^①之后回家（一元五十钱）。

因为需要预习明天的功课，所以读了胡适的《考证》。

义五郎来信，满寿代的病貌似稍有好转。

北平的正月，超乎预料地迎来了一个愉悦的新年。

【注】　①《红楼梦》亚东书局版：指上海亚东书局1921年5月出版的铅活字本《红楼梦》（或为其重版）。卷首登载胡适的《〈红楼梦〉考证》。胡适在本篇文章中，强烈批判了清末民初的研究者们（索隐派或旧红学派）牵强附会的做派，提倡科学的考证方法，为之后"新红学"的发端。

一月四日

从今天开始，回归之前有规律的生活。

八点起床。从九点开始，与奚先生一起阅读《红楼梦》的第一回。打算循序渐进欣赏作品。

下午，常氏。

院子里开始打麻将，桂君也加入其中。独自剩下对麻将不感兴趣的我。现在貌似比以前更不喜欢这类游戏了，因此便一个人出门前往文化事业，直到傍晚才回家。

晚上八点，八木君坐火车去安东①。

与桂、小竹两君一起为八木君送行。之后，和两君一起前往东安市场喝茶。

【注】　① 安东：伪满洲国安东省安东市，现
　　　　　为辽宁省丹东市。

一月五日

奚先生，《红楼梦》。

早上，阅读俞君借来的《红楼梦》的序言、赞和其他内容①。

桂君今天也到院子里和大家一起打麻将。

中午，受到众人的邀请一起到东兴楼吃午饭。

下午，前往琉璃厂，参观厂甸儿②。购买王船山《读通鉴论》③（五十钱）、《南渡录》④（十六钱）和两个茶碗。两个茶碗叫价十二元，砍价后用一元买下了。非常喜欢这个青瓷。桂君同行。

晚上，预习了《红楼梦》。

溜冰的第一天，鞋子有些磨脚而留下的伤口在那之后一直没有痊愈。虽然每天都搽药，但未见有所好转，害怕会因此而引起其他病症。从明天开始尽可能留在家里休息。

我从四日开始，逐渐恢复了日常的生活节奏，虽然已经开始学习了，但院子里的其他人仍还沉浸在节日的氛围当中，有些受到他们的影响，明天开始一定要全部恢复原样。

【注】　①《红楼梦》序：写于光绪十四年（1888）的华阳仙裔的《序》，还有被总称为"三家评"的张新之（太平闲人）的《石头记读法》、王希廉（护花主人）的《批序·摘误·总评》、姚燮（大某山民）的《总评》，还有涂瀛（读花人）的《论赞》等。全都登载在上海亚东书局本（1921 年）出版以前的《红楼梦》旧刊本的卷首。
②厂甸儿：指琉璃厂的中央广场，还有一路上的路边摊。聚集了很多卖古董和古书的小摊，很热闹。详见

邓云卿《厂甸的面影》(收录于《北京的风物》,东方书店,1986 年)。

③《读通鉴论》:明末清初的思想家王夫之(1619~1692,号船山)的著作,三十卷。在阅读宋司马光《资治通鉴》的基础上,论述自己的思想。

④《南渡录》:描写了经历 1126 年的靖康之变后,宋王朝南迁的始末。描写了徽宗、钦宗二帝及其后妃频受北方少数民族金人所扰,并惨遭屈辱对待。但是其书内容包含的虚构成分太多,与史实相差甚远。作者假托南宋文人辛弃疾(参考《四库全书总目提要》史部杂史类存目一)。作者所购书目所收录第一、二卷《南烬记闻》与第三、四卷《窃愤录》,由此可推测《南渡录》大概由四卷构成。

一月六日

奚氏。

今早,中根的儿子出发前往东京。

下午,常氏。

去东安市场购买《啼笑因缘》[①]。《啼笑因缘》是近期最爱读的中国小说。

顺便探访小竹君,之后回家。

晚上,和小竹君一起听了吉祥戏院韩世昌[②]的昆曲。无论是《紫荆记》还是《西厢记》都很棒。其他还有一出叫作《钟馗嫁妹》的戏,演员造型非常精美,真让人叹为观止。

在回家的路上,吹进洋车上的风略冷。

上床之后,阅读《啼笑因缘》。书中关于天桥[③]的描写之类都很精彩。

【注】①《啼笑因缘》:张恨水(1895~1967)所写的长篇章回体小说,全二十二回。以 1920 年代的北京为舞台而展开的恋爱故事。1930 年在报刊《新闻报》上连载,并获得很高的人气。在此基础上,上海三友书社出版了单行本,成为畅销书。同时,饭塚朗于 1943 年翻译了日文版,并由生活社刊行。

②韩世昌(1897~1976):字君青。河北高阳人。中国南方传统戏剧昆剧的演员。擅长男扮女装,以传神的身段和表情而著称。1928 年曾到日本东京、京都、大阪等地公演。参

考桥川时雄《中国文化界人物总鉴》第 772 页。关于他的艺术风格，青木正儿在其《昆曲剧与韩世昌》(《青木正儿全集》第七卷，春秋社，1970 年)一文中如下评述："我对韩世昌的戏曲风格不甚了解。仅一次在北京的开明戏院，为了募集救济金而举行的文艺表演会上，看到了他演出的《春香闹学》一出。我当然没有资格来评论他。但是在看他演出的大约两个月之前，同样是在开明戏院，看了梅艳芳的《春香闹学》，印象还鲜明地留在脑海中，所以暗自比较了两位名伶的艺术风格。虽然只观赏过一次，但还是被韩世昌的稳重的艺术风格所倾倒。"又可参考中塚亮《韩世昌的昆曲来日表演与其背景》(《名古屋大学附属图书馆研究年报》第 6 号，2007 年)。
③ 天桥：北京永定门内大街附近的一个地名。是北京的街头艺人的聚集地。在路边搭建临时舞台开展丰富多样的文艺表演，热闹非常。因风纪问题于 1950 年被政府取缔。

一月七日

因身体稍感不适十点半才起床。有感冒的征兆。脚上的创伤仍未痊愈。

写贺年卡，阅读小说(《啼笑因缘》)，整日在家。

桂君来，一会儿就离开了。

晚上，研究《红楼梦》。

[栏外注]：给熊野寄信，给满寿代寄照片。贺年卡：宫城、进藤、藤野、黑木、若林、河村、松井、川副、末次、修。

一月八日

偶感风寒，而且担心脚上的伤会恶化，今天又是整日在家。

奚先生、常氏(从今天起，上午十一点～十二点)。

下午，桂君、俞君。

晚上，刘君。

刘君回家之后，和家仆有短暂的交流。

今天终日学汉语。为了预习《红楼梦》需要花费一个小时以上。

一月九日

奚氏、常氏。其他无来访的客人。

读《啼笑因缘》。

前往东单牌楼的理发店。

由于一路上寒风凛冽，便把洋车的车篷紧紧关上。

接到竹田氏的电话，约定十二日晚上前往北京饭店①。

晚上，预习了《红楼梦》第三回前半部分。

河村千里、修来信。

半夜，寒风呼啸。

【注】 ① 北京饭店：前身为光绪二十六年 (1900)由法国人经营的一家小酒馆，并于 1903 年搬迁至现在的王府井大街南口。1915 年，法国银行出资完成了现在的五层砖楼(现在的 A 栋)，是近代北京城内屈指可数的欧洲风格的酒店。并于 1917 年扩建了七层新楼(现在的 B 栋)。现在发展至 E 栋，为大多数国宾的落脚地，是与中国近代史共同发展的建筑物。

一月十日

寒风。整日在家。温度计降到了零下十度。

奚先生，读到了《红楼梦》里黛玉、宝玉初次会面的场景以及对凤姐性格的描写部分，写得非常好。

常氏。

收到了千鹤子寄来的信和包裹。有袜子、豆沙年糕汤、发蜡。

俞君，下午三点左右来访。

晚上，与家仆闲谈。脚上的伤似乎渐渐痊愈了。

一月十一日

收到了高野、麓①的贺年卡。

奚氏、常氏的课结束后，去中和戏院购买戏票，是为了看今晚的演出。

去东安市场，购买戏剧的脚本，下午对其进行研读。

晚上，和西村君一起去中和。

这出戏是程砚秋的《玉堂春》②。因为戏院里会附赠有关唱词的资料，所以听起来十分明白。它的凄婉动人，让我觉着是一部非常不错的作品。

其他还有《金钱豹》③《捉放曹》④等剧，因表演者不够出彩的表演使剧情显得较无趣。但仅仅是《玉堂春》这一幕便足以让我心满意足地回家去了。

满寿代(代笔)来信，似乎病在往好的方向发展，心情实在愉悦。

【注】 ① 麓保孝(1907～1988)：东京帝国大学中国哲学科毕业。从 1934 年开始，接任作者成为第三高等学校教授。1937 年开始至 1939 年到北京留学。在那之后，历任东京帝国大学文学部讲师、中华民国大使馆调查官、防卫大学校教官等。著作有《关于北宋儒学的展开》(三国社，1967 年)、《帝范·臣轨》(中国古典新书，明德出版社，1984 年)等。参考本日记 1934 年 5 月 6 日条。

② 《玉堂春》：据明代冯梦龙《警世通言》一书中"玉堂春落难逢夫"一则改编而来的才子佳人剧。清李渔(1611～1680)的《笠阁批评旧戏目》中已见昆曲《玉堂春传奇》之名。于 1926 年的上海首次登上京剧的舞台。参考滨一卫《中国戏剧之话》第 211～212 页。关于此剧，作者的随笔《京剧》也有如下记载："马连良的《借东风》(《三国演义》)、尚小云的《白蛇传》《雷峰塔传奇》)、程砚秋的《玉堂春》(如日本舞剧《泷之白丝》一样，妓女用自己卖身的钱资助贫困的才子，自己最终反而惨遭陷害的故事)这些演目我已经反反复复听了好几遍。"(收录于《夕阳无限好》)

③ 《金钱豹》：京剧《西游记》中的一出。孙悟空得到了神仙的帮助，智退妖怪金钱豹的故事。吴承恩的原著中没有此出戏，但是在清道光四年(1824)的《庆升平班戏目》中可见相关记载。参考《中国曲学大辞典》(浙江教育出版社，1997 年)第 571 页。

④ 《捉放曹》：根据《三国演义》第四回改编而成的京剧。曹操暗杀董卓的行动失败，一度被陈宫擒获，后曹用语言打动了陈宫，使陈弃官一同逃走。《庆升平班戏目》中可见相关记载。

一月十二日

奚氏，《红楼梦》里关于服装的说明非常繁琐。

文奎堂来。

樫山君来。常氏。

下午，桂君来。一起阅读了《爽籁馆欣赏》①，我曾在东京举行的唐宋元明展会②上看到过，仍记忆犹新。

尽力预习《红楼梦》。

傍晚，小竹君来。

晚上，应竹田氏夫妇前来邀请，加上小竹君一起到三条胡同的俄罗斯餐厅吃晚餐，之后前往北京饭店参加黄河水灾救捐会③。有的人穿着西装，有的人穿着中装，原本是想看服装的，但目光果然还是被美人所吸引。感受到了新中国的一斑。

等汽车送我到家时已凌晨一点了。

【注】　①《爽籁馆欣赏》：东洋纺织社社长阿部房次郎（1868～1937）收集品的图鉴。爽籁馆为其书斋名。第一辑三册是自唐讫清，收录了中国书画共计五十三件，由伊势专一郎解说，并于1930年出版。作者看到的正是此版本。接下来的第二辑，是在房次郎过世之后，他的儿子阿部孝次郎委托长尾雨山于1939年出版。如今这共计一百六十件藏品被作为阿部家的珍藏品收藏于大阪市立美术馆。
　　②唐宋元明名画展览会：1928年11月24日～12月16日，分别于东京府美术馆和东京帝室博物馆内举行。展出了中日双方所提供的名画，共计三百件。参考久世夏奈子《外务省记录中的〈唐宋元明名画展览会〉》（国际日本文化研究中心《日本研究》第50号，2014年）。
　　③黄河水灾救捐会：为了1933年夏天的黄河水灾而举办的慈善晚会。这次洪灾中，受害地区包括河北、山东、河南各省，死者将近一万八千人，为近百年来最大洪灾。参考王林《一九三三年冀鲁豫黄河水灾与救济》（《中国史研究》2007年第8期）。

一月十三日

昨晚，梦到了和远在东京的家人交谈。大家都很健康，高兴地聚集在餐桌之前。觉醒后，令我心疼。

奚氏、常氏。

下午，去川田医院看望池田君。他患上了肺尖疾病。孱弱的我，其实并不忍心看到这样的事情。

因为没找到机会回赠过年的贺礼，便到西裱褙胡同拜访堤氏。会谈结束之际，约定今晚一起去看电影，之后便启程回家。

晚上，堤氏夫妻到访，一起去看真光剧院的《春水情波》①。胡蝶②主演。中国电影几乎都是第一次看到。影片和演技都很值得欣赏，但电影的剧情略显老套。记下了巧妙的几段对话而回去了。

【注】①《春水情波》：1933 年上映的电影。导演为郑正秋（1889~1935）。故事讲述的是女主角阿毛遭到了雇主家的公子的诱骗，而失身生子，之后阿毛意识到了自己的过错，母子二人独立自强的故事。

② 胡蝶（1908~1989）：本名胡瑞华，出生于上海的电影演员。1930 年代的国内一线演员，被称为"电影皇后"。

一月十四日（周日）

因为近几天回家都稍晚，为了身体能够得到更好的恢复，今天一直睡到了十一点。

下午，许久未见的世古堂来，大约闲谈一小时。

傍晚，访问桥川氏，交谈了关于六朝文学的研究情况①。

晚上，俞君来。一起去东安市场的茶馆，边喝茶边聊天到了九点。

回家之后，到西村君的房间一起研究汉语。

然后预习《红楼梦》，凌晨一点睡觉。

【注】① 桥川时雄的六朝文学研究：桥川时雄的关于六朝文学研究的成果包括《陶集版本源流考》（文字同盟社，1931 年）、《宋嘉泰重修三谢诗》（1934 年，根据桥川氏之跋文，在大连图书馆发现了南宋刊本《三谢诗》的影印）等。

一月十五日

向奚氏支付学费。

常氏。

今天和昨天都能听到正房①中住着的那个朝鲜人发出的吵闹声，实在是难以忍受。

池田君的病确诊为伤寒②，作为室友的我们也相当危险。

明天，就会对西厢房进行消毒，今天，警察和同仁医院③都会派人来检查房间的状况。西村君今天搬来与我同住。因为《红楼梦》的研究花费了大量的时间，着实让人苦恼。

晚上，太太、西村君一同去民会④看日本电影。我与到访的刘氏交谈至九点半，然后读书。

【注】　① 正房：指的是四合院中朝南的房间。池田君所住的"西厢房"从正房方位看，则在正房右侧（向东）。从现代观念出发，本篇日记中，出现了一些不合时宜的词语（例如朝鲜人等），但遵照尊重原著的原则，便没有对这些词进行修改。在此出现的涉及政治和历史的相关人物，将在之后日记1月29日的原文中得到相关说明。
② 伤寒：伤寒杆菌造成的疾病被称为伤寒病。感染源大多来自于被污染的饮用水或食物等，传染性极强。潜伏期大约有一至两周的时间。根据病情发展的轻重，可能会引发肠穿孔、肺炎等并发症。
③ 日华同仁医院：由日本的医疗团队"同仁会"于1914年在北平设立的医院。位于东单三条。
④ 民会："日本居留民会"的简称。当时日本侨民的自治团体。处于外务省的监督之下，北京在住日本人的自治组织，负责如市役所那样的工作。以北京日本人会为母体，1912年9月设立，也开设日本人学校。规模扩大之后被称为"民团"。

一月十六日

奚氏、常氏。

下午，石桥氏来，是为池田氏房子消毒的事情而来。桂君也来了，并听到了关于伤寒的事情，引起了他极大的恐慌。

与桂君一同去中华公寓，和他一起去买了预防伤寒的药，之后便来到东安市场喝茶，然后便前往三条胡同俄罗斯餐厅，吃完饭之后便回家去了。

回家后，和西村君、太太一起闲谈至半夜两点。

最近因为预习《红楼梦》消耗了大量的时间，所以也就很少再有精力阅读其他书籍了。

目黑的河村来信。

[栏外注]：给义五郎、宫庄写信。

一月十七日

今早睡不着，奚氏的课罢之后，辞了常氏的课，午睡一小时。

下午，去东安市场，吃了五芳斋的包子，买了纸、铅笔之后回家。喉咙稍微有点痛。

到傍晚为止，一直都在研究《红楼梦》。

高田先生寄来五元钱（近来日本币汇率①下跌，换成为中国币四元二角七托我付来薰）。

傍晚，小竹君没怎么逗留便回家去了。

今晚，因失眠而感到非常疲倦。

[栏外注]：给高田先生写信。

【注】　① 汇率：当时以美国为首的欧美各国
　　　　　实行经济制裁，日本货币遭遇汇率
　　　　　下跌。

一月十八日

因感冒而心情沉重。

奚氏、常氏。对两位老师的课都提不起兴趣。

给河村写信。

终日在家。再次拿起《啼笑因缘》阅读。心情寂寞。

[**栏外注**]：给河村写信。

一月十九日

今天《大公报》停止订阅，改为订《实报》(小报)①，《晨报》②
如旧。

因感冒而心情沉重。

奚氏、常氏。

宫庄、桥村来信。在宫庄的信中写到，末次、泽本、吉田等人
对于我没有写信，似乎颇有不满。看来大家都无法了解我的心
事啊。

风声不止。晚上，听到了朝鲜人的吵架声，心烦气躁。

早早上床，并且把《啼笑因缘》读完了。虽然通俗易懂，但却十
分有趣。

心情稍有好转。

[**栏外注**]：给池田君写慰问信。

【注】　①《实报》：1928 年创刊于北京的小型报纸。社长为管翼贤。因报纸大小为普通报纸的一半，所以常常被大众称为"小实报"。因战争导致物资不足，1944 年停刊。　②《晨报》：初名为《晨钟报》，1916 年于北京创刊，1918 年更名为《晨报》。其副刊常常刊登鲁迅、周作人、郁达夫等人的文学作品。1943 年停刊。

一月二十日

风声停了。

奚氏。谢了常氏的课，睡到了中午。

下午，桂君来。

傍晚，发烧到七度。

给吉田、宫庄写回信。

赵君带着一个讨厌的家伙到访。因为我的不待见而早早离开了。

心情不爽快，只读《文选》。

[栏外注]：给吉田、宫庄写信。

一月二十一日（周日）

睡到接近中午。今天谁都没来。傍晚，发烧至七度一分。

心情郁闷。

让家仆去东安市场，买烟草和茶叶。

借读西村君带来的《改造》①十二月号和《文艺春秋》②。心终于有了些许波动。

楠本氏寄来明信片。

晚上，读了《改造》新年号。

夜晚，失眠。不知不觉竟然到了五点。

【注】①《改造》：1919 年创刊，由山本实彦担任社长的改造社发行的日本综合性杂志。主要关注劳动问题、社会问题，并同时刊登大量有关于社会的评论。同时，志贺直哉、谷崎润一郎等人的文学作品也在此杂志上连载。1955 年停刊。1933 年 12 月号上有大量关于当时世界紧张局势的相关报道。参考横山春一编《改造目次总览》中卷（新约书房，1967 年）。

②《文艺春秋》：由菊池宽创刊于 1923 年的文学刊物。月刊。刊物内容大多集中于政治、历史、经济、军事、艺能、教育等方面。如今的《文艺春秋》也会刊登每年在芥川奖、直木奖等奖项中获奖的文学作品。

一月二十二日

自五点睡到八点起床。看着镜子中的自己，脸色不太好。

奚先生、常氏。

下午，俞君来。他近期因为考试的事情略显憔悴。

这几天都没有出门，而且因为害怕夜里再次失眠，所以和俞君一起出门散步。从东华门出发前往午门，之后往前门走，到了平汉铁路①的车站之后一起喝了茶，为了看广和楼②，大概停留了十分钟之后便回家去了。在长安街与俞君分别，穿过太庙回家。

不在时，收到了河村母亲的来信，以及附带了五本《汉文学讲座》③，上面有我发表的现代文艺卷。我不在日本期间家里积蓄逐渐变少，实在是令人担心。目前也没有可以解决的办法。

桂君来，一起吃了晚饭。

刘君来，一起闲谈。

十一点钟睡觉。前几天的睡眠不足和今天的运动导致身体疲倦，所以很快就睡着了。

【注】　① 平汉铁路：光绪二十三年（1897）清政府通过向比利时借款而建的铁路。1906 年开通了北京至汉口（现武汉）路段。现在更是横跨长江，成为如今的京广铁路。

② 广和楼：位于前门的剧场。始建于明代末期。在民国时期，与广德楼、华乐楼、第一舞台并称"京城四大剧场"。

③《汉文学讲座》：共立社于 1933～1934 年连续出版了《汉文学讲座》系列。监修为服部宇之吉，编辑为内田泉之助、长泽规矩也、本多龙成。主要内容为介绍当时年轻学者们关于中国思想、文化、文学的文章。作者为第五卷《现代文艺》（1933 年出版）的主要撰稿人。原本计划出版十五卷，但成书时只有七卷。

一月二十三日

奚先生，《红楼梦》第七回。

常氏，今天讲完《急就篇》。明天开始读《华语萃编》。

收到了桥村的信和三高寄来的《同窗会杂志》。

世古堂来，言明天请我和几个日本人一起去听戏。虽然婉言谢绝了邀请，无奈盛情难却不得不同行。

《红楼梦》的预习比以前更加轻松了。

好久没有泡澡了。大概已经有二十天了。

一月二十四日

奚先生拿来的《观心书院全集》被我用两块钱买下。虽然可能用不上但还是会情不自禁地想买下来。

常氏，今天开始读《华语萃编》初集。

下午，因为和世古堂的约定，和桂君一起前往琉璃厂。同行的还有松川、吉村、武田、高冈。之后一同前往广和楼听戏。这出戏有点不入流，而且现在的天气有些冷，所以有些勉强地坐下来。只能看到名字叫苏世明①的演员，可爱。戏罢之后一同吃了晚饭。其后，到前门的花柳界去游玩(汉语叫作猎艳)。

大家都有老相好。他们虽然都很得意，但是这种恶俗的女人是我生平最讨厌的，便兴致怏怏地在巷子里乱逛。这些妙龄女子如果没有对象，终有一天连自己的感情也会变得浑浊。我讨厌这些感情上不干净的人。所以今天一天都不是很开心。

回家之后，和西村君闲谈了一会，然后学习到了凌晨一点。

武井来明信片。

【注】 ① 苏世明：出身于"富连成"的京剧
演员。擅长生角。

一月二十五日

奚氏、常氏。

下午，俞君来。

晚上，泡澡。

一整天都没有出门。

[栏外注]：给佐藤、儿玉、麓、熊野、西川、林、铃木、服部、高野寄明信片。

一月二十六日

今天天气稍有回暖。无风（近来两三天，风和日丽甚是高兴）。

奚氏、常氏。

下午，预习了《红楼梦》，读了一会儿书，稍写了几封信之后，出门散步。

到东方文化事业之后，发现空无一人。到浦野君们住的地方稍闲谈了一会儿之后便回家去了。

不在时，收到了川副的信件。

晚上，刘君来。今天怀着愉悦的心情和他闲谈了一会儿。

近来晚上（大概三四天前开始）都会稍喝点酒。心情会变得舒畅。

正月以来，终觉得心情不畅快。读书也完全静不下心来，为此我也感到非常困惑。

[栏外注]：给武井、河村、楠本写信。

一月二十七日

奚氏、常氏。

下午，俞君（带来了《东坡逸事》①和《清宫二年记》②两本书，内容有趣）。

读书。

晚上，和西村、家现、坪川三君③一起到开明舞台去看由郝寿臣和杨小楼④主演的《长坂坡》。郝饰演的曹操非常传神。

【注】　①《东坡逸事》：沈宗元编，商务印书馆 1918 年出版。主要内容为将关于苏东坡的逸事中出现的名言、诗词、书法等分门别类，共计十五项。沈宗元，四川长宁人。著有《东坡逸事续编》（商务印书馆，1925 年）、《西藏风俗记》等。此书现为九州大学图书馆中山文库所藏。

②《清宫二年记》：原著为德菱女士（笔名），由东方杂志社翻译为《清宫二年记》（商务印书馆，1914 年）。原作为英文，原标题为 *Two years in the forbidden city*，写于 1911 年。作者从光绪二十九年（1930）开始，有两年服务西太后慈禧的经历。作者是满族贵族外交官裕庚的长女裕德龄（1886～1944），幼年时曾在日本和法国生活过六年，回国后与同母之

妹一同担任西太后的翻译官。为了给父亲看病，辞去了翻译官的工作，搬迁至上海，光绪三年(1907)与美国副领事怀特结婚，并于 1915 年移居美国。著作包括《西太后秘话(Old Buddha)》《天子：光绪帝的悲剧(Son of Heaven)》等。作者在《中国文学月报》第 13 号(1936 年 4 月)中，关于《清宫二年记》有如下记载："几天前，一直在找某本书，却一直找不到。正犯愁之际，想起以前在北京时，已经把书借给了朋友，朋友也一直没有归还。这时，在乱七八糟的筐子里，我发现了一本从那个朋友那儿借来的书，是一本薄薄的，有些脏脏的，没有封皮的《清宫二年记》。……光绪末年，一名女子曾于颐和园服务过西太后，《清宫二年记》便是由这位名为裕德龄的女子所写。之后，她嫁给美国人，因回忆往事而写下此书。原文为英文，我未曾见过。裕德龄是曾担任巴黎外交官裕庚的女儿，在当时，她的名气不亚于赛金花等其他优秀的女性。……到底西太后的势力也没能影响到遥远的现在，所以关于西太后的坊间传言也是千奇百怪的，很多人便把此作为素材写成了小说，虽然这些作品不过是人们常说的"演义""杂谈趣味"，但是《清宫二年记》的作者和他们不一样，她曾有过亲自接触西太后的经历，所写所记也是自己的亲身经历，其他的作品自然不能和它同日而语了。"这本书的日文译本包括佐藤知恭《中国革命迷宫记》(日东堂书店，1915 年)，太田七郎、田中克己《侍于西太后》(生活社《中国文学丛书》，1942 年)，井出润一郎《素面的西太后》(东方书店，1987 年)三个版本。目加田文库中收藏着商务印书馆民国二六年(1937)版本。

③ 西村义一、家现宪二、坪川信三：三人都是北京日本居留民会立北京寻常小学的教职人员。参考外务省外交史料馆《在外日本人学校教育关系杂件/内阁职员录揭载氏名等调查关系 第一卷》。

④ 杨小楼(1877～1939)：名嘉训。清代名角杨月楼的儿子。光绪二十八年(1902)入升平署为外学民籍学生，备受慈禧太后赏识。民国元年(1912)，与姚佩秋共同出资，在北京建立了近代第一个舞台，取名为"第一舞台"。1930 年代，是当时业内"武生"中最老到的演员。参考桥川时雄《中国文化界人物总鉴》第 597 页。滨一卫在《北平的中国戏》中写道："作为最资深的武生，他不受限于此，而是能将梨园中的所有角色都扮演得惟妙惟肖。……他嗓音磁性、温柔，吐字清朗，地道的发音从他的口中缓缓唱出，余音绕梁。"今天的这出三国志剧《长坂坡》中，杨小楼饰演赵云，敌方曹操由郝寿臣扮演(《北平的中国戏》于第 84 页中有刊登照片)。

一月二十八日（周日）

顺子的生日。我如果在国内的话一定会庆贺。父亲在北京，母亲在医院。唉！

睡到早上十一点。

下午，小林知生君来，世古堂来。

送小林君，经过太庙，到中山公园一起喝茶。

晚上，内心久久不能平静，便到远处的柏林寺①北边去拜访赵君。洋车上欣赏到了很美的月色②。

回家后，读《红楼梦》。

【注】　① 柏林寺：位于北京城东北部，与雍和宫相邻的古寺。传说建于唐代。清朝唯一的官刻大藏经《龙藏》的经板被该寺完整保存。此经板于民国二十二年（1933）移交北平古物陈列所（现为北京市文物局）保管。参考木田知生《关于龙谷大学所藏的龙藏》（《龙谷大学论集》第471号，2008年）。

② 月色：今天为农历十二月十四日。值得一提的是元禄赤穗事件中讨伐吉良邸便是今天。关于赤穗事件在日本很普遍的舞台演出节目就是《忠臣藏》。

一月二十九日

昨天晚上，因为隔壁的朝鲜人太吵，到了早上五点都没能入睡。实在是太让人生气了，就决定今天早上赶紧搬家，向家仆吩咐做好准备。奚先生下课后，正好在常氏来之际，没想到来了五六个警察，把朝鲜人带走了，实在是意想不到。事实上，他们是在暗中贩卖白面①（鸦片的代用品）的惯犯，所以被检举了。真是大快人心。

和太太商量，希望能把他们几个赶出去，去警察局与石桥氏见面。他也同意希望这些人能被赶出北京。想起来会感到有一丝愧疚。朝鲜人的主人、弟弟，今天因为在警察局里所以没有办法回来。

下午，山本君来。

千鹤子来信。

到文奎堂购买了《人间词话》②。

晚上，刘君来。

今晚，因在民会放映《忠臣藏》的电影，所以太太和西村君等都出门。果然今晚上朝鲜人也安静了。终于可以早睡了。

【注】　① 白面：毒品海洛因的隐语。还有"几号""白粉"等称呼，通过拥有日本籍的朝鲜人或是台湾人贩卖，成为日本侵略中国等行动的重要资金来源。通过近几年的历史研究，这点已逐渐明朗化。在日记中，作者把偶然目击到的历史的真相记录了下来，这点非常的宝贵。参考江口圭一《日中鸦片战争》(岩波新书，1988 年)、小林元裕《近代中国的日本居留民和鸦片》(吉川弘文馆，2018 年)等。

② 《人间词话》：王国维著，主要用历代的词来讨论传统的词话构成。提倡"词以境界为最上"的境界说。光绪三十四年(1908)至三十九年于《国粹学报》分三回连载，单行本为民国十五年(1926)由北京朴社出版。王国维去世之后，民国十七年(1928)加上未面世的部分，重新出版了《人间词话笺证》上下两卷(斯德峻撰，北京文化学社)。作者于 1937 年 5 月发行的《中国文学月报》第 26 号(王国维特辑)中，发表了《红楼梦评论与人间词话》一文。文中有如下记载："王国维脱下了借来的衣服，接着用自己已经浏览过众多西方文学思想的双眼，重看中国的文学，由此便写出了《人间词话》。……第一次看到这本书的时候，首先想到的不是之前阅读的关于讨论《红楼梦》的评论与其系统的论文，而是突然想起极其片段的、暗示性的、必须回到最初的词话的形式。……王国维脱离了文学本来的游戏形态，真正接触到了人内心中最真实的东西。"(收录于《风雅集》)。还值得一提的是在目加田文库中，藏有沈启无编校的《人间词及人间词话》(《文艺小丛书》，人文书店，1933 年 12 月)。

一月三十日

奚先生、常氏。

读《人间词话》和《清宫二年记》。后者也非常有趣。

下午(傍晚)，赵来。这个男的是个胸无点墨的家伙，所以谈话十分无聊。

晚上，出门散了一会儿步，今晚的月色很美。

虽然早早就上床了，但是朝鲜人又开始吵闹了，所以到两点都没有睡着。事实上这样对身体很不好。

[**栏外注**]：给满寿代写信。

一月三十一日

今天难得是一个阴天。

奚氏。

常氏的课早早结束之后，前往文化事业去参加宴会。

与堤、铃木等人同席。不太有趣。

微醺，回家之后便倒在沙发上睡着了。小竹君从天津回来之后，来家里逗留了一会儿便回自己家去了。

预习《红楼梦》。

晚上，下雪了。

俞君来，闲谈至八点半。送他出门的时候，虽然没有出门，但是纷纷的白雪还是落到了我的肩上。

上床之后读了《清宫二年记》。朝鲜人依然吵闹到了半夜。

第四卷

（1934 年 2 月 1 日~3 月 31 日）

昭和九年（1934 年）

二月一日

昨夜的雪仍在下，院子被白雪覆盖，心情也似孩子般开心。奚氏怕雪，不来。

稍晚起床，常氏来了，雪停。

下午，去东安市场买日记本和笔，看望住在中华公寓的桂君。桂君的隔壁住有一位姚姓①年轻未成名作家（有两三篇翻译），和他聊中国新文学，非常愉快。之后，与桂君去交民巷散步，雪景使人心情愉悦，和桂君同吃中国的点心"元宵"，是件趣事（今天在东安市场听了大鼓书，听不太懂，随即出来）。

回家后，收到东京寄来的满寿代的亲笔信，满怀喜悦。据说发烧也退至七度二三分了。但听闻顺子的身体越来越虚弱，很是担心。顺子定要努力使身体强健。我不在日本真是有罪，顺子可怜，远方遥望顺子。

我屋中的迎春花已盛开，红梅还没开。已是二月，春不远了，春不远了。

今晚泡澡。

【注】 ① 姚克（1905～1991）：原名姚莘农，浙江省余杭人。1932 年 9 月同埃德加·斯诺（Edgar Snow，1905～1972）一起将鲁迅的作品（《阿 Q 正传》等）翻译成英文，1933 年 9 月受斯诺的邀请移居北京。姚克和鲁迅之间有很多关于翻译的联络书信，在鲁迅 1934 年 1 月 25 日给姚克的信中有如下一段话："Mr. Katsura（即本日记的桂君）为何职业我不知晓，不知为何人的话须用心交往，非留学生而留居在中国，肯定带有一些任务。"（详见竹内实译《鲁迅全集》（第十五卷书简，学习研究社，1985 年），参考范丽雅《姚克与英文〈中国评论周报〉、〈天下〉月刊：关于中国

古典戏曲的介绍》(东京大学《亚洲
地域文化研究》第十一号，2015 年)。

二月二日

连日苦于朝鲜人的喧闹，导致睡眠不足，昨夜趁稍安静时，从
两点熟睡至今早九点。后来听到，凌晨四点左右又发出了一阵骚乱
的声音，家中都起床了。我根本不知道，因连日来真受了苦，十分
疲乏，我本应自察。

奚氏。

读完《清宫二年记》(当时中国三美人中的一人，慈禧太后的侍
女，名为裕德菱所作)。是近日读到的颇为有趣的读物。

预习《红楼梦》。

下午，俞君来。带他同游北海。今天是雪后天晴，天空美轮美
奂，无法用言语表达。登白塔山，从石洞入，从白雪皑皑的北海的
冰上走过，经过五龙亭，看到对面的寺，从后门出。

路边的雪已融化，路面泥泞，步履艰难。雇洋车至东安市场。
在茶馆休息。之后带俞君去交民巷，转一圈与俞君分别后回家。

常氏从今天起(由于西村君也从今天起同他学汉语)将时间改为
六点半至七点半(西村君七点半至八点半)。

刘君来，与刘君深谈中国现代教育。他回去后，西村君来我房
间，吃着花生一直谈到很晚。

二月三日

奚氏。

学习《红楼梦》。

下午，读书。俞君来。

今天是我生日[1]。同俞君和西村君去西长安街共用晚饭，很愉
快。但想到以往的今天，思乡之情难以抑制。

【注】 ① 生日：作者满三十岁生日。

二月四日（周日）

睡至十点半。

下午，同西村君去琉璃厂，在来薰阁收到高田老师的付款单（商务印书馆有《曼殊留影》①一书，需另买）。

今天风凉，虽为立春却尤冷，坐在洋车上望着北京冬天的荒凉之景，心中的悲伤之情难以抑制。

晚上很寂寞，又和西村君同去东安市场听大鼓书，歌唱的少女很可爱，虽说唱词不太明白，心情却舒畅了。

读《东坡逸事》，未见兴致。

【注】 ①《曼殊留影》：清代文人毛奇龄（1623～1713）为追悼爱妾张曼殊而编写的诗文集，由上海的商务印书馆于1930年出版。1928年来日本的张元济发现了东京的实业家内野皎亭有此书，将其影印出版。和当时拍摄相关的合同《为拍摄日藏中华典籍与日本摄影师所订合同》还留存下来，上面有委托人代表长泽规矩也以及保证人宇野哲人的名字。还有张元济先生的一首诗，题有"戊辰暮秋东瀛访书十首，赠内野皎亭十一月十九日"的字样。详见《张元济全集》第四卷和第十卷（商务印书馆，2010年）。

二月五日

奚先生带来了以前宫中御赐的黄色荷包①给我看，有金线和银线装饰，非常美丽。

读书。

下午近傍晚，小竹君来，去东安市场，在润明楼吃饭，至八点。谢绝了刘君。

最近游玩稍多，须要收心。从明天起要改正。

从九点开始读《红楼梦》，至凌晨一点。

[栏外注]：给末次写信。

【注】　① 荷包：又叫香袋，可能是奚先生过
　　　　　去在宫中时慈禧太后御赐之物。

二月六日

这两三天，天气非常暖和。

奚先生。

来薰阁来，支付了十元。我手头的钱所剩不多，为如何过完三月末感到忧虑。

预习《红楼梦》。

下午，读书。

俞君来，带来他年少时的照片，还带了清华大学第二级毕业纪念册。其中有学生间的流行用语的说明，很有意思①。

小赵来。

三人并排散步，途中分别，各自回家。我去川田医院看望池田君。

满寿代给我寄来了《照叶狂言》②和菊池宽的《胜败》③。《照叶狂言》是我最爱读的小说。

桂君脚疼，来电话告知。从小林君处得知钱稻孙先生从今天起休假到二月七日，说想来谈谈，不巧托带的信来迟了，已经来不及，下次再访吧。

常氏。

今晚泡澡。热水不够，心情不悦。希望天气早些变暖，就可以去街上的澡堂泡澡了。非常想念日本的浴汤。

读《照叶狂言》，其中卖艺女小六最后跳舞的情节，我深受感动，归根到底还是对本国的文学更有感受力啊。

【注】 ① 俞君1962年入清华大学，1930年毕业。"学生语"是在当时大学生之间流行的新造语。就像同时代在日本的大学生间也产生的如来自德语的"打工"（アルバイト）、来自法语的"旷工"（サボる）、来自英语的"联欢会"（コンパ）等。

② 《照叶狂言》：泉镜花（1873～1939）的小说。1896年11月14日～12月3日在日本读卖新闻连载，单行本于1900年由春阳堂刊行。文中所述从日本寄来的书可能是1932年出版的春阳堂文库本。

③ 《胜败》：菊池宽（1888～1948）的小说。1931年7月25日～12月31日在东京朝日新闻以及大阪朝日新闻连载，单行本于1932年由新潮社刊行，1933年收录在新潮文库出版。

二月七日

奚先生。

来薰阁主人①来。

让家仆去邮局取包裹，川副寄来的衬衫、裤子、风吕敷②等，缴了很多税。

读《东坡逸事》，有两三件事很有意思。

满寿代来信。

看望桂君。

在东安市场遇到了山本君和樫山君，一起喝茶。买了点心回来。

今天很暖和，感觉春天近了。

夜，常氏。

刘君（文天祥祠③，安定门内府学胡同西口路北）。

[栏外注]：给川副、千鹤子（据文学中出现的王昭君④故事）、满寿代写信。

【注】 ① 陈杭：来薰阁书店主人。详见本日
记1933年10月24日条。
② 风吕敷：日本制的包袱皮，一般用于送
礼。参考本日记1934年2月10日条。
③ 文天祥(1236～1283)：南宋将军，
被元朝逮捕判死刑，此处为纪念文
天祥的祠堂。此地在元代为警巡院，
文在此处被收监并处以死刑，明初
洪武九年(1376)为纪念他建此祠。
④ 王昭君：传说是公元前一世纪西汉
元帝时期嫁给匈奴呼韩邪单于的宫
女。中国四大美女之一，其故事原
型见于魏晋南北朝时代的《西京杂
记》，之后在很多文学作品中都有记
录，如唐诗中李白的《王昭君二首》，
杜甫的《咏怀古迹其三》，白居易的
《青冢》等，宋诗中如王安石的《明妃
曲二首》等都非常有名。其传闻在杂
谈和戏曲中也能见到，如敦煌出土
的《王昭君变文》以及马致远的《汉宫
秋》，明代戏曲《和戎记》，清代小说
《双凤奇缘》等。

二月八日

奚氏。下课后，读书至下午三点半。

之后，出门散步。出长安街，去了王府井，在东安市场买了旧
秤四两茶叶。回家后，小林君来，共进晚餐。

常氏来，西村君也来了，因为都是和常氏每天一起学习的人，
谈话到九点。

今天真是很暖和的一天。

二月九日

奚先生。

来薰阁送来《影印山带阁楚辞》①，一直读到下午。

三点，出门散步，在小学遇到谷村君②，一同去了隆福寺的庙
会③，那里有很多古玩铺。人很多，不愉快。

一个人走回来，在南池子遇到小竹君，边走边聊，得知他的大
哥在日本过世，真是可怜。以前听说过，他的大哥精神有些障碍。

晚上，常氏、刘氏。

今天的天气也和春天一样非常暖和，感觉身体稍稍有点无力。
要注意，要注意。

【注】①《山带阁注楚辞》：清代江苏省武进县出身的蒋骥（1678～1745）所著，全十卷。1933年，由来薰阁书店的陈杭将雍正五年（1727）的版本影印出版。全四册，六十元。系用兴起于清代的考据学的方法来考证《楚辞》的划时代的著作。此后对作者的楚辞研究（《诗经·楚辞》平凡社，1960年、《屈原》岩波文库，1967年、《沧浪之歌：屈原》平凡社，1983年等）有很大促进作用。

②谷村晶（1907～?）：出生于高知县。1928年毕业于高知县师范学校，同年，在乡里的高知县幡多郡十川村寻常高等小学作教导主任，1931年来北京，在北京日本居民会立寻常小学作教导主任。

③隆福寺庙会：从明代以来于每月一日、二日、九日、十日进行。据邓云乡著，井口晃、杉本达夫译《北京的风土：民国初期》（东方书店，1986年）记载："隆福寺的书店，花儿市的花店等都是固定店铺的商店，设在道路外的街道上。庙会期间商业繁荣，平时也买卖。……庙会期间庙旁边的两个走廊、前庭、内庭、山门、正殿等搭建起很多小屋，卖丝织品、陶瓷器、各种布料、旧衣服、鞋、帽子、刀具、木质家具等。……庙会的营业时间为白天，大家从古代起一直遵守着早上八九点开始营业至下午五六点。"

二月十日

奚氏。由于下周是阴历的正月，休假。

今天给了本月的谢金之外另加六元（稍有点少）以及送日本风吕敷。

桂君。

八木君从安东回来，带了特产来访。

中根主人回家。

下午，小林君与钱稻孙氏同来。

钱稻孙氏非常友善，一同去北海散步，在北海呆到日落（看了九龙壁）（北海已不能滑冰了），别过后独自回家。

晚上，常氏，送给他过年的礼物，衬衫、裤子和意大利的高级香烟（常氏也从明天起休假一周）。

河村、楠本氏来信。

二月十一日（纪元节^①）

从今天起由于汉语课暂停，得闲。

早上，与中根主人聊天。

看《鸿雪因缘图记》^②和李明仲的《营造法式》^③。

下午，拜访文化事业，同大家交谈。

回家后，又看《鸿雪因缘图记》，很愉快。

晚上，去二条胡同的川田医院看望池田君，去东安市场买信纸，后归。

白天的气温如春天般温暖，夜晚星空璀璨，感觉风有些凉。

【注】　① 纪元节：日本建国纪念日。

②《鸿雪因缘图记》：清朝高官麟庆（1791～1846）探访中国南方各地的名胜古迹时的记录，上面还有画家汪春泉的线描画。于清道光年间刊行，之后光绪年间又数次刊行。是了解当时风俗和景观的重要资料。

③《营造法式》：北宋李诚（？ ～1110），字明仲，受敕命所著的建筑书，全三十四卷。1919 年在南京的江南图书馆收藏的丁氏八千卷楼藏书中发现其刊本的重抄本。其石印本刊行后，对中国古代建筑研究有巨大促进作用。1930 年，日本的荒木清三、桥川时雄，中国的朱启钤、马衡、陶湘、梁思成、林徽因等成立了中日共同研究会"中国营造学社"。详见桥川时雄《重刊李明仲营造法式》（《文字同盟》第 18 号，1928 年）以及今村与志雄编《桥川时雄年谱》（收录于《桥川时雄的诗文与追忆》）。其成果在日本时任东方文化学院研究员后为名古屋工业大学教授的竹岛卓一（1901～1992）著《营造法式的研究》（全三册，中央公论美术出版社，1970～1972 年）中结集出版。又，中国方面，梁思成（1901～1972），即清末思想家梁启超的长子，著《中国建筑史》（1943 年）以及《营造法式注释》（1966 年完成）中也有论述。梁思成在新中国成立后，致力于对故宫、天坛等北京遗留的古代建筑的保存。详见王军著，多田麻美译《北京再造：古都的命运与建筑家梁思成》（集广舍，2008 年）。

二月十二日

今天天气也很温暖（从日本九州大学收到一百日元的书费）。

上午，拜访堤氏。

下午，俞君来。

拜访吉兆胡同的山本君和樫山君。山本君不在。

在归来的路上遇到樫山君，便折回说话。看了看樫山君的交换教授，那儿的中国学生拿出《紫式部日记》①想要此书的解释。晚上九点泡澡后，樫山君又来我家，交谈至晚上十二点。睡不着，读《啼笑因缘续集》②，觉得无趣。

半夜，左耳痛。

三点半就寝。

【注】　①《紫式部日记》：《源氏物语》的作者紫式部的日记。1930年池田龟鉴校订的岩波文库本刊行。这里的日语专业学生可能读的是此书。　②《啼笑因缘续集》：张恨水的小说，全十回，上海三友书社1933年2月出版。

二月十三日

早上，在床上听到外面的风声，感觉头痛，睡到十一点。

风渐弱然而心情不佳。

下午，读完《啼笑因缘续集》。

俞君将自己画的画带来送给了我。

去中华公寓。同桂君和姚君交谈，去东来顺①吃饭，二人结伴回来，和姚君谈文学。

外面风大。

阴历的除夕，听到了爆竹的声音。给家仆、保姆等人小费。

朝鲜人很嘈杂，难以入眠。

二月十四日　阴历正月元旦

昨夜至三点半才入眠。

今天一整天，中根家有客人，由于我的房间是接待室，不能在家。早晨出门散步，下午又不得不出门，约了桂君同游北海，在五龙亭边喝茶边休息。

晚上，同西村君去医院看望池田氏，打算去看电影，中辍，去崇文门的万岁家②吃了天妇罗荞麦面，有点甜。

归途中经过交民巷。感觉不太冷，静静的夜晚，听到西城的爆竹声。

【注】① 东来顺：位于东安市场的羊肉料理饭店。创业者丁德山为回族出身的伊斯兰教徒。1903 年东来顺开业，本为粥铺，1912 年改称为东来顺羊肉馆。现在总店位于王府井大街，为北京老菜馆之一。

② 万岁家：位于东单大街八宝胡同的日本荞麦面店，又称万才屋。北京的日本人经常光顾。竹内好《游平日记》1932 年 9 月 7 日条中有如下记录："晚上，送别京大的吉川氏，去了日本人俱乐部和东亚公司，在万才屋吃了荞麦面，去德国饭店喝啤酒，同八木、藤枝三人。"（收录于《竹内好全集》第十五卷，筑摩书房，1981 年）。

二月十五日

从早上开始接待室客人不断，整日在外面。

有点生气，去了文化事业，遇到桥川氏，决定今天搬到文化事业后回来。再出门，去了一二三馆，同日高氏交谈，再出门拜访石桥氏。朝鲜人这三四日之内将被驱逐出北京，因此搬家延期两三天。加上西村氏前来安慰我，中根主人后天去"满洲"，于是我不那么生气了，遂打消了搬家的念头。

晚上，山本君来。

心里还是不能安定下来，晚上约了西村君，第四次出门去平安①，看了《四十二街》②。有八木君、小竹君，以及很多其他日本留学生。

闷闷不乐地回来。

【注】 ① 平安电影院：位于王府井大街南口。 ② 《四十二街》：美国的音乐剧电影
　　　 1907 年由英国投资建造的北京最早 　　　 *42nd Street*，在当时很受欢迎。
　　　 的电影院。 　　　 1933 年 6 月公映。

二月十六日

很暖和的一天。应该比日本的冬天暖和。

按照前几天约定同小林君去按院胡同拜访常氏，被以酒相待，过午便辞去，与小林君一同去钱稻孙的家。由钱氏向导，同钱氏的儿子①、小林君一行四人骑驴②从平则门③去白云观④。

由于处于正月，前来参拜的人很多。巡游了大殿，看到长春真人的墓碑，奇怪的是石桥下有两位道士背对而坐，周围的人看到后都向他们投铜钱，如雨落⑤。回来的路上习惯了骑驴，郊外的晴朗天气让人心情愉快（半路有月坛⑥）。

又来到平则门（阜成门），看到了广济寺⑦烧毁的遗迹，在西四牌楼与大家分别雇车回家。太累。

不在时，桂君来，留了名片。违了前日的约实为不该。

吉田贤抗⑧来信。

【注】 ① 钱端信：钱稻孙第五子。当时是中法大学附属高中一年级学生。这一年 11 月作者搬入钱稻孙家后，在日记中此人还偶尔出现。

② 骑驴：当时的北京，外国人和有钱人主要在城内生活，交通手段一般为洋车，但是在郊外，人的交通以及搬运物资多用骡子和骆驼。

③ 平则门：北京内城的西城门，现在作为地名（地铁站名）被称为"阜成门"，在当时仍沿袭元代的旧称"平则门"。

④ 白云观：北京西郊的一处道观。全真教龙门派的总道观。祭祀的祖师为元代住在此处的长春真人，很多北京人忠实地信奉。详见小柳司气太《白云观志》（东方文化学院东京研究所，1934 年）以及李养正《新编北京白云观志》（宗教文化出版社，2003 年）

⑤ 声兆九如：白云观的庙会于每年阴历正月初一至十九日进行。灵官殿前的窝风桥下有个没有水的方形池子，向坐在那里修行的道士扔钱，如果能扔中预示着好运。现在在那里挂着一个写有"声兆九如"的直

径约 30 厘米的木质铜钱的模型，大家把钱扔进模型中间的钱眼里，被称作"打金钱眼"。

⑥ 月坛：位于北京古城的阜成门外，秋分日祭祀月神的场所，与皇宫另一侧东面的朝阳门外的日坛相对称。明嘉靖九年(1530)建立。

⑦ 广济寺：北京八大古刹之一，位于阜成门内大街东侧。藏经阁内藏有清代康熙年间刊刻的藏文大藏经。

明天顺元年(1457)创建，1934 年 1 月因大火正殿和后殿烧毁，第二年重建。

⑧ 吉田贤抗(1900～1995)：东京帝国大学文学部中国哲学科毕业，战后历任东北大学教授等。文学博士。著有《中国思想史概说》(明治书院，1943 年)以及新译汉文大系第一卷《论语》(明治书院，1960 年)等。

二月十七日

昨天太累了，八点上床，不久便入眠。到今晨九点才醒。感觉有点风寒，未能起床。

奚先生来，未能见面，然而约一小时后，门前的车夫来了，说奚先生因有吸鸦片的嫌疑在南湾子被警察拘捕。

中根主人马上给警察打电话询问了情况，据说奚氏被怀疑从住在这家的朝鲜人买鸦片而被拘捕时，不巧身上带有少量鸦片，被送到了公安局。

我立刻给日本警察打电话，又马上去见了石桥氏，拜托他去交涉，此时刮着大风，路上的沙尘被大风卷起，回来的路上碰巧遇到正被送往公安局的奚先生，便停车说了些安慰的话以及我这边的筹备，让他不要太过担忧，目送他走。

回家后，再联系中国方面颇有活动能力的大仓商会的林氏，让他给市长打电话拜托释放。我又去了公安局，公安局没有允许我与奚氏见面。之后又拜访了市政府卫生处的吉秘书，拜托其打点，他在公安局有重要地位。

所有的打点都奏效了，说今天能释放奚氏。

晚上，去菊儿胡同，访奚氏的家。还未释放，家中只有奚夫人一人闷闷不乐。

我安慰她，再给大仓打电话，询问事情进展情况，说正在释放奚氏。至此大概可以安心了，为奚氏感到高兴。

与明天要去"满洲"的中根主人交谈，十二点就寝。

二月十八日

由于昨天多方打点奔走，感冒未愈。

早上，说奚夫人来访，想到昨天的事情有些不好意思。

事实上，听说奚氏还未被释放，非常震惊，又继续打点，拜托石桥氏再去交涉，去了大仓，又去了吉氏的家，由于是周末不巧外出，未见到。石桥氏去交涉，奚夫人同我在我的房间等消息。

下午，山本君来了。不久谷村兄也来汇合。

至傍晚五点时仍未来电话，因此奚夫人先行回家。

五点半左右，奚氏亲自来电话告知已经释放的消息。

之后奚夫人又来电致谢。第一次松了口气。

晚上，和山本君喝酒，愉快攀谈。

小竹君加入我们，于是谈到凌晨两点。

小竹君说要在文化事业就职，非常好的事情。

二月十九日

春天使人心情愉悦，日和。

上午不知不觉过去了。下午，一人去北海的北平图书馆看戏曲音乐展览会①。一天看不完，明天再来。买了目录和《北平图书馆善本书目》②（四元）回去。

去中华公寓找桂君，一起去找双忠祠③，恐怕现位于外交部胡同④西洋人的家宅之内，未看到。在东安市场喝茶，之后回家。

晚上，常氏、刘君。

泡澡。

【注】 ① 戏曲音乐展览会：展示的是国立北平图书馆、孔德学校图书馆、燕京大学图书馆所藏戏曲文献以及乐器，还有马廉、梅兰芳、傅惜华等个人藏书。当时的目录《国立北平图书馆戏曲音乐展览会目录》被日本东京大学东洋文化研究所等收藏。

② 《北平图书馆善本书目》：1933 年 10 月由北平图书馆发行，赵万里（1905～1980）主编，傅增湘（1872～1949）序。线装本，全四册。赵万里详见桥川时雄《中国文化界人物总鉴》第 651 页，傅增湘见同书第 539 页。

③ 双忠祠：纪念镇压 18 世纪西藏叛乱的驻藏大臣傅清和拉布敦二人的祠堂。他们于乾隆十五年（1750）诛杀了叛乱的首领珠尔默特那木扎勒，在混乱中，被自己的部下所杀。清政府为悼念他们殉职，在北京和拉萨建立了祠堂。作者此时想去的北京的双忠祠现已被撤去。详见吕文利《清代北京和拉萨的双忠祠》（《清史镜鉴》第 4 辑，国家图书馆出版社，2002 年）。

④ 外交部胡同：外交部胡同位于现在的外交部街附近。本为明代官僚石亨的宅邸，曾被称为"石大人胡同"。民国初年，政府在这里设立了外交部。

二月二十日

早上，奚氏夫妻过来答谢。

叫来桂君，又去了北海图书馆。感冒，心情不佳。

下午想躺下时小竹君来了，便不睡了。

晚上，常氏下课后，早早躺下。

读《红楼梦》。

给满寿代和修写信。

二月二十一日

感冒未愈，终日在家中。

上午，读书。

下午，俞君来，之后躺在床上。

服部先生来信，说我的留学今年将结束。本应为能早日回去而高兴，实际上感到有些不开心，不仅不开心，还有些失落。

晚上，常氏。

[栏外注]：给满寿代、修写信，寄给盐谷先生展览会目录。

二月二十二日

有点冷。

又借给奚氏十日元。

上午，查宋词，记备忘录。

在北平留学期间，应该对词进行研究。

下午，俞君来，去了琉璃厂的厂甸儿，买了《浣纱记》[①]和明版元曲零本[②]（我跟着错买了《杀狗劝夫》[③]）。

或许是阴天的缘故，心情一直不悦。

小林君来，他准备去河南旅行。

晚上，常氏下课后，打算去买茶叶，却去了八木君处。在石原[④]喝茶。红茶味道不香，心情越来越沉重。

回家后读《红楼梦》。

【注】①《浣纱记》：取材于春秋时期吴越两国攻防的戏曲。根据范蠡的计谋，越王勾践给吴王夫差送美女西施，西施用自己的美貌迷惑吴王夫差，最终越王勾践终于将宿敌吴国消灭的故事。活跃在明万历年间的梁辰鱼（1521～1594）所作。该书收藏于大野城市目加田文库。

②零本：缺散了的残本。中国古籍的专门用语。

③《杀狗劝夫》：元代萧德祥的杂剧《杨氏女杀狗劝夫》，妻子为惩治放荡不羁的丈夫杀了一只狗，做戏给别人看尸骸。

④石原：当时在北京营业的日本饭店。日记同年4月10日条中也有记录。

二月二十三日

寒冷的一天。

奚氏。

给服部先生写信。

下午，去市场买茶叶。

读书至傍晚。

晚上，常氏、桂君、刘君。

预习《红楼梦》。

[**栏外注**]：给服部先生写信。

二月二十四日

还有点冷。

奚氏送给我薛涛笺①。

感冒未愈，下午睡觉。

世古堂来，为九州大学购买《纳书楹曲谱》②，四十元。

小林君来。

晚上，在床上挑灯读池田君借给我的《周刊朝日》③。

本要去看尚小云④的《昭君出塞》，取消了。

【注】 ① 薛涛笺：四川产的信笺，竖约二、三厘米，横约十三厘米手工抄制的工艺品，适合写书简或者绝句之类的短诗。有红色染料染的还有印花的。据说由唐代女诗人薛涛（768～831）设计并传承下来因此得名。

② 《纳书楹曲谱》：清代主要是中国南方苏州一带流行的昆曲等谱子集册。乾隆五十七年（1792）出版。正集四卷，续集四卷，外集两卷，补遗四卷共计十四卷。编者叶堂为苏州人，纳书楹为其书斋名，本书为叶氏的私刻本。江苏文人王文治（1730～1802）作序，现存于九州大学附属图书馆。

③ 《周刊朝日》：朝日新闻社的周刊杂志，1922 年 2 月创刊。

④ 尚小云（1900～1976）：京剧四大名旦之一。京剧"尚派"的创始者，自幼入戏班三乐科班，开始学武生，后改为正旦。歌唱雄壮浑厚，武戏稳健，面带侠气，擅长演《雷峰塔》等烈女节妇的角色。参考桥川时雄《中国文化界人物总鉴》第 264 页。《昭君出塞》是汉代王昭君嫁给匈奴王的悲剧故事。该剧原以只听演唱为主，尚小云加入了丰富的身段等表演，表现出怀念故国难以割舍的心情。详见《中国戏曲志》北京卷（中国 ISBN 中心，1999 年，第 603 页）。

二月二十五日（周日）

十点起床。

下午，按照约定同西村、桂、八木、山本、樫山等同去白云观，从顺治门^①骑驴。从白云观去天宁寺^②，天宁寺因被军队占领不得入内。又骑驴回平则门，在西安商场^③的茶馆喝茶后分别。

晚上，家中喝酒。同池田君和西村君交谈。

夜，不知何故失眠。想起很多事，尤其是义五郎的前途，甚忧。千鹤子嫁人，满寿代的病，顺子身弱，修退伍后的事，大都肩负在我一人身上，越想越清醒，于是至四点。

今晚，梦到乘船去往某地，令人苦恼的梦。

【注】　① 顺治门：北京西南城门宣武门的旧称，当时北京习惯将胡同和城门的名按清朝以前的旧称称呼。例如将阜成门称作平则门，将崇文门称作哈德门，世代生长在北京的老北京人的性情如此。
② 天宁寺：北魏孝文帝延兴年间（471～476）建立的北京首屈一指的古刹。位于白云观东南方，开始被称为光林寺，隋代为宏业寺，唐代为天王寺，金为大万寺，明为元宁寺，后改为天宁寺。有辽代建立的八角十三层的石塔。详见安藤更生《北京案内记》（新民印书馆，1942 年）第141 页。
③ 西安商场：西单牌楼的市场，营业至1937 年。有三四间茶馆，店内可以听评书，其中欣蚨来茶馆特别有名。详见侯宝林《我的青少年时代》（北京少年儿童出版社，1989 年）第72 页。

二月二十六日

钱不够，想想有些困难。

奚氏。

早上，世古堂来，购买原板《词律》^①二十卷。四月前付款就可以。

下午，预习《红楼梦》花费了许多时间。

去五昌，换日币十元，相当于中国币八元四角五。

在咖乐搭斯^②换了两元钱烟草的彩票。

读《词律》等。

晚上，俞君来。

常氏、刘氏。

【注】　①《词律》：清代万树撰，二十卷。将词牌(曲调)按字数顺序排列，并对词牌的字数、句读、押韵、平仄等进行解说的词谱。基于严密考证，校正了唐宋以来的错误。有康熙二十六年(1687)刊本，以及附有徐本立《拾遗》八卷，杜文澜《补遗》一卷的同治十二年(1873)刊本，还有恩锡和杜文澜校勘的光绪二年(1876)刊本。作者买的所谓"原板"指的大概是康熙二十六年刊本。万树(1630～1688)，字红友、花农，号山翁、山农，常州宜兴(现江苏省宜兴市)人。明末戏曲作家吴炳的外甥。康熙年间为当时的两广总督吴兴祚的幕僚。担任其给朝廷上奏的执笔人。他写的戏曲剧本由吴兴祚身边的演员演出过。

　　②咖乐搭斯：咖啡馆名。

二月二十七日

雪。

天空飘着小雪，下了一整天。中文老师一个也没来。

上午，世古堂来，付九州大学的钱。

下午，一口气读完《南渡录》的《南烬纪闻》上下。很悲伤的书。不得不先考虑读辛弃疾词这个方向。

义五郎来信。昨晚，我给义五郎写信尚未寄出，感觉不可思议。

晚上早早上床，睡不着。

小竹君来，还五日元。说即将去河南旅行。

雪仍未停。

二月二十八日

天晴，雪上映着阳光很美。

奚氏还五元钱，送给我墨。

给王妈、家仆月钱。

预习《红楼梦》。

下午，去东安市场买笔、信封、点心，将给满寿代、义五郎、田中铁之氏的信寄出。

[栏外注]：给田中铁之、义五郎、满寿代写信。

回来读书时，收到了满寿代、河村母亲的信以及顺子的照片。看到长大的顺子的照片，十分喜爱，百看不厌。再给满寿代写信，西村君给我前几天骑驴的照片，一同寄去。以及给河村写信。

祯次郎君三月二十五日结婚，可喜可贺，很遗憾什么也送不了。

晚上，满月，元宵节，听到爆竹声。

近年来北京市基本不挂灯笼，东华门大街有点灯笼，想吃元宵，不能出去了。

[栏外注]：给满寿代、河村久写信。

三月一日

寒冷的一天，奚氏。

下午，做关于清代浙东学派的笔记。樫山君来了一下。

常氏送来正月的蜜供①和月饼。

晚上，读《今古奇观》。

同西村君在中和戏院看程砚秋的《梅妃》②，感觉有点冗长。

归途中，月色皎皎，凉风阵阵。

【注】　① 蜜供：北京的传统点心。将小麦粉捏好，油炸，撒上砂糖和蜜。过年时制成塔的形状，供奉神佛祖先。
　　② 《梅妃》：程砚秋由《上阳宫》改编而成的剧目。唐玄宗的贵妃江彩蘋因喜爱梅花被称为梅妃，当时后宫种植了从各地采集而来的梅花名种，并建梅亭，可见其宠爱程度。但杨贵妃入宫后玄宗对其十分宠爱，便不再去梅妃处。之后由于安史之乱玄宗逃往蜀地，梅妃也在战争中去世。叛乱平定后玄宗回到宫中，在梅亭想起梅妃，眼前浮现出梅妃的样子，却是梦，清醒后的玄宗一边感慨一边回宫。

三月二日

奚氏。

文奎堂来，带来了八十回本《红楼梦》。

下午，读书，查诗韵与现代语韵之间的关系。有很多入声变为现在北京话的二声。

三点多，出门散步，没有什么去处，便拜访中华公寓的桂君，一起去城墙。近来两三天风很凉。

晚上，常氏、刘氏。

泡澡。

顺子的照片寄来后，每天不知拿出来看多少次，放不下。

三月三日

最近风很大。

奚氏。

下午，去理发店。收到进藤氏的信。

傍晚，奚氏家来人，奚氏又被带去公安局，来求助。访石桥氏，说了此事。

拜访住在一声馆的东京幼年学校①教官饭田先生领其去吉祥戏院听戏。郝寿臣的《桃花村》②很不错，杨少楼的《艳阳楼》③也值得看。还有刘砚芳的《汾河湾》④，对以前的演员不甚满意，剧的构成也不错。

[栏外注]：给进藤真砂写信。

【注】 ① 东京幼年学校：东京都新宿区市ヶ谷的东京陆军幼年学校。本为 1896 年设立的东京陆军地方幼年学校，经数次改编，1920 年成为东京陆军幼年学校。培养干部将校后备的教育机关，十三至十六岁入学，实行三年全部住在宿舍的封闭式教育。

② 《桃花村》：取材于《水浒传》第五回的京剧。郝寿臣的剧本。讲的是鲁智深访桃花村，听闻盗贼周通要强娶村中刘太公的女儿，便假装成新妇在新婚的房间内伏击，制服周通的故事。

③ 《艳阳楼》：《水浒传》的后续，讲的是梁山泊好汉的孩子们的故事。奸臣高俅的儿子高登在父亲的权势下

经常蛮横胡来，一日，徐宁的儿子徐士英一家去扫墓，妹妹佩珠被高登看中，被抢去强行关押在艳阳楼。花荣的儿子花逢春、呼延灼的儿子呼延豹、秦明的儿子秦仁和徐士英一起潜入艳阳楼，打倒高登及其手下，把佩珠安然无恙地解救出来。

④《汾河湾》：又名《打雁进窑》，以唐代武将薛仁贵及其家族为题材的悲剧。九州大学教授中里见敬整理的《滨一卫著作集：中国的戏剧·京剧选》（花书院，2011 年）中，有滨一卫教授的解说及翻译（第 169～170 页、第 235～255 页）。该剧的主演刘砚芳（1893～1962）擅长老生，名角杨少楼的女婿。滨一卫《中国戏剧之话》（第 31 页）有如下记述："唱秦腔时名为小梧桐，鸣盛和科班学习老生至十八岁，出科前已展露头脚，出科后跟失去嗓音的丁俊（丁永利之父）学习，后跟杨小楼学习武戏，娶其女为妻。兼演武生和谭派老生，晚年主要演老生。民国十二年左右创小荣华科班，其子宗扬、姜妙香之子少香、陈德霖之子少霖、王惠芳之子少芳均出自此科班，刘砚亭为砚芳的兄长。"

三月四日（周日）

刮大风。

早上还在熟睡，奚氏来了，我不太愉快。

昨天平安被释，但说周一还要去法庭交罚金。着实烦人。

世古堂来。

作剪报。

下午，千鹤子来信。

去东安市场散步，很快回来（买林之棠①《诗经音释》）。

读完《南渡录》卷三、四，《窃愤录》，很有趣。

晚上，桂君来了，同西村君三人去真光看电影。健美的女性。

夜晚很冷，最近几天仿佛又回到冬天。

【注】① 林之棠（1896～1964）：字召伯、乐民，福建省福安市人。1926 年北京大学中文系毕业。历任中学、高中、大学讲师。著有《中国文学史》《国学概论》《学术文》等。还在《国学月报》《晨报》《黄报》等报纸杂志上发表很多论文、小说、散文、诗词。《诗经音释》于 1934 年商务印书馆出版（本

为9月，可能为了在全国售卖，在北京以及上海提前半年摆在店里贩卖）。该书主张废除《诗经》的传统注释，对原文进行音读注释，直接理解原文。可能是为初中以及高中等的课外阅读材料而作，之后可能对作者的《诗经》鉴赏方法提供了一些思考。

三月五日

奚氏。德友堂书店来。

下午，预习完《红楼梦》，去东亚公司买尺牍方面的书，供与刘君互相教授之用。

山本君来，聊到傍晚。

晚上，常氏、刘君。听刘君讲尺牍颇有所得。

泡澡。

今天，喜田洋行①来收钱。零用钱越来越不够用。

【注】 ① 喜田洋行：日本人经营的杂货店，
位于东单附近的栖凤楼胡同。

三月六日

奚氏来，一直以来的问题据说已解决。

德友堂又来，带来各种书，买了《目录学发微》①（北大出版）及《古本书目》②（沈家本），共计五元。

下午，看新买的书。

去同仁医院种痘③，有很多日本人去（六日、七日两天）。

晚上，常氏。

朝鲜人今天搬家，我非常高兴。从今后就不必为那等粗野的人烦恼了。

白天无风很暖和，入夜后开始刮风。风声使人心中不安。

再读《目录学发微》。

【注】 ①《目录学发微》：余嘉锡（1884～1956）将当时北京大学以及北京师范大学等讲义资料结集出版的书，后由女婿周祖谟于1963年由北京的中华书局以及1991年成都的巴蜀书社校订出版。作为中国目录学的一本入门书评价很高。近年在日本，由古胜隆一、嘉濑达男、内山直树三人翻译成日语由平凡社作为东洋文库系列中的一册出版（2013年）。余嘉锡是生于湖南省常德市的目录学学者，其代表性著作有《四库提要辩证》二十四卷。详见桥川时雄《中国文化界人物总鉴》第208页。
②《古书目三种》：八卷。著者沈家本（1840～1913）是生于浙江省湖州市吴兴区的法律学者。为中国近代刑法学的开山鼻祖。对于古书也造诣颇深，本书对引用《三国志》的裴松之注、《世说新语》的刘孝标注、《后汉书志》（《后汉书》的八篇志）的刘昭注的书进行考察，著作集有《沈寄簃先生遗书》。详见桥川时雄《中国文化界人物总鉴》第180页。
③种痘：预防天花的疫苗，日本从江户后期开始进行尝试，于1909年法律规定必须接种天花疫苗，该日记中的记录，对我们了解海外的日本人如何接种疫苗提供了珍贵的资料。

三月七日

昨晚不知何故失眠至今晨三点。

奚氏。

德友堂，带来《古文旧书考》①（岛田翰，四元），《两汉三国学案》②（十二元）。又为买书而借钱。

下午，刮大风。

给楠本氏、辛岛氏写信。

去东安市场买茶叶。

晚上，常氏。今天聊到很晚（因为西村君去看日本的落语表演）。

近来晚上睡意很强（其实睡不着）。可能是春天要来了的缘故吧。

[栏外注]：给楠本、辛岛两氏写信。

【注】①《古文旧书考》：日本汉学家岛田翰（1879～1915）的著作，四卷。1905年由东京的民友社刊行，将日本残存的贵重的汉籍、旧抄本、宋代以后的刊本、元明清以及朝鲜刊本进行调查考证。1927年在北京刊行，作者买的应该为北京刊行本。关于岛田翰的生平详见高野静子《小传：鬼才的书志学者岛田翰》（收录于《续·

苏峰及其时代》，德富苏峰纪念馆，1998年）。
②《两汉三国学案》：清末文人唐震钧（别名唐晏，1857～1920）著，十一卷。据《汉书·艺文志》和《隋书·经籍志》等，将汉代至魏晋南北朝的儒家经典的注释进行考证，关于作者唐震钧（唐晏）的生平详见本日记1933年12月23日条。

三月八日

早上很困。

奚先生。

德友堂又来，今天又买了《词谱》，虽是影印本，甚佳。

下午，去换钱。

在王府井大街的立达书局①购买《四郎探母》的唱片（马连良②）。

复习《华语萃编》。

晚上，常氏。

小竹君河南旅行归来。边喝酒边聊到十一点。

【注】①立达书局：位于北京王府井大街53号专门卖新书的书店。发行杂志《文学季刊》，同时也卖唱片。详见本日记1934年4月8日条。
②马连良：《四郎探母》是取材于《杨家将演义》以及民间故事的著名京剧剧目。作者以前在有声电影观赏过该剧目（详见本日记1933年12月12日条）。滨一卫《中国戏剧之话》中有如下记录："《雁门关》八本中，《四郎探母》为张二奎撰，时间大约为两小时的大剧，若名角云集则非常有意思，否则容易打瞌睡。谭派老生皆

演此戏，唱念做打都很考验技术。"（第18页）。名角马连良（1900～1966）是出身于富连成戏班的老生，其演的《借东风》尤为有名。参考桥川时雄《中国文化界人物总鉴》第330页。晚年，因主演吴晗的《海瑞罢官》，死于"文化大革命"中的批斗。关于其演技，滨一卫在《中国戏剧之话》中有如下记载："经常去上海，艺术风格偏上海，虽然有些保守的北京人不喜欢，时至今天也是最好的老生，身段潇洒，即使是细微的动作也非常注意，

与其极高的声名相符，戏很好，唱腔为马腔，嗓子比前人调门低，声音略带沙哑，花腔很多，深受大家喜欢"（第 23 页）。日本九州大学图书馆的滨文库中保存了马连良饰演的杨四郎《四郎探母·坐宫》的唱片。

三月九日

稍阴。

昨晚睡得很好，接种天花后有些痒。

奚氏。最近上午奚氏的课结束后基本上都在预习《红楼梦》。

下午，去世古堂来，聊了一个半小时。

又复习《华语萃编》。

晚饭喝了些酒，微醺。

晚上，常氏。

刘君，又读尺牍。

今天一天未出门。

三月十日

阴。

因昨夜睡得很好，早上早早起床，最近没做梦。

德友堂来，给前些日子买的很多书制作书套。

下午，去了一下文化事业，之后因想买戈载的《词林正韵》，去隆福寺的书店遍寻未果。在东四牌楼的露天摊位花三十钱买了《阴骘文图说》[1]。

顺便去吉兆胡同的本佛寺，山本君不在，和樫山君聊了一会。

回家后，池田君来，带两名小学生来我房间玩耍。

读《古文旧书考》时犯困。

服部、盐谷两位先生来信[2]，西川信夫也寄来了信。

【注】①《阴骘文图说》：明末道教经典之一劝善书(面向民众宣传劝善惩恶的书)的注释书，四卷。清代黄正元(生卒年不详)注。《文昌帝君阴骘文》配上插图进行解说。

②帝人事件：关于服部宇之吉和盐谷温两位教授的信作者没多说，当时由于日本国会的"帝人事件"(帝人公司的高腾因被疑受贿入狱)，由此引发当时的文部大臣鸠山一郎辞职(1934 年 3 月 3 日)，导致斋藤实内阁力量弱化，致使作者的北京留学时间缩短并且奖学金被削减。

三月十一日

雪。

雨夹雪转雪。

研究词韵。

下午，去东安市场买东西。傍晚，头痛，睡觉。

晚上，西村、池田、家现三君来我房间，一同喝酒。

三月十二日

风。

风很大，心情不悦。卧床至傍晚。

前天服部先生来信告知留学期间缩短半年，有点不开心。

晚上，小林君、樫山君来。

三月十三日

风，沙尘暴。

今天风也很大。

振作起来，为九大旅行团①的事去文化事业，遇到桥川氏。同小竹君、西君聊天。

服部先生又来信。我的留学费用被削减了很多，很悲伤。不仅打乱了很多计划，研究上也感觉束手束脚。

晚上，在一声馆为九大旅行团交涉住宿的事情。

堤氏提议，约好明天去清华。

【注】　① 九大旅行团：之后，3 月 20 日九州
　　　　大学楠本正继教授为团长带领九州
　　　　大学法文学部的毕业生和在校生一
　　　　行来北京。

三月十四日

风。

早上六点起床。七点坐从青年会站[①]到清华大学的巴士。

堤氏夫妻、小林君同行。途中景色很好。

在清华钱稻孙氏的办公室里谈话，之后，听钱氏的日语课。

在钱氏位于学校的家中吃饭，坐一点的巴士回来，同小林君去了下东安市场，分别后回家。

数日以来风很大，着实难忍，很不愉快。

【注】　① 青年会站：西单牌楼十字路口附近
　　　　的公交站。当时有从这里到清华大
　　　　学附近海淀区的巴士。

三月十五日

风尚未停。

奚氏。

德友堂又带了别的书店来，很喧闹。

下午，许久不见的桂君来了。去交民巷散步，在市场喝茶，遇到山本君，一起去桂君的公寓，同姚君一起吃饭。同山本君、桂君二人在回家的路上边走边聊。

九州大学寄来了《图书馆目录》[①]。

买《北京游览指南》，为了给二十一日到来的九大旅行团做向导。

【注】　①《九州帝国大学图书目录》：第一卷 1932
　　　　年 12 月发行，第二卷 1933 年 5 月发行。

三月十六日

今天没刮风。

奚氏、文奎堂、世古堂。

下午，查词谱。其他，读书。

傍晚，好久没见的俞君约我去看戏。

晚上，常氏、刘君。

去华乐戏院看戏(与西村君同去)。富连成戏班的戏。李盛藻[1]、袁世海的《应天球》[2]，叶盛兰等人的《南界关(战寿春)》[3]，非常之好。

【注】
[1] 李盛藻(1912～1990)：本名李凤池，北京京剧演员。十二岁进入富连成科班，民国二十二年(1933)毕业，扮老生。拿手的剧目有《四郎探母》和《借东风》。富连成是 1904 年崛起的京剧团的名字。此团是由吉林省富豪牛子厚(1866～1943)出资，京剧演员叶春善(1875～1935)出面组建的。该团从社会招募十岁左右男童，经过七年学习培养成为优秀演员。学习过程非常严酷，有人戏称作"七年大狱"。该团培养出马连良、谭富英等著名演员，但由于经营不善于 1948 年解散。参唐伯弢《富连成三十年史》(传记文学出版社，1974 年)。

[2] 袁世海(1916～2002)：本名袁瑞麟，北京京剧演员。民国二十三年(1934)从富连成毕业，扮净角，拿手剧目是《水浒传》的《野猪林》《李逵探母》。中华人民共和国成立之后，除出演电视剧外，历任中国戏曲家协会理事、中国国际文化交流中心理事。京剧《应天球》，别名《除三害》《浑天球》《打虎斩蛟》，由西晋武将周处的传说"周处除三害"改编而成。

[3] 叶盛兰(1914～1978)：北京京剧演员。富连成科班首任社长叶春善第四子。九岁入门，开始任旦角，之后转小生。1930 年毕业之后，出演富连成的学生剧。滨一卫《中国戏剧之话》评价道："此人文武皆善，色艺双绝，实乃小生之中的小生。"1955 年，作为中国艺术团的一员出访西欧各国。京剧《南界关》，别名《战寿春》，是以宋太祖赵匡胤攻打安徽寿春为题材的一部京剧。

三月十七日

因从蒙古刮来的沙尘，天空全是黄色，看不见太阳。郁闷的一天。

奚氏、常氏。

三月十八日（周日）

天空晴朗心情也开始变好，春天的感觉。

下午，同西村君散步，从太庙出午门，去了中山公园。

游客很多，遇到很多穿中式服装的美女。之后登景山游北海后回家。

回家后，搬房间。

晚上，小林、八木两君来，同二人去润明喝酒，我喝醉了。

三月十九日

奚氏。

收到了从天津发来的楠本氏的电报，说明天到。

去王府井买茶叶和灯泡，回家后又去东单的理发店。回家，傍晚又去文化事业。

晚上，常氏、刘君。

樫山君来。

三月二十日

天空有云。有风，不开心的一天。

中午，九州帝大学生旅行团①乘火车来。

楠本氏领队。森住利直②、冈田武彦③、秋山达三、久须本文雄④、中江健三、大野得雄（最后二人从"满洲"过来晚来了几天）。

每天给他们做导游，到处游览。基本每天都去琉璃厂。去了直隶书局⑤的书库、德友堂的宋版零叶、隆福寺的书铺等很多地方。在古玩铺⑥第一次感受到了宋瓷的美。看了砚、墨，对新发掘的考古土器也开了眼。同来薰阁交涉九大购买的图书费用，来薰阁主人带我们吃了一顿饭，听了一次尚小云的戏。

最后一天，在文化事业举办宴会。王重民⑦等也来了。

二十九日下午四点，旅行团离京。晚来的二人呆到了三十一日早上。

此次的九大旅行，我每天做向导，精神上肉体上都很累。持续的好天气是我唯一感到幸福的事情(其中有一天非常冷)。

【注】 ① 九大旅行团日程：关于九州帝国大学法文学部楠本正继教授(中国哲学史)的北平之行，九州大学法文学部《文学研究》第九辑(1934)的"汇报"有如下记录："3 月 16 日以楠本教授为首的一行五人从博多出发，19 日到天津，留宿一夜，20 日抵达北平后，滞留十天参观。在此之前，中江、大野小队率先出发，11 日从福冈筑港起航。在京城、平壤、新义州参观古迹、博物馆，在东北各地参观博物馆、图书馆、城市工矿。后从大连上船，经天津 25 日与北平大部队会合。之后一行七人在九大中国文学助教授目加田氏的带领下，参观了故宫博物馆、武英殿、北平图书馆所藏古董，之后游览万寿山。4 月 3 日，一行平安返回博多之后解散。"又，六名学生，有来自中国哲学史讲座的冈田武彦、久须本文雄、秋山达三、中国文学讲座的大野得雄，东洋史学讲座的森住利直、中江健三。目加田家保存的相册中有该团队在北京的合影。

② 森住利直：《九州大学新闻》第 108 号(1934 年 5 月 10 日发行)所载森住《中国旅行记》中也有如下记述："3 月 16 日，楠本教授带领的北中国旅行团在暴雪之中登上了长安号。途中波涛万里，19 日到达天津。自 20 日开始，我们在目加田助教授的带领下，坐着洋车在北平市内游览。在此之前，11 日从福冈出发的中江、大野二人，经朝鲜、"满洲"，26 日到达北平。我们一行七人 4 月 3 日平安抵达了博多。这次旅行我们最喜

欢参观北平旧书店，致力于日本不太容易见到的古版本的研究。"

③ 冈田武彦(1908～2004)：战后成为九州大学教养部教授。著有《王阳明和明末的儒学》(明德出版社，1970 年)、《宋明哲学序说》(文言社，1977 年)等，还有《冈田武彦全集》二十四卷(明德出版社，2000～2012 年)。有关楠本教授的旅行，请参考本卷附录＝【补注】。

④ 久须本文雄(1908～1995)：三重县人，九州帝国大学毕业后，战后成为日本福祉大学教授，禅文化研究所研究员。著有《王阳明禅思想研究》(日进堂书店，1958 年)、《宋代儒学的禅思想研究》(日进堂书店，1980 年)。此外还有《禅语入门》(大法轮阁，1982 年)、《菜根谭》(讲谈社，1984 年)、《寒山拾得》(讲谈社，1985 年)、《言志四录》(讲谈社，1987 年)等翻译的通俗思想类书籍。

⑤ 直隶书局：琉璃厂的古书店。宣统元年(1909)宋魁文(字星五，河北南宫县人)开设。当初由多位出资者于北京、天津、保定三处经营。1931 年，长泽规矩也《中华民国书林一瞥》(《长泽规矩也著作集》第六卷所收，汲古书院，1984 年)中介绍说："当时来南边游玩收书，说昨天来购长沙叶氏观古堂的书，已知晓诸家所好，于沪上卖掉其中一部，平素各家巧分书，得了大利。于是近来颇兴盛，备有多数南方新刊的木板书，肆中书价悉附定价，又每岁印行新书。"

⑥ 楠本正继与古董品：作者在座谈会"话说先学——楠本正继博士"(东

方学会《东方学》第 62 辑，1982 年）有如下回顾："我在北京的时候，楠本先生同冈田先生他们一起来京，楠本先生最想买的就是雨过天晴的青瓷花瓶，非常想得到这个花瓶。差旅费只剩下四十块钱，但对方是要八十块钱。回到住宿地后，他说：'实在想得到这件东西，不行我去砍砍价吧。'最后砍到了六十元，但钱还是不够。于是我们又出门筹措资金，最终还是购得了这个花瓶。楠本先生非常高兴。九州大学善本书籍有许多都是从北京来薰阁购入的。研究室创设之时，从北京的来薰阁买了很多的书。现在研究室的善本基本都购自那里。"还有作者的随笔《风字砚》中写了作者和楠本教授的交往事情，末尾这样说："风字砚还在我的桌子上摆着。这个砚台象征两个人的友谊，象征博士的人品。在这个世界上留有这样一个纪念。"（收录于《目加田诚著作集》第八卷）。

⑦ 王重民（1903～1975）：字有三，号冷庐主人，河北省高阳县人。1928年北京师范大学国文系毕业，1930年任北平图书馆编纂部编纂委员会委员兼索引组组长。1934 年，赴欧美各地主要图书馆参观，特别是针对从中国流出的敦煌文献以及古书进行了调查。1939 至 1949 年，受美国国会图书馆之邀协助整理中国古代典籍。归国之后历任北京大学教授、北京图书馆副馆长。著有《中国善本书提要》《敦煌曲子词集》《敦煌遗书总目索引》等。详见桥川时雄《中国文化界人物总鉴》第 36 页。

三月二十九日

晚上，山本君来。

三月三十日

整天在家，小赵来、桂君来。还有两个学生在一声馆，一人生病。

三月三十一日

九大学生两人早晨出发。

下午，在暖暖的阳光照射下休息。

晚上，小林君邀请去新陆春同钱稻孙氏三人吃饭，欢谈。

满寿代来信。

【补注】 摘自冈田武彦回忆录《我的半生：向儒学家之道》（思远会，1990 年）：

1934 年 1 月 10 日，我提交了毕业论文。我的毕业论文的主要内容是从存在论的立场论述朱子学，现在看来并不足取，但在当时也许是很新颖的。恩师曾对我说："必须要超越历史。"要超越历史，就必须创造自己的哲学理论。恩师的教诲从那时起一直在我脑海中。当时的我一直在努力写前面所说的那样的文章，好像当时我的毕业论文的评价为优秀，恩师对我说："留在学校做副手怎么样？"我自小在农村长大，不谙世故，恩师之所以说这样的话，除去我的毕业论文，大概只是因为我很认真，除了认真研究学问之外没有什么其他能力。

我和其他同事不同，每天都在研究图书室认真学习。东洋史的重松先生有一天也说过："冈田君真用功啊。"那时，我没有其他可取之处，也没什么身份，只想着专心做学问，能有一天成为一名学者，如果能一辈子埋在书中过日子，就再幸福不过了。

当时的大学制度是，研究图书室有副手和助手，副手两年任期，助手三年任期。副手在第一年没有工资，第二年开始每月三十五日元的工资，副手结束后成为助手，助手每月六十五日元的工资。当时中学的老师刚开始的工资大概八十五日元到一百日元左右，比起中学老师，副手和助手的工资很微薄。因此家中无产业的人基本不会做副手和助手。但是，我当时想的是，如果能成为副手就再好不过了，只要熬过没工资的第一年副手的时期，之后就可以生活了。

当时我妻子在农学部工作，我打工，我的母亲也过来与我们一同生活，我妻子的妹妹也从大牟田过来和我们一起生活，因为从我们家去福冈的市立学校更方便。但是，得知从学校毕业后渡边氏对我的学习资助也就

没有了。于是告知渡边氏之后便决定留在学校，也把这个决定告诉了恩师。

我希望满满地参加了毕业研修旅行，恩师带领我和其他四位同事一起从门司港出发，去往北京。

出港那天不巧遇到强风，玄界滩受到狂风侵袭，五千吨的船像树叶一样摇晃。船客因为晕船呕吐，一整天大家呕吐不止。只有一人没有受到影响正常吃饭。当时很不可思议，后来得知他是监视我们和我们同行的便衣警察。

当时，政府对左翼思想非常严厉。学生时代，我有时从福冈回故乡姬路，不论坐车还是乘船，肯定要接受一次物品检查。是为了检查学生有没有带和左翼思想相关的书。有一次在船上被一个便衣警察问话，要求出示身份证明，正要生气时，得知那个便衣警察是我故乡邻村的人，对我家情况非常了解，我很吃惊。

从门司出发不久，收到从九大事务室发来的电报，问我去不去富山市的神通中学，由于不知道具体情况，便回复道回福冈后再答复。旅行归来后，富山中学的事情已经决定，我的母亲也得知了此事。母亲不知我的希望和想法，在当时不景气的环境下能够在中学就职是非常令人羡慕的事情，而且前面讲过中学老师的工资非常高。家中有借款，母亲还想着弟弟的事情，母亲一定希望我早日得到一份不错的收入吧。

怀揣着些许不安，我继续乘船旅行。船进入黄海后，海的颜色也和黄海的名字一样慢慢变成黄土色。船到达塘沽，一个身材非常高大的男人进入船内，让我们吃了一惊。我们从塘沽去往天津，从塘沽的车站向黄海望

去，五千吨位的汽船甲板上有很多苦力，像堆积的红薯一样，汽船弯弯曲曲地在泥沼中航行。那时真正开始感受到了"地球的大地"。在天津住了一晚，看到很多高大的男人穿着深蓝色的中式衣服，拱着手在街道上走着，络绎不绝，感到有点害怕。

从塘沽到北京乘坐快速列车，山野的景色和日本不同，都是荒凉的沙漠。火车到达一站，看到一个像从布袋生出来的福娃一样的人在站台卖包子，使我不得不好奇孕育了这个男子的这片中国大地的风土人情。同时想起中国的老庄思想。火车到达北京站，紧接着看到中国旅行者带着差不多我体重两倍的行李从窗户进来，吃了一惊。还有一个日本人背着很大的行李要乘车，看到中国人想绊倒他，心中十分愤慨。不一会听到枪声，心中有一丝不安。1931年"九一八"事变，1932年在北京何应钦签订梅津协约，日中关系虽暂时平稳，但还是有些介意。事实上，北京街道的墙上到处贴着日本兵用枪和刀刺杀中国妇女儿童的画，中国人的反日情绪很明显，但是，这种排外的宣传是中国的一贯手段。

我们住在日本人经营的旅馆，名叫一声馆。想雇洋车去街上看看，此时旅馆老板的女儿在门口喊了一声，有六七个车夫过来了，她为我们选了一个最便宜的洋车，便乘车了。听说车夫都是独身，最冷的时候也在车里睡觉。这样寒冷的风，在路边时有饿死的人。一次，我和秋山君一起去了北京大学的学生宿舍。两人都不会中文，为了让洋车停车都出汗了。给了车夫约定好的钱但是他仍然不满足，还索要小费。没完没了，一直纠缠不休，我拒绝后要离开，车夫一直都在后面跟着，真受不了。

在北京看到天坛，想着古代皇帝祭祀时的样子，登景山想起明毅宗自杀的令人悲伤的历史。故宫的绿青蓝黄各色的瓦映衬在碧蓝的天空下，直到现在还能浮现在眼前。在来薰阁书店店主的引领下第一次看了京剧，喧闹的音乐我不太能适应。绚烂豪华的衣服和表演者夸张的动作也非我所爱。当时，中国人喜欢边嗑西瓜籽边看剧。

多年后，有年在台北召开大规模的中国学国际研讨会，一天晚上，我同东北大学的金谷教授和美国哥伦比亚大学的戴巴里教授一起看京剧表演，演的是《王昭君》，第一次看京剧的金谷教授非常激动，对戴巴里教授说"真是太棒了"，戴巴里教授说"我更喜欢日本的能乐"。我说"这就是动和静的区别"。

在北京只有我陪恩师逛了书店和古董店，一次恩师在古董店买了宋代的青花瓷，非常贵。因此机缘，我之后也开始买古董。

（《毕业研修旅行》，第150～157页）

第五卷

（1934 年 4 月 1 日～6 月 19 日）

昭和九年（1934 年）

四月一日（周日）

转眼已入四月。北京之春已然到访。春日和煦，难得无风。

下午，与西村、山本、家现三君共游北海。西村、家现两氏近日转任"满洲"，想是最后之散步。天气晴暖且是周日，故公园丽人甚多。日西斜时归家，赴东兴楼①两君之送别会。

此夜，于东兴楼饮酒过多，遂酩酊大醉，不辨东西，恍惚中乘洋车而归。

四月二日

多云，寒。

奚氏《红楼梦》，已隔许久，今再读。

书店，二三人来。

下午，在家读书。《天一阁藏书考》②《北平的陶器》③《陶说》④等。

晚上，与西村君闲谈。夜寒。

【注】① 东兴楼：1902 年开业的山东菜馆。北京八大楼之首。招牌菜是拌鸭掌、炸鸭胗等。当时在东安门外，现已转移至东直门内大街。

② 《天一阁藏书考》：陈登原著《天一阁藏书考》（金陵大学中国文化研究所，1932 年）。陈登原（1900～1975），历史学者，其他著作有《古今典籍聚散考》等。天一阁，明代范钦（1505～1585）的藏书楼，是现存最古的藏书楼。在浙江宁波。

③ 《北平的陶器》：仓桥藤治郎著（工政会出版部，1933 年）。

④ 《陶说》：清代朱琰的著作，六卷。乾隆三十九年（1774）初刻。中国最早的关于陶瓷器的专业书。日本明治时期，由京都清水陶瓷的窑户三浦竹泉（第一代，1834～1915）出版了和汉对译本（《和汉对照陶说》，开益堂书店，1903 年）。

四月三日

奚氏为记《红楼梦》中人物系图。

研究《词林正韵》[①]。

下午，与桂君赴民会，庆皇太子殿下生日祝贺会[②]（延期至今天），不久便归。

山本、桂两君同伴。于家中相谈片刻。

至黄昏稍寒，而对此春日日暮，实感怡悦。

[栏外注]：给千鹤子、河村写信。

【注】 ①《词林正韵》：清代戈载《词林正韵》三卷。把词的押韵中使用的韵字分为十九部的韵书。　② 皇太子殿下祝贺会：明仁皇太子（现为平成上皇）的诞辰庆贺。参考本日记 1933 年 12 月 23 日条。

四月四日

奚氏、世古堂、赵（近来因伤害罪而处罚金，借五日元。不堪其烦）。

日暖，外出不用外套。下午，访明日将归国之竹田氏。

西村君、家现君将乘下午四点二十五分的火车赴"满洲"，于停车场送别。

常氏。

堤氏夫妻、钱稻孙氏（携清华学生渡日本）将乘晚上八点十五分的火车，于停车场送别。顿感寂寥。

与小竹、小林、桂三君自车站归，于东安市场喝茶。后因桂君所邀，于东华门街之中国酒馆饮酒。肮脏且难喝，一口未饮，甚不愉快。且身体有些许不适，早早分手，归家躺下。忧郁无以名状。

今天，满寿代来信。

四月五日

温暖晴日。

奚氏后，读《海上花列传》^①。南方语甚难解。

下午，山本、桂两君来，共出宣武门，游法源寺^②（唐代之悯忠寺，明代之崇福寺，至清改称法源寺）。后去陶然亭，登外城之壁眺望。清明时节，附近墓地，诣者颇多。郊外景色实美。

归途，诣江南城隍庙^③。庙会之日，游人络绎，埃土塞人鼻口。

傍晚，于家中与两君共食。桂君先回去，与山本君相谈至深夜。

【注】　①《海上花列传》：清末章回体小说。全六十四回。韩邦庆（1856～1894）著。写上海花柳界的故事，其特点是使用吴语叙述。

②法源寺：位于北京宣武门外教子胡同南段东侧的古刹。贞观十九年（645），唐太宗李世民为悼念在高句丽远征中牺牲的将士而建立。696年完成，由武则天命名为悯忠寺。后因屡次遭遇天灾而多次进行修复，正统二年（1437）改名为崇福寺，雍正十二年（1734）改名为法源寺。

③江南城隍庙：位于西城区成方街，是道教祭祀土地神的庙。至元四年（1267）建立。每年举办一次庙会。

四月六日

早晨小雨，寒冷。颇感阴郁。

奚氏。

终日闭置家中。

四月七日

奚氏。

下午，于前房焚炉，读《劝学篇》^①及日本杂志等。

下午天晴，外出买茶叶。

晚上，泡澡。常氏。又读书。十二点上床。

给川副写信。

[栏外注]：给川副写信。

【注】 ①《劝学篇》：二卷，清末政治家张之
洞(1837~1909)所著。针对 19 世纪
末兴起的变法运动，提出"中体西
用"的观点，警惕过于激进的改革。

四月八日（周日）

上午，颇感忧郁。《海上花列传》实难读（南方语）。

下午，去买《文学季刊》①，第二期未出版。只购买第一期（有关
王国维之文艺批评②、"巴"之字训〔黎锦熙③〕、《金瓶梅》制作年
代④等，甚有趣）。

因照相机之事，访谷村君于小学。

晚上，早早就寝，反而失眠。

【注】 ①《文学季刊》：周立民主编，1934 年 1
月创刊，立达书局发行。文学季刊社
的机关杂志。以郑振铎为中心，巴
金、李健吾、李长之等参与编务。翌
年 9 月，因巴金、李长之退出而停刊。
②王国维的文艺批评：指李长之《王国
维文艺批评著作批判》。李长之
(1910~1978)是民国时期的作家、
文学评论家。1931 年入读清华大学，
在籍期间曾担任《文学季刊》的编辑
委员。之后，在 1935 年发表了《鲁
迅批判》，给学术界带来了极大的影
响。王国维(1877~1927)，清末民初
学者。革命期间专攻词曲，开拓了
《红楼梦评论》《人间词话》《宋元戏曲
史》等新领域，备受瞩目。此外，作
为研究甲骨文的先驱也作出了很大的
功绩。主要论著收录于《观堂集林》。
③黎锦熙：指黎锦熙《近代国语文学之
训诂研究示例》。黎锦熙(1890~
1978)，民国时期的语言学者。1921
年开始担任北京师范大学文学院国文
系教授，之后连升为国文系主任、文
学院长，期间还兼任中国大学国文教
授、北京大学国文讲师等。在职期间，
参加了当时的革命运动，同时作为中
国的国语专家教授国语语法。二十余
年来，一直是国语统一方面的主导者。
④《金瓶梅》制作年代：指吴晗《〈金瓶
梅〉的著作时代及其社会背景》。吴
晗(1909~1969)，政治家、历史学
家。清华大学毕业后，在同大学讲
授历史学（明史）。后担任北京大学
人文科学部部长、北京市副市长等
职务，因发表于 1961 年的《海瑞罢
官》而受到批斗，被迫卸任副市长一
职，这也成为了"文化大革命"的
开端。

四月九日

佳日。春日天色，使人欣喜。

奚氏，《红楼梦》黛玉葬花①。

书店之来薰阁②、德友堂③、世古堂来。

下午，崇文门内买花，置于屋内。焚香。

在内客厅与中根太太喝茶。

常氏。

小林君来电话，知其病恙。看望之余，周围游逛。归途，北海夜景甚美。风寒，无春宵之心。有少男少女抱肩而行，少女哭泣。

[栏外注]：给盐谷先生致信。

【注】 ① 黛玉葬花：指的是《红楼梦》第二十七回"滴翠亭杨妃戏彩蝶，埋香冢飞燕泣残红"中的林黛玉《葬花词》。"葬花"，指的是林黛玉曾经与贾宝玉一起，将随风散落的桃花掩埋作成花冢的事情。此后，林黛玉在被凤仙花、石榴等各种各样的花瓣铺满了的花冢旁，饱含着对贾宝玉的怨恨低声吟唱《葬花词》。是《红楼梦》的经典片段之一。

② 来薰阁：琉璃厂的书店。咸丰年间开业。但开业初是古琴店，1912 年才作为来薰阁书店开始书店经营。

③ 德友堂：在北京文昌会馆的古书店。1901 年由王凤仪开设，1915 年其弟王景德继承。德友堂至 1934 年 3 月 5 日以来，屡次拜访作者。中国语言学者、中国文学者仓石武四郎（1897～1975）在中国留学时所写的汉语日记《仓石武四郎中国留学记》（荣新江、朱玉麒辑注，中华书局，2002 年）中也可以看到其名。

四月十日

早晨早起，而奚氏休息。

西村君来信。言去"满洲"昌图①之事。信中颇见悲观，故随即返信。

下午，读《文学季刊》等。三点半午睡。千鹤子来信及照片。

傍晚，八木君、小林君来。由小林君带领，于崇文门大街②一小教堂进食。其后，去石原吃汤豆腐。归家，相谈至一点。

[**栏外注**]：给楠本、西村写信。

【注】 ① "满洲"昌图：现在辽宁省最北部，　　府井南的街道名称。现指地铁二号
　　　　铁岭市昌图县。当时隶属于伪满洲　　线崇文门站一带。当时，在北京也
　　　　国奉天省。　　　　　　　　　　　算是比较繁华之地，作者偶尔也喜
　　　② 崇文门大街：位于故宫东南面，王　　欢在此购物。

四月十一日

早上，风声凄厉，上午卧床。

下午，日暖而风寒。读书。

去文化事业，访桥川氏。桂君病恙。

常氏。多日不来之刘君亦至。

晚上，携检温器与药，看望桂君，乃感冒也。

四月十二日

好天气。

奚氏。

满寿代来信。

读《文学季刊》第二期①。

下午，于向阳处读书。

傍晚，樫山君来，山本君来。因奚氏之月酬，借山本君日元二十元。于家中与两君共进餐。

夜寒。

【注】 ①《文学季刊》第二期：《文学季刊》第　　2篇，翻译小说5篇，散文随笔7
　　　　一卷第二期于1934年4月1日发刊。　　篇，诗19首，书报副刊10篇，补白
　　　　共收录创作12篇，论文7篇，剧本　　7篇。

四月十三日

天晴，有风。

奚氏。

文禄堂带来《今古奇观》^①之古版与《雪月梅》^②。《今古奇观》之版本，颇不明了，暂且置之。

下午，步至五昌，换昨天的借金（汇率零点八七四）。

看望桂君后归来。

楠本氏、久须本君来信。

给千鹤子写信。

小竹君来，拍照片后归去。

常氏。

稍寒，春夜寂寥。

读《万叶集》，心稍慰。

【注】　①《今古奇观》：明代短篇白话小说集，四十卷。崇祯年间由抱瓮老人编辑而成。收录了"三言二拍"作品共计四十篇。之后作者于四月十七日购入。今九州大学附属图书馆藏有盖有 1934 年 6 月 5 日接收印的金谷园藏板《古今奇观》。

②《雪月梅》：指《孝义雪月梅传》。清乾隆四十年（1775）成书，全五十回。作者陈朗（出生年不详），字晓山。以作品中的女性登场人物许雪姐、王月娥、何小梅三人名字中的一字为作品命名。是一部以南京为舞台，描写名为岑秀的单身青年与上述女性间情感的才子佳人小说。

四月十四日

奚氏。世古堂。

下午，小林君、八木君、另有男子姓小岛者，三人来，于中山公园^①散步。桃李花开，杨柳如烟。坐藤椅子而喝茶，薄暮归宅。

常氏、刘君。

《大公报》有发现《清平山堂话本》②姊妹本之纪事(马廉氏③)。为天一阁④所散出。

【注】 ① 中山公园：位于天安门西侧，在辽金代为兴国寺，元代为长寿兴国寺，到了 1421 年改造为社稷坛。1914 年向公众开放。1928 年为纪念孙中山而改名中山公园。对于作者来说，是十分适合散步的场所。

② 《清平山堂话本》：明嘉靖年间由洪楩编著的短篇小说集，原本有六十篇。清平山堂是洪楩的斋号。现有日本内阁文库 15 篇、《雨窗集》和《欹枕集》残篇 12 篇、阿英旧藏 2 篇，共计 29 篇。此处所说的是天一阁发现的《雨窗集》和《欹枕集》的残篇 12 篇。现有程毅中校注的《清平山堂话本校注》(中华书局，2012 年)等。

③ 马廉(1893～1935)：字隅卿，浙江鄞县人。著名藏书家、小说戏曲家。继鲁迅之后，作为北京大学教授，讲授中国小说史。著有《清平山堂话本序目》《中国小说史》《曲录补正》等，其藏书称为"不登大雅文库"，现归北京大学图书馆所藏。马廉的《清平山堂话本》残篇的发现报告，首先以《清平山堂话本与雨窗欹枕集》的标题，发表在《国立北平图书馆馆刊》第八卷第二号(1934 年 4 月刊)，之后进行修正，发表在《大公报·图书副刊》第二十二期(1934 年 4 月 10 日号)。关于马廉与《清平山堂话本》残篇发现的经纬，参考刘倩编《马隅卿小说戏曲论集》(中华书局，2006 年)。

④ 天一阁：明代范钦(1505～1585)所建，现存中国最古老的藏书楼。位于浙江省宁波市。《四库全书》编纂时，天一阁也提供了书籍。

四月十五日（周日）

春日晴好。

下午，桂君来，桥川氏也来。同桂君看同学会①棒球。小林、八木两君乃选手。

去东单牌楼②的理发店。

晚上，于家中饮酒。

初有小竹、小林、八木三君，后加桂君、山本君，大热闹。

十一点，与众醉酒者一同于停车场迎接小川君③，以"万岁"呼之，颇令此初见之人吃惊。大骚动。不久又归家，自此除桂君、八木君(八木君眠于客厅)外尚有四人，再赴石原喝啤酒。又一同归家，已三点。

小林君寝于吾床上。与小竹、山本两君通宵。

【注】 ① 同学会：北京同学会。起源于北京的日本侨民为学习汉语而设立的私塾"汉语同学会"。1939 年改名为北京兴亚学院，1941 年成为旧制专门学校，1943 年开始作为东亚同文会运营。位于东单三条胡同。随着战争结束而废止。作者与同学会里学习日语的中国人互相学习，因此与同学会有交流。

② 东单牌楼：东单，指现在北京长安街、东单本大街、建国门内大街之间的十字路口处。"牌楼"指装饰门。因此处曾有一个大型的门楼而得名(1923 年被拆除)。与西单正相对，有分开的意思，所以叫"单"。

③ 小川环树(1910～1993)：中国文学家。地质学家小川琢治的四子。其兄有小川芳树(金属工学、冶金学)、贝塚茂树(东洋史学)、汤川秀树(物理学，日本首位诺贝尔奖获得者)。

他著有《中国小说史的研究》(岩波书店，1968 年)、《风与云：中国文学论集》(朝日新闻社，1972 年)、《中国语学研究》(创文社，1977 年)、《唐诗概说》(岩波书店，1958 年。岩波文库，2005 年)、《苏东坡诗集》(第一～四册，与山本和义合译，1983～1990 年，筑摩书房，未完)、《全译三国志》(与金田纯一郎合译，岩波文库，1988 年)、《中国诗人选集》(与吉川幸次郎共同编集、校阅，岩波书店，1958～1963 年)、《新字源》(与西田太一郎、赤塚忠合编，角川书店，1968 年)等诸多编著及翻译作品。出版《小川环树著作集》全五卷(筑摩书房，1997 年)。根据《小川环树年谱》(《小川环树著作集》第五卷所收)所述，1934 年 4 月开始至1936 年 4 月止，小川环树作为北京大学、中国大学的旁听生留学中国。

四月十六日

昨夜通宵达旦，与小竹、山本两君共自太庙①散步至天安门。

上午，与诸人于日下休息。中午，于东安市场共进餐，之后别归。睡至晚七点。

今天已暖甚，颇觉热。西服恼人。

晚上，读书。十二点就寝。

【注】 ① 太庙：建于 1420 年，明清时代用于供奉皇室祖先牌位的场所。现存形状保存最完好的明代建筑物之一。位于天安门东侧，中山公园对面。作者留

学时喜欢来此逗留。村上知行《北平：名胜与风俗》中亦云："酷暑之时，人迹罕至，来此古柏下乘凉、散步，清闲之趣让人不忍放弃。"(东亚公司，1934 年，第 55 页)现为劳动人民文化宫，向一般公众开放。

四月十七日

奚先生、常氏。

购买明板后印《今古奇观》。稍研究，觉颇有趣。二十二元。

下午，小竹君来。山本、桂两君携小川君来。散步至王府井。

晚上，又查《今古奇观》。

山本君，关于邀妻子之事，再来商谈。

[栏外注]：图、版式与崇文堂本相同。但崇文堂本之误字，此本已有为正字处。

四月十八日

今天为少见之阴天。

奚先生。

俞君来，多日不见。云已旅游南京。

常氏、德友堂。

楠本氏送来点心及购书费用(二十三元二角七毛)。让家仆去邮局取。

读《教案汇编》[①]。

晚上，查《清代学者生年表》之籍贯，计数浙东诸人[②]。

终日不外出。

【注】　① 《教案汇编》：清代程宗裕《增订教案汇编》(光绪二十八年〔1902〕，实学书社刊)。
　　　② 浙东学派：宋代以来，由于对中国的学问及思想产生重大影响的人，许多出身于浙江东部(宋代称为两浙东路)，故称这些学者为浙东学派。作者当时似乎也对浙东学派很感兴趣，留学期间多次购入相关书籍。在《清代学者生卒及著述表》可以看到浙东学者的黄宗羲、李文允、万斯大、全祖望、姚燮等二十余人列在其中。

四月十九日

奚氏、俞君、常氏。

下午，欲买中式服装之材料，乃问吴服店。不满意。

于日下读《词谱》[1]《词林正韵》《文学季刊》之小说。

小川君来，与谈中国文学。

小林君来，于家中进餐。良宵如此，二人乃出街，于东安市场与福生[2]二处喝啤酒，微醉而归。

小林君优雅、纤细、易感之心，我深喜者也。君言不久便去南方。我心寂寞，无以方物。

【注】 [1]《词谱》：《钦定词谱》四十卷。康熙五十四年（1715）王奕清、陈廷敬等奉康熙帝的敕令而编纂。列举了历代词牌的 826 种典型范例，为词的句法、押韵法、平仄等作了图示说明，是读词最基本的工具书。

[2] 福生：指东安市场附近的清真风味饭店福生食堂。马芷庠《北平旅行指南》（经济出版社，1937 年）可见相关记述。

四月二十日

近来每天春好日和。无一丝风。

奚氏、常氏。

下午，去隆福寺修绠堂买楠本氏所嘱托之《说文句读》[1]，令人邮送。另使家仆为楠本氏预订一年之《大公报》。

下午，读书中，因中根太太所邀，去东安市场与北海。北海花红柳绿，实佳。恐为一年最好之季节。

今天汇款久待而不来。

晚上，用《钦定词谱》点读了《漱玉词》。小竹君来，相谈至十二点。

【注】　①《说文句读》:《说文解字句读》三十　　　　特而缜密的注释,受到世人推崇。
　　　　卷。清代学者王筠(1784～1854)所　　　　王筠与段玉裁、桂馥、朱骏声并称
　　　　撰。他并未沿袭当时作为主流的段　　　　"清代说文四家"。
　　　　玉裁《说文解字注》的主张,作了独

四月二十一日

奚氏、常氏、世古堂(买《香艳丛话》①)。

下午,桂君、八木君来片刻。闻鸟居国雄氏死去之噩耗,深感
震恸。

千鹤子来信,言陪宫城同去长崎之事,运命无常。

此心易感,无以名状,不堪近来转柔弱之心。

给宫城、鸟居、近藤、义五郎等逐一写信。

访竹田氏,借《红楼梦》中卷②。

晚上,读《翼教丛编》③。九点多,樫山君来。

【注】　①《香艳丛话》:民国作家周瘦鹃编,　　　　刊行会出版的《国译汉文大成》系列,
　　　　五卷。收录清末民初才女的诗歌、　　　　文学部第十五卷《红楼梦》中卷。幸
　　　　随笔、恋爱故事等。1917 年刊行。　　　　田露伴与平冈龙城合译。
　　　　周瘦鹃(1895~1968),苏州人,本名　　　③《翼教丛编》:清末光绪二十四年
　　　　国贤,字祖福,瘦鹃是其笔名。在上　　　　(1898)刊行的丛书。全六卷。收集
　　　　海以本书为代表,多次刊行了面向大　　　　了湖南儒学家王先谦、叶德辉等人
　　　　众的娱乐出版物。另外,发行了娱乐　　　　的书简及奏章。编者苏舆(1874～
　　　　杂志《紫罗兰》《礼拜六》。被称为"礼　　　　1914)。反对推行戊戌变法的康有
　　　　拜六派"及"鸳鸯蝴蝶派"作家。　　　　为、梁启超等人过激的改革派主张。
　　　②《红楼梦》中卷:1921 年由国民文库　　　　书名有辅翼中国传统教化之意。

四月二十二日(周日)

昨晚,为臭虫①所咬,苦不堪言。

今天天气亦佳。日中无事,只读书。

傍晚，与小竹君有约，去文化事业。搞错约定时间而归。

去中华公寓②简单吃晚饭，即回家读书。

九点左右，山本君来电话。入夜有雨。

九点半左右，小竹君、八木君宴会后来，邀我雨中坐汽车去石原。长安街春雨绵绵，街灯倒影路面水中，甚美。

将归时，雨愈大。于石原为雨所濡，持白丁香③归，插于房中。

【注】　① 臭虫：《北平案内记》(新民印书馆，1914年，第162页)的"中国旅馆"条云："在中国旅馆住宿，苦于臭虫、白蛉、蚊子等，深感不快。在中国一流的旅馆，虽然没有如此情况，但偶尔也有臭虫。需要询问有无臭虫然后才定契约，这是很重要的。"

② 中华公寓：作者的友人桂太郎所住的公寓。

③ 丁香花：花开大约在四月，有芳香。作者的随笔集《随想　由秋向冬》的《天安门》章云："北京的春天黄尘万丈，所幸我在的那年沙尘不曾袭来，院子的丁香花传来芬芳，而公园、寺庙的牡丹香飘至，却感恼人。"(第80页)。

四月二十三日

窗前丁香(据云此花开时为淡紫)不久当开，此屋或可称丁香斋乎？

下午，小川君来，同去停车场送别小竹君之东京。

晚上，邀小川、山本、桂三君，于西长安街新陆春①进晚餐，欢迎小川君。山本君今天不知何故，心事重重，颇不愉快。众人一同与我归家，两君先去，留山本君一人。交谈心中之事，遂至深夜，寝于我房间的沙发。

【注】　① 新陆春：位于西长安街的四川名菜馆。与芳湖春、东亚春、庆林春、淮阳春、大陆春、春园、同春园并称"八大春"之一的老字号。当时的日本人常来光顾。《北平案内记》(新民印书馆，1941年)中也出现该店名。经典菜是南腿鱼唇(金华火腿与鱼翅边缘同煮)。

四月二十四日

山本君早晨醒来，即归宅。

奚先生告假。常氏。

昨天河村寄来祯次郎结婚仪式之照片二张。众人皆清健。顺子亦入其中。

今天资金终于来。四百五十日元，换得中国币三百八十九元，不甚足用。

近来，书籍的赊销日增，颇困难。

读《清人说荟》①（购于世古堂），有趣。

下午，无精打采。黄昏，少风，出门便觉寒气侵人。

[**栏外注**]：给河村写信。

【注】　①《清人说荟》：雷瑨(1871～1941)编。上海扫叶山房刊。初集二十卷(1917 年刊)，二集二十卷(1928 年刊)。包括《乾嘉诗坛点将录》《圆明园词序》等清朝文人的文章以及逸话、诗作诗评、事件记录等多种体裁与内容。大野城市目加田文库所藏。

四月二十五日

奚先生，病未痊愈，告假。

常氏。

下午，东安市场买鞋(五元)、中装(三元)。访山本君。

晚上，俞君、刘君来。院子月光朦胧①，春宵信美。

与山本君同去光陆②看玛琳·黛德丽 *The Song of Songs*（《恋歌》）③。

【注】　① 月光：此日相当于农历三月十二日。
② 光陆：东城崇文门大街的电影馆。上映从日本配送的电影胶卷。
③《恋歌》(*The Song of Songs*)：1933 年制作的美国电影。导演是鲁本·马莫利安，德国女星玛琳·黛德丽(Marlene Dietrich，1901～1992)出演女主角莉莉。

四月二十六日

因为奚先生尚休假，禁不住睡了懒觉。小林君唤醒我后，复即归去。

奉常氏月酬。

文禄堂做好《今古奇观》之书套，送来。

群玉斋①带来《东周列国志》②《西湖佳话》③之善本（《东》七元、《西》四十元）。或可使九州大学购之。花开时节，淡云幂天。

支付报费一元六十钱。

傍晚，由文化事业大槻氏的邀请，委员会议后于庭中参加赏花之宴。

后园满溢丁香芬芳，海棠、李花之类，百花竞放。黄昏之美，实不能笔述。

宴罢后，与八木君顺便至尚贤公寓，访小岛、布施、植野诸君。与八木君归。

八木君相谈片刻而归。

【注】 ① 群玉斋：位于琉璃厂海王村公园的书店。民国二十年（1931）创立。创始者张俊杰（1902～1983），字士达。
② 《东周列国志》：即《东周列国全志》。蔡元培编。全108回。清代长篇历史小说。描写战国七雄各国的历史故事。以明代余象斗编《列国志传》八卷、陈继儒评《春秋列国志》十二卷、冯梦龙《新列国志》（全108回）等为基础。此书现为九州大学图书馆所藏。
③ 《西湖佳话》：即《西湖佳话古今遗迹》十六卷。清代短篇白话小说集。作者为古吴墨浪子。介绍杭州西湖十六处名胜相关名人之事迹。譬如第二话《白堤政迹》写唐代杭州刺史白居易，第七话《岳坟忠迹》写宋代武将岳飞，第十五话《雷峰怪迹》写著名民间传说《白蛇传》白娘子的故事。此书现为九州大学图书馆所藏。

四月二十七日

阴。入夜有细雨。

因为奚氏本星期都休息，上午闲暇。

常氏。

下午，世古堂。

宫庄来信。即回信。

小川君来，同去琉璃厂，逛开明书局[1]、直隶书局、来薰阁等。

于来薰买《四库总目》[2]（十元）。于商务印书馆[3]买《南唐二主词》[4]《珠玉词》[5]《小山词》[6]。

傍晚，俞君来，片刻即归。晚上，读《珠玉词》、《文选》卷十六[7]。颇感寂寥。遥想满寿代。

【注】　① 开明书局：琉璃厂的书店之一。由姜士存（字性斋，河北深县人）于 1915 年设立，之后 1918 年由李丙寅（字象乾，河北束鹿县人）与杜桐棻（字子斌，河北衡水县人）二人经营。

②《四库总目》：编撰于清代中国最大的汉籍丛书《四库全书》所收书目的解题集。全二百卷。纪昀（1724～1805）根据乾隆敕令而编撰。乾隆四十七年(1782)完成。

③ 商务印书馆：1897 年上海基督教会出资设立的出版社。最初经营商业簿记、杂志印刷。首任所长为蔡元培(1868～1940)。

④《南唐二主词》：五代十国南唐（937～975）君主李璟（915～961）与其第六子李煜（937～978）的词集。李璟、李煜精于词作、书画等，被称为"南唐二主"。

⑤《珠玉词》：北宋文人晏殊（991～1055）的词集。收录词作一百三十一首。晏殊继承晚唐五代词风，以宋词正统的婉约派词人而为人所知。

⑥《小山词》：晏殊第七子晏几道（1037～1110）的词集。人称其父"大晏"，称其为"小晏"。又父子二人并称"二晏"。作者论文《填词选释》（九州大学文学会《文学研究》第 13 辑，1935 年）选了如下《玉楼春》词："初心已恨花期晚，别后相思长在眼。兰衾犹有旧时香，每到梦回珠泪满。

多应不信人肠断，几夜夜寒谁共暖。欲将恩爱结来生，只恐来生缘又短。"

⑦《文选》第十六卷：此卷收录西汉司马相如《长门赋》等哀伤辞赋。其他有向秀《思旧赋》、陆机《叹逝赋》、潘岳《怀旧赋》《寡妇赋》、江淹《恨赋》《别赋》。

四月二十八日

阴。

上午，读《珠玉词》。奚氏休息。

常氏。

下午，小林君携钱稻孙氏之子来。小林君先去操场，三点半我
与钱氏儿子同去看棒球比赛，同学会队对阵满铁队，小林、八木君
等守垒。风甚寒。钱氏、桂、小川君亦来。晚上，钱氏相招，于东
安市场萃芳斋①晚餐。

小林、松川、桂、小川、木村及木村氏的两位客人在席。散会
后送松川君，与桂君同去其尚贤公寓，与桂君同归。

［栏外注］：给宫庄写信。

【注】 ① 萃芳斋：东安市场的餐馆。正确应
　　　　为"翠芳斋"。

四月二十九日

天长节①。本欲去公使馆拜贺，然无服装，故不得行。于家中
以心意贺之。

上午，读书。

下午，八木、小林两君来，换衬衣后去打棒球。我三点半后去
操场参观。小川、桂两君亦来操场汇合。同学会队胜利。

晚上，与小林、八木、高冈三君，于润明同举酒庆贺天长节及
棒球队胜利。皆醉而归。

小竹君自大连寄来明信片。

［栏外注］：致信九大研究室。

【注】 ① 天长节：昭和天皇生日。

四月三十日

今天开始奚氏来。常氏。

阳光和煦。室前丁香淡紫，始开花。

昨夜饮酒，今晨六点起，故下午无精打采。午睡一个半小时。醒来后泡了澡。爽快。

晚上，俞君、刘君来。同去东安市场喝茶。月色红。

五月一日

时光飞逝，已入五月。院子草木芳美，叶已青葱。阳光辉耀，花香袭人。

奚先生(借五元钱)。常氏。德友堂付二十一元五毛。

下午，山本君来，同去北平图书馆看金石展览会。无收获。

黄昏，天空甚美。买华乐戏院①后天之票。

读书至夜九点。其后，于太太房，与之杂谈。

【注】　① 华乐戏院：前门(正阳门)外鲜鱼胡同的京剧剧场。前身是清光绪年间京剧演员田际云(1864～1925)建立的天乐园。1920 年改为华乐园，1926 年起则改为华乐戏院。程砚秋、朱琴心、韩世昌等名优都曾在此演出。参考中丸均卿、滨一卫《北平的中国戏》(秋丰园，1936 年)、中里见敬《滨文库所藏戏单编年目录》(《中国文学论集》第 37 号，2008 年)。

五月二日

近来晨起较早。奚先生。常氏(复习《华语萃编》)。

支付文禄堂二十一元。

下午，小川君来。小林君来。

黄昏，天阴风起，雨亦来。浓云往来。读《小山词》。晚上，失眠。

五月三日

奚氏、常氏。

下午，同宿（此次来北京小学）之大冢君欲买中国服，同去东安市场。归途于东单牌楼理发店理发。《小山词》较《珠玉词》胜处颇多。

晚上，八点后，小林、八木两君来，乃于前门外华乐戏院听尚小云戏。尚小云之《贵妃醉酒》①难称绝妙。尚有《湘江会》②，一般。

【注】 ①《贵妃醉酒》：京剧剧目，原为昆剧，又名《百花亭》《醉杨妃》。杨贵妃因玄宗变心而十分忧虑，于花苑中独自醉酒、歌舞。作为京剧名角梅兰芳（1894～1961）的代表作而闻名于世。
②《湘江会》：京剧剧目。战国时代魏灵公用吴起的谋略招齐宣王赴宴会，在其坐席余兴比箭期间，意图射杀齐宣王。齐王妃钟离春察觉之，巧妙地救下齐宣王。钟离春虽为王妃，却是脸上有斑点的丑女。她聪明且勇武，代替了齐宣王比箭。

五月四日

昨晚回家一点多。早上眼痛。

奚氏、常氏。

下午，眼痛仍不止。午睡一小时。桂君来，起床。

黄昏甚美。

窗前丁香淡紫，今盛开。花香飘来室内。

千鹤子来信。与小林、八木两君于福生吃晚饭。

五月五日

奚氏、常氏。

应端午之节，吃寿司。

下午，读《小山词》。

有同学会队对满铁队之棒球冠军赛。同学会负。

晚上，与大冢君散步，外出至崇华食堂小饮啤酒。今天始见柳絮飞舞。诚如雪如绵。南池子边，微风轻拂合欢绿叶。

五月六日（周日）

早上，读《小山词》。

世古堂。

麓君来信，写回信。

下午，与中根太太、松冈太太及大冢君共登景山。满城绿叶，如在森林之中。

山本君来，于家中共吃晚饭，相谈。

晚上，下雨。寂寂之春雨也。

[**栏外注**]：给麓保孝写回信。

五月七日

以雨故，奚氏、常氏休课。

春雨令人心神安宁。丁香满开而为雨所打，半数欹倒。

沉浸于《小山词》。

下午，小川君来。

晴而复雨。

晚上，不堪寂寥。

五月八日

晴。

奚先生、常氏。

下午，天气实好，独自外出散步。入太庙，柏树①之间，栖满灰鹤。

于中山公园看牡丹，已满开。新绿、藤花、少女之服装，都是清爽之五月也。

山本君来，订购中装。

祯次郎氏来信。

服部先生来信，告知学费削减为误传。

家中邮寄包裹到。

竹田氏(我去公园，不在家时)送来东京特产。

[**栏外注**]：给满寿代、千鹤子、修写信并致照片。

【注】 ① 柏树：太庙多古柏。作者《柏与楷》（收录于《随想 由秋向冬》》有如下记载："我家的庭子有柏树与楷树。柏树不是橡树，是像侧柏的常青树。松柏并称，自古以来被当作节操坚贞的象征。一般中国在庙旁等多种植。我家的柏也叫作柏树。成都诸葛孔明庙柏树的苗木被移来熊本济济黉，今已成大树，我家的柏即来自此树的种子。……（楷树是）孔子庙楷树之孙。柏树与楷树此后若过五十年，想必已是参天大树，也会成为我家所在的大野城市的名树吧。它们由我带回，彼时不知是否有人会想起我。"另外，据《济济黉物语》（西日本新闻社，1972 年），在北京公使馆工作的津田静一 1876 年从成都诸葛孔明庙带回的种子长成的柏树，是后来寄赠予济济黉的一株。

五月九日

奚氏、常氏。

无中装外套，如此佳日亦不能外出。

终日读书。傍晚，大槻氏、小川君来。晚上，俞君、刘君来。

近来，夜不能眠。

五月十日

奚氏、常氏。

世古堂来，闻小林君令人担心之事，甚不安。致电八木君，始心安。

中装已好。九日元（连同裤子、腰带）。

下午，给盐谷先生写信。

河村来信，告知顺子已步行外出。满寿代信未来，颇担心。

傍晚，小林君与平井君来片刻。

晚上，散步，久未散步外出。于文化事业与小川君、赤堀君①（新来的，出身于水高②）、樫山君相谈。桥川氏不久便归宅。快谈也。

小林君于我不在时又来。

[栏外注]：给盐谷先生写信。

【注】 ① 赤堀英三(1903～1986)：人类学者。
1927年东京帝国大学理学部地质学
科毕业。同年6月，转入同大学理
学部人类学研究室，开始人类学研
究。1930年10月入京都帝国大学医
学部大学院，因东亚考古学会的派
遣，1934年5月至翌年7月留学北
京。京都帝国大学医学博士。其后
在东京帝国大学人类学研究室及上
海自然科学研究所为日本方代表。
1940年就职于日本钢管，从事矿山
调查等。退休后，于1969年前后再
次展开关于北京猿人的人类学研究。

著书有《中国原人杂考》(六兴出版，
1981年)等。与作者同是旧制水户高
等学校的同期生。参考《故赤堀英三
博士略历》(日本人类学会《人类学杂
志》第94卷第4号，1986年10月)。
② 水高：旧制水户高等学校，通称
"水高"。1920年于茨城县水户市设
立的官立旧制高等学校。是修业年
限为三年的高等科，分为文、理科。
茨城大学文理学部的前身之一。作
者与赤堀氏于1921年4月作为第二
期生入学。

五月十一日

奚氏、常氏。

下午，八木君携布施君来。

小林君来。

晚上，钱稻孙氏宅中举办小林君送别会，见招而赴会。

日本人：余、木村、桂、小川、赤堀、(小林)。

中国：章鸿钊①、徐鸿宝②、杨永芳③、(钱氏)。

十点左右散会。与赤堀、小川、桂三君回家后，相谈至十二
点多。

【注】 ① 章鸿钊(1877～1951)：地质学者，字
演群，浙江吴兴。1911年东京帝国
大学理学部毕业，历任北京政府农商
部地质研究所长、北京大学教授、东
方文化事业上海委员会委员等。中华
人民共和国成立后，被聘为中国科学
院地质学专门委员等，中国近代地质
学创始者之一。参考桥川时雄《中国
文化界人物总鉴》第501页。

② 徐鸿宝(1881～1971)：文献学家，
字森玉，浙江吴兴人。清代举人，
山西大学堂毕业。北京京师图书馆
工作后，历任北京大学图书馆馆长、
国立北平图书馆探访部主任。当时
亦任东方文化事业总委员会图书
部主任。其后为中央博物院理事、
故宫博物院古物馆馆长。参与上海
图书馆、上海博物馆的成立工作。

参考桥川时雄《中国文化界人物总鉴》第 355 页。仓石武四郎《东京大学东洋文化研究所汉籍分类目录刊行附记》(《东京大学东洋文化研究所东洋学文献中心通信》第八号，1973 年)中曾这样回忆："1928 年到 1930 年，作为京都大学在学研究员，我进驻北京。当时，偶尔会收到已经成立的东方文化学院京都研究所所长狩野先生的来信，嘱咐我收集作为研究所核心的汉籍，我立刻与徐鸿宝先生商议，将天津陶湘所集的丛书类全部购入。"

③ 杨永芳(1908～1963)：数学家，河北安国人。东京帝国大学数理科毕业。回国后任辅仁大学讲师。1936 年为北平大学女子文理学院副教授(翌年升任教授)，1941 年就职于西北大学。参考桥川时雄《中国文化界人物总鉴》第 598 页。1935 年与周作人长女周静子结婚，其长子杨吉昌氏保留了他们在中山公园的结婚纪念照。

五月十二日

奚氏、常氏。

高田先生① 来信，言此夏来北平之事。

宫庄来信，言义五郎及第之事。

九大图书馆来信，言购书之事。

此日颇惝疲。

及早泡澡。

晚上，小林君邀钱稻孙氏来。于屋内小饮啤酒。后去看中山公园夜色。

【注】 ① 高田真治(1893～1975)：作者在旧制水户高校时的恩师。东京帝国大学汉学科毕业。此时任东京帝国大学中国哲学文学科教授。战后任大东文化大学教授。著书有《中国哲学概说》(春秋社松柏馆，1938 年)、《诗经》(上、下)(集英社，汉诗大系，1968 年)、《易经》(上、下)(岩波文库，1969 年)等。作者留学时与其有数次书信往来(1933 年 10 月 30

日、1934 年 1 月 17 日、8 月 5 日、11 月 12 日各条)。《随想　高田真治先生》(收录于《目加田诚著作集》第八卷)有如下的回忆："如先生般类型的学者往后不会再有了。与其说先生是中国哲学学者、中国文学学者，不如说先生是汉学者、汉诗人。爱酒与诗，拙于世，是倔强而一往无前的人。"

五月十三日（周日）

早晨，与济南之小学生①一行及大冢君②欲往八达岭，至扶桑馆③而已迟，故不及。

改易计划，邀小林君去天坛。散步天坛时，遇平井君外二人，与他们同乘汽车游玉泉山、万寿山。玉泉山泉之树荫、万寿山之新绿，实佳。

三点回家。傅惜华④与小川、桂两君同来。

晚上，与小林君吃晚饭（八木君也来）。饭后，山本君来。

【注】① 济南小学：当时济南有日本人学校（小学），此时大概是学生们修学旅行来到北京。

② 大冢君：时任北京小学（日本人学校）的教导。参考本日记 5 月 3 日条。

③ 扶桑馆：东单大街的日本旅馆之一。有日式房间 21 个。

④ 傅惜华（1907～1970）：本名宝泉，惜华是其字。满族富察氏。以戏曲小说研究家与藏书家而闻名。历任北平国剧学会编纂主任、华北广播协会文艺委员、北平国剧学会理事等，致力于中国戏曲音乐的复兴事业。又从事东方文化事业部《续修四库全书总目提要》小说词曲类部分的编纂。编著有《北平国剧学会图书馆书目》（北平国剧学会，1935 年）、《元代杂剧全目》（作家出版社，1957 年）、《明代杂剧全目》（作家出版社，1958 年）、《北京传统曲艺总目》（中华书局，1962 年）、《清代杂剧全目》（人民文学出版社，1981 年）及《中国古典文学版画选集》（上海人民美术出版社，1981 年）等。参考桥川时雄《中国文化界人物总鉴》第 536 页。

五月十四日

奚氏、常氏。

因昨天之奔波而甚疲惫。

下午，小川君来。夜已深。

五月十五日

奚氏。

上午，下雨。常氏不来。

下午，小川君移居来。

傍晚，邀桂君同去市场散步。

据说外出时小林、赤堀两君来。

五月十六日

奚氏、常氏。

下午，读《贪欢报》^①。以为是长篇，实为无聊之短篇集。自通
行本十八回后无。

晚上，刘君来。

较往常睡眠稍佳。

【注】　①《贪欢报》：明末小说。西湖渔隐主
　　　　人编。五卷十八回。书写男女淫欲
　　　　的爱恋故事短篇小说集。别名《欢喜
　　　　冤家》，亦有二十四回本。

五月十七日

奚氏、常氏。

与小川君终日相谈。

晚上，山本君来。

疲惫。

五月十八日

早上，头痛，似感冒。

休汉语课，就床。

赤堀君来。

小林君下午也过来，然睡得迷迷糊糊，未遇之。

觉俄然已消瘦。

五月十九日

早上，下雨。

奚、常两氏不来。

下午，携山本、八木两君一起去绒线胡同之国剧陈列馆[1]。

与傅惜华、齐如山[2]两氏相谈。

【注】　[1] 国剧陈列馆：即北平国剧学会陈列馆。1931 年北平国剧学会创设，以齐如山、梅兰芳、余叔岩、傅芸子、傅惜华等为理事。与此同时，附设公开戏曲资料的国剧陈列馆。"国剧"指以京剧为中心的中国传统剧。九州大学附属图书馆滨文库有《北平国剧学会陈列馆目录》（上、下，齐如山编，北平国剧学会，1935 年）。

[2] 齐如山（1877～1962）：本名宗康，如山是其字。河北高阳人。于同文馆（清末翻译培育、翻译出版机关）学习英语、德语、法语。1900 年后游历日本、欧美，归国后力倡中国戏曲改革。是梅兰芳之师，为其写了诸多剧本。1933 年与梅兰芳一同渡美演出京剧，翌年归国，创设国剧陈列馆。参考桥川时雄《中国文化界人物总鉴》第 659 页。

五月二十日（周日）

身体不舒服。不愉快也。

终日卧床。晚上，与小川、山本两君喝啤酒。

竹田夫妻来。

五月二十一日

奚氏、常氏。

下午，去理发店。

风尘多。

致信于高田先生、香川。

与小川君去东安市场。

近来为他人所妨碍，不能学习。

五月二十二日

奚氏、常氏。

近来很多书商来，稍留好书。（《古韵标准》[1]、群玉斋《儒林外史》②、《贯华堂原本西厢记》③等）。

下午，赤堀、小林两君来。与两君于福生吃晚饭，喝啤酒。

回家后，小川君也参加，再来喝酒，大家都醉。

送赤堀君至文化事业，又小饮。夜深街道，与小川君同归。忘近日忧郁之事。

【注】　①《古韵标准》：清代江永（1681～1762）撰，四卷。以《诗经》音为标准的韵书。

②《儒林外史》：清代吴敬梓（1701～1754）所撰白话小说。全五十五回，又有五十六回本。是讽刺科举考生、官僚及文人的作品。群玉斋本是同治八年（1869）刊行的活字本（全五十六回），现为大野城市目加田文库所藏。

③《西厢记》贯华堂原本：《西厢记》是元代王实甫（关汉卿补）的五本二十一折杂剧。以山西普济寺为背景，讲述书生张君瑞与已故宰相的千金崔莺莺之间充满波折的恋爱故事。贯华堂本大概属于清代金圣叹（1608～1661）批评本《贯华堂绘像第六才子西厢》（封面有"贯华堂原本"文字）的系统。清代流行本将第五本删减，改成四本十六折。

五月二十三日

奚氏、常氏。

书店来书颇多。

满寿代来信。言已康复，甚喜。

山本君来，一起去东安市场。买小说《大地》①与苍蝇拍后回家。

太庙有铁道展览会②，据说昨天参观超过四万人。

傍晚，独自去中山公园。芍药满开，游人曼妙。

晚上，刘君来。

半月朦胧也③。

【注】　①《大地》：美国女性小说家赛珍珠（Pearl Sydenstricker Buck，1892～1973）的作品（原名：*The Good Earth*），描写从贫农到地主的王龙

及其一家的历史。1931年在美国出版原著，翌年1月中文译本（胡仲持译）在《东方杂志》连载，数年间出版的诸多单行译本都使用"大地"之

名(张万里译，1933 年 6 月，北平志远书店；胡仲持译，1933 年 9 月，开明书店；马仲殊译，1934 年 2 月，上海中学生书局；由稚吾译，1936 年 5 月，上海启明书局)。此外，新居格日语译《大地》于 1935 年 9 月由第一书房出版，那么此时作者所购入的恐怕是中文译本。由以上也可推知，如新居格所翻译的题目"大

地"所示，他不仅参考了赛珍珠的英文原版，也应当参考了中文译本。1938 年赛珍珠因此书而获得诺贝尔文学奖。

② 铁道展览会：指第三届全国铁路沿线出产品展览会。1933～1935 年间，举办了第一届(上海)、第二届(南京)、第三届(北平)、第四届(青岛)。

③ 半月：当日是农历四月十一日。

五月二十四日

奚先生、常氏。

书店来书颇多。群玉斋带来康熙刊《啸余谱》①，说一百二十元。

下午，与小川君去交民巷，然后去福生吃冰淇淋。遇见小林、赤堀两君。

近来小川君来此家中，终日相妨碍，全不能学习。

【注】　①《啸余谱》：明代程明善撰，十一卷。说明关于诗词、戏曲的平仄、押韵之书。现九州大学图书馆有藏。

五月二十五日

奚氏。常氏休假。

下午，去团城①西北古物展览会②。

八木君来。

晚上，与八木君看望布施君(大兴公寓③)。与八木、布施两君同去东安市场茶馆，又遇赤堀、小林两君。

八木君给我浴衣一件。与小林君归。小川君又来余之屋内相谈。

忧郁。

【注】　① 团城：现在北海公园南、金鳌玉蝀　　　中央研究员历史博物馆所策划。所
　　　　桥东的建筑物。团城是俗称。元代　　　　得收入捐赠予"北京燕京大学百万
　　　　的仪天殿旧址，有清代乾隆皇帝再　　　　基金运动"。前一年也举办了"西北
　　　　建的承光殿。殿内的玉佛及古陶器　　　　文物展"。
　　　　类是常设展示。是 1913 年袁世凯镇　　② 大兴公寓：东四南大街的公寓。公
　　　　压第二次革命后的政治会议（所谓　　　　寓原本是面向科举考生的住宿设施，
　　　　"团城会议"）召开的地点。　　　　　　　此时也面向学生与一般旅客。参考
　　　② 西北古物展览会：开放团城联合展　　　　安藤更生《北平案内记》（新民印书
　　　　览会。1934 年 5 月 15 日～24 日国立　　　　馆，1941 年）。

五月二十六日

俞君来信。

奚氏、常氏。

下午，桂君来。

读小说《大地》。

五月二十七日（周日）

上午，与小川君于院子中闲谈。近来，院子绿荫茂盛，石榴花多。

满寿代来信及寄来照片，甚喜。

傍晚，于东兴楼设小林君①送别会。邀钱稻孙氏、小林、赤堀、小川、八木、山本、桂。大醉。

【注】　① 小林知生（1910～1989）：东京帝国　　　南半岛，1935 年 3 月归国。其后就
　　　　大学文学部东洋史学科毕业后，　　　　读于东京大学大学院考古学专业。
　　　　1933 年 9 月作为东亚考古学会的留　　　　南山大学名誉教授。
　　　　学生留学北平，翌年赴法属领土中

五月二十八日

因昨天之酒，终日身体不适，亦不外出。

晚上，刘君来。

五月二十九日

奚氏、常氏。

读小说《大地》。美国妇女所作也。于中国农民之生活描写较佳。

将书寄送至九州①，《今古奇观》《东周列国志》《书影》②《两汉三国学案》(此为之前送)、《西湖佳话》。

群玉斋本《儒林外史》暂留手上。

购买《骨董琐记》③《戏剧丛刊》④。

[栏外注]：给满寿代写信。

【注】　① 寄书至九州：指向九州帝国大学附属图书馆寄送公费购入的书籍。《两汉三国学案》第一册有一张纸片，上有"德友堂"印以及"寄"的文字。据此可知此书是从琉璃厂旧书店德友堂寄出的。又，九州大学附属图书馆购入记录簿记载，供应商是积文馆，应该是日本方的对接者。积文馆是 1916 年在福冈市东中洲町创业的书店。一般书籍杂志之外，还售卖教科书、文具，其规模位列全国第四、五位。店主八木外茂雄就职于大阪积善馆，1913 年任积文馆福冈支店店长，随着福冈支店废止，便独自营业。1927 年 9 月～1930 年春任福冈县书籍商组合长。参考出版时报社《日本出版大观》(1931 年刊)。

② 《书影》：清周亮工撰，十卷。别名《因树屋书影》。记载了从世道、人心、文章、故事到山川、人物、草木、虫鱼的平生见闻。康熙六年(1667)刻于南京，康熙十年(1671)作为禁书，其板木被烧毁。雍正三年(1725)在延复刻。而《四库全书》编纂时再度成为禁书，被删除了一部分。著者周亮工(1612～1672)，字亮工，号栎园、减斋，河南省祥符县(今属开封市)人。作为明臣而降清，历任福建左布政使、户部右侍郎，是务实有才干的官僚。工诗文、篆刻，善书画鉴赏。书斋号赖古堂、因树屋、恕老堂。著书有《赖古堂文选》《赖古堂诗钞》《读画录》等。九州大学附属图书馆所藏(书名《因树屋书影》，1934 年 6 月 5 日收入印)。

③ 《骨董琐记》：民国邓之诚撰，八卷。1926 年初版。有关于金石、书画、陶艺、雕刻、刺绣、纸墨笔砚等文化学术的一千余条目的解说。著者邓之诚(1887～1960)，字文如，号明斋、五石斋，江苏省江宁人(今属南京市)。任国史编纂处特别纂修员、北京大学史学系讲师后，任燕京大学教授。工诗词、书法。著有《中华二千年史》《东京梦华录注》等。参考桥川时雄《中国文化界人物总鉴》第 708 页。该书为大野城市目加

田书库收藏。

④《戏剧丛刊》：国剧学会编。1932 年 1 月，作为北平国剧学会的机关杂志创刊。不定期刊物，有第二期（同年 5 月）、第三期（同年 12 月）、第四期（1935 年 10 月）。由梅兰芳等人发起，对京剧发展进行系统性整理研究，以将中国戏剧推向世界的艺术宣传为目的。《民国京昆史料丛书》第 13 辑（学艺出版社，2012 年）有影印版。九州大学附属图书馆滨文库藏有民国二十一年（1932）刊第二、三期。

五月三十日

奚氏、常氏。

下午，去市场买相片（满寿代、顺子之照片）的边框与笔。

桂君来。

晚上，与小川、大冢两君于中和戏院①听程砚秋②、郝寿臣③、王少楼④之《红拂传》⑤。遇见竹田氏夫妻。

【注】 ① 中和戏院：位于前门外的粮食店街的京剧剧场。清末开设时称"中和园"。新式西洋风格剧场之一，程砚秋长期于此公演。参考滨一卫《中国戏剧之话》，滨一卫、中丸均卿《北平的中国戏》。

② 程砚秋（1901～1958）：别名程艳秋，满洲正黄旗人。与梅兰芳、尚小云、荀慧生并称"京剧四大名旦"。程派的创始人。初入荣蝶仙门，后因剧作家罗瘿公的介绍入王瑶卿之门。1917 年前后名气初盛。其声喉纤细，眼波温柔，表情演技为人所称道，长于悲剧。此外还学昆曲，致力于昆曲复兴。1937 年初开始，在欧洲从事戏曲研究十四个月，发表了《赴欧考察音乐戏曲报告书》。在欧洲利用其语言特长，在英文报纸上刊载京剧概要，附以英语、法语的说明书，积极地向欧美介绍京剧。

③ 郝寿臣（1886～1961）：名瑞，寿臣是其字，十多岁时艺名为小奎禄。河北省香河人。扮副净。七岁从其兄郝寿山学戏曲，少年时代即被人称为神童。二十岁后到北京，声名更盛。体格雄壮，唱腔斩钉截铁，为世人称道。也是虔诚的基督教徒。参考桥川时雄《中国文化界人物总鉴》第 376 页。

④ 王少楼（1911～1967）：山东省蓬莱人。王毓楼之子，梅兰芳外甥，扮老生。十二岁演出，颇获人气。师事李鸣玉、张春彦、陈鸿寿等。当时与程砚秋在同一剧团演出。

⑤《红拂传》：程砚秋剧团的京剧剧目。以晚唐杜光庭的传奇《虬髯客传》为基础，改编自元代杂剧《风尘三侠》、明代《红拂记》、清代《虬髯客传》，剧本是 1923 年罗瘿公为程砚秋所写。程砚秋演红拂，郝寿臣演虬髯客，王少楼演李靖。

五月三十一日

奚氏、常氏。

下午，与小川君一同，与石桥氏攀谈片刻，闻石桥氏转任古北口①之事。

此后去天文台②，穿过城墙于朝阳门下。东郊之景色甚佳。又自城墙眺望北京，但见森林之都绿色绵延。

顺路访山本君，外出不在。归宅，闻外出之时，山本君来。

【注】　① 古北口：位于现在北京市密云区东北的要塞一带的村落。原本是设在万里长城的要塞，内地到长城外的关门之一。明代时与东北的喜峰口（河北省迁西县北）、西北的独石口（河北省赤城县北）一起，形成了保卫北京、抵抗北方侵略的第一线。

② 天文台：古观象台。明代正统七年（1442）建造，是现存最早的天体观测设施。明清两代作为国家天文台，观测活动持续到 1929 年。天文台位于明代城郭之上，可以眺望北京街道。

六月一日

昨晚之雨不止。奚、常两氏都不来。

终日闷居。

小说《大地》读完。

六月二日

下午雨晴。

奚、常两氏今天亦不来。下雨而气温骤降，甚寒。

晚上，小林君带领，去西四牌楼①之同和居②宴会。钱氏父子、木村、赤堀氏等。散后，与小林、赤堀两君至东城，已过十二点。

[栏外注]：给俞君写信。

【注】　① 西四牌楼：建于北京市西城区的牌楼。明代永乐年间建造北京城时，与东单、西单等牌楼同时建立。皇城东西向的西四牌楼与东四牌楼都是北京交通要道，也是商业街，十分热闹繁华。

② 同和居：西四牌楼西南一角的中国餐馆。1822 年创业。供应山东菜，特别是三不粘（桂花蛋）十分有名。三不粘是由蛋黄、绿豆粉、砂糖、猪油搅拌均匀而熬炼成的点心。1936 年留学于北京的奥野信太郎《燕京食谱》也有如下记述，可以知道钱稻孙十分钟爱此菜："这位钱稻孙先生每次招待我们的餐馆都是西四牌楼的同和居。……由于这是钱先生所眷顾的店，于是钱老爷一旦催促、叱言，不久就会得到解决。……这些都是钱老爷的特别点菜，是不面向普通顾客的。"（《随笔北京》，平凡社东洋文库 522，1990 年，第 48～49 页）。

六月三日（周日）

睡到正午。

下午，与小川君去市场。买毛巾、被单等。觅得《今古奇闻》①，购之。

黄昏景色甚美。

六月四日

晴，下午偶有雨。

取包裹，衬衣、夏服等。

奚氏、常氏。

下午，樫山君来。香川寄来明信片（订购朱子之石摺②）。

火车站送别小林君。四点半之火车。刘君来。

晚上，山本君来，与小川君三人去看真光之电影。中国电影《良宵》③。

【注】①《今古奇闻》：原题《新选今古奇闻》，清代王寅编的短篇小说集，二十二卷。光绪十三年（1887）刻。收集了《醒世恒言》4 篇、《西湖佳话》1 篇、《娱目醒心编》15 篇以及出处不明的传奇 2 篇。近年复旦大学图书馆藏本的影印版收入《古本小说集成》。

②石摺：书法拓本、石印本。当时日本的书法爱好者们很喜好中国的范本。其中，比较流行的被认为是朱熹所作的《偶成》诗："少年易老学难成，一寸光阴不可轻。未觉池塘春草梦，阶前梧叶已秋声。"但现在已有考证这首诗不是朱子的作品。参考柳濑喜代志《日中古典文学论考》（汲古书院，1999 年）。

③《良宵》：1934 年上映的中国电影(杨
小仲导演)，讲述女主角云琳与青年
教师朱英的恋爱悲剧。以贞节牌坊
林立的柏村为舞台，表现出旧时代
封建的贞洁观。当初与村民同样注
重礼仪贞洁的云琳最后被逐出村子，
以云琳通过贞节牌坊走出柏村落幕。

六月五日

奚氏、常氏。

群玉斋带来《庶几堂今乐》①。

下午，与小川君于后门②散步。

途中，于景山书社买《文学年报》第一期。

晚上，与大冢、森、小川三君于家中喝啤酒。去东安市场玩保
龄球。

【注】　①《庶几堂今乐》：清代余治(1809～
1874)撰京剧剧本集。余治以戏曲作
家闻名，特别是创作了许多皮黄剧
本。最早刊行于同治末年的《庶几堂
今乐》初集十六种，二集十二种，是
苏州玄妙观得见斋书坊刻本。光绪初
年刊行的待鹤斋刊本六种六卷是北京
大学图书馆所藏，其影印本收入《不
登大雅文库珍本戏曲丛刊》第 23 册
(学苑出版社，2003 年)。此外，光绪
六年刊玄妙观得见斋书坊系统的刊本
见存于日本东京大学东洋文化研究所
双红堂文库(长泽规矩也旧藏书)。
另，九州大学附属图书馆滨文库藏有
同治十二年刊行的《庶几堂今乐》。
②后门：故宫后门。

六月六日

奚氏、常氏。

群玉斋带来嘉靖版《三国志演义》①(四百元)、明版《啸余谱》②
(一百元)。欲使学校购之。

[栏外注]：给楠本、小牧③写信。

【注】　①《三国志演义》嘉靖版：有明嘉靖元
　　　　年(1522)序的版本，现存早期《三国
　　　　演义》版本，十分珍贵。现在中国的
　　　　国家图书馆、上海图书馆、甘肃省
　　　　图书馆、天津市人民图书馆，日本
　　　　的御茶之水图书馆成篑堂文库(德富
　　　　苏峰旧藏)均有藏。
　　　　②《啸余谱》明版：约两周前即 5 月 24
　　　　日的日记记录群玉斋拿来清康熙年
　　　　间发行的《啸余谱》(120 元)。明版
　　　　《啸余谱》因比清代版本误字、脱字
　　　　少而为世所珍。

③ 小牧健夫致信：与九州大学附属图
书馆商量购书事宜。栏外注中的致
信九州大学法文学部的同僚楠本正
继(中国哲学史)、小牧健夫(德国文
学)，想必即是此事。小牧健夫
(1882～1960)，德国文学研究者，
诗人。东京帝国大学毕业后，执教
于第三高等学校、水户高等学校等，
1932 年任九州帝国大学教授。以研
究德国浪漫派文学而知名，有《诺瓦
利斯》(岩波书店，1929 年)、《赫尔
达琳研究》(白水社，1953 年)。

六月七日

奚氏、常氏。最近肚子不舒服。

于家中读书。晚上，向中根太太学唱日本长呗①。

六月八日

奚氏、常氏。

下午，去理发店。于信义洋行②买止泻药(bioferumin)，东安
市场买袜子。

傍晚，大槻氏邀去宴会。其后，与氏同去朝日轩③。

愉快也。

【注】　① 长呗：日本的传统歌曲，三弦曲。
　　　　② 信义洋行：位于东单牌楼大街的药
　　　　店。经营者是出生于爱媛县的越智
　　　　丈吉。1904 年创业。参考《北中国在
　　　　留邦人芳名录》(北中国在留邦人芳
　　　　名录发行所，1936 年)。

③ 朝日轩：位于东单沟沿头胡同的日
式高级料理店。宴席中有日本艺妓
的歌舞、三味线助兴。

六月九日

身体不舒服。当暂禁多喝酒。于世古堂支付费用。

下午发烧。晚上，已到八度。

六月十日（周日）

早上，邀今村氏^①（河田病院长），请求诊察。应与肠胃有关。

今天发烧未升。六度左右。

六月十一日（周一）

终日安静。身体疲劳。没发烧。

下午，九大山室君^②来信。说二十一日乘船赴中国之事。

六月十二日（周二）

奚氏、常氏。今天病愈，尚安卧。

使家仆打电报给山室君。

书店来取钱(端午节^③)。

下午，世古堂来。

【注】 ① 今村佼廉：生于岛根县。熊本医学专门学校毕业后，先后就职于县立广岛病院、岛根县和田见病院等。后至北京同仁医院，1928 年在东单牌楼二条胡同开办医院。医院受到中国、日本患者的信赖。其他地方所记医院名多为"川田病院"。参考《北中国在留邦人芳名录》（北中国在留邦人芳名录发行所，1936 年）、村上知行《北平：名胜与风俗》第 354 页（东亚公司，1934 年）等。

② 山室三良（1905～1997）：生于长野县。于九州大学学习哲学后，作为外务省留学生留学北平。1936 年始，受东方文化事业的嘱托，致力于创设北平近代科学图书馆。作为该馆馆长留在北京，直至中国抗战胜利。在战争期间奔走于维持设施。归日本后，自 1948 年任九州大学助教授（后为教授）。著书有《儒教与老庄：中国古代的人文与超人文》（明德出版社，1966 年）、《中国之心》（创言社，1968 年）等。此外，山室氏还有《回顾九十年》（石风社，1995 年），记录了长达十数年的北平生活。

③ 端午节：端午节是农历五月初五，吃粽子、祈愿无病无灾。当时还有连同春节、中秋节的挂账一同支付的惯例。作者的留学同学小川环树也有关于端午节的回忆："商人忙于收账，看到琉璃厂书店掌柜摆在面前的账单也十分伤脑筋。"（《小川环树著作集》第五卷，第 362 页，筑摩书房，1997 年）。此时是农历五月初一，作者想必也已收到书店的催账。

六月十三日（周三）

奚氏、常氏。

向书店支付挂账，资金不足。九大的钱还没寄来。

下午，与小川君去山本君的房间。傍晚，在中山公园^①一同吃晚饭。

六月十四日（周四）

奚、常两氏。

书店人嘈杂。

俞君来。同游北海，于五龙亭吃饭后归。

《文学》杂志^②之中国文学研究号颇有趣。

下午，谷村君来片刻。山本君来。

晚上，听唱片。

【注】　① 中山公园：当时的中山公园不仅有中国餐馆春明馆、长美轩、上林春等，还有来今雨轩、柏思馨咖啡馆等西洋餐馆、咖啡馆。参考佐藤三郎《北京大观》（北京写真通信社，1919 年）、安藤更生《北京案内记》（新民印书馆，1941 年）。

②《文学》（月刊）：1933 年 7 月于上海创刊的杂志。郑振铎与傅东华主编，黄源任副主编，实际的编辑事务由茅盾负责。1934 年 6 月刊行的第二卷第六期以 "中国文学研究专号" 为题，卷首是郑振铎的《三十年来中国文学新资料的发现史略》，刊载了郭绍虞《中国诗歌中的双声叠韵》、朱自清的《论 "逼真" 与 "如画"》、俞平伯的《左传遇》、顾颉刚的《滦州影戏考》等当时一流的研究论文。

六月十五日

奚、常两氏。

下午，一声馆住的大冢贤三君来。

俞君来。

晚上，俞君带领，去开明舞台^①看戏曲学校^②之戏剧。

王和霖^③之《苏武牧羊》^④甚佳。

【注】 ① 开明戏院：1912 年中日两国合资建造的剧场，采用德国巴洛克样式。位于前门大街南端珠市口，梅兰芳等人也会在此演出。滨一卫《中国戏剧之话》(弘文堂，1944 年)之第四话《剧场》中列举了当时"现存"的剧场，但是 2000 年因道路扩建被拆去。

② 戏曲学校：专门培养京剧演员的学校。当时富连成的学校被认为是最好的，其次是戏曲学校。滨一卫、中丸均卿《北平的中国戏》(秋丰园，1936 年)描述两校差异如下："戏曲学校与之(富连成)相反，避免近代以来旧式的高强度肉体劳动与不卫生。原来的戏曲演员都是没有书念的，这里的少年演员还上国文、英语、地理等课程，也有拯救少年思想的意味。富连成的学生穿青木绵的汉服，徒步入后台；戏曲学校的学生穿着西服，坐专用汽车到吉祥戏院。两校反差甚大，着实有趣。"

③ 王和霖(1920～1999)：当时戏曲学校出色的京剧演员。主要扮演老生。

④《苏武牧羊》：以奉汉武帝之命出使匈奴的苏武为主人公，讲苏武滞留在北地牧羊而坚持高尚节操的故事。

六月十六日　端午节

先生们休假。

书店今天不来(资金甚大，不足支付。九大的钱还没寄来，极困扰)。

终日在家。

六月十七日（周日）

天气甚热。今天也在家。

傍晚，与小川君一同拜访桂君。

六月十八日

常氏因女儿生产，休假。

奚氏。

下午，俞君来。

小川君之友人滨①（大阪人）来。

与山本君、周丰一②（周作人之子）在院子吃饭。

小牧先生来信。

【注】　① 滨一卫（1909～1984）：汉学家。京都帝国大学毕业后，自 1934 年 5 月开始留学北平两年。1949 年任九州大学教养部助教授，1953 年后任教授。著作有《北平的中国戏》（中丸均卿合著，秋丰园，1936 年）、《中国戏剧之话》（弘文堂，1944 年）等。作者有对和滨氏的关系的回忆："我与滨相识是在 1935 年 11 月前后的北平留学期间。滨比我晚半年到北平。由于我与京都的小川环树同住，出身京大的滨氏也与我关系亲近。后来我在西城的受璧胡同钱稻孙先生家住，滨氏在八道湾周作人先生的家住，由于相距不远，我们一直有往来。"（九州大学中国文学会《中国文学论集》第 4 号，1974 年）。

② 周丰一（1912～1997）：周作人与羽太信子的长子。1931 年 4 月入学大阪的浪速高等学校，因同年 9 月的"九一八"事变而归国。在浪速高校是比滨一卫低一级的学弟。后在北京图书馆工作。翻译过日本文学作品《广岛的一家》（大田洋子等著，新文艺出版社，1957 年）。参考中里见敬《滨一卫的北平留学：根据周丰一回想录的新发现》（《九州大学附属图书馆研究开发室年报》，2014、2015 年）。

六月十九日

昨晚几一夜不眠。黎明之天空甚美。

奚氏决定今天起上两小时（今天读《红楼梦》五十三回①）。

常氏。

楠本氏来信。滨君来片刻。

下午，与小川君去文化事业。与赤堀、桥川氏相谈。

八木君病恙。近来病恙者极多。

麻制中装完成，六元。晚上，赤堀君来。

【注】　①《红楼梦》第五十三回：题为"宁国府除夕祭宗祠，荣国府元宵开夜宴"，写贾珍的宁国府除夕祭祀宗庙以及贾赦的荣国府在元宵节宴会的情景。

第六卷

（1934 年 6 月 20 日～9 月 30 日）

昭和九年（1934 年）

六月二十日

每天都非常炎热。院子里的合欢树花朵盛开，心情如梦一般闲淡。

奚氏、常氏。

前往东安市场，购买了俞平伯[①]的《红楼梦辨》[②]。

晚上，与大冢君同去寻访一声馆的森君，一起去西单商场，乘马车而归。

最近，向中根太太学唱日本长呗。

【注】 ① 俞平伯（1900～1990）：本名俞铭衡，字平伯。著有《红楼梦辨》（上海亚东图书馆，1923 年）、《读诗札记》（北平人文书店，1934 年）、《读词偶得》（开明书店，1934 年）。曾祖父是清代学者俞樾。俞平伯也是著名的诗人、散文家，有诗集《冬夜》（上海亚东图书馆，1922 年）。同时，他和胡适也被视为"新红学派"的创始人。本日记最后，在 1935 年 2 月 26 日条，作者见到了俞平伯，并写下《俞平伯氏会见记》。
② 《红楼梦辨》：1923 年由上海亚东图书馆出版。内容分为三部分，上卷是关于《红楼梦》后四十回的问题，中卷是对前八十回的分析，下卷则是对《红楼梦》佚本的考察。从翌年 2 月 26 日的日记《俞平伯氏会见记》的开头中，可以看到此书也成为二人谈论的话题。

六月二十一日

奚氏、常氏。

下午，与大冢君同去孔庙。因为服部先生询问大成殿的神位[①]情况，所以我想实地考察一下。回来后即向服部先生汇报。

俞君来，一起在家中吃晚饭。

八木君住进河田医院，晚上去看望他。

【注】① 神位：祭祀孔子及"四配"（颜回、曾参、子思、孟轲）、"十二哲"（闵子骞、冉伯牛、仲弓、宰予、子贡、冉求、子路、子游、子夏、子张、有若、朱熹）的木制牌位。在日本江户时代的汤岛圣堂也曾祭祀他们，然在 1923 年的关东大地震中，神位与圣堂一起毁于火灾。服部宇之吉曾组织"圣堂复兴期成会"，致力于圣堂的重建活动。圣堂最终于 1935 年落成。

六月二十二日

奚氏、常氏。

因为被白蛉①叮咬，手足发痒，还起了红色的丘疹，心情不佳。

下午，看望八木君，去东安市场购买日记册和白裤子。

收到九大图书馆的汇款通知。

【注】① 白蛉：白蛉科害虫。刺入人体，吸食血液，是传染病的媒介。村上知行《北平：名胜与风俗》（东亚公司，1934 年）一书中也记载："白蛉子与日本的蚋相似，是肉眼难以看见的微小的白虫，大量浮游在树下等阴暗之处，待人经过时，便蜇刺人的皮肤。不适应的日本人如果被叮咬的话，恐怕会有红肿，还会伴随难以忍受的痛痒感。"

六月二十三日

奚氏。常氏休息。异常炎热。

下午，洗衣服。满寿代来信。

傍晚，山本君来，在院中同喝啤酒。晚风清凉。

六月二十四日（周日）

早上五点即起，与小川、大冢两君同去交民巷散步。早晨的空气有些凉。

世古堂来、群玉斋来。

读完俞平伯《红楼梦辨》，所得颇多。

下午，桂君、滨君来。

晚上，与从天津回来的小矶①一起，从东安市场散步到王府井，后归。

遣家仆去竹田氏处借《国译汉文大成　红楼梦第三》②。

【注】 ① 小矶：中根家的女儿，高中生。　　　日本最早的《红楼梦》译本。译者是
　　　　②《红楼梦》国译汉文大成本：国民文　幸田露伴和平冈龙城。全三册，前
　　　　　库刊行会，1920 年～1922 年刊行。　八十回为全译，后四十回仅存梗概。

六月二十五日（周一）

奚氏。常氏休息。

昨天、今天都在等待山室君，然而全无消息。

下午，与小川君一同看望八木君。

六月二十六日

奚氏。常氏休息。

下午，与山本、小川、小矶以及中途加入的滨君一起去天然博物院①。地域广大，绿荫满地，有西太后驻辇之所。

俞君来。

从山室君处得知二十六日出发的消息。

晚上，去东安市场购买茶叶。去文化事业拜访赤堀君。月色朦胧，我们在后园的长椅上聊到很晚。

一回到家，便来到桂君、小川君的房间，又聊至深更。

【注】 ① 天然博物院：即现在的北京动物园。
　　　　起源于西太后所建的万牲园，是中国
　　　　最早的设施完善的动物园。1929 年
　　　　10 月，作为天然博物院向大众开放。

六月二十七日

下雨。

奚氏。常氏休息。

阅读《红楼梦》时，乌云密布，雷鸣阵阵，大雨沛然而降。院子里的树木仿佛重获生机。

小竹君来，收到领带。

六月二十八日

奚氏、常氏。

下午，俞君来。

晚上，与俞君、小川君、小竹君一起去华乐戏院观看尚小云的《雷峰塔》①。全本的后半段由尚小云出演，非常精彩。

【注】 ①《雷峰塔》：现在也被称为《白蛇传》，是京剧的代表剧目。作者在随笔《京剧》(收录于《夕阳无限好》)中写道："因为我本身喜欢京剧，所以对京剧比较精通。当时，梅兰芳在上海，北京则有老生马连良、副净侯喜瑞、杨小楼、旦角的程砚秋、尚小云等有时也会很难得地出演。马连良《借东风》(《三国演义》)、尚小云《白蛇传》(《雷峰塔传奇》)、程砚秋《玉堂春》(因得到妓女赠金而出人头地的男子后来审理该妓女的故事)等等我都曾反复观看，尤其喜欢副净像铜鼓那样大声演唱。"

六月二十九日

奚氏、常氏。

在中原公司①定做丝质西装。

满寿代寄来五十日元。

晚上，与小川君、山本君一起吃荞麦面，看望八木君。

【注】 ① 中原公司：天津中原公司北平分店。天津中原公司 1928 年在天津开业，由林寿田、黄文谦、林梓源等出资，是当时中国北方最大的百货店。售卖的商品主要是香港、上海的高端商品以及进口商品。1934 年在王府井大街开设北平分店。

六月三十日

夜来风雨，持续到早晨。夜半时分，雷雨大作。

奚氏休息，常氏至。

下午，滨君来。

山室君乘坐六点二十分的火车前来。山室君暂住大冢君隔壁的房间。聊天迟至夜半。

七月一日（周日）

上午，去中原公司试西服。山室、小川两君也一同前往。

在东安市场购买了《国剧画报》^①第一期至第四十期的合订本。

下午，短暂午睡。读书。

给楠本氏写信。

傍晚，与山室、小川、小矶四人同游北海。游人如织。喇嘛塔上，晚霞极美。

【注】①《国剧画报》：1932 年由梅兰芳、余叔岩等创刊，是北平国剧（京剧）学会的专门杂志。1933 年 8 月发行第 70 期后停刊。刊载京剧的历史、观赏的基本知识、相关的新闻、各个剧院的剧目表等和丰富的照片。现在杂志的第 1 期至第 70 期全本藏于九州大学附属图书馆滨文库。

七月二日

奚氏、常氏。

下午，与山室君同去一二三馆，到满铁^①、文化事业去。

与桥川氏、小竹氏等闲谈。

晚上，刘君来。

七月三日（周二）

奚先生、常氏。

从东京家里寄来的小说《胡萝卜须》^②已到，稍稍翻看几页。

晚上，与小川、山室、小矶三人一起去观看中天③的电影。

乘马车而回。

【注】 ① 满铁："南满洲"铁道株式会社北京 公所。位于东城椿树胡同二号。此 前北京至奉天的直通列车开通，但 始发列车被炸，死伤颇多。
② 《胡萝卜须》：法国文学的名作。作 者儒勒·列纳尔(1864～1910)。岸 田国士翻译的日译本1934年3月由 白水社出版。
③ 中天电影台：位于西城绒线胡同的 电影院，1921年开业，1931年在中 国首播有声电影。

七月四日

奚氏、常氏。

去邮局领取汇款。

下午，与山室君一起去北平大学医学部①、定王府②、图书馆、 中原公司。

晚上，设宴款待将去蒙古③的山本君。小川君大醉。

山室氏傍晚开始发烧。

【注】 ① 北平大学：1927年至1928年仿效法 国的大学区制(例如巴黎大学是第一 大学至第十三大学的总称)，设立了 北平学区，将学区内的九所大学合 并，这就是所谓的北平大学。医学 院的前身是1912年设立的北京医学 专门学校，位于和平门外的八角琉 璃井。参考白欣、张志华、李琳、 俞行《国立北平大学历史遗迹探考： 为西北大学110周年校庆而作》，
《西北大学学报(自然科学版)》2012 年第1期。
② 定亲王府：乾隆长子定亲王爱新觉 罗·永璜(1728～1750)的宅邸。位 于西四南大街东、颁赏胡同南。东 临礼亲王府。
③ 蒙古：1924年，以苏联为后盾，蒙 古人民共和国(即所谓的外蒙古)成 立，这里所说的蒙古，是指中华民 国治下的内蒙古吧。

七月五日

因小川君生病，今天从奚氏学习三小时（平时是两小时）。

山室氏的病情不太好。

午睡。

晚上，滨君、沈君一同来访。沈君乃品行端正的青年。

七月六日

早晨，因为下雨的原因，山本君未能如期出发。

奚氏、常氏。

赤堀君因为要去哈尔滨^①，特来辞行。

下午，在家与人聊天。

暑热着实让人难以忍受。

午睡。

晚上，雨依旧未停，心绪亦不晴朗。

义五郎来信。

【注】 ① 哈尔滨：这是当时中国北部最大的城市。19 世纪末，俄罗斯帝国铺设东清铁道，哈尔滨就此发展起来。1931 年，人口达 33 万。参考《哈尔滨案内》，（"南满洲"铁道株式会社编，1931 年）。

七月七日

奚氏、常氏。

天气不佳。

读《胡萝卜须》。

在中原公司订做的西装好了，一共日元十七元五十钱。

服部先生来信。

山室君、小川君的病还没好。

[栏外注]：给满寿代、千鹤子、义五郎写信。

七月八日

早晨四点起床。五点半，到沙沿头的坂田组送别要去蒙古的山本君。

在卡车的装货台上他挥舞着帽子，依依惜别。

到家还很早。

访问钱稻孙氏。徐鸿宝、松村氏也来相会。

下午在家。

晚上，与小矶观看光陆的电影，放映的是《木偶寄情》①，这是一部以巴黎的木偶戏为题材的电影。

【注】 ①《木偶寄情》：罗兰·V·李导演的《我是苏珊娜》(1933 年，美国)。Gene Raymond 饰演巴黎人偶师汤尼，Lilian Harvey 饰演舞女苏珊。

七月九日

今天从早上开始暑热就让人难以忍受。

早晨，钱稻孙氏来访。

奚氏。《红楼梦》第六十五回中尤三姐①的谈话很难理解。

常氏，从此方告假。

下午午睡。在家做冰淇淋。

傍晚，大雨倾盆。

晚上，依旧下着小雨。桂君、滨君来。

千鹤子来信。

【注】 ①《红楼梦》第六十五回："贾二舍偷娶尤二姨，尤三姐思嫁柳二郎"。为了给贾家葬礼帮忙，贾珍妻的异母妹尤二姐、尤三姐在宁国府逗留。尤二姐成为贾琏之妾。尤三姐对贾珍、贾琏一连说了不少难以理解的谜语、比喻，给他们泼冷水。

七月十日

奚氏、常氏。

下午休息。傍晚，与山室君、小矶去中山公园散步。

七月十一日

奚氏。常氏休息。

下午，酷暑难当。

小雨。

傍晚，雨晴了。天空之美是这世上所见的最美的风景。

七月十二日

奚氏因事休息。

因前日受服部先生所托之事①，去孔庙。

首先去美丽照相馆，买孔庙及曲阜圣庙的照片，再去隆福寺街找《圣庙祀典图考》②，然而没能找到。

在文奎堂购买了《小说月报》③第一期至第八卷全九十册，四十元。

在保萃斋④花十二元购买了《词学丛书》⑤。

到孔庙测量大成殿内的牌位。

下午，天气有些热。与家里的人一起下五子棋。

晚上，与小矶以及偶然来访的小竹君一起去光陆看考尔曼的电影《情圣》⑥，画面非常美。

【注】 ① 服部先生所托之事：汤岛圣堂因关东大地震而毁于大火，这时正按照东京帝国大学伊东忠太的设计，模拟旧制，采用钢筋混凝土予以重建。1933 年 11 月 27 日举行上梁仪式，1935 年 4 月 4 日迎来竣工仪式。当时服部宇之吉也是圣堂复兴期成会的理事之一。因此，工程是在作者留学期间进行的，服部先生所托之事应该也与之相关。参考中山久四郎编《圣堂略志》（斯文会，1935 年）。亦可参考本日记 1934 年 6 月 21 日条。

②《圣庙祀典图考》：清顾沅辑，五卷。此书记载了孔庙祭祀的圣人的图像及传记，道光年间刊。九州大学附属图书馆藏有道光六年(1826)刊本。

③《小说月报》：中国的月刊文学杂志。

宣统二年(1910)在上海创刊。初期
以鸳鸯蝴蝶派为中心，刊载文言小
说、诗词、戏剧、文言翻译的外国
小说等，1921年以后成为文学研究
会的会志，白话文学成为中心。提
倡写实主义，介绍外国文学，对当
时的新文学运动产生很大的影响，
1932年停刊。
④ 保萃斋：民国十年(1921)韩凤台在
北京琉璃厂开设的书店。参考孙殿
起《琉璃厂小志》(北京古籍出版社，
1982年)第132页。

⑤《词学丛书》：清秦恩复编。收录宋
元时代词学研究著作，如曾慥《乐府
雅词》、赵闻礼《阳春白雪》、张炎
《词源》、陈允平《日湖渔唱》《精选名
儒草堂诗余》《词林韵释》。大野城市
目加田文库藏有光绪六年(1880)
刊本。
⑥《情圣》：由罗纳德·考尔曼(Ronald
Colman)与凯·弗朗西斯(Kay Fran-
cis)主演，金·维多(King Vidor)导
演的影片 Cynara(美国，1932年)。

七月十三日

奚氏，他最近来得稍微早一些。

今天常氏的课上没有读书，只是练习会话。

去小菅医院①看望大槻氏。回来在东安市场购买常氏孩子满月的礼物。

下午，阅读《小说月报》等。

午睡。

今天开始入盆②。中根家中的佛坛也挂起了灯笼。

想起故乡，心中悲伤。

在院子里与人聊天至深更。

【注】 ① 小菅医院：日本人经营的位于无量大
人胡同(现在的红星胡同)的医院。原
陆军军医中佐小菅勇(1878～?)退役
后，留在北京，1925年开设这家医
院。参考《大众人事录第十四版：外
地·中国·海外篇》(帝国秘密探侦
社，1943年)、安藤更生《北京案内
记》(新民印书馆，1941年)。
② 盂兰盆节：当时的北京，清朝以来
传统的中国风俗、欧美文化以及日
本居留者的日本文化(东京也是七月
进入盂兰盆节)中的风俗等等混杂在
一起。

七月十四日

奚氏、常氏。

送给常氏孩子诞生的贺礼。

七月十五日（周日）

早晨，与中根太太、小矶、山室君等五人祭扫日本人墓地①（朝阳门外）。

回来后直奔西单牌楼聚贤堂②，参加常氏孩子的满月酒。

隔壁院子正在举行婚礼。今天得见双方的礼仪。

下午两点左右告辞，回家路上再拜访竹田家片刻。

此夜生病。扁桃体、肠胃不舒服，遂卧床一周。

其间，五次请来今村医生，自己仅出去一次。

一方面自己发热难受，一方面炎热的气候也让人难以忍受。

幸运的是，身体逐渐康复了。

其间，从东京的来信中，得知满寿代的病情也突然复发了，最近住进了医院。

【注】　① 日本人墓地：位于北京东城朝阳门外。死于义和团运动中的日本军人被埋葬在此门外，以后即作为日本人的墓地。　② 聚贤堂：位于西四北大街报子胡同的高级饭店。是宽敞的四合院，也可以演出戏剧。

七月二十三日（周一）

虽然身体逐渐好转①，然而预习了奚氏的课后，还是疲惫不堪。

下午，到太庙树荫下读书。

晚上，仍然发热至七度二分。

【注】　① 身体好转：在此之前，日记一天未间断，然因生病，中断了一周。

七月二十四日

终日安静。樫山君来。

夜里发热至七度。

七月二十五日

昨晚夜半，小川君忽然发热至四十度，甚乱。小川君前天也发热到四十度。

快到黎明，才再次躺到床上，睡到十一点。

天阴暑热，甚苦。

下午，俞君来。

七月二十六日

早上，预习奚氏、常氏的课，很疲惫。

下午在家，主安静。

晚上，刘君来。

七月二十七日

奚氏、常氏。

下午，与山室君去隆福寺书店逛逛，去东安市场买东西。（带经堂①中想要的书比较多，在文奎堂购买了《两当轩诗抄》②《草堂诗余》③，委托修缮。）

晚上，又与山室君登城墙赏月④，恰似秋夜。哀愁、悲伤、美好一起涌上心头。

怀着不可思议的心情，彷徨至十一点，恍如梦中。

经过石原，喝啤酒而归。

【注】　① 带经堂：位于隆福寺的书店。光绪二十七年(1901)王云庆创办。当时是其子王熙垣主事。

② 《两当轩诗抄》：清代诗人黄景仁(1749～1783)的诗集。黄字仲则，江苏武进人。"两当轩"是其书斋名。自称宋黄庭坚后裔，抒发自我孤独的诗歌较多，有"沉郁清壮"之誉。

③ 《草堂诗余》：南宋初期编纂的唐宋词选。撰者不详。此书有两种版本系统，即按照春夏秋冬等作品的主

题分类本、根据词曲牌分类本。元、明时代屡经增补改订,《水浒传》等小说中亦有引用。参考藤原祐子

《〈草堂诗余〉与书会》(《日本中国学会报》第 59 集, 2007 年)。

④ 月光:此日是农历六月十六日。

七月二十八日

奚氏、常氏。

今天连续上课三个半小时,很累。

下午,休息。文奎堂来。

晚上,在院子中如往常一般聊天。

支付医生日元十六元六十钱。

给满寿代写信。病状如何了? 虽然知道忧愁无用,还是心痛不堪。

给九大图书馆以及事务室写信。

[栏外注]:给满寿代、九大田中氏、中野氏(中野葛二事务室)写信。

七月二十九日

咽喉稍疼。

早晚凉快了一些。

晚上,与俞君、山室君、小矶三人一起去真光看中国有声电影《二对一》①,无趣。

【注】 ①《二对一》:1933 年公映的中国电影。以足球队为描写中心的青春电影。现在依然进行着的足球世界杯第一届赛事是在 1930 年的南美洲乌拉圭进行的。

七月三十日

终日在宅。闷闷不乐。

七月三十一日

奚氏休息。下午,下雨。

八月一日

阴。不愉快的一天也。

奚氏不来,仅常氏授课。

下午,午睡,睡梦不断。

八月二日

奚氏、常氏。

阴天。身体不佳。

文奎堂送来《两当轩诗抄》《草堂诗余》。

八月三日

奚氏、常氏。又是阴天。

去东安市场购物。

晚上,与小川君、山室君一起去中山公园散步。

八月三日①

奚氏、常氏。

小竹君、桂君、来薰阁来。

每日阴天,不愉快也。

【注】 ① 八月三日:关于 8 月 3 日的日记有两
条,可能作者记忆稍许有些混乱。

八月四日

下雨。

无汉语课。

下午,去市场购买绘画明信片等。

晚上,举行松冈太太的送别茶话会。

八月五日（周日）

又去东安市场，购买了郑振铎《中国文学论集》①以及王易著《词曲史》②。

向日本各位亲朋寄暑中问候：

宫庄、末次政、末次富，大野、秋山、久须本、森住、宫城、川上、川副、盐谷、高田，松井、河村宪、河村千里、足立修、进藤真砂。

【注】①《中国文学论集》：郑振铎著，开明书店 1934 年刊。收录关于《三国志演义》《水浒传》等中国古典小说以及弹词等通俗文学的 25 篇论文。　②《词曲史》：王易著，神州国光社 1931 年刊。论述中国的乐府、词以及宋以后的戏曲等音乐文学。

八月六日

奚氏、常氏。

奚氏来得稍晚。最近读《红楼梦》没有进展，稍稍着急。

读《中国文学论集》。

八月七日

奚氏休息。只有常氏。

下午，去理发店。

这几天大家轮流生病，这会都好了，为了庆祝，晚上便去独乙饭店①吃饭。真乃良宵也。

【注】①独乙饭店：即位于崇文门内大街的德国饭店。

八月八日

阴。

奚氏、常氏。

下午，与小川君一起去宣武门内的书店转转，购买了《孽海花》①《新青年》杂志②第一、二、三年的合集。

宫城氏来信。

晚上，读《孽海花》。

【注】 ①《孽海花》：曾朴（1872～1935）著。与《官场现形记》《二十年目睹之怪现状》《老残游记》并称清代四大讽刺小说。以访问欧洲的钦差大臣金雯青与妓女傅彩云为中心，描绘当时中国及其与其他诸国的关系、清朝的政治形势等等。 ②《新青年》：1915 年陈独秀（1879～1942）在上海创刊的月刊杂志。最初称"青年杂志"，第二年改称"新青年"。1917 年以后在北京发行，1922 年 7 月停刊。胡适、鲁迅、周作人等参与执笔，对中国近代文学革命运动发挥了重要的作用。

八月九日

下雨。

两位老师都不来。

关于千鹤子结婚的事情给宫城氏回复。

八月十日

奚氏来得稍迟。常氏。

最近失眠，困得很。

满寿代来信。

八月十一日（周六）

奚氏授课结束后，一同去太庙。

下午，与小川、山室两君同去琉璃厂，去商务印书馆购买《黄仲则年谱》《全祖望年谱》①《四部丛刊》本《草堂诗余》（此本系分类本，非分调本）以及在附近的书店买活字本《红楼梦散套》②。

去来薰阁和群玉斋。在群玉斋看到《汉魏乐府广序》③，有黄宗羲的序。售价六十元。看中的其他几本下次送来。

今晚又睡不着，已经过了一点。

不知为何最近总是失眠，甚是烦闷。

【注】①《黄仲则年谱》《全祖望年谱》：黄逸之编《清黄仲则先生景仁年谱》与史梦蛟编《清全谢山先生祖望年谱》。1932 年起，商务印书馆王云五主持出版《新编中国名人年谱集成》，这两部书即其中之一。

②《红楼梦散套》：以《红楼梦》为题材的戏曲作品。作者是清代中期的吴镐，共十六出，将《红楼梦》中的名场面选出并加以戏曲化。这里所说的活字本是 1933 年 4 月农商书局出版的田漱芳校阅的本子。此本藏于大野城市目加田文库。

③《汉魏乐府广序》：清朱嘉徵编，三十卷，康熙十五年（1676）序刊。按照《诗经》的形式，将汉魏乐府作品分类编集，并附以解说（小序）。朱嘉徵，浙江海宁人，崇祯十五年（1642）举人，明亡仕清。其序文乃明末清初思想家、浙江余姚人黄宗羲（1610～1659）所作。

八月十二日（周日）

早晨五点刚过即起，与小川、山室、大冢诸君一起去北海赏莲花①。

渡池，从后门登车去钱稻孙家。此后，再一起去西单牌楼的茶馆休息，逛人人书店②，午前归。

从人人书店购得俞平伯《杂拌儿之二》③，下午阅读。也读了点《孽海花》，到第十六回。

晚上果然又失眠了。给满寿代写信。

【注】① 莲花：北海公园边上的什刹海是赏莲胜地。米田祐太郎《中国的四季》（教材社，1943 年）中《什刹海的莲花》有当时的人们有早晨去什刹海边赏莲乘凉的习惯，路边的小摊摆满了一条街的记载。

② 人人书店：1934 年洪炎秋（1899～1980）开设于西单大街的新书书店。店主洪炎秋是台湾诗人洪弃生（1866～1928）之子，作为台湾人最初在北京大学求学（1929 年教育系毕业）。二战后，返回台湾，任台湾大学中文系教授、台中师范学校校长，著有《文学概论》《语文杂文》等。

③《杂拌儿之二》：俞平伯的论文集。开明书店 1933 年刊。是其 1928 年之作的续编，周作人作序。收录了《诗的神秘》等 29 篇论文以及 17 篇随想。今藏于大野城市目加田文库。

八月十三日

奚氏。因为头痛的原因，常氏课上没有读书，只是在院子里会话。

终日在家。竹田氏夫妻来访，因为近日要回国的缘故。

文奎堂带来《北平图书馆馆刊》①。

世古堂来，买了《宣和遗事》②。

晚上，会见在图书馆工作的顾华。

【注】①《北平图书馆馆刊》：又名《国立北平图书馆馆刊》，国立北平图书馆馆刊编辑部编辑，1928 年 5 月开始，隔月刊行。收录珍本的照片、学术论文、目录校勘、图书目录等。第八卷(1934 年)卷末附有各售刊书店名，北平的富晋书社、景山书社、直隶书局、来薰阁都在其列，此外还有京都汇文堂。1937 年 2 月，发行至 11 卷 61 号，停刊。

②《宣和遗事》：四卷，作者不详，商务印书馆 1925 年刊，亦称《大宋宣和遗事》。宣和(1119～1125)乃北宋最后的年号，此书记载了期间的种种逸闻，如宋徽宗、钦宗二帝被幽闭于金，最后客死他乡的始末，宋江在梁山泊成为三十六位盗贼头目的故事(《水浒》的故事原型)等，此书现藏于大野城市目加田文库。

八月十四日

昨晚久违地熟睡。透过晨光，发现秋天已经来了。

奚氏、常氏。

德友堂来，二元买了《清艺文志》①。

下午，辅导小矶的代数作业。

傍晚，与小川君散步，直到滨君家。

预习《红楼梦》的《芙蓉诔》^②，比较困难。

八月十五日

八月十六日^③

【注】 ①《清艺文志》：朱师辙等撰，四卷
（1900 年，铅印本）。朱师辙（1878～
1969），字少滨，是研究《说文解字》
的考证学家朱骏声的孙子，任职清史
馆纂修，执笔《清史稿·艺文志》。在
辅仁大学、中国大学任教。著有《黄
山樵唱》《清史述闻》等。参考桥川时
雄《中国文化界人物总鉴》第 100 页。
②《芙蓉女儿诔》：见《红楼梦》第七十
八回。王夫人因相信老妈子们对贾
宝玉的侍女晴雯的诽谤中伤，而将
晴雯赶出贾宝玉的房间，晴雯在向
宝玉表达了悔恨的心情后病死。宝

玉为悼念她，写下长篇祭文《芙蓉女
儿诔》，并在月下令侍女持芙蓉花，
边流泪边读祭文。这是《红楼梦》中
最长的诗赋，效仿《楚辞》之体，嵌
于故事之中。参考井波陵一《新译红
楼梦》（岩波书店，2014 年）。
③七夕节：此日为农历七月七日，七夕
节，亦称乞巧节，女子们以碗盛水，
将小针放入水中，见碗底针影，以占
卜女工巧拙。当时也有家人一同出去
赏月、吃点心的风俗，北京在这一天
还供应烤羊肉、涮羊肉。参考《北京
案内记》《北平：名胜与风俗》等。

八月十七日

奚氏、常氏。

下午，与小川君去访傅惜华家，看到了富春堂本《南西厢》^①等等。

八月十八日

奚氏、常氏。读完《红楼梦》八十回。

下午，与小川君、山室君去北京大学。

回来路上去东安市场购买黎锦熙《国文法》^②。

晚上，与小矶、小川君、山室君同去真光看电影，是关于飞机的电影^③。

【注】 ①《南西厢》：明代李日华所作，二卷。
将元杂剧《西厢记》改编为南方的戏

曲形式。此外还有明代陆采之作。
李日华的作品中也分为忠实传达原

作的嘉靖本、为了实际演出的需要而改编得更为流畅的万历本，傅惜华所藏属于后一种。现藏北京中国艺术研究院图书馆，《古本戏曲丛刊》(上海商务印书馆，1954 年)初集收录影印本。

② 黎锦熙(1890～1978)：字劭西，湖南湘潭人。民国十年(1921)被聘为北京师范大学文学院国文系教授，在中国大学、北京大学、北京女子师范学院教授中国语文法，中国语统一运动的主导者。著有《国语运动史纲》《国语模范读本》等。此处所见《新著国语文法》(商务印书馆，1933 年改订版)记述了中国语标准文法体系，1924 年初版发行以来，一直到 1959 年历经多次改订(共计 24 版)，是中国语法研究最基本的参考书。

③ 《飞到里约》：1933 年的美国电影 Flying Down to Rio，1934 年 5 月在日本上映，导演 Thornton Freeland，主演 Ginger Rogers。是以三角恋爱为主题的歌剧，其高潮一幕是在飞机机翼上的对唱。

八月十九日

收到麓、川副等的来信。

晚上，带着小矶和小川君一起散步，从太庙至交民巷，在咖乐搭斯喝茶。

迎接乘十一点火车而来的东京研究所的同仁，然未来。

八月二十日

奚氏、常氏。

小矶返回天津①。吃豆沙年糕汤。

傍晚，与中根太太、大冢君、小川君一起去太庙散步。感到秋意。

八月二十一日

奚氏、常氏。

下午，与小川、山室两君去真光看中国有声电影《姐妹花》②。

归途遇雨。

给俞君写信。

【注】 ① 当时北京没有为日本人而设的高等
女子学校，而天津有日本高等女子
学校（1924 年指定），北京的女子学
校是 1939 年开设的北京日本第一高
等女子学校。
② 《姐妹花》：1934 年 2 月公映的中国
电影。导演郑正秋（1888～1935）。
故事围绕着大宝、二宝这对孪生姐

妹展开，她们自幼被分开养育。这
部电影在当时引起了很大的轰动，
刷新了观影记录，但围绕其结局、
内容也引起很大的纷争。参考西谷
郁《中国电影最初的转折点：关于
〈姐妹花〉的论争》（《九州中国学会
报》第 39 卷，2001 年）。

八月二十二日

雨。

老师不来。

十点左右，从福冈来的井上氏打来电话。

下午，又与小川君去真光观看北平戏剧学会第一届公演《屠
户》①。值得一看。取材于农村问题。对话基本都能听得懂。

去迎接乘傍晚六点四十五分火车到达的东京研究所的同仁（阿
部、服部、仁井田、青山等人）②，他们其实于六点十五分已到达。
一起去文化事业部聊天，九点回家。

井上氏在中根家住三四天。

河村来信，言满寿代还在发烧。

今天听阿部君说他出发前看望了满寿代，心中愈发苦闷。

【注】 ① 《屠户》：熊佛西（1900～1965）创作的
戏剧。讲述了高利贷者孔屠户为了赚
钱而离间王氏兄弟，最终失败被捕的
故事。共三幕，见收于《佛西戏剧》第
四集，商务印书馆，1933 年。
② 东方研究所同仁：指阿部吉雄（1905
～1978）、服部武（1908～?）、仁井
田陞（1904～1966）、青山定雄（1903
～1983）四人。

八月二十三日

与井上氏一起去看故宫中路及东路，登景山。

晚上，与井上氏、山室君、小川君一起去西长安街新陆春吃饭。

八月二十四日

阴。

奚氏、常氏。

今天是中元节，七月十五日也。

晚上月色甚美，然而觉得有些感冒，便早早上床休息。读到《春阿氏》①第六回。

【注】　①《春阿氏》：以1906年发生的"春阿氏杀夫案"为基础而于1914年出版的小说，共十八回，作者王冷佛。女主人公春阿氏与表弟玉吉相爱，然而却因父母之命嫁给了多金的春英。由于婚姻不幸，玉吉和春英为了阿氏起了冲突，玉吉失手杀死春英。阿氏为了包庇玉吉，自首说是自己杀人，结果死在狱中。第六回是审判阿氏的故事。

八月二十五日

阴。

奚氏、常氏。（大同会道德学社，段正元①）。

终日安静。

晚上又读《春阿氏》。

千鹤子来信。

给河村写回信。

读完了《春阿氏》。

【注】　①段正元（1864～1940）：生于四川威远县，根据自己的思想，提倡孔子的大同之道，与当时政界的大人物亦有往来，还发出一些神秘的预言。参考谭松林《中国秘密社会》（福建人民出版社，2002年）。

八月二十六日

奚氏、常氏。

下午，与井上氏、山室君、小川君四个人一起坐汽车去西单牌楼头条六号拜访道德学社，后至白云观。

回来路上，去琉璃厂通学斋，在贺莲青①买笔。

在大栅栏厚德福②吃饭。步行回家。

【注】　① 贺莲青：位于琉璃厂的画材商。1830 年开业，也供给清代皇室的御用笔，"贺莲青"是创始者的名字。
② 厚德福：位于前门大街大栅栏的豫菜馆。1902 年开业，店主陈连堂。美食家、中国最早的莎士比亚作品翻译者梁实秋是此店的常客。

八月二十七日

奚氏。常氏课休息，与常氏去逛东安市场的衣服，没有需要买的。

下午，与井上氏去猪市大街看古玩铺，至观光局①，访三井公司，井上氏在市场购物，归。

晚上早早睡下，却又起身。最近身体不太好。

八月二十八日

上奚氏课时，阿部君、服部君来访，收到服部先生的土特产。

下午，去理发店。去警察局商谈护照的事情。先回家，与小川君去山本照相馆②拍摄护照用的相片。在停车场送别井上氏。

晚上，小川君的二哥③来。甚疲惫。

【注】　① 观光局：1912 年日本铁道部开设的日本国际观光局北平分局。在崇文门大街、王府井大街有两个办公地，办理类似今天旅行代理公司的事务。除了日本人、中国人以外，对于在北京而想去日本旅行的外国人也给与方便。参考《外国在华工商企业大词典》(四川人民出版社，1995 年)。
② 山本照相馆：位于王府井大街霞公府。摄影师山本赞七郎 (1855 ～

1943)于 1897 年开设。除了拍照外也卖相机和器材。当时没有中国人经营的照相馆，知名人士、政府要员也在此拍照，山本也与文化人、学者保持着密切的交往，出版有摄影图册《PEKING 北京名胜》(1909年)。此外东京大学东洋文化研究所还藏有他拍的照片目录《明治的营业写真家山本赞七郎写真资料目录》(《东大东文研·东洋学研究情报中心丛刊》第 6 号，2006 年)。其他可参考日向康三郎《林董伯爵与写真师

山本赞七郎》(《史谈井原》第 24 号，1997 年)、游佐徹《近代中国的写真文化与山本赞七郎》(《冈山大学文学部项目研究报告书》第 20 卷，2013年)。

③ 贝冢茂树(1904～1987)：中国史学者、古代考古学者。小川环树的二哥。贝冢 1932 年 5 月到任东方文化学院京都研究所。1934 年 8 月 24 日到 10 月 2 日，参加该研究所的实地调研，来访中国，进行资料调查、学者交流等事宜。

八月二十九日

奚氏、常氏。

下午，去民会买三日元的印花税票，去山本照相馆取照片，然后去警察处办理护照。

读《两当轩集》。

八月三十日

奚氏。

有点感冒。最近身体欠佳。

晚上，与东京研究所的同仁商量去十三陵。去文化事业部，但道路一时为洪水所阻。

八月三十一日

奚氏。常氏休息。

终日安静。山本君来信，很高兴。

晚上，有傅惜华氏的邀请，谢却之。

九月一日

尽日横卧。天空澄明，阳光清澈，秋风萧瑟，寂寞难堪。

夏天以来，身体欠佳，着实没有心情。

读《文艺春秋》等。

九月二日

今天身体略好了一些，只是心情还是不好。

满寿代寄来小说《葡萄园的种葡萄人》（列那尔）①。

与小川君到中山公园散步。

【注】 ①《葡萄园的种葡萄人》：法国小说家 列那尔（1864～1910）的短篇小说集， 1894 年刊行。日本有岸田国士翻译 的单行本，1924 年春阳堂刊行。 1934 年，白水社以文库本的形式再 版，满寿代寄来的应该是这一本吧。

九月三日

咳嗽渐多。

下午，服部君来访。

晚上，俞君来，一起去东安市场买药。

九月四日

雨。

苦于咳嗽。下雨让人不快。

九月五日

上午，去今村医院，是支气管炎。去东单牌楼的信义洋行买吸入器，回家。

通学斋①来，买原版《定庵全集》②（六元）。

【注】 ① 通学斋：1919 年开业的位于琉璃厂 的旧书店。创业者孙殿起（1894～ 1958），河北冀县人，著有《贩书偶 记》二十卷、《琉璃厂小志》等。 ②《定庵全集》：清龚自珍（1792～ 1841)的文集，定庵是其号。这里所 说的原版应是宣统二年（1910）国学 扶轮社出版的七册本吧。此外还有 上海扫叶山房民国九年（1920）出版 的石印本等。作者著有论文《水仙花 ——龚定庵的生涯》（收录于《目加田 诚著作集》第四卷）。

九月六日

今天也继续上奚氏的课，常氏停课。

朝日飞机^①从日本抵达。文化事业部举行宴会。学者云集。咳嗽未好。

【注】① 朝日飞机：朝日新闻社策划的访问北平的飞机，是为了开通中日间的航路而举行的飞行试验。大阪—首尔—北平共 1910 公里，耗时 9 小时 47 分。机种是当时川崎造船所飞行机工厂制造的 KDA－6 型飞机，作为通信用飞机由日本陆军交给朝日新闻社。参考朝日新闻 1934 年 9 月 6 日、7 日的新闻。

九月七日

奚氏、常氏都休息。

晚上来薰阁的招待也回绝了，早早上床。

九月八日

去东安市场买《现代中国文学史》^①《近代二十家评传》^②。

去山本照相馆买明信片。

【注】①《现代中国文学史》：钱基博(1887～1957)著，介绍了 1911 年辛亥革命至 30 年代的中国现代文学。1932 年 12 月，无锡国学专门学校学生会以《现代中国文学史长编》之名，首次出版，第二年 9 月由上海世界书局改今名再版。此书引起了很大的反响，1936 年又增订出版。

②《近代二十家评传》：王森然(1895～1984)著。是清末至民国思想、文学、历史等领域 20 位著名学者的传记。以经学家王闿运(1833～1916)为始，收录有林纾(1852～1924)、严复(1853～1921)、康有为(1858～1927)、王国维(1877～1927)以及罗振玉(1866～1940)、鲁迅(1881～1936)、胡适(1891～1962)、郭沫若(1892～1978)等当时仍健在的著名人物。1934 年 6 月由北京的杏岩书屋出版。根据该书记载，北平西单商场的东华书店、东安市场的佩文斋是主要的售卖商铺。

九月九日

写交托给日本飞机的明信片。

晚上，与小川君去中华公寓，桂君生病。

九月十日

奚氏开始授课。

去警察处办护照。归途购买原稿纸、墨水。

下午，去北京大学、中法大学、辅仁大学①查九月以后的课程表。接着去怀仁堂②看展览会，没意思。

晚上，看望桂君，他是今天搬到一声馆③的。

【注】　① 北京大学、中法大学、辅仁大学：北京大学的前身是1896年由清朝国子监改编的京师大学堂，辛亥革命后称北京大学。位于故宫东北、景山公园东的沙滩上，现在当地还有当时的校舍故址"北京大学红楼"。中法大学的前身是1920年成立的法文预备学校，位于景山公园之北，地安门东侧。1950年，各学部合并到北京大学、南开大学等学校。辅仁大学，原名北京公教大学，是罗马教廷所设的私立大学，1927年改今名。位于什刹海西侧的定阜大街，现作为北京师范大学北校区使用。作为大学机构的辅仁大学位于现在中国台湾新北市。

② 怀仁堂：中南海的建筑之一。前身是1888年西太后敕命建造的仪鸾殿，1911年袁世凯改名为怀仁堂。

③ 北平的日本旅馆：根据石桥丑雄《北平游览案内》(1934年)，当时日本人经营的旅馆有扶桑馆(东单牌楼、价格为5～15元)、日华饭店(旧称一二三馆，洋溢胡同，价格5～8元)、福岛馆(八宝胡同，3～4元)以及一声馆。一声馆的价格与福岛馆一样。

九月十一日

奚氏、常氏。

下午，去中国大学、师大文学院①。取得中国大学的旁听许可，便宜许多。打算查查各校的课程表，准备去旁听。

北大有黄节②、马廉、魏建功③等，中国大学有孙人和④、吴承仕⑤等。

去文化事业部。

晚上，观看中根太太推荐的电影。

【注】 ① 中国大学、师大文学院：中国大学是 1912 年孙文等国民党有力者仿效日本早稻田大学设立的，位于西城区西单商场西侧，1949 年学校结束。师大文学院指北平师范大学文学部，位于西单牌楼之南绒线胡同。

② 黄节(1873～1935)：字玉昆，又字晦闻，号纯熙，广东顺德人。擅诗文及书法。青年时代与章太炎等同为革命奔走。1917 年开始在北京大学任教授。著有《汉魏乐府风笺》《魏武帝魏文帝诗注》《曹子建诗注》《阮步兵咏怀诗注》《谢康乐诗注》等。参考桥川时雄《中国文化界人物总鉴》第 556 页。

③ 魏建功(1901～1980)：字益三，号天行，江苏南通人，研究中国语言学及文字学。在中法大学、北京大学等学校任教。著有《古音系研究》等，新中国成立后任《新华字典》主编。参考桥川时雄《中国文化界人物总鉴》第 776 页。

④ 孙人和(1894～1966)：字蜀丞，江苏盐城人，研究唐宋词。1929 年任中国大学国学系教授，著有《论衡举正》《唐宋词选》等。参考桥川时雄《中国文化界人物总鉴》第 310 页。1928 年在北平留学过两年的仓石武四郎曾在孙氏家寄宿过。参考赖惟勤《仓石武四郎博士略历》(仓石先生花甲纪念号《中国的名著：其欣赏和批评》，劲草书房，1961 年)。

⑤ 吴承仕(1884～1939)：字检斋，号展成，安徽歙县人。师从章炳麟专注于学问，攻训诂学、经学。历任中国大学、北京师范大学教授等。著有《经籍旧音辨证》《经典释文序录疏证》等。参考桥川时雄《中国文化界人物总鉴》第 133 页。小川环树曾经谈及吴氏的讲课："他上课时杂谈非常多，例如章太炎老师非常讨厌北京话，非常看轻说北京官话的人等等。"(《小川环树著作集》第五卷，第 412 页)

九月十二日

奚氏、常氏。

下午，几家书店来访，群玉斋送来先前拜托的《三水小牍》①《颜学辨》②。

傍晚，来薰阁招待吃饭，有诸桥先生③、加藤氏④、小竹、小川兄弟。白天还是很热。

【注】 ①《三水小牍》：被认为是唐末五代皇
甫枚所编的传奇小说集。北京直隶
书局 1923 年出版了清代《抱经堂丛
书》中该书的影印本。

②《颜学辨》：程朝仪（1833～1910）著，
批判清初学者颜元（1635～1704）的
实用主义学说。

③ 诸桥辙次：这里列举的是东京、京
都东方文化学院派遣的研究者。诸
桥辙次（1883～1982），东京教育大
学教授，是大修馆书店《大汉和辞
典》的编者，非常有名。

④ 加藤常贤（1894～1978）：战后东京
大学中国哲学科教授，是 1949 年成
立的日本中国学会的第一代理事，
著有《中国古代家族制度研究》《汉字
的起源》等。

九月十三日

奚氏、常氏。

读《现代文学史》《近代名人传》，了解许多近人之事。

九月十四日

早晨，到车站送别诸桥先生。

奚氏、常氏。

下午，去文化事业部片刻。

收到修的来信，写回信。

晚上，招待阿部、服部、仁井田、青山诸君①吃饭。

九月十五日

奚氏。常氏休息。

下午，与小川、山室两君一起去北京大学，遂谒中南海万
善殿②。

秋风拂水，吹起涟漪，寂寞袭身。

晚上，读《现代文学史》，十分有趣，无法释手。

（小川君的二哥去大同了。）

【注】 ① 东京研究所同仁：东方文化学院东
京研究所助手阿部吉雄（1905～
1978）、研究员仁井田陞（1904～
1966）、青山定雄（1903～1983）、中

田源次郎、泷辽一(1904～1983)、横超慧日(1906～1996)、服部武(1908～?)等。阿部……诸君：他们1934 年 8 月来北平，9 月 25 日从北平出发去承德、奉天等地，10 月 3 日经由平壤返回日本。

② 万善殿：位于中南海东岸的佛殿。明代初建时称崇智殿。殿内安置过去、现在、未来三佛。清顺治帝时改称万善殿，还有顺治帝亲笔的"敬佛"匾额，现在已不公开。

九月十六日（周日）

早上小雨，后转晴。

孙君来。

拜访头发胡同的杨树达①先生。

听了很多有趣的话（记在别的笔记里），其中之一是说叶德辉②的号郋园念"希"，出自许慎的故乡郋亭。

奚先生邀请吃午饭，在座还有光绪年间举人博天乞（原名端洵③），已是七十六岁的老人。还有宫岛贞亮④、铃木吉武⑤等。

下午，八木君、布施君来。

傍晚，俞君来访。整天跟人说话，疲甚。

【注】 ① 杨树达(1885～1956)：字遇夫，号积微、耐林翁，湖南长沙人。十五岁时师从叶德辉学习《说文解字》。1905 年留学日本，入东京弘文学院，之后转到京都第三高等学校。1925～1930 年在武汉大学、清华大学教授中国文学及语言学。1930 年 6 月再访日本，调查各地图书馆的善本汉籍。著有《中国语法纲要》《词诠》《高等国文法》《中国修辞学》等。其住所所在的头发胡同位于城内西南，绒线胡同的电车站与宣武门之间的东西向胡同有不少旧书店。日记中载此后杨树达受聘为讲师，每周六日在北平同学会讲授《说文解字》，参考本

日记 1934 年 11 月 4 日至 12 月 31 日条。参考桥川时雄《中国文化界人物总鉴》第 613 页。

② 叶德辉(1864～1927)：字焕彬、渔水，号郋园，湖南长沙人。光绪十八年(1892)进士。与清末革命思想不同调，返乡治学。作者的老师东京大学盐谷温 1909 年至 1912 年留学长沙，曾师事叶德辉。1927 年，叶氏被长沙革命军所杀。著有《书林清话》十卷、《双梅景闇丛书》二十一卷等。精通目录学、版本学。盐谷温《叶德辉先生》(《天马行空》，日本加除出版，1956 年)中说："(叶德辉)先生字焕彬，号郋园，郋乃汉代县

名，是《说文解字》作者许慎的出生地，先生是文字学者，对许慎不胜倾倒，因此以其故乡为号。"参考桥川时雄《中国文化界人物总鉴》第620页。叶德辉的号"郋园"的"郋"字在日语中的汉字音为 kai，在中文里读 xi。许慎《说文解字》云："郋，从邑自声，读若奚。"

③ 端洄（1858～1936）：字信夫，号景苏、坦园、天乞居士。满洲正黄旗人。在清朝历任翰林院编修、国子监司业、科布多参赞大臣等职。桥川时雄《中国文化界人物总鉴》第642页有其肖像及介绍。据书中介绍，辛亥革命后他隐居在北京净业湖畔的僧舍，赋诗述志，铃木吉武入其门，刻其《犬羊集》一卷、续一卷，在其死后，又刻《散木居奏稿》二十五卷赠予各方。《犬羊集》系1935年4月刊，《散木居奏稿》1939年刊。

④ 宫岛贞亮：宫岛大八（咏士）之子。1922年毕业于庆应义塾大学。1934年5月至1936年3月，为研究中国语言学及东洋史，作为庆应义塾大学文学部的留学生到北平留学。此后，1943年就任其父所创中国语学校善邻书院的院长，著有《中等华语教程》《注解中国时文类编》《注音符

号速知》《以文法为主体的新中国语》等中国语教科书。另外，宫岛的《北平通信》（庆应义塾大学三田史学会编《史学》第13卷第4号，1934年）中这样说："小生与许多学者会面。（1934年）9月14日去礼司胡同拜见端景苏先生，先生七十六岁了，比杨雪桥先生还年长六岁，耳朵不太好了，与杨先生都是进士出身，通经学。……（10月20日）与端洄先生特别亲厚，唯恨小生学力不足。先生成为举人已有六十年，虽曾位列人臣，今却安贫守贱，不好爵荣己，过着贫困的生活。其后，与王树枏、江瀚等硕学鸿儒，马衡、徐鸿宝、孟森、谢国桢、钱稻孙、杨树达、溥儒、张孝谋等学者会面。"

⑤ 铃木吉武：号餐菊轩。师事端洄，1935年自费出版《阙特勤碑释文》以及端洄的《犬羊集》。根据端洄《散木居奏稿》（台湾华文书局，1956年影印本）中杨钟羲的序及传、杨鉴资的跋，可知是书刊行的1939年，铃木在九州大学的别府温泉治疗研究所。1949年成为盐谷温做顾问的相模女子大学中国文学科首任教授。参考《相模女子大学六十年史》（1960年）。

九月十七日

今天开始，下午上奚氏的课。

上午，为了去北京大学旁听之事，与小川君一起去公使馆商谈，还是不行。去文化事业部拜托桥川氏。

天朗气清，风吹肤凉，真的是秋天了。

九月十八日

上午，读书。

通学斋带来《箧中词》[①]以及孙雄[②]的诗。

下午，上奚先生的课程(以后时间都改了)。

晚上，与小川兄弟、山室君一起去城墙。

月色甚美(九一八纪念日，没什么事，只是觉得街上的巡查比平时多了一些)。

【注】①《箧中词》：谭献(1832～1901)所编清词选集，分正集六卷、续集四卷，光绪八年(1882)刊。从清初吴伟业开始至清末庄棫为止，选录209人590首词，并加以评论。编者谭献旧名廷献，字仲修，号复堂，浙江杭州人，同治六年(1867)举人，精通词，重视词的寄托性，擅长小令。谭献将包括《箧中词》在内的10种著作编为《半厂丛书》。

② 孙雄(1866～1935)：旧名同康，字师郑，江苏常熟人。光绪二十年(1894)进士，在清朝历任学部主事、内阁中书等职。著有诗集《眉韵楼诗》三卷(光绪三十年刊)、《师郑堂集》《眉韵楼诗话》等。参考桥川时雄《中国文化界人物总鉴》第319页。

九月二十日

白天阴。

与东京同仁去八达岭的计划也延期了。

下午，因为原有旅游计划，奚先生也没来。

晚上，阿部、青山两君来访。乘着月色，我们再次登上城墙，经咖乐搭斯回家。

今天寄出给满寿代的信。

千鹤子来信。

最近很瘦，不胜心烦。

九月二十一日

上午，读《箧中词》中的评语。

下午，奚氏、常氏。

与小川君去前门散步。

九月二十二日

去八达岭、居庸关①旅行。

上午七点，与小川、青山、山田、野村、井上等人一起从前门出发，乘坐平绥铁道②三等座。火车从北京城墙之东向北行进，到达西直门，接着经过清华园、沙河镇等，向北行进。到南口时，巍巍高山已映入眼帘。列车左边可以看到居庸关，十点半多一点到达青龙桥，下车。从停车场骑驴向八达岭进发。八达岭的长城比听闻的还要雄伟。山岭间连绵不绝的城墙、处处耸峙着的烽火台，真乃天下奇观。然而，在列车中已看到天阴了，这会儿雨云已经从北覆盖开来，全山都覆在雨下。下了八达岭，虽然下雨，但就此折回的话，心中也甚是遗憾，遂骑驴向居庸关进发。雨刚开始静静地下着，这会却突然沛然大作，山路多岩石，泥水四流，甚是难行。已经两次从驴上掉下来了。下午两点多到达居庸关的时候，全身已经湿透了，寒栗战战。不久到了农家，生火，烤干衣服，吃盒饭。

居庸关是不负盛名的要塞，据说关是元代所建，弓形门的内侧有汉、蒙、西夏、八思巴、西藏、梵等文字以及佛像雕刻。关有上关等五关（其他没有雕刻）。

三点多再次骑驴。好在雨已经停了。然而腰疼不堪，道路石子又多，非常难走，下午五点才到南口。坐上火车。从青龙桥到南口有四十多里。六点多到达西直门。

与小川君坐马车回家。天已经晴了，地上水汽颇多，月儿高悬③，恍如行在水底。回家洗澡，喝了酒，八点半就寝。今天的会计都是山田君担任，火车往返二元，骑驴一元七十钱④。

【注】 ① 居庸关：位于北京市内通往八达岭路上的昌平区内的关门。楼门上有"天下第一雄关"的匾额。关中元代的建筑过街塔中有金翅鸟、四大天王等浮雕，还有《陀罗尼经文》《造塔功德记》，除汉字外，还有梵、藏、八思巴、畏兀儿、西夏文，被称为东洋的罗塞塔石碑。

② 平绥铁道：连接北平和归绥(现在的呼和浩特)的铁路。是利用中国技术建造的第一条铁路，1909 年开通，当时是到河北张家口站，作者去时已经延伸到呼和浩特了。现在的起点是北京北站，终点是包头，被称为"京包线"。设计者詹天佑(1861～1919)被称为中国铁道之父，当时距离万里长城最近的站青龙桥站有他的铜像，八达岭站还有詹天佑纪念馆。参考桥川时雄《中国文化界人物总鉴》第 629 页。

③ 月光：这是阴历八月十四日，第二天即是中秋节。

④ 八达岭行的费用：六人骑驴的费用可能是十元，这里是分摊到每个人的费用。

九月二十三日（周日）

中秋佳节，却苦于缺钱。

昨天的雨已经毫无踪迹，晨雾虽深，白天却是秋高气爽，天空澄澈。因为昨天之行，身体仍然感到疼痛。

下午，去文化事业部，前几天拜托桥川氏办理孙人和、吴承仕、马廉课程的旁听之事，今天特来询问。得知孙、吴两氏都愉快地同意了，因此中国大学的旁听没有问题了，马廉那里稍微有些困难。他在北京大学教授"小说史的问题"。马衡① 对日本没有好感，马隅卿也是不太高兴。十五日就是旁听申请的截止日，我和小川君都不知道，所以是各种不凑巧。接着去小竹君房间闲谈（小川君的二哥昨天生病了，卧床在文化事业部）。

三点开始在大兴学会② 听钱稻孙的演讲，傍晚，东西研究所③和大兴学会一起在文化事业部的院子里举行赏月宴会。微醺，早早退席，与小竹君游北海。

在北海渡舟上偶遇小川君、大冢君，遂一起赏月。今晚的游人着实多。我们从池东的树林里穿过。

从北海租马车（四人乘坐）行走在月下的街上，出了前门，抬头看月，此时已浮上城门，经交民巷回家。

昨天收到河村的来信。得知满寿代的病还没有痊愈，忧心无比，难过。

【注】　① 马衡（1881～1955）：字叔平，浙江鄞县人。历任北京大学史学系教授、故宫博物院院长等职。在北京大学讲授金石学，著有《中国金石学概要》《凡将斋金石丛稿》。

② 大兴学会：东方文化事业的官费留学生们在北京组织的学会，1932年成立，1934年9月27日的《北平大兴学会会则及会员表发送之事》中有赞助员桥川时雄、大槻敬藏，会员有桂太郎、滨一卫、山室三良、樫山弘等。所举办的活动除了留学生各自的研究演讲外，也聘请当时中国学界的著名学者前来演讲。例如，1935年邀请胡适、杨树达、黎锦熙来演讲。参考冈野康幸《近代中日文化交流的一个侧面：大兴学会与桥川时雄》（《神话与诗：日本闻一多学会报》第七号，2008年）。

③ 东西研究所：东方文化学院的东京研究所和京都研究所。1929年，外务省所辖东方文化事业在东京、京都成立研究所。东京研究所的主任是服部宇之吉，京都研究所的主任是狩野直喜。然而，围绕着是否接受政府的研究指导方针，二所发生龃龉，1938年分立为东京（新）东方文化学院与京都东方文化研究所。战后两个研究所被废除，京都的研究所合并到京都大学人文科学研究所，东京的则合并到东京大学东洋文化研究所。

九月二十四日

（因为今天也是节日，汉语老师们休息。）

上午，与山田君、泷君①一起拜访戏曲学校。与胡效参氏②交谈。

从目黑家寄来六十日元（中币四十八元九角）。

下午，与小川君去中国大学，然而方氏③不在，又去方壶斋的方宅拜访，也不在。

去文奎堂付钱。

【注】　① 泷辽一（1904～1983）：东京帝国大学东洋史毕业，1932年任东方文化学院东京研究所助手，1933年开始任该所研究员，1934年被派遣来调

查中国、朝鲜的音乐。参考本日记9
月14日条。著有《中国的社会与音
乐》(东亚研究会，1940年)、《东洋音
乐论》(弘学社，1944年)。参考关鼎
编《泷辽一先生年谱·业绩目录》《东
洋音乐研究》第48号，1982年)。

② 胡效参：时任中华戏曲专科学校副
校长。

③ 方宗鳌(1885～1950)：字少峰，广
东普宁人，在日本明治大学留学，
归国后任中国大学教务长、商学系
主任、朝阳大学教授、北京大学法
学部教授等。住在北京宣武门外方
壶斋五号。参考桥川时雄《中国文化
界人物总鉴》第70页。

九月二十五日

上午，写信，去理发店。

下午，奚氏、常氏。

晚上，西四同和居①有宴会，参加者有东京研究所的同仁、钱
稻孙氏、周作人、杨树达、郑颖孙②、傅惜华、徐鸿宝、杨钟羲的
长男③等人以及桥川、小竹、高冈等，让人愉快的聚会。

[栏外注]：给河村、香川、驹井、楠本写信。

【注】① 同和居：位于西四牌楼南路西侧的山
东饭馆。现在在三里河月坛南街营
业。拿手菜有大豆腐、三不粘等。鲁
迅、钱稻孙等也来过。参考邓云乡
《北京的风物：民国初期》(井上晃、
杉本达夫译，东方书店，1986年)。

② 郑颖孙(1893～1950)：安徽黟县人，
古琴演奏家，燕京大学毕业后留学

早稻田大学。回国后任北京艺术专
科学校教务主任、校长等。是国乐
改进社的发起人之一。参考桥川时
雄《中国文化界人物总鉴》第718页。

③ 杨懿涑(1900～1967)：字鉴资。
1933年，与父亲杨钟羲一起来日，
调查日本所藏汉籍，与狩野直喜等
交流。

九月二十六日

早上八点，去文化事业部，今天要从这里出发看十三陵。先坐
车去清华大学，十一点半与钱稻孙告别，出发去十三陵。途经昌平
故城。

路旁是茫茫的平野，农村的秋天难得一见。

两点，看到石兽、石人，这是向往永生的东西。

接着看到长陵(永乐帝陵)①，这里路旁多有成熟的柿子。

长陵甚是荒芜，如此宫殿恐怕就要崩坏了。远眺永陵及其他陵园，规模之大，让人吃惊。

回去路上乘坐汽车，耗时两小时四十五分(七点前归平)。

同行者有青山、仁井田、服部、中田、横超。

晚上，周丰一君来访。

九月二十七日

文奎堂带来《国粹学报》②第五年本。第六、七年没有。

上午，与泷君、小竹君、小川君去参观戏曲学校的授课。

下午，奚氏、常氏。

晚上，与小川兄弟、山室君、大冢君等一起去俄罗斯餐厅吃饭。

【注】　① 长陵：明成祖朱棣(1360～1424)的陵园，是十三陵中规模最大的，始建于永乐七年(1409)，耗时四年建成。永陵是明十一代皇帝嘉靖帝(1507～1566)与他的三位皇后的合葬墓，规模仅次于长陵。

② 《国粹学报》：清末的月刊学术杂志。1905年2月邓实、黄节等人在上海创刊，是国学保存会的会刊志，以保存、研究国学为目的。1911年停刊，共发行82期。邓实任总编，章太炎、刘师培、黄节等50位著名学者撰稿。因连载王国维《人间词话》而闻名，这次所得的本子藏于九州大学附属图书馆。

九月二十八日

雨。

小川君的二哥与其他京都的同仁一起出发，去车站送别。

与小川、滨、桂三君一起去北京大学，周丰一特地来我们家里迎接。

办好了听课手续。我旁听黄节、马廉的课。

晚上，与泷、小竹两君一起拜访郑颖孙氏，听琴。秋雨淅淅沥沥的夜晚，听着古琴，非常感动，他的女儿[①]弹奏了《良宵引》[②]，郑氏弹奏《长门怨》[③]。

回到文化事业部小竹君的房间，聊到十二点。

【注】 ① 郑慧：郑颖孙的女儿。除古琴外，还擅长琵琶，参考张瑞芳《岁月有情：张瑞芳记忆录》,（中央文献出版社，2005 年，第 174 页）。

② 《良宵引》：古琴名曲，据传是隋朝之曲，然最早见于明代严澂《松弦馆琴谱》，表现夜的寂静。

③ 《长门怨》：清末梅庵派的代表性曲目，以西汉司马相如《长门赋》为题材，表现被男子抛弃的女性的悲怨之情。此外，关于此日的回忆，作者有随笔《秋雨》（收录于《随想 由秋向冬》）。也可参考泷辽一《音乐资料的调查》《与郑颖孙的会面》（俱收于《泷辽一著作集Ⅱ中国音乐再发现·历史篇》，第一书房，1992 年）。

九月二十九日

雨。

因为下雨，汉语教师们休息，真感到为难。

傍晚，八木君夫妻来访。

晚上，去文化事业部，参加东京研究所同仁的送别会。

之后与赤堀君聊天，冒雨而归。

九月三十日

雨。

早晨，到停车场送别研究所的同仁。八木君夫妻也是同一班火车。

回来后，与小川君一起拜访周作人氏[①]。

雨渐止。

晚上，喝了一些酒。

放入室内的桂花②将一屋熏香。想念日本的秋了。

九月也结束了。留学只剩下五个月。天气渐寒，心情也觉紧张起来。

【注】　① 周作人（1885～1967）：字岂明，笔名启明、苦雨斋等，鲁迅之弟，浙江绍兴人。光绪三十二年（1906）留学日本，最初入法政大学，继入立教大学文科，辛亥革命之际回国。民国十三年（1924）以来历任北京大学东方文学（日本文学）系主任、国立北京大学文学院院长等。著有《自己的园地》《谈龙集》《谈虎集》《域外小说集》《现代小说译集》等，参考桥川时雄《中国文化界人物总鉴》第226页。北京鲁迅博物馆藏有《周作人日记》（大象出版社1996年影印），其中1934年9月30日条有"目加田、小川二君来访"的记载。

② 桂花：从上文来推测，此桂花是开在周作人的家的院子里而又送给作者的礼物吧。

第七卷

（1934 年 10 月 1 日～12 月 25 日 ）

昭和九年（1934 年）

十月一日

金桂飘香，秋意正浓。今天才是十月的第一天，但天空阴沉，朔风凛冽。穿上冬装还觉得阴冷。据说今年的北京气候不同往年。树叶渐渐凋落，冬天近在眼前。

上午，与小川君去中国大学。

下午，奚、常两氏。

晚上，与小川君去东安市场，遇见桥川氏。在市场买到《太白》①（提倡大众语的杂志）创刊号以及《红楼梦传奇》②等。

晚上，读《三十三年落花梦》③。

【注】 ①《太白》：1934 年创刊的中国白话文半月刊文学杂志。由上海生活书店出版。以陈望道为主编，另有郑振铎、朱自清、郁达夫等参与编辑工作。至 1935 年停刊为止共出版二十四期。创刊号的徐懋庸《要办一个这样的杂志》中提倡"大众化"和"大众文化"，论文以外，登载用大众语写的散文、科学小品文等。太白是金星的别名，意为黎明将近。大众语是近于一般大众口语的书面语。当时为呼应日本的言文一致运动，中国也发起了同样的运动。

②《红楼梦传奇》：清代仲振奎（1749～1811）所作。以小说《红楼梦》和逍遥子的《后红楼梦》为基础所编写的戏曲作品。全剧有五十六出，最后是贾宝玉和林黛玉结婚，还封了高官，以大团圆结束。嘉庆四年（1799）有绿云红雨山房初刻本，同治二年（1863）有抱芳阁刻本，光绪三年（1877）上海印书屋活字本等。大野城市目加田文库藏有大达图书供应社版（共二册，1934 年）。

③《三十三年落花梦》：宫崎滔天（1871～1922）的自传小说《三十三年之梦》（1902）的汉译本。描述了他援助来日的孙中山，奔波于东亚各地的活动情况。鼓吹宣传革命思想，对当时的中国影响很大。1904 年 1 月上海国学社初版。同年大达图书供应社、中国研究社、出版合作社等相继出版。译者为金天翮（1873～1947），字松岑、江苏吴江人。以创作过小说《孽海花》的一部分内容而著名。作者在论文《孽海花》里说及

"金松岑翻译的《三十三年落花梦》在中国也很受欢迎，《孽海花》二十八回出场的日本浪人天笯龙伯就显见宫崎滔天的影子"（收录于《目加田诚著作集》第四集）。

十月二日

整天不见太阳，更觉气候寒冷。

上午，又去中国大学。

下午，奚、常两氏。

周丰一君来，带来了北大旁听生①的缴费收据。

读完《三十三年落花梦》（汉译本）。

【注】 ① 北大旁听生手续：当年的留学伙伴小川环树说过，"北大的课一般不让留学生旁听，最后是托周作人介绍才允许我们旁听的。"（《小川环树著作集》第五卷，筑摩书房，1997 年，第 430 页）。这以后具体的手续似乎是他的儿子周丰一帮着办成的。

十月三日

天空晴朗，寒气袭人。

上午，去中国大学。

下午，奚、常两氏。

晚上，滨君来，与小川君三人去石原。

总觉郁闷烦躁。

十月四日

早上，去中国大学，终于办好旁听手续。

秋日耀眼，桂花馨香。

下午，奚、常两氏。

傍晚秋凉，倍感不安与寂寥。

河村善生君来信，得知宫庄静人氏死讯。

晚上，与大家一起喝酒消愁。

十月五日

上午六点半起床，七点半出门，（与小川君一起）去中国大学旁听。

八点至十点，听孙人和氏的"词学及词选"。大家都说孙氏（盐城人）的课很难懂，没想竟到这种程度。听讲课（没有复印讲义），那些本来熟悉的人名、书名、以及其他的事项几乎都没听懂，实感渺茫无措①。

十点至十二点，听陆宗达②的"音韵原理及其沿革"。这个人的讲课正与孙氏相反，讲话都能听懂，而讲义内容则全无兴趣。

午餐，上街简单凑合。

一点至三点，听吴承仕氏的《说文》③。此人讲课的难懂度处于前两位之间。有听懂的，也有不懂的，但内容大致可以推测反而感兴趣。深感汉语之难懂啊！

四点，疲惫而归。

常氏来，但今天累得没精神再读汉语，只听常氏闲聊。

俞君来，邀我们去哈尔飞④看戏曲学校演出的《四郎探母》。

回来时已是星光⑤闪烁。

忙完一整天，累得倒床就睡。

【注】①旁听的回忆：有关留学时的大学课程，后来作者回忆："中国大学有文字学的吴承仕，词即填词学有孙人和等老师。但多数是江苏出身的老师，孙人和是扬州盐城人，他的话一点也听不懂。当时北京的大学在各个授课时间里都会事先分发印刷的讲课内容，叫讲义。用这些讲义和黑板上写的字几乎都能理解。有一次一个坐在我旁边的学生，碰了一下我的手问：'现在讲到哪儿了？'我说：'这儿呢。'他马上说：'哦，这里啊。'就跟上讲义了。同是中国人，北方的学生也听不懂南方话。当然也有用很标准的北京话上课的年轻老师，这些人的讲义反而一点也没意思。"（《大学》，收录于《随想　由秋向冬》）。小川环树也

回忆当时听课的艰难，写道："（孙老师）上课时会事先分发讲义，如果只有教科书的话，他在说些什么，我们一点也听不懂。"（《小川环树著作集》第五卷，第 434 页）。

② 陆宗达（1905～1988）：祖籍浙江省慈溪县，出生在北京。章炳麟（1869～1936）的门下弟子黄侃（1886～1935）的弟子，专攻文字学和音韵学。近年出版了由陆氏的讲义稿整理的《陆宗达文字学讲义》(郁亚馨、赵芳编，北京师范大学出版社，2014 年)。

③ 《说文》：以段玉裁《说文解字注》作为讲义的文字学课程。

④ 哈尔飞：1930 年在西单牌楼旧刑部大街上开业的一个剧场。据说哈尔飞来自英语的 happy 的发音。是一家正式导入现代照明设施，加上二楼的观众座位，可收容六百多观众的大剧场。也是梅兰芳为庆贺新剧场建成，首场庆演《贵妃醉酒》的剧场。

⑤ 星光：此日是农历八月二十七日，应该看不见月亮。

十月六日

今早很晚才起。

下午，让奚氏把昨天的部分加在一起讲读，读完《红楼梦》百四、五回①。

常氏。

晚上，与小川君一起去中华公寓访问桂君。

上床读《人间词话》。

【注】 ①《红楼梦》百四、五回：第一百零四回"醉金刚小鳅生大浪，痴公子余痛触前情"、第一百零五回"锦衣军查抄宁国府，骢马使弹劾平安州"贾府所作的种种恶事从这回开始不断暴露。

十月七日

薄云朦胧，犹如春日气候。

下午，操场上举行日本人运动会，就与小川君、滨君一起去观看。

此后桂君也来，一起去中山公园游玩。

晚上，留桂君一起在家吃饭。

胜江[1]来信。说及满寿代已出院去镰仓疗养之事，让放心。

又担心今后的病后疗养，写了回信。

十月八日

上午，与小川君去北京大学。

在景山书社求得《文哲季刊》[2]旧刊的二册（为清代两词人的恋爱故事）以及《国学季刊》[3]（新出版的胡适有关《石头记》钞本的文章）。

下午，奚、常两氏。

晚上，滨君带葡萄酒来，一起喝酒，畅谈京剧，醉倒方休。

【注】　① 胜江：作者的亲属。
　　②《文哲季刊》：指《国立武汉大学文哲季刊》第一卷第三、四号（1930、1931年）所收的苏雪林《清代男女两大词人恋史的研究》上下二篇。上篇论纳兰性德，下篇考证清代女性词人顾太清作品中的文学表达以及他俩之间的异性关系。苏雪林（1897～1999），出生于浙江省瑞安的学者。在北京高等女子师范学校师从胡适，后历任东吴大学、武汉大学教授。战后东渡台湾。
　　③《国学季刊》：指《国立北京大学国学季刊》第三卷四号（1932年）所收的胡适《跋乾隆庚辰本脂砚斋重评石头记钞本》。是当时论述清乾隆二十五年（1760）新发现的《红楼梦》钞本（庚辰本）的原文及评注、版式等的调查报告。又，胡适调查了庚辰本及以现存最古老的《红楼梦》钞本己卯本为首的手抄本，是比此前的百二十回通行本（程本）更接近作者曹雪芹之笔，被通称为"脂砚斋评本"。关于《红楼梦》的成书与文末，详见伊藤漱平《关于脂砚斋与脂砚斋评本之备忘录》（《伊藤漱平著作集第一卷·红楼梦编》，汲古书院，2005年）。顺言之，作者所购的两种杂志现藏九州大学附属图书馆。

十月九日

早上，赵君来访（还带来了一个姓陈的男伴）。读昨天到手的杂志等。

下午，奚、常两氏。

世古堂来，带来了《樊山集》[1]。

晚上，与赵君去和平门外的日语学校访问。

回来后翻读《樊山集》。

十月十日（双十节）

上午，读书。

下午，与小川君去访问南横街的俞君，不遇。

去陶然亭，看到芦叶比人还高，秋空碧蓝如海。

交民巷的陆军兵营有御照下赐仪式纪念活动，看了五分钟表演后回家。

晚上，读书。

【注】　①《樊山集》：樊增祥(1864～1931)的诗文集，共二十八卷。光绪十九年(1893)出版。樊增祥字嘉父，号樊山，湖北恩施人。光绪三年(1877)中进士，任渭南知县。辛亥革命后闲居北京，每天喝酒作诗度日。参考桥川时雄《中国文化界人物总鉴》第723页。

十月十一日

上午，去北大听马廉氏的"小说史问题"课，从十一点至十二点。

下午，奚氏、常氏。

来薰阁来，带来《雨窗欹枕集》①。阅读其中的《董永遇仙传》②等。

晚上，与小川君去见住在本佛寺的八木、赤堀两君。

【注】　①《雨窗欹枕集》：明嘉靖年间杭州钱塘的出版家洪楩发行的话本小说集，1933年马廉在宁波购买的古书中发现了明朝天一阁的旧藏书中的《雨窗集》《欹枕集》残卷，并把它们命名为《雨窗欹枕集》，1934年8月由平妖堂出版了残本影印本(大阪市立大学图书馆藏有来薰阁刊的影印本)。另外就此马廉发现的《雨窗集》《欹枕集》残卷之事，作者在1934年4月14日的日记条中有"《大公报》上有发现《清平山堂话本》姐妹本报道(马廉)，是从天一阁流出"的记录。日本有人矢义高翻译本，参考《宋·元·明通俗小说选》(中国古典文学大系第二五卷，平凡社，1970年)。

②《董永遇仙传》：《雨窗欹枕集》中的
一篇，以东晋干宝的志怪小说集《搜
神记》里的故事为题材。故事梗概如
下：汉朝董永家贫，但很孝顺，一
直精心侍奉老父，其父死时竟出卖
自己的身体器官筹款准备葬礼，因
而感动天帝，下派仙女与其成婚。
不久仙女升天离去，董永升为大丞，
所生儿子取名仲舒，董永死后儿子
成仙登天。

十月十二日

早上，七点起床。

八点至十点，听中国大学孙人和氏的课。

十一点至十二点，听北京大学马廉氏的课。

一点至三点，又去中国大学听吴承仕氏的课。

去逛西单商场，四点半回家。

晚上，滨君来访。

十月十三日

上午，读书。桂君、赤堀君来稍坐。

下午，奚氏来上两天的内容，常氏。

晚上，喝了一点酒。在东安市场买到《苏曼殊全集》①（开华书局
版）及《越缦堂诗话》②。再去东单牌楼喝了茶回家。

日元下跌，一百日元只能换七十四元也。

【注】 ①《苏曼殊全集》：苏曼殊（1884～
1918）的作品集。由柳亚子所编，
1928年由北新书局出版（广岛大学藏
有1935年出版的开华书局版）。苏
曼殊（本名子谷，号号玄瑛。曼殊为
其法号），清末民初文人。其父为中
国商人，其母是日本人，出生在横
滨。在早稻田大学高等预科、成城
大学学习，和陈独秀有交往，参加
了中国革命团体。后来出家，在中
国各地任教，同时翻译《拜伦诗集》
《基督山伯爵·华丽的复仇》等欧美
文学作品。也参加了柳亚子发起的
文学团体南社，代表作《断鸿零雁
记》。参考桥川时雄《中国文化界人
物总鉴》第798页（苏玄瑛）。

②《越缦堂诗话》：从李慈铭《越缦堂日
记》中节选的诗歌和诗话，共三卷。
编者为蒋瑞藻（1891～1929）。作者
买的是1925年上海商务印书馆刊出
的上下二册铅印本。

十月十四日(周日)

清早风冽，落叶满庭。

上午，去东安市场想购《胡适文选》^①，没买到，却买了《天游阁诗集》^②。

下午，与小竹、小川、山室三君一起去后门米粮库胡同访问胡适之氏^③。

看胡氏所藏的钞本《脂砚斋重评红楼梦》^④，第十三回秦氏之死的地方最值得关注。

在鼓楼大街的品古斋求得楠本氏托买的墨。

晚上，风萧萧然，院树作响。

满寿代来信。

【注】 ①《胡适文选》：1930 年 12 月由上海亚东图书馆出版，是胡适的讲演录。

②《天游阁诗集》：清朝女诗人顾太清(1799～1877)的诗集。《诗集》七卷和词集《东海渔歌》六卷总共十三卷。此时买的大概是活字本(神州国光社刊)。顾太清是满洲镶黄旗出身，原名为西林觉罗，名春，太清是道号。她是皇族多罗贝勒奕绘的侧室。其《天游阁集》原本在义和团事变中失落，但其钞本现为日本杏雨书屋(武田科学振兴财团)所藏。

③ 胡适家访问：作者在回忆录里有这次去胡适家访问的记载。参考随笔《胡适之死》(收录于《洛神之赋——中国文学论文和随笔》，另外还见于《目加田诚著作集》第八卷)。据《胡适日记全集》(曹伯言整理，台北联经出版公司，2004 年)民国二十三年(1934)十月十四日日记中记载"有日本青年学者小川、山室、目加(田)三人来访"。

④《红楼梦》脂砚斋重评本：胡适所藏的《脂砚斋重评石头记》是红楼梦最古的文本，非常珍贵。据干支被称为"甲戌本"。现存只有十六回(第一～八回、第十三～十六回、第二五～二八回)。原为清末刘铨福所藏，1927 年胡适在上海购得。胡适死后寄赠给美国康奈尔大学图书馆，现在又回到中国，藏于上海博物馆。参考任晓辉《甲戌本石头记论略》(《河南教育学院学报(哲学社会科学版)》2007 年第 3 期，第 26 卷总第 107 期)。

十月十五日

昨晚早睡，至十点半醒来，再也睡不着了。

索性起来查词韵规则至两点半，查清了以前没弄清的问题。

早上九点起床。

上午，查阅孙人和去年发的复印讲义里所列的有关词的参考书，对大曲、法曲①有所领悟。

下午，奚、常两氏。

晚上，很冷，很想烤火取暖。

【注】　① 大曲、法曲：大曲是汉代以来流传于中国宫廷的传统音乐，至唐大致分类已定。而法曲也同为中国传统音乐，因用于道教仪式等，故流传于民间。至隋唐而确立。

十月十六日

今天是重阳节。

天高气爽，菊花熏香。鸽哨嘹亮，秋空传声。

早上，山本君自蒙古归来。

下午，奚、常两氏。

傍晚，与小川君出去散步。

晚上，请山本君吃饭，听他讲蒙古见闻。

十月十七日

上午，去邮局取井上氏及九大的汇款，共计日元七十九元五十钱。

去通学斋支付井上氏的二十六元五角三分。

回家数钱发现少了十元钱，去邮局交涉。

与小川、山室两君去北海，寒秋水瘦，北海也格外寂寥。

晚上，写信、读书。

十月十八日

今天是蓝天白云，气爽清丽的一天。

早上，邮局来电话，去取回昨天算错的十元钱。

去北大，马廉停课，与滨君一起回家。

下午，奚氏、常氏。

傍晚，出去散步，碰到俞君，一起去东安市场购得《樊山集外》①以及《道咸同光四朝诗史》②。

晚上，阅读此书觉得有味。

【注】　①《樊山集外》：清末民初诗人樊增祥(1846～1931)的诗集，《樊山集外》是民国三年(1914)由上海广益书局出版的石印本。可见樊增祥清末在北京度过晚年的生活情况。

②《道咸同光四朝诗史》：清代后半道光(1821～1950)、咸丰(1851～1961)、同治(1862～1974)、光绪(1875～1908)四代歌咏的诗歌和诗人传记的诗集。编者孙雄，共十六卷，宣统二年(1910)刊本。

十月十九日

早上，去中国大学。孙氏的讲课还是难懂，不过今天有复印讲义，稍可理解。

回家查阅《樊山集外》中的人物。

下午，再坐电车去中国大学听吴承仕的《说文》，回家途中，准备去哈尔飞买票，发现怀中的钱不见了。再返回中国大学找，没找到，猜是在电车上被人偷了。钱包里有十几块日元(九大所托付的买书钱)。

真是懊悔莫及。

十月二十日

早上，去琉璃厂。在藻文堂看世德堂刊《拜月亭》①，说需要一百元。

下午，奚氏。

向常氏请假，休息。

晚上，与坪川君闲谈。

与小川君一起去哈尔飞听荀慧生②的《红楼二尤》，不愉快也。

【注】 ①《拜月亭》：元末剧作家施君美根据
关汉卿的杂剧《闺怨佳人拜月亭》而
改编的四十幕戏曲剧本。此为明万
历十七年（1589）金陵书肆唐氏世德
堂出版的版本。
②荀慧生（1900～1968）：是当时的京

剧名旦，与梅兰芳、程砚秋、尚小
云并称四大名旦。这一天演的是荀
自己改编的《红楼梦》里尤二姐、尤
三姐的姐妹戏，由他一个人扮演两
个角色，最精彩的就是他把性格刚
柔相反的姐妹俩演得惟妙惟肖。

十月二十一日（周日）

强风。

钱还没寄到。河村的信上说十四日钱已经寄出，盘算了一下，这点钱根本就不够用，深感烦闷。

上午，滨君来。

下午，山本君、真武君①来。同宿舍的山室君、小川君也一起加入闲聊，聊得热闹畅快。

【注】 ① 真武直（1906～1996）：福冈县宗像
市人。1934 年 7 月由广岛文理科大
学派往北平的外务省第三补给生。
战后任福冈教育大学教授。同时期
还长期兼任九州大学的汉语课。
1961 年以《日华汉语音韵论考》获得
九州大学文学博士学位。在《目加田

诚博士还历纪念中国学论集》（大安，
1964 年）里写有《从两周秦汉韵文的
用韵看夏音和楚音》一文，著作有
《日华汉语音韵论考》（樱枫社，
1969）、《汉字形音义构造论的体系
研究》（日本学术振兴会，1976
年）等。

十月二十二日

上午，读书。

下午，奚、常两氏。

今天辞退了常氏，整整学满了一年。不由觉得寂寞。

寄送楠本氏托买的墨。

傍晚，与小川君散步。

买得蔡元培《石头记索隐》①《国学论丛：王静安纪念号》②及《红楼梦写真》③（石印画册）。

【注】　①《石头记索隐》：蔡元培（1868～1940）所著，商务印书馆1919年刊。是在《小说月报》杂志上连载后，附录了钱静方《红楼梦考》、孟森《董小宛考》两篇论文而出版的。《石头记》为《红楼梦》原书名，索隐是指书中考证出来的事实。蔡元培在本书开头指出"《石头记》是清康熙时期的政治小说"，主张其是有灭满兴汉目的的讽刺小说。现为大野城市目加田文库所藏。

②《国学论丛：王静安纪念号》：《国学论丛》第一卷第三号，清华学校研究院编，民国十七年（1928）四月发行。是悼念前一年六月二日（农历五月三日）在颐和园昆明湖投湖自杀的王国维的追悼专号。由梁启超作序，除王国维遗稿六篇（《鞑靼考》《萌古考》《黑车子室韦考》《蒙古札记》《宋代之金石学》《唐宋大曲考》）以外，还收录了赵万里编写的年谱以及著述目录，吴其昌和刘盼遂整理的业绩记录，附录里有陈寅恪的挽词。现为大野城市目加田文库所藏。

③《红楼梦写真》：蔡康著，王钊画，全六十四幅。民国年间由云声雨梦楼发行的石印线装本。载有《红楼梦》第一回～第三十二回的插图。

十月二十三日

上午，读书。

下午，山室君搬家。

奚氏。

宫庄亲男君来信，告宫庄静人君已死，马上写信表示哀悼。

傍晚，与小川、山本两君一起访山室君新居①，滨君也过来，大家一起吃荞麦面。

与北大学生讨论谈话笔记的茶话会上发生了冲突，幸亏我事先预料到没去参加。

今天感到特别寒冷。

【注】 ① 山室君新居：在黄化门大街。根据《目加田诚博士还历纪念中国学论集》所收的山室三良《回忆》云："1934 年 6 月合欢花盛开时节，我走出北京站，目加田与小川两位来接我，我们一起去他们居住的南池子中根家住下来……当时我住在北京的正中，景山公园后边的黄化门大街，房子非常宽敞，只有我和一个男佣一起生活。"

十月二十四日

上午，与小川君去辅仁大学，寒峭逼人。

下午，奚氏。

傍晚，滨君、山室君来。

而后桂君、泷泽氏①来，应世古堂之招一起去富源楼②。

【注】 ① 泷泽俊亮（1894～1979）：冈山县人。早稻田大学高等师范部国语汉文科三年退学。1923 年到中国，在旅顺、鞍山、奉天中学等任教。1926 年至 1928 年、1934 年至 1936 年，曾两次作为满铁留学生被派往北平。战后在早稻田大学高等学院、樱美林大学等执教。著作有《和汉现代中国研究书目未定稿》（"中日文化协会"，1930 年）、《满洲的街村信仰》（"满洲"事情案内所，1940 年）、《中国的思想和民俗》（校仓书房，1965 年）等。《中国的思想和民俗》所收的《回忆录四·北京》云："受到住在西城的桥川时雄一家、九州大学的目加田、滨一卫、还有其他诸位的指导开拓了视野，对我来说这些经历都是任何东西都不可替代的至宝。"

② 富源楼：北平餐馆。邓云卿的《北京的风物——民国初期》（原题为《鲁迅与北京风土》（井口晃、杉本达夫翻译，东方书店，1986 年）里引用了清末《燕市积弊》的记录："饭馆分大中小三等……通聚馆、富源楼、同和馆、致美斋等都属于中档饭馆。"

十月二十五日

上午，听马廉氏的课。

下午，奚氏课后，去文化事业部访小竹君，碰到赤堀君。

与赤堀君去隆福寺，买朱砚，在中原公司吃包子后回家。

十月二十六日

早上，先去听中国大学孙氏的课，然后去北大听十一点开始的马廉氏的课。

下午，又去听中国大学吴承仕氏的课。

与小川君去琉璃厂，在商务印书馆买到《石遗室诗话》。

晚上，山本君、桂君来。

东京的钱终于寄到。

【注】 ① 《石遗室诗话》：评点道光以后诗人的诗话。提倡中国诗的盛行期为盛唐的贞元、中唐的元和、北宋的元祐的"三元说"。本书最初在梁启超主办的杂志《庸言》(庸言报馆，1912 年 12 月～1914 年 6 月)连载，1915 年由广益书局发行了十三卷(石印本)，后 1929 年又由商务印书馆出版了三十二卷(排印线装本)。作者陈衍(1856～1937)，字叔伊，号石遗或石遗老人，福建省侯官(今属福州市)人。光绪二十四年(1898)受张之洞之招赴湖北武汉，后专攻经济学，在北京大学和厦门大学等执教。诗作和郑孝胥一起标榜同光体，看重北宋王安石和南宋杨万里等的诗风。参考铃木虎雄《陈石遗的诗说》(《中国文学研究》所收，弘文堂，1929 年)以及桥川时雄《中国文化界人物总鉴》第 451 页。

十月二十七日

上午，去天津银行取钱。访山室君归还所借的钱。

下午，奚氏。

《红楼梦》终于读完。近十个月每天逐回阅读，回回觉得兴趣盎然，好似得到精神食粮，每天深感愉快，终于读完了一百二十回。心里反而觉得有所失落、寂寞。

晚上，山本君同小林君(庆应毕业生)来。

【注】 ①《红楼梦》读完：在日记中可见作者最早开始读《红楼梦》是这一年1月3日条在东安市场的书店买到了亚东图书馆版的《红楼梦》，第二天就在奚老师教的汉语课里开始读《红楼梦》第一回。

十月二十八日（周日）

早上，八木、赤堀、中西三君来。

深秋阳光，无风丽日。小川君和滨君也一起参加，我们一同出东便门①，雇舟游二闸②。

两岸芦花茂盛，水路苍空倒影，白鸭成群畅游，自二闸泛舟过田野，直到佛手公主之坟③。这里红叶映日似火。路有石人、石马、二闸茶室，甚有趣味。

三点多，我们又上船折回东便门，真是一次愉快的郊游。

今天可谓尽情尽致领略了北京郊外的秋色景象。

【注】 ① 东便门：位于北京外城东南的城门。明嘉靖年间出于防备蒙古入侵的目的而建造。现被指定为国家重点保护单位。

② 二闸：二闸在明嘉靖年间是从东便门通往通州的通惠河上设置的五道水门之一。从东便门数起位于第二，故通称二闸。正式称呼为庆丰闸。从清代开始以北京市民出郊游玩的游览地著称，盛夏中元节有举行放灯笼的风习。参考安藤更生《北京案内记》（新民印书馆，1942年），现在叫庆丰公园。

③ 佛手公主坟：佛手公主是清乾隆皇帝的第四个女儿和嘉公主（1745～1767）的通称，因天生手指连掌。其坟墓在离二闸较近的建国门外松公坟村，当时住在北京的日本人把这里称为红叶寺，参考安藤更生《北京案内记》。

十月二十九日

去文奎堂支付九大的五十七元多书款。世古堂十元多。

给各处写信。盐谷先生、河村宪、河村久、修、九大田中、远藤①（感谢前几天收到他寄赠的《长恨歌研究》）。

去东安市场买了《词学季刊》② 三册。

晚上，有关去北大旁听之事烦劳了周君，故请周君、小川君、滨君一起去俄罗斯公寓楼吃饭。后又一起去平安剧场观看电影。

回家后，读《石遗室诗话》。

书店拿来《半厂丛书》③（前几天买的，还请做了书套），七元五角。

两点就寝。

【注】 ① 远藤实夫：其著作《长恨歌研究》由 1934 年 9 月建设社刊行。1931 年九州帝国大学文学部毕业，其时因九州大学中国文学讲座专任教员空缺（目加田诚实际上就是第一代专任教员），东京大学的盐谷温同时兼任指导九大的学生。

② 《词学季刊》：1933 年 4 月由上海民智书局创刊的词学研究杂志。第二卷以后由开明书局发行，到 1936 年至第三卷第四期停刊，当时刚发行到第二卷第一期。收录况周颐、杨钟羲、叶恭绰、吴梅、夏承焘等当时著名学者的论文。主编者是龙沐勋(1902～1966)。参考桥川时雄《中国文化界人物总鉴》第 770 页。

③ 《半厂丛书》：清末谭献（1832～1901）编。有龚橙《诗本谊》一卷，张鉴《西夏纪事本末》三十六卷，舒梦兰辑、谢朝征笺《白香词谱笺》四卷，吴怀珍《待堂文》一卷，还收有谭献自著《箧中词》《复堂类集》《复堂日记》《合肥三家诗录》《池上题襟小集》等。

十月三十日

薄云，起来很晚。

下午，奚氏来。今天开始读《儒林外史》。

中根太太提出要我们搬家，我们只得顺从找房，不得不搬家。好麻烦。

十月三十一日

上午，读书。

下午，听黄节讲魏武帝诗的课。一点也没听懂。

晚上，与小川君访问吉兆胡同① 。和赤堀、山本、八木、布施诸君吃饭。

北风袭来，寒气有加。但半夜点火炉还没有必要。

[栏外注]：给盐谷先生、楠本氏写信。

【注】　① 吉兆胡同：位于朝阳门大街北侧的　　　此居住，后改名为同音的吉兆胡同。
　　　　　一条胡同，以往叫鸡爪（鸡罩）胡同，　　后来小川环树寄宿于这个专为日本
　　　　　因中华民国的国务总理段祺瑞曾在　　　人服务的佛教寺院本佛寺。

十一月一日

风吹沙扬，满地落叶飘舞。

上午，听马廉氏的课。

下午，读书（因奚氏没来），读《半厂丛书》。

晚上，与小川君去文化事业部，和桥川氏谈，后访小竹氏。

[栏外注]：给满寿代、千鹤子、吉田、星川①写信。

【注】　① 星川清孝(1905～1993)：是作者在东京
　　　　　大学的同学。著作有《楚辞的研究》(养
　　　　　德社，1961 年)、《明解古文真宝·文
　　　　　章规范》(明治书院，1969 年)等。

十一月二日

早上，没能去听孙氏的课。

去听了马廉氏的课。

下午，去中国大学听课，但吴承仕氏停课。

在宣内的书店买到《林黛玉笔记》①（内容太滑稽可笑了）。

在商务印书馆购到四部丛刊影印藤花榭本《说文解字》②，在直隶又买到扫叶山房影印的《说文段注》。

傍晚，山本君、山室君、滨君来稍坐。

滨君与小川君一起去看戏。晚上一个人洗完澡，顿觉荡然寂寞。

给钱稻孙氏打电话。

为了理解《说文》，查阅了《四库提要》③及其他资料，又读了两页《段注》。

近日读《说文》，顿觉开眼，不禁心悦。

【注】 ①《林黛玉笔记》：世界书局 1918 年刊，二卷。作者喻血轮(1892~1967)是以林黛玉的亲笔日记的视角来讲《红楼梦》的。

②《说文解字》：后汉许慎的《说文解字》十五卷是中国最古的字书，其主要文本分五代南唐徐锴的《说文解字系传》(小徐本)和北宋以后刊行的其兄长徐铉的《说文解字》(大徐本)两个系统。后者大徐本系统中清嘉庆十二年(1807)满洲人额勒布翻刻的藤花榭本因刻字漂亮，评价很高。

作者这里购买的是民国三年(1914)商务印书馆的影印本，现为目加田文库所收。清代段玉裁(1735~1815)的《说文解字注》(说文段注)是清朝文字音韵学的代表著作。上海扫叶山房本，民国十五年(1926)刊行，目加田文库所藏。

③《四库提要》：清乾隆帝敕撰《四库全书总目提要》。在其卷四十一经部《说文解字》一项里有详细的成书过程和文字学沿革的叙述。

十一月三日

下午，与小川君一起拜访钱氏。

去钱氏家拜托寄住之事，钱氏和我们谈论昆曲①，非常愉快。

晚上，受谷村君家之招，吃烤羊肉。喝白干儿醉倒。

十一月四日（周日）

上午，在杨树达家听《说文》(与泷泽、竹田诸君相约每周日听讲)。

下午，访山室君。

整理房间。

晚上，与小川君一起看电影(光陆的《自由万岁》②)。

【注】 ①昆曲：明嘉靖年间由江苏省(昆山)魏良辅始创的舞台歌曲。明万历年间以后在中国各地流传，成为中国近世歌剧之源。现在已经成为国际教科文组织的无形文化遗产。钱稻孙是浙江人，故相较京剧可能更喜欢昆剧。

②《自由万岁》：1934 年 4 月公映的美国电影。原名为 *Viva · Villa！* 杰克·康威(Jack Conway)导演，华莱士·比里(Wallace Beery)主演。描写了墨西哥革命英雄潘科·韦拉(Pancho Villa，1878～1923)的一生。

十一月五日

整理家居。烧旧书信，清洗脏衣物。

傍晚，出去散步，在东安市场得到《燕子笺评释》①。

晚上，桂君来，听说我要搬进钱家寄住，甚感不平。还提起松村太郎的事情，听了让人很不愉快。

访松村，碰到其妻。真一个多舌烦人的世界。

十一月六日

终日刮风不停。

下午，奚氏。

晚上，与小川君出去散步，访滨君。归路寒夜萧索，星斗灿然。

又听了一些桂君的不愉快之事，更觉郁闷。

听说山室君去了滨君处，说他也想去钱家寄住。

真是莫名其妙，无言以对。

搬入钱家寄住之心顿觉凉了一半。深感不快。

【注】①《燕子笺评释》：明代阮大铖的《燕子笺》是全剧共四十二出的戏曲。是讲唐朝书生霍都梁和郦飞云在安史之乱中患难之交的爱情故事，这时购买的大概是罗宝珩注释、汤寿铭评点的《注释评点燕子笺传奇》(上海会文堂书局，1925 年)。

十一月七日

风和日暖。

上午，阅读《国粹学报》邓实①的论文，以及章太炎②的《新方言》等，思考音韵之事。

下午，约山本君，与小川君三人一起去参观利玛窦、汤若望之坟墓③。

在石门教会买了葡萄酒回家，又招滨君一起痛饮至醉。

满寿代之病好像又不容乐观，更让人闹心。

【注】　① 邓实：这里是指刊载在《国粹学报》
第二年第十三号(第二十五册)上的
邓实的论文《顾亭林先生学记》，对
代表清初考证学的学者顾炎武
(1613～1681)的学问作讲解评论的
论文。有关邓实参考桥川时雄《中国
文化界人物总鉴》第 711 页。

② 章炳麟(1869～1936)：字太炎，浙
江余姚人。《新方言》是《国粹学报》
第三年第九号(第三十四册)至第四
年第七号(第四十四册)的连载，就
有关中国各地的方言在引用《说文解
字》的基础上进行考察的论文。另外

章炳麟可参考桥川时雄《中国文化人
物总鉴》第 498 页。

③ 利玛窦、汤若望墓：是建在阜成门
外马尾沟的上义师范学校(基督教天
主教系教会学校)内的两个耶稣会传
教士即意大利人利玛窦(1552～
1610)和德国人汤若望(1591～1666)
的坟墓。同一个校区内还有耶稣教
堂(黑山扈教堂、石门教堂等)，教
堂为供祭祀等用，1910 年利用颐和
园西山葡萄园收获的白葡萄酿制成
叫"上义"的葡萄酒品牌。

十一月八日

天暖，早上起来觉得头疼。

上午，去北大听马廉氏的课，觉得无聊。

下午，去文化事业部访小竹君，不在。

修来信，又谈及钱之事。

觉得可怜，但现在怎么也不能出面管。

傍晚，和中根太太、小川君三人去太庙散步。

晚上，小竹君来，商量山本君的送别会。

十一月九日

去中国大学。

下午，赤堀君来。

山室君来。

桂君来。

与小川、山室、桂三君喝酒，畅谈消解前日来彼此不愉快的感情。

就寝已近三点。

十一月十日

下午，奚氏。

去钱宅，约定明天搬家之事。

今天觉得很累，准备早点泡澡就寝。

满寿代来信。

十一月十一日（周日）

上午，听杨氏讲解《说文》课。从本次起在三条胡同同学会借地听讲。

下午，去东安市场买行李箱等，准备搬家。山室、桂、滨、山本诸君都来。

加小川君一共六人一起用洋车运行李。

邀请以上诸君，加上钱氏，在西四同和居吃晚饭。

醉得不省人事，被扛回家抬上床，这是搬进钱家的第一天也。

十一月十二日

清晨酒醒。昨晚做梦一直梦见小林君。因为我睡的床就是小林君以前睡过的床。

早起收拾东西，整理房间。

九点半出门去中根家，在中根家吃了午饭，与小川君一起去换钱，访山室君。

与山室君一起去东安市场买东西，喝完茶道别。

晚上，和钱氏的儿子①（中法高中二年）说了一会儿话。

一个人坐在桌前写信通知搬家之事。

夜深人静，远远只听见叫卖声。

好像有一种远离凡俗之感，既感到不安又觉得舒心愉快。

[栏外注]：义五郎、宫庄、盐谷、服部、高田、楠本、井上、田中、事务室、学士院、修、河村宪、川副等发信告搬家之事。

【注】　① 钱端信：钱稻孙的第五个儿子，当
　　　　　时是中法大学附属高中高二学生。

十一月十三日

七点半起床，这个房间白天见不到太阳，很冷。

室内整日烧炉取暖，空气也令人不快。

读《中国近百年史》①。

下午，奚氏。

读《龚定庵全集》。

晚上，参加文化事业部召开的山本君送别会。会前和桥川氏谈。

八点半散会。坐洋车回家。路过北海桥的时候，弯月当空②，倒映湖面，甚美。

【注】　①《中国近百年史》：邢鹏举著，民国二十年(1931)世界书局刊。是著者把在光华大学附中讲的有关鸦片战争以后的世界和中国历史的内容整理后出版的。封面题字出自胡适之笔，另外还著有《西洋史》(师承书局，1940年)、《历史学习法》(中华书局，1947年)等历史学相关著作，翻译欧洲文学《何侃新与倪珂兰》(新月书店，1930年)、《波多莱尔散文诗》(中华书局，1930年)、《勃莱克》(中华书局，1932年)。九州大学附属图书馆藏有1932年注册入库的该书。

② 弯月：这一天是农历十月七日。

十一月十四日

八点起床。

上午，从《半厂丛书》的《复堂日记》①中，寻找有关龚孝拱②之事，寻得四五条资料。

读《定庵全集》。

下午，深感寂寥，就去宣武门内的摊子淘宝，一无所得。

后买到梁启超的《清代学术概论》③，回家路过西单商场，又偶然发现了影印抄本《红楼梦》（八十回本）的大字本④，买下，两元。

此书先前寻找时有两三次只看到过前函，这一次前后函都齐，非常难得。

回家后，读完《清代学术概论》。

俞君来，不一会儿就回去了。

晚上，又读定庵的词。

今天一整天只和俞君稍聊之外，没有见到别人，不觉有点寂寥，但又感到愉快。

【注】 ① 《复堂日记》：谭献《复堂日记》是同治二年（1863）至光绪十七年（1891）的日记，主要记录有关书籍和诗文书画等内容。卷六记录了读赖山阳《日本外史》后称赞其汉文精美。

② 龚橙（1817~1870）：字孝拱。龚自珍（定庵）的长男，博学而通满蒙古文，收集父亲的诗词，编纂了《定庵集外未刻诗》《孝拱手抄词》。

③ 《清代学术概论》：清末思想家梁启超（1873~1929）的著作。先在杂志《改造》（北京新学会发行）的三卷三号至五号连载（1920年10月~1921年1月），后整理成《前清一代中国思想界之蜕貌》，此文原是为蒋方震《欧洲文艺复兴史》写的序文，因分量多而独立成为著作。内容为比较欧洲文艺复兴和清代的学术，用科学比较的研究方法对中国文明进行再评价。商务印书馆1921年初版。

参考小野和子译《清代学术概论：中国的文艺复兴》（平凡社东洋文库第245册，1974年）。

④ 《红楼梦》抄本：清末俞明震（1860~1918）旧藏的《红楼梦》抄本由上海有正书局的狄葆贤（1873~1941）购得，民国元年（1912）以石印本出版，民国九年（1920）又出版了缩印本。前者叫大字本，后者叫小字本。题签上题有"国初钞本原本红楼梦"，版心有"石头记"字样，估计这就是原题。卷首有戚蓼生的《石头记序》，脂砚斋评以外附录了狄葆贤的眉批，原抄本前四十四回由上海古籍书店所藏，被认为是书写本的全八十回抄本由南京图书馆所藏。原抄本旧藏者俞明震是清末文人，浙江绍兴人。字恪士，号孤庵。台湾布政使就任不久，台湾割让给了日本，他反对割让，建立"台湾民主国"，不

久瓦解，回到大陆以后担任南京水师学堂的督办校长。当时的学生有鲁迅，鲁迅日记里的"恪士师"就是俞明震。大野城市目加田文库里藏有《国初钞本原本红楼梦》(有正书局，1920 年，石印本，三函)、《原本红楼梦》(有正书局，发行年不明，十册)。

十一月十五日

上午，读书。

十一点起在北大听马廉氏讲课。越来越觉得无聊。

下午，奚氏。

在钱氏的书库①抽出《书道全集》六朝之部以及《清朝衰亡论》（内藤）。

一口气读完后者，然后又欣赏阅读六朝之书。

傍晚，山室君来稍坐。

晚上，翻阅《世说新语》②，就此有需思考之处。

感到现在有细读《世说》的必要，（可惜前田家本《世说》没带在身边，深感遗憾）。

和端信君（钱氏家的老五）聊天，他是中法大学高中二年级的学生。

【注】 ① 钱氏书库：1930 年 1 月钱稻孙在西四牌楼受壁胡同自己家里设立"泉寿东文书藏"书库，藏有很多日语书籍，参考邹双双《文化汉奸钱稻孙》(东方书店，2014 年)第九章，以及稻森雅子《钱稻孙私设泉寿东文书库》(九州大学《中国文学论集》第 46 号，2017 年)。这一天作者从钱氏书库里借了下中弥三郎编《书道全集》全二十七册(平凡社，1930～1932 年，其中第五卷是六朝卷)、内藤湖南《清朝衰亡论》(京都帝国大学以文会编，弘道馆，1912 年)阅读。

② 《世说新语》：是南朝宋的刘义庆编辑的故事逸话集，本书把自后汉末至魏晋间的人们的言行分为德行、言语、政事、文学等三十六门。后来，作者把在早稻田大学大学院参加讨论学习和研究会时的研究成果整理后出版了《世说新语》上中下三卷(新释汉文大系七六～七八，明治书院，1975～1978 年)。其底本选用日本前田家尊经阁文库所藏的南宋刊本。

十一月十六日

七点起床，去中国大学听孙氏的讲义，今天讲的是韦庄的词，很有意思。

与小川君回了一次家，再上西四牌楼的店吃中饭，而后去中国大学听吴承仕氏的《说文》。其后还有吴文祺①的演讲，只露了个面，就回家了。

回来时与小川去西单商场的咖啡馆喝茶，第一次看到来北京的女招待②，非常可爱。

傍晚，钱氏从清华回来，和他家人一起吃饭。钱氏喝酒稍醉，说了许多话。

【注】　① 吴文祺（1902～1991）：文字学家，浙江海宁。上海商务印书馆编辑、中央军事政治学校教授、燕京大学讲师、北京师范大学讲师、中央大学讲师。1934 年为中国学院国学系讲师，后为暨南大学文学院教授、复旦大学中文系教授。《辞海》《汉语大词典》副主编等。著作有《整理国故的利器——〈读书通〉》（1922 年，后改名为《辞通》）、《新文学概要》（1936 年）、《近百年来中国文艺思潮》（1940 年）等。参考桥川时雄《中国文化界人物总鉴》第 125 页。
　② 女招待：起源于 19 世纪末服务于上海的烟馆和茶馆的女堂倌，直至 1928 年在北平才开始有女招待，当初未被批准，到了 1930 年得到城市的允许后广为流行。在 19 世纪末开始的女权运动中作为女性的新兴职业受到关注，但是 1932 年 2 月以抢了男人的饭碗、诱客乱纪为由成为取缔对象。参考王琴《20 世纪 30 年代北平取缔女招待风波》（《北京社会科学》2005 年第 1 期）。

十一月十七日

近来能看书。读了《定庵全集》《白香词谱笺》①等等。

下午，奚氏。

山本君来告别。一起登景山。打电话约小川君，在景山上三人静静地聊天。

黄昏。

告别山本君，又与小川君走了一会儿。这时觉得没有比黄昏时分散步更觉悲凉和郁闷的了。

在中根家吃饭，坐电车回去，已是十点。

回来后，又读书至十二点半左右。

【注】　①《白香词谱笺》：清舒梦兰编，谢朝
　　　　　征笺，四卷。收集了自唐朝的李白
　　　　　到清代的黄之隽等五十九人的一百
　　　　　篇有名的词作。谭献《半厂丛书》
　　　　　所收。

十一月十八日（周日）

上午，在同学会听杨氏讲解《说文》。

下午，访问竹田氏。

傍晚，与钱先生聊天。

晚上，八点十五分，去火车站送别山本君。感慨万分也。

与小川君、滨君、桂君喝茶道别。

回来后看书至一点。

十一月十九日

下午，去琉璃厂付井上氏的书钱。

买了《定庵全集》①（国学扶轮社）带年谱的版本。

去东安市场。

在中根家，与明天要搬家的小川君，以及中根太太三人吃饭。

回家后，读《白香词谱笺》。

【注】　①《定庵全集》：龚自珍撰，题签“诸
　　　　　名家评点精刊龚定庵全集”、封面
　　　　　“精刊定庵全集”。宣统元年（1909）
　　　　　国学扶轮社刊行的活字线装本，全
　　　　　七册。最后的第七册收有吴昌绶的
　　　　　《龚先生年谱》。九州大学附属图书
　　　　　馆收藏的是宣统二年的第三版。

十一月二十日

上午，读《定庵全集》，奚氏没来。

下午两点半，接到山室君的电话出门，到中根家，与小川君稍聊，就与山室君去真光剧场看电影《爱斯基摩人》①。

与山室君在东安市场吃饭，后去吉兆胡同本佛寺访小川君的新居。碰到赤堀、八木两君。

回家时从东四牌楼坐洋车。月色②姣姣，看见故宫角楼浮现在月色中。

经过景山、北海，好似在梦中行走。夜里寒气袭身，自东四到家四十分钟。

【注】 ①《爱斯基摩人》：1933 年公映的美国电影。导演是 W. S. 范戴克，1935 年第七次学术电影节上获得剪辑奖。 ② 月色：这一天是农历十月十四日。

十一月二十一日

上午，又读《定庵全集》以及王韬的《淞滨琐话》①。

下午，去东单牌楼理发。在五昌换钱（汇率八六·四）。

在山室君处碰到常氏。去二叶②预订钱氏托付的寿司。

我的房间很冷，特别是脚（因不是木地板，是砖地），故在白塔寺前买了两片草席③铺地。

泡澡。

【注】 ①《淞滨琐话》：清末文人王韬（1828～1897）的文言小说集，十二卷。光绪十九年（1893）初版。是模仿蒲松龄《聊斋志异》，通过妖怪和异界的故事来讽刺现实社会的小说。 ② 二叶：在北平开业的一个日本料理店。 ③ 草席：蔺草做的一种席子。辞源来自葡萄牙语 ampero。白塔寺附近（阜成门内大街北）现在还保留着北京老百姓居住的胡同一角。

十一月二十二日

上午，去二叶取来钱氏让清华诸人试尝的寿司，交给在青年会前公交车站正要坐车前往清华的钱夫人。

下午，奚氏。

傍晚，去护国寺①散步，逛卖菊花的店铺。书店二三，没有什么可看的。

晚上，和端信君聊了一会。

读田汉的戏曲《名优之死》，徐志摩的戏曲《卞昆冈》②。前者甚好。

读《北平歌谣集》③。

【注】 ① 护国寺：元朝至元二十一年(1284)创建的北京屈指可数的古刹，为区别于王府井街北的隆福寺(东寺)称其为西寺，寺院门前排列着各种摊子。从作者居住的钱稻孙家(受壁胡同)由新街口大街往北走，到大街处穿过大道往东的地方。
② 田汉、徐志摩的戏曲：近代剧作家田汉(1898～1968)的《名优之死》和诗人徐志摩(1897～1931)的戏曲《卞昆冈》。前者 1927 年在上海初演，《田汉戏曲集》第四集(上海现代书局，1931 年)所收。描写了京剧演员刘振声的一生。后者是徐志摩和妻子陆小曼合作，1928 年在青岛初演。内容描写妻子死后雕刻家和女儿之间展开的悲剧故事。单行本《卞昆冈》(新月书店，1928 年)。
③《北平歌谣集》：雪如女士编，明社，1928 年刊。收集了北京街头巷尾传唱的约二百首歌谣，是了解当时北京市民生活的珍贵资料。现作为《国立北京大学中国民族学民俗丛书》四十册之一种重版。

十一月二十三日

上午，七点半起床，去中国大学听孙氏讲课。

与小川君回家，又去西四牌楼吃午饭。

下午，再去中大听吴承仕氏的课。去西单商场买手套，八十钱。

傍晚，钱氏从清华回来。

十一月二十四日

山室君搬家（搬到西单震旦医院①）。

中午，与山室君、震旦医院院长戎肇敏氏、北平大学医学部教授刘先登氏四人，由山室君在大陆春请吃饭。

在宣内购买山室君的床铺，碰到小川君。

回家后，樫山君来。

傍晚，去北海散步。

晚上，阅读从小川君处借来的《新潮》（佐藤春夫②《上田秋成论》），深感佩服。

读《白香词谱笺》（到张先③处）。

【注】①震旦医院：院长戎肇敏（1887～?）是浙江慈溪人。北京大学毕业，1913来日本留学，考入九州帝国大学医科分科大学（后改为九州大学医学部），四年后获得医学博士回国。1949年以后在上海开了诊所。在日记里出现的还有一位刘先登（1888～1947）也于1915年进九州帝国大学医科分科大学学习（1931年获得医学博士学位），大概和山室三良是九大同学有交往。另外，近代著名作家郭沫若（1892～1978）也于1918年进九州帝国大学医科分科大学学习，大约在籍四年半的时间。

②佐藤春夫：《谈上田秋成：我的秋成论序说》（《新潮》第31年第8号，1934年8月1日刊）。佐藤春夫推翻了以前的上田秋成定论，提出了"不是嗜好离奇怪异，而是欣赏悲壮凄凉"的学说。这几篇论文佐藤在晚年结集为《上田秋成》（桃源社，1964年）出版。

③张先（990～1078）：字子野，浙江乌程人。天圣八年（1030）进士。和晏殊、柳永同为北宋初期的代表词人。有《安陆集》一卷。

十一月二十五日（周日）

今天杨氏有事，《说文》休讲。

井田启胜①君来。山室君也来稍坐。

下午，滨君来。去西单商场散步。

楠本氏、满寿代来信。

晚上，给满寿代及末次写信。

读《词学季刊》的《彊村先生行状》[2]等。

【注】 ① 井田启胜：神奈川县川崎市人。1934 年至 1937 年滞留北京。回国后在专修大学日本语科任讲师。有译著茅盾《大泽乡》(文求堂，1940 年)、胡适《华侨新生记》(新纪元社，1944 年)。

② 《彊村先生行状》：《词学季刊》创刊号所收的夏孙桐《朱彊村先生行状》。朱祖谋(1857～1931)，旧名为孝臧，字藿生，因号彊村先生。浙江归安人。清光绪九年(1883)进士。官至内阁学士兼礼部侍郎。辛亥革命以后，隐居上海，校订自唐宋至元朝的 163 家词人的善本，编辑了《彊村丛书》260 卷。和王鹏运、郑文焯、况周颐一起被称为晚清四大词人。参考桥川时雄《中国文化界人物总鉴》第 101 页。夏孙桐(1857 ～ 1941)，江苏江阴人。民国时期参加了《清史稿》《清儒学案》的编写。东方文化事业的《续修四库提要》担任执笔了医家类。参考桥川时雄《中国文化界人物总鉴》第 359 页。

十一月二十六日

早上，下雪，今年的初雪。

中根太太搬家，去帮忙。

雪早停，但很冷。

中饭在中根家吃。

下午，在东安市场买了《王壬秋全集》(国学扶轮社)、《温飞卿诗笺注》、王昙《烟霞万古楼诗集》[1]。

访桂君稍谈。去文化事业部访问小竹君，听唱片喝酒，闲谈数刻，实感愉快。

归途，又去东安市场，买得影印本《诗经原始》[2]（在《云南丛书》里）。

在哈尔飞同滨君观看周瑞安[3]、章遏云合演的《霸王别姬》，甚好。

今天一整天心情很爽。

【注】 ①《王壬秋全集》：清末诗人王闿运
　　　 （1833～1916）的全集。国学扶轮社
　　　 1910 年刊，石印本。又，晚唐诗人
　　　 温庭筠《温飞卿诗集笺注》是广益书
　　　 局、国学扶轮社 1910 年刊，也是石
　　　 印本。最后的《烟霞万古楼诗集》是扫
　　　 叶山房 1913 年刊，清朝乾隆诗人王
　　　 昙（1760～1817）的诗集，石印本。
　　　②《诗经原始》：作者方玉润（1811～
　　　 1883）是云南宝宁人。他批判儒教的
　　　 传统《诗经》解释，提倡把《诗经》当作
　　　 文学来阅读。同书所收的《云南丛书》
　　　 是 1914 年由云南省图书馆刊刻，收
　　　 集了两百多种有关云南省少数民族的
　　　 文献，可谓一大收藏。编者赵藩
　　　 （1851～1927），云南剑川人，白族，
　　　 参加过辛亥革命并批判袁世凯的军阀
　　　 政治。晚年回故乡担任云南省图书馆
　　　 馆长，尽力于《云南丛书》的编纂工作。

③ 周瑞安：名剧《霸王别姬》是 1918 年
　 杨小楼和尚小云初次演出，1922 年
　 杨小楼又与梅兰芳合演。这时演项
　 羽的周瑞安（1887～1942）为杨小楼
　 的弟子。在滨一卫、中丸均卿合著
　 的《北平的中国戏》（秋丰园，1936
　 年）第 77～79 页里有他的照片，并
　 有以下评论："周瑞安受杨小楼影响
　 很深，他演的武生带有都会式大方
　 优雅的美感，无论音色、姿态，还
　 是美颜，杨小楼之后的第一武生非
　 他莫属了。那悠然自得的体态更让
　 他的舞台呈现一种雍容华贵。"而演
　 虞美人的章遏云（1912～2003）是
　 生于浙江杭州的京剧女演员，师从
　 梅兰芳和尚小云等，三十年代她和
　 雪艳琴、杜丽云、新艳秋被称为四
　 大坤旦。

十一月二十七日

风大寒冷，今天一整天没外出。

下午，奚氏。

余下的时间看昨天买来的书籍。

十一月二十八日

昨天一整天都闷在家里，有点失眠，今天决定外出。

早上，去震旦医院访山室君，一起去琉璃厂逛书店。在通学斋求得《白雨斋词话》①（三元），没买易顺鼎②的《读经琐记》，在德友堂买了四印斋本《樵歌》③（二元四），在开明买了四川刻的《说文句读》④（九元八角加书套子，并小口写字⑤共十元四角）。

章太炎的《文始》⑥也一并购得。

告别山室君后，在东安市场吃饭，走访吉兆胡同。与诸君聊

天。又与赤堀君、八木君一起步行到东单牌楼，见到滨君。坐电车回家。晚上，泡澡。

点读《樵歌》，觉得难受，早早入睡。

【注】 ① 《白雨斋词话》：清朝陈廷焯(1853~1892)撰。这里大概是开明书店出版的石印版。本书连同况周颐的《蕙风词话》、王国维的《人间词话》，并称清末三大词话。

② 易顺鼎(1858~1920)：字实甫，湖南龙阳人。和湖北的樊增祥(1846~1931)并称清末民初的最后两个诗人。参考桥川时雄《中国文化界人物总鉴》第 237 页。《读经琐记》光绪十九年(1884)出版，这里可能是其石印本。

③ 《樵歌》：宋朝文人朱敦儒(1081~1159)的词集，三卷。光绪十九年(1893)由王鹏运在其书斋四印斋刊行。所谓的《四印斋所刻宋元三十一家词》之一种。

④ 《说文解字句读》：清代王筠(1784~1854)撰，三十卷。光绪八年(1882)四川尊经书局版。本日记 1934 年 4月 20 日条可见，当时由于九州大学楠本正继教授所托，购买后寄送到日本的书籍。

⑤ 小口写字："小口"是书志学的专业用语。一般书的装订部分称为书的背面，其他三面分别为上面、下面、以及翻书断面的这一面。特别是线装书通常会在上面写上书名，以及册数号码(如一、二、三、或者上、中、下)，以便放在书架上时容易寻找。书店除了提供作书套服务以外，还会根据买书人的要求帮助写上这些书志信息。

⑥ 《文始》：章炳麟(太炎)的著作，九卷。叙述汉字的字源和其沿革。由 1908 年流亡日本时在东京为中国留学生讲述的学术讲演记录编辑而成，民国二年(1913)由浙江图书馆石印刊行。这里能看到的是其复刻本。

十一月二十九日

感冒，整日卧床，奚氏的讲读告假休息。

阅读《词学季刊》《词林正韵》《越缦堂诗话》《近代二十家评传》等。

楠本氏来信，说申请去南方旅行①的费用有着落了。

【注】 ① 南方旅行：作者的北平留学接近尾声时，是与小川环树、赤堀英三一起离开北平的，他们经山东省曲阜、江苏省、浙江省、再到上海外滩坐船回国。这次的中国国内旅行费用是楠本教授替他们向九州大学申请交涉而得到援助的。

十一月三十日

卧病不起。

晚上，小川、山室、滨三君来。

说北海已经结冰了。

十二月一日

卧病不起。

千鹤子来信。

十二月二日（周日）

上午，去同学会听杨氏的《说文》讲课，归途，去了中根家，不在。

在万才家吃荞麦面。

下午，再读《红楼梦》，到第七回。

傍晚，去访滨君搬进的周作人氏宅①。

小川君来，俩人一起去西四牌楼吃饭。实在难吃。

在西四商场喝葡萄酒。

【注】　① 周作人宅：新街口八道湾胡同十一
号，《周作人日记》里 1934 年 12 月 1
日条有"下午滨君来，寄宿丰一之
西屋"的记录。

十二月三日

清早，连续做梦。

觉得恶心，就起来读《红楼梦》至第十回（抄出作注）。

下午，卧床休息。

晚上，阅读前日在开明求得的《说文句读》的附录，以及《稼轩
词》《诗经原始》等。

失眠，难受。

十二月四日

奚氏。

身体欠佳，不能学习，钱又不够，想想都觉得不愉快也。

傍晚，俞君来。因以前有约，故两人一起吃饭。访山室君，三个人一起聊天。

读《红楼梦》至十二回。

十二月五日

早上，昨晚失眠，今天直到近十一点才起来。

下午，写研究报告，第一章写"全谢山"①。

滨君来。来薰阁来，买《甲骨文编》②。

晚上，去吉兆胡同小川君处吃饭，大家一起喝酒，直聊到十一点半，雇车回家，今天是一个暖天。

[栏外注]：给河村、千鹤子、学士院写信。

【注】①研究报告"全谢山"：作者的留学课题是"有关清末的学术文艺"。留学课题报告从这一天开始写，第一章写乾隆时期的学者全祖望（字谢山，1705~1755）。
②《甲骨文编》：孙海波编，全五册，哈佛燕京社1934年10月刊。主要根据《说文解字》的篇目顺序把当时已经发现的甲骨文字进行排列，还把未解读的文字作为附录而附入。孙海波(1910~1972)，字涵博，河南潢川人，北京大学毕业。考古学社社员。参考桥川时雄《中国文化界人物总鉴》第315页。

十二月六日

早上晚起。

下午，奚氏迟来。没时间读《儒林外史》。

三点多，去北京大学。

去东单市场，买了皮带和纽扣等。

见到赤堀、布施、八木诸君，顺便去中原公司，坐电车返回。

晚上，阅读《文始》《文史通义》。

这段时间不知怎地一直没有心思读书①。

【注】 ① 没有心思读书：为期一年半的留学
生活将近尾声，禁不住思绪万千，
一时静不下心来。

十二月七日

早上，中国大学孙人和氏。

下午，吴承仕氏。

与小川君去北海，看滑冰，余兴未尽还想再去。

去图书馆职员宿舍访问叫朱庆水的职员，不在。黄昏的北海
真美。

晚上，阅读《小山词》。

滨君，与周丰一君一起过来。

十二月八日

早上，买来砂纸磨滑冰靴子。

续读《小山词》。

下午，奚氏。

向钱氏请教《红楼梦》《儒林外史》中的语句。

傍晚，去北海。周丰一、滨、小川诸君都在，一起去滑冰（三
十分钟左右）。

晚上，受周君家（八道湾）之请，泡澡、吃寿喜烧，喝日本酒，
听日本唱片《明乌》《朝颜日记》①等，勾起恋乡之愁。

回家，给满寿代写信。

【注】 ① 日本唱片《明乌》《朝颜日记》：当时周
作人家里其妻是日本人信子，旧姓羽
太，还有其妹芳子同居，宅内为她俩
铺了榻榻米的和室房。唱片《明乌》是
第八代目桂文乐（1892～1971）的落
语。《朝颜日记》是当时流行的女义太
夫讲谈（由女艺人所弹的三味线伴奏
讲谈），上坛演出是竹本雏升（1905～
1983）。

十二月九日（周日）

十点起在同学会听杨氏讲课。

下午，去北海滑冰。

晚上，写报告文，写"龚定庵"的一章①。

十二月十日

上午，查《红楼梦》。

下午，访孙楷第，不在。

去四存学会②买到《四存月刊》第一期；在东安市场买到章太炎《新方言》③、廖平《今古学考》④。

访桂君，又去市场喝茶。

晚上，写完"龚定庵"的一章。

[**栏外注**]：给河村写信。

【注】　① 研究报告"龚定庵"：留学课题报告的第二章写诗人龚自珍(1792～1841)。定庵是其号。后来，作者的论文《水仙花：龚定庵的生涯》收录在《目加田诚著作集》第四卷及其《中国的文艺思想》(讲谈社学术文库，1991 年)。

② 四存学会：是中华民国第四代总统徐世昌(1855～1939)设立的结社组织，在西城区府右街。杂志《四存月刊》(1921～1923)发行以外，出于富国的基础必须教育民众的想法，他还建了四存中学、四存小学，以普及教育为目标。

③ 《新方言》：章炳麟(太炎)所作，论述中国各地的方言以及大约八百条俗语及其与古代语的关系、其名称的变化等。是上海右文社刊行的《章氏丛书》之一。

④ 《今古学考》：廖平(1851～1932)著，二卷，光绪十二年(1886)刊行，是论述承认书经里的今文和古文的双方价值的论著，他的思想对康有为有一定影响。参考桥川时雄《中国文化界人物总鉴》第 661 页。

十二月十一日

早上，读《红楼梦》(至第二十回)。

来薰阁来，拿来《甲骨文编》(九元)及《国学论文索引》①第三编。

下午，奚氏。

傍晚，去北海滑了一会儿冰，丢失了手套。

晚上，去西单商场买手套，顺访山室君。

山本君来信，写回信。

开始写"魏源"②。

【注】①《国学论文索引》：全四册，是中国
传统学术和艺术的论文索引，北平
图书馆刊，第一编 1929 年。这里看
到的第三编是 1934 年发行的。

②研究报告"魏源"：留学报告第三
章。魏源（1794～1856），生于湖南
的思想家。在道光帝手下历任了各
地的知事。欧美联军入侵中国他深
感亡国危机，对主张实践性的学问

产生共鸣，主张政治和社会制度的
改革。作者翌日日记里提到的许多
著作中，《海国图志》以 1840 年鸦片
战争的中国失利为开端，向国内传
播西洋的地理和历史、天文知识以
及先进的科学技术。在日本佐久间
象山、吉田松阴等也都爱读，对明
治维新的影响很大。

十二月十二日

上午，去北平图书馆，没找到要找的书籍。

去文化事业部。借了小竹君的房间，抄写魏源的《诗古微》《书古微》《圣武记》《海国图志》《经世文编》。

在小竹君的房间吃午饭。

三点回家，又去北海。

回家途中，去西单商场的美书局①磨滑冰刀。

晚上，很想泡澡，就去西单牌楼的华宾园②，真是痛快舒心，但一次要五六十钱。

晚上，写完"魏源"，接着写方玉润的《诗经原始》③。

【注】①美书局：大概是销售由美国进口的
杂志和书籍的书店。

②华宾园：位于西四南大街的高级澡

堂。提供单间服务。安藤更生《北京
案内记》记有："其澡堂有前后两间，
前间是 13 平米大小的客房，左右两

壁各放一张宽大的弹簧西洋沙发，前面放有小圆桌，上面放着茶盘、烟缸、火柴等，墙壁上镶有一面大型全身镜，房间一角还有一个衣帽架，旁边的长方形桌上摆放着梳子、面油等化妆用品。"

③ 研究报告"方玉润"：留学报告第四章是关于方玉润的《诗经原始》。由此可以窥得对以后作者的《诗经》研究之影响，意味颇深。

十二月十三日

上午，阅读《红楼梦》《儒林外史》。

下午，奚氏。

又去北海滑冰，滨、周、小川、八木诸君都在。

晚上，抄写陈立的《句溪杂著》①、刘毓崧的《通义堂文集》②。

【注】 ①《句溪杂著》：陈立（1809～1869）著，六卷，光绪十四年（1881）广雅书局出版。其号句溪来于出生地江苏省句容县。

②《通义堂文集》：刘毓崧（1818～1867)的文集，十六卷，刘氏《求恕斋丛书》之一，宣统七年（1918）刊行。

十二月十四日

早上，睡过了，没赶上孙氏的课，在房里读书。

下午，去中国大学听吴氏的课。天气很冷。

傍晚，去图书馆。

晚上，写报告文。

十二月十五日

早上，去图书馆。

下午，奚氏迟来。去北海。冰已开始融化，觉得比较危险。

与小川诸君去本佛寺吃饭，在中华公寓向桂君借了《皮氏八种》，回来途中碰到小竹君，去东安市场喝茶聊天。近十二点回家。

　读《经学通论》到清晨两点。

　修来信，说钱不够用。

　十二月十六日（周日）

　早上，下雪。

　醒来已晚，没去听杨氏的课，在家里写论文。

　下午，去北海。

　晚上，写完"皮锡瑞"①，已经到十二点了。

　桥村来信，说满寿代的病，越来越让人担心。

【注】　① 研究报告"皮锡瑞"：留学报告的第　　外收录了《经学历史》《郑志疏证》《古
　　　　　五章写皮锡瑞（1850～1908）。《皮氏　　文尚书冤词平义》等。参考桥川时雄
　　　　　经学八种》，光绪二十二年（1896）由　　《中国文化界人物总鉴》第 86 页。
　　　　　湖南思贤书局刊行，《经学通论》以

　十二月十七日

　上午，访问孙楷第（昨天晚上来时，这里的守门人不肯开门）。

　谈着谈着已是中午了。被叫去同和居共进午餐。

　下午，又去北海滑了一阵，马上返回。

　傍晚，写邵懿辰的《仪礼》论①。

　晚上，滨君来，而后读《红楼梦》，外面是明月②。

　　［栏外注］：给修、满寿代写信。

【注】　① 研究报告"邵懿辰"：留学报告的第　　② 明月：此日是农历十一月十一日。
　　　　　六章写邵懿辰（1810～1861）。浙江
　　　　　仁和人，著作有《四库简明目录标
　　　　　注》等，特别是《礼经通论》对康有为
　　　　　等影响很大。

十二月十八日

上午，查阅《红楼梦》。

下午，奚氏。

傍晚，去西单商场的理发店。

晚上，写"王闿运"的一章①。

十二月十九日

上午，图书馆。然后去东安市场，买俞平伯的《读词偶得》②。

与小川君去润明吃饺子。

道别后访桂君，奉还《皮氏八种》。去北京公寓，杨氏的讲课费用八元③交给泷泽氏。

回家，去北海。天马上就暗下来。

晚上，访周氏家，户外正是美丽的圆月。

夜深，写完"廖平"一章④。

【注】①研究报告"王闿运"：留学报告的第七章写王闿运(1832~1916)。

②《读词偶得》：俞平伯著，开明书局 1934 年 11 月初版，先有与这本书的奇遇，才有第二年与俞平伯的相遇结识。

③杨氏讲课费：杨树达《说文解字》的课(在同学会每周星期天开课)，这个月的三十日为最后一次讲课，其报酬以及谢恩会的集资款。

④研究报告"廖平"：留学报告的第八章写廖平(1852~1932)，他的学说也与康有为、梁启超有联系。

十二月二十日

早上，读《红楼梦》。

书店来了许多人，买了《说文二徐笺异》及《说文释例》①，八元。

下午，奚氏。而后查阅康有为。

晚上，写完"康有为"一章②。

十二月二十一日

早上，稍觉头疼。中国大学的课休息没去。

下午，去听吴承仕氏的讲课。

与小川君喝茶。

晚上，山室君来。

之后写完"梁启超"一章③。

【注】 ① 《说文二徐笺异》《说文释例》：田吴炤
《说文二徐笺异》二十八卷、王筠《说
文释例》，都是清代研究《说文解字》
的成果。

② 研究报告"康有为"：留学报告的第
九章写康有为(1858～1927)。

③ 研究报告"梁启超"：留学报告的第
十章写康有为的弟子梁启超(1873～
1929)。

十二月二十二日

早上，书店来了不少人。

下午，冬至，奚氏休课。

去北海，碰到很多朋友。

与小川、滨两君去文化事业部。在大槻氏家喝威士忌。

与小川君去东安市场吃饭。

其后一起去访小学的大冢君，又喝啤酒，有点醉。

洋车上赏明月，迷迷糊糊在寒夜中晃悠着回家。

满寿代来信。

[**栏外注**]：河村寄来的钱已到。

十二月二十三日（周日）

上午，去同学会听杨氏的《说文》课。

下午，没钱，只好闷在家里。

晚上，写完今文家，然后写批判今文家的守旧派的部分①。

【注】 ① 研究报告"今文家批判"：留学报告
的第十一章论述了与当时的今文家

（王闿运、廖平、康有为、梁启超）
的学说相对抗的守旧派学说。也就

是反对梁启超发动的戊戌变法（1898
年），执意保护清朝体制的学派。
例如"中体西用"之说的张之洞
（1837～1909），追求正确的书志学
知识的叶德辉(1864～1927)等。

十二月二十四日

早上，去邮局取钱(三十日元＝二十四元三角)。

去东单，在喜田洋行买香烟、油，去中根家吃午饭。

傍晚，滨君来，买《角山楼类腋》①。

晚上，思考清末古文家的学说。

十二月二十五日

上午，阅读《红楼梦》《儒林外史》等。

下午，奚氏。

傍晚，去西单商场。

晚上，写有关陈奂一章②。

想起日本的各种事情，思绪万千。

【注】　①《角山楼类腋》：清代的类书，姚培
谦著，赵克宜增补，六十七卷，有
咸丰七年（1857）丹徒赵氏角山楼
刊本、咸丰十年(1860)重订本、光
绪六年(1880)铅印本等。
②研究报告"陈奂"：留学报告的第十
二章，写陈奂（1787～1863），字硕
甫，著有清代《诗经》研究的代表作
之一《毛诗传疏》三十卷，作者介绍
他生涯的《陈硕甫传》在 1966 年的九
州大学文学部的纪要杂志《文学研
究》上发表，以后以《陈奂传：一个
清朝汉学者的生平》为题收录在《中
国的文艺思想》(讲谈社学术文库，
1991 年)。

第八卷

（1934 年 12 月 26 日～1935 年 3 月 4 日）

昭和九年（1934 年）

十二月二十六日

上午，滨、山室两君来。和他们一同外出，到周氏邸宅①用午餐。

随后我们坐洋车去西直门外的大钟寺。大钟寺的钟铸于永乐年间。寺庙虽然有些腐朽，但却雄伟敦厚。现在寺庙里有村子的小学，村里的孩子们热闹非凡。

然后去了大佛寺，这座大佛去年着火。后来又去看了样式秀美的五塔寺。

回到城内，在西单商场喝了一些葡萄酒后，兴致愈浓，三人便来到西长安街继续畅饮。在山室君家畅谈之时小川君来访。

回家后，查读《红楼梦》。

【注】① 周作人宅的回顾：关于周作人的住宅，奥野信太郎《周作人和钱稻孙》（收录于《随笔北京》，第一书房，1940 年）中有如下叙述："周先生所住的八道湾，就如同其名一样在羊肠九曲的深处。树木很多，很有文人雅居的气息，除了四合院之外，还有个大花园和一个小跨院，空地宽大。夏天庭院寂静，高树蝉鸣。秋天落叶飘扬，沙沙作响，让人心旷神怡，平心静气。坐在南客厅西侧的座椅等待主人的期间，仿佛什么声音都听不到般地幽静。客厅东侧的一室内，地方狭窄却列满了书架，书架上陈列着古今书籍，用断断续续的窗帘挡着，给人以似见非见的神秘感。但是，有些书架放不下的日本和西方的书籍只能堆放在用来接待来访客人用的椅子上。所有书籍都整理有序、毫无乱堆的痕迹。"

十二月二十七日

感觉有点感冒，咳嗽剧烈。一整天闷在家里看书。

十二月二十八日

感冒尚未痊愈，也没去中国大学而蜗居家中。

十二月二十九日

在家读书。

晚上，访滨君。

十二月三十日

细雪飘零。

杨氏的最后一课，从下午两点开始。

课结束后合影留念，之后一同漫步在雪中的长安街，到新陆春召开宴会。

散会后去访山室君，一起步行到了西单商场喝茶。山室君送我到西四牌楼才分手。

夜晚，失眠。为义五郎之事而心烦意乱。

十二月三十一日

接到来自东京汇款的电报，但是由于已过了邮局办理手续的时间，所以没取到汇款。

给家仆小费。

下午，去民会(为了取电报)，顺便去了中根处。

返回途中在小学校给小川君打了电话。

傍晚，在钱宅一同用餐。其后，与滨、小川、赤堀三君一起去吃了荞麦面。

山室君生病了。

除夕夜，到家已凌晨两点。

昭和十年（1935 年）

一月一日

元旦，多云，平静的一天也。

早上，在中根家被请喝屠苏酒和吃杂煮。去公使馆拜年，又去文化事业受款待。

下午，与滨君去中根家，小川君也来，领着小矶去平安看电影。

然后在福生喝茶，再次与小川去中根家拜年，和中根主人一同畅饮。

回途，看望山室君。

一月二日

细雪飘零。

中午，在钱氏宅与松村氏等人聚餐。

下午，与小川君去听了韩世昌的昆曲。

傍晚，与小川君在半亩园用餐。又去看望山室君后回家。

收到很多贺年片。

【注】　① 半亩园：是当时西单商场里的一家
　　　　　西餐店，1930 年开业。

一月三日

昨晚喉咙稍痛，早上醒来晚了。

中午，钱宅有客人来访。

我早上喝完牛奶之后出门，去周宅拜访滨君。

与周作人氏面谈，拜托他给我介绍俞平伯①。

其后，和周家人一起玩了"红楼梦大观园双六"②游戏。

与滨君一起拜访了沈令翔(沈尹默③的儿子)。

之后，去东安市场吃饺子。回家途中遇到小川、赤堀两君，一起喝茶后告别。

【注】　① 介绍俞平伯：就是下月 26 日的作者与俞平伯会面。

② "红楼梦双六"："大观园全图红楼梦游戏双六"。双六在当时是日本孩子们过年玩的一种游戏。中国的传统文化和日本的传统文化在当时的北平很多都融合在一起，同时也渐渐地诞生出了新的文化。当时在周家有周作人和妻子羽太信子、妻妹芳子、长男周丰一(22 岁)、长女周若子(20 岁)。

③ 沈尹默(1882～1972)：本名实，字君默，浙江吴兴人。1920 年日本京都大学留学。回国后，历任北京大学中文系教授、孔德学校校长等，1931 年任北京大学校长。作为书法家，当时被称为"民国帖学第一"。参考桥川时雄《中国文化界人物总鉴》第 177 页。沈令翔(1911～2005)是沈尹默的次子。住在东城北池子大街骑河楼妞妞十五号。在吉川幸次郎《沈尹默氏之事》(收于《吉川幸次郎全集》第 22 卷，筑摩书房，1975 年)中有如下叙述："我在昭和初年的北京留学中，仅一次在某个宴席中见到了沈尹默。记忆中的他虽然四十岁上下，却已像长老，具肤白微胖的容貌。身穿黑色长袍，好像预示晚年要失明似的，戴着一副黑色墨镜。在一群人中，并不是那种夸夸其谈的人。一边微笑地说着话一边拿着筷子伸向餐桌中央的盘子。"

一月四日

有年末汇款的通知，去正金①取钱，因为是电汇所以需要担保人，去了文化事业处找大槻氏盖印。

还有时间，所以去了一趟本佛寺，与小川、赤堀两君一起出来，途中与他们分别之后我又一个人去了正金银行。取出了二百日元(中币一百六)。

在中原公司吃了馄饨，在东安市场购买了《人间世》②第一卷合订本、《国故论衡》③《中国声韵学》④。

回到家后，本想去北海，但是跟钱氏说了一会话就没去。

一月五日

上午，在家。奚氏来。

下午，桂君来，买了《岭南学报》⑤。

和钱氏交谈。

寄给各处贺年片。

晚上，去澡堂泡澡。

【注】① 横滨正金银行：现在的三菱东京 UFJ 银行，1910 年在东交民巷设立北平分店，此楼的建筑有西洋古典风格，至今保留完好。

② 《人间世》：是 1934 年 4 月～1935 年 12 月由上海良友图书印刷每月发行两期的杂志。主编林语堂（1895～1976）。参考桥川时雄《中国文化界人物总鉴》第 249 页。关于林语堂、周作人、俞平伯等人在这个时期提倡的"小品文"，在作者刚回国后发表的论文《民国以来中国新文学》中有如下论述："袁中郎一派的集诙谐幽默和尖锐批判为一体的优雅笔调在深受喜爱的同时，把内心的不平用轻微讽刺的手法表现出来，让人享有听着雨声细细品茶般地畅快之感。"（九州大学《文学研究》第十四辑，1935 年）

③ 《国故论衡》：章炳麟（太炎）的代表作之一，全三卷。分别论述音韵学、文学、哲学。作为《章氏丛书》的其中一册，分别由 1915 年上海的右文社出版，1919 年浙江图书馆刊行。

④ 《中国声韵学》：姜亮夫（1902～1995）的著作。1933 年由世界书局发行。参考桥川时雄《中国文化界人物总鉴》第 294 页。

⑤ 《岭南学报》：广州岭南大学发行的学报，在 1929～1952 年发行。

一月六日

上午，研读《红楼梦》等。

下午，与滨君去了琉璃厂的厂甸儿。买了易顺鼎《编年诗集》①、叶德辉刊《疑雨集》②、《宋金元词集现存书目》③。

另外，早晨书店的人来，求购《杨守敬年谱》④（有樊樊山的署名）。

不在时，孙楷第来访。留下了一本《故宫周刊》⑤（内有曹雪芹的家谱）。

晚上，一口气读完了泉镜花⑥的《汤岛诣》《通夜物语》。之后，复读了《红楼梦》第四十三回、四十四回。

上床睡觉，看了今天买的书籍。

【注】　① 易顺鼎《编年诗集》：即《琴志楼编年诗集》。琴志楼是易顺鼎（1858～1920）在庐山的书斋。参考桥川时雄《中国文化界人物总鉴》第 237 页。

　② 《疑雨集》：明末王彦泓的诗集，四卷。王彦泓（1593～1642），字次回，生于江苏金坛名世家，但终生未得官职。这本诗集由叶德辉在光绪三十一年（1905）刊行。

　③ 《宋金元词集见存卷目》：吴昌绶编，收集了从宋代到元代的 197 位词作家的词集目录，是词曲研究的重要文献。光绪三十二年（1906）由上海的鸿文书局出版。关于编者吴昌绶（1868～1924），参考桥川时雄《中国文化界人物总鉴》第 130 页。

　④ 《杨守敬年谱》：杨守敬《邻苏老人年谱》1933 年由上海大陆书局发行。杨守敬（1839～1915），湖北宜都人。号邻苏。1880 年作为清政府公使馆员来日本，和公使黎庶昌（1837～1897）一同收集日本的古籍善本。出版了《古逸丛书》。参考陈捷《明治前期日中学术交流的研究：清国驻日公使馆的文化活动》（汲古书院，2003 年）。而署名樊樊山的是民国初期的诗人樊增祥（1846～1931），和杨守敬同为湖北人。

　⑤ 《故宫周刊》：1929 年为了纪念故宫博物院建立四周年开始发行的杂志。1936 年停刊，共 510 期。刊登有论文、新闻报道，加上相关的绘画、古籍、工艺品等照片。《曹雪芹家世新考》收录于《故宫周刊》第 84 期（1931 年 5 月）。著者李玄伯（1895～1974），河北省高阳县人。当时担任故宫博物院秘书长。

　⑥ 泉镜花（1873～1939）：近代日本的著名小说家之一。《汤岛诣》1899 年由春阳堂书店发行。《通夜物语》1901 年春阳堂最先发行，作者手里的版本是 1933 年，也是春阳堂发行的文库本吧。在日本文库本的刊行不仅在日本国内，而且在海外也增加了很多日本文学的读者。

一月七日

上午，读书。

下午，拜访孙楷第氏。跟他约好今晚我请客。

访小川君，山室君也正巧来。加上他们两人一起，晚上在前门外厚德福招待了孙氏。

回家，夜晚非常寒冷。

一月八日

上午，研读《红楼梦》（至第四十五回）。

下午，奚氏。

傍晚，写了二十张贺年片。

晚上，去中和听程砚秋的《玉堂春》①。与滨、山室、小川三君一个包厢。

这个戏令人感动不已。

【注】　① 程砚秋《玉堂春》：作者去年 1 月 11
日同是在中和戏院观看了并赞赏道：
"它的凄婉动人，让我觉着是一部非
常不错的作品。"

一月九日

早上，喉咙痛。拜托山室君带来雾化含漱液的药。

松筠阁①来，带来《水浒传》的影印本，购买。

下午，与山室君去了厂甸儿，买易顺鼎《游山诗集》和《章太炎文集》②。

晚上，给楠本、井上、河村写信。

读了《水浒传》金圣叹序，愉快至极。

喉咙尚疼痛。

【注】　① 松筠阁：是琉璃厂的旧书店。店主是
刘际唐。这天购买的《水浒传》影印本
因附有金圣叹的序，所以应该是《影
印金圣叹批改贯华堂原本水浒传》（中
华书局，1934 年）。关于金圣叹点评
《水浒传》，在作者的论文《水浒传解
释的问题》（九州大学文学部《文学研
究》第 50 辑，1954 年）中有如下叙
述："他的批语使读者产生新的感
悟，并更加感受到《水浒》的有趣之
处。所以他点评的《水浒传》，压倒
了其他版本，盛行于世，在其后的
近三百年里，只要提到《水浒传》，
人们只读金圣叹的点评本。"

② 易顺鼎《游山诗集》:《琴志楼游山诗
　集》八卷,民国九年(1920)出版。章
　炳麟的《章太炎文集》具体不详,或

许是收集的他本人最近的著作和讲
演录,或者是《章太炎文钞》。

一月十日

中午,桥川氏来访。

晚上,小竹氏来。邀请小竹氏去半亩园喝了葡萄酒。

一月十一日

上午,去东城买了雾化含漱液的药。去中国大学拜托复印讲义。

下午,小川君来,送别他后去了广济寺①。

晚上,滨君来。

【注】　① 广济寺:是阜成门内大街的寺院。
　　　　大约一年前由于火灾被烧毁。彼时
　　　　作者也踏寻它的遗址。参考本日记
　　　　1934 年 2 月 16 日条。

一月十二日

下午,奚氏。

晚上,没有来得及送别桥川氏。

在中和受邀请看戏。有齐如山氏的儿子、侄女、其友人的女
儿、周君、滨君。

剧目是陆素娟①的《审头刺汤》,参观了剧场的后台。

【注】　① 陆素娟(1907～1938):京剧女演员。
　　　　作为梅艳芳的门生,有很高的评价,
　　　　但不幸 31 岁早逝。1936 年,在北平
　　　　留学的中国文学研究者奥野信太郎

写了关于陆素娟的回忆《陆素娟往
事》(《随笔北京》,平凡社,1990
年)。那天的剧目《审头刺汤》出自明
末清初作家李玉的《一捧雪》。

一月十三日（周日）

早晨，去访小竹君，与小野氏三人去醇王府拍照。

山田文英君①送给我薛涛碑的拓本。

在隆福寺买了《六朝事迹编类》②，五元。

看望了小川君。

最近心神不宁，报告文也没有着手开始写。仅仅查阅了南朝王谢二家③的事迹。

【注】　① 山田文英：出生于岐阜县，毕业于高野山大学历史学科。作为外务省留学生就读于北平大学。著有《横越山西、四川》(《日华学会小册》第18号，1935年11月)、《读〈中国古代的祭礼和歌谣〉》(《新京图书馆月报》第24号，1938年8月)等论文。唐代女诗人薛涛的石碑在四川省成都的望江楼公园。

② 《六朝事迹编类》：南宋张敦颐编，十四卷。记载了六朝时期的故事和史迹的类书。光绪十二年(1886)在苏州发现宋刊本，次年1887年被翻刻。另外，还有明朝的吴琯编辑的《古今逸史》所收本(上下两卷本)。作者此日所购不明是何版本。

③ 南朝王谢二家：仕于东晋王朝的王导(276～339)和谢安(320～385)一族，分别被称为琅琊王氏和阳夏谢氏，活跃于六朝时代的政治和文化舞台。

一月十四日

下午，奚氏。

晚上，撰写有关章太炎一章①。

一月十五日

上午，滨君来。

下午，去图书馆，查阅了郑珍②的《仪礼私笺》和《章太炎文录》③。

晚上，撰写有关俞曲园和孙诒让的文章④。

【注】　① 研究报告"章太炎"：留学报告的第十三章是章炳麟(太炎)。

② 郑珍(1806～1864)：字子尹，贵州遵义人。其著作《仪礼私笺》八卷，

同治五年(1866)在四川成都发行。之后在光绪十六年(1890)由广雅书局复刻。

③《章太炎文录》：这里指的是章炳麟《太炎文录初编》(上海右文社，1915年)。

④ 研究报告"俞曲园""孙诒让"：留学报告的第十四章、第十五章是俞樾和孙诒让。俞樾(1821～1907)，字荫甫，号曲园，浙江德清人。著

有《春在堂全书》，是俞平伯的曾祖父。另外，受友人岸田吟香的委托，以编撰日本汉诗选集《东瀛诗选》正编四十卷、补遗四卷而出名。孙诒让(1848～1908)，字仲颂，浙江瑞安人。著有《周礼正义》《墨子间诂》《契文举例》《温州经籍志》等书。师从两位的章太炎分别写了两位老师的传记：《俞先生传》《孙诒让传》，被收入《太炎文录初编》卷二。

一月十六日

上午，两三家书店来。

下午，去北京大学，买了钱玄同①《近三百年学术史》的讲义复印，在景山书社买了《岭南学报》，在出版部买了《北大学报》②（关于兰墅文存）。

去图书馆拜访杨维新，进善本室看了《王谢世家》③。之后，在二楼看了刘宝楠的著作。

晚上，写了有关刘宝楠④的一章，查阅《红楼梦》。

满寿代来信。

【注】① 钱玄同(1887～1939)：浙江吴兴人，钱稻孙的叔父。在日本留学，毕业于早稻田大学，师从当时在东京的章炳麟。回国后，历任北京大学国文教授兼研究所国学导师、北京中法大学国文教授等职。著有《文字学音篇》《说文段注小笺》等书。参考桥川时雄《中国文化界人物总鉴》第731页。这里作为北京大学的讲义课本应该是使用了梁启超的《近三百年学术史》(上海民志书店，1926年)。

②《北大学报》：北大学生月刊委员会发行的杂志。1930年5月创刊。其第一卷第四期(1931年3月1日号)刊登了奉宽论文《〈兰墅文存〉与〈石头记〉》。推断高鹗是以文集《兰墅文存》为基础而续写《红楼梦》后四十回的。作者奉宽(1876～1943)，原姓博尔齐吉特氏，是元朝成吉思汗第30代的子孙。精通满文和蒙古文。任北京大学讲师、国立北平研究院研究员，著有《妙峰山琐记》《清理红本记》等。参考山根幸夫《东方文化事业的历史》第48页。

③《王谢世家》：明朝韩昌箕撰，三十
　卷。天启二年（1622）刻本（江苏巡抚
　采进本），现藏中国国家图书馆。
④ 研究报告"刘宝楠"：留学报告第十

六章是刘宝楠（1791～1855），字楚
桢，江苏省宝应人。道光二十年
（1840）进士。著有《论语正义》二十
四卷。

一月十七日

查阅《红楼梦》，等奚氏但没来。

山室君来。

晚上，撰写有关陈沣①的文章。

一月十八日

上午，外出，在隆福寺看了一些书籍。寻找《通志堂集》②，但
没有找到。

在东安市场吃午饭，去北平图书馆，遇到刘节氏③，受楠本氏委
托，请刘节解读了一下印章上的文字，又稍微抄写了一些《王谢世家》。

来薰阁来，带给我《广韵》④的影印本。

千鹤子来信，满寿代来明信片。

头疼。

【注】① 研究报告"陈沣"：留学报告第十七
　　章是陈沣（1810～1882），字兰甫，广
　　东番禺人。道光十二年（1832）的进
　　士。著有《切韵考》《东塾读书记》等。
② 《通志堂集》：是清朝诗人纳兰性德
　　（1655～1685）的诗文集。
③ 刘节（1901～1977）：出生于浙江永
　　嘉县。毕业于清华大学。当时担任
　　国立北平图书馆编纂委员兼代理金
　　石部主任。之后历任河南大学教授、
　　北京大学教授、中国大学教授、燕
　　京大学教授等职。研究领域涉及历
　　史学、考古学、金石学。参考桥川
　　时雄《中国文化界人物总鉴》第 687

页。另外，刘节在这前一年与钱稻
孙的女儿钱亚澄结婚。杨树达 1935
年的日记（《积微翁回忆录》，北京大
学出版社，2007 年）有如下记载："（9
月）11 日，刘子植（刘节）在日本东京
完婚。归来，赋诗贺之云：自从采药
神山去，徐福千年渺不回。今天万人
翘首看，童男童女一双归。"
④《广韵》影印本：《大宋重修广韵》五
卷，是以康熙四十三年（1704）刊张
士俊泽存堂本为原本，1934 年来薰
阁影印出版。之后，北京大学的音
韵学者周祖谟（1914～1995）以这本
影印本为底本并指出了其文字错误，

出版了《校正宋本广韵》(商务印书馆，1938年初版)。现为一般参考《广韵》的基本教材。

一月十九日

下午，奚氏来，但是我感觉有点感冒，就只跟他寒暄了几句。

晚上早早就上床入睡了。

一月二十日（周日）

钱宅逢喜事。因为要来很多客人，所以早上就出门，先去访山室君，在他那里吃午饭，去信义洋行买了阿司匹林，又去了本佛寺，邀请桂君，和山室君三人在润明吃饭。

归途，山室君租了一辆汽车。北海的月色①很美。

一月二十一日

感冒有所好转。

出门买了茶叶后就闭门没出。

晚上，写完了朱一新②一章。

【注】　① 月色：这天是农历十二月十六日。

② 研究报告"朱一新"：留学报告第十八章是朱一新(1846～1894)，字蓉生，浙江省义乌人。师从俞樾，光绪二年(1876)进士。著有《汉书管见》《拙庵丛稿》等。

一月二十二日

上午，逛宣内的书店。

下午，奚氏没来。

山室君来。

风大伴着沙尘。晚上，写完了黄氏之学①的一章。

失眠。

深夜，考虑徽宗大晟府②的事情。

一月二十三日

上午，去中国大学，取剩下的讲义复印本。

去理发店。

晚上，钱氏、周作人、徐祖正③还有朱自清④一起招待了我们留学生，举办了寿喜烧之会。参加者共十五人，非常盛大。

【注】 ① 研究报告"黄氏之学"：留学报告第十九章叙述的是黄奭和马国翰的古书辑佚学。黄奭（1809～1903），字右原，江苏甘泉（今属扬州）人。著有辑各种书籍断片引用佚书 280 余种的《黄氏逸书考》（又名《汉学堂丛书》）。马国翰（1794～1857），字词溪，山东历城人。编有超过黄奭而辑 594 种佚书的《玉函山房辑佚书》。黄奭和马国翰年龄不同，但同在道光十二年（1832）中了进士。

② 大晟府：北宋第八代皇帝徽宗（1082～1135）设立的宫中音乐官署。崇宁四年（1105）设立，宣和七年（1125）废弃。启用当时一流的文人为其官员，其中最有名的是政和六年（1116）担任大司乐的周邦彦（1056～1121）。作者写有《词源流考》（《目加田诚著作集》第四卷）等几篇关于宋词研究的重要论文。

③ 徐祖正（1897～1978）：字耀辰，江苏昆山人。日本留学期间毕业于东京高等师范学校，之后在京都帝国大学学习。回国后历任清华大学外文系讲师、北京大学东方文学系教授等职。民国二十四年（1935）担任北京大学文学院外文学系教授。著有《兰生弟的日记》等，译著有《新生》（岛崎藤村）、《四人及其他》（武者小路实笃）等。参考桥川时雄《中国文化界人物总鉴》第 349 页。

④ 朱自清（1896～1948）：字佩弦，浙江绍兴人。毕业于北京大学哲学系。历任北平师范大学、清华大学、西南联合大学教授。他从学生时代开始就作为新文学运动的作家，给《新潮》《新中国》两家杂志投稿，尤其以散文著称。著有《笑的历史》《背影》《欧游杂记》等。作为中国古代文学的研究者也取得卓越的成就，其中较著名的论文有《陶渊明年谱中之问题》《李贺年谱》《赋比兴说》《诗言志辨》等。参考桥川时雄《中国文化界人物总鉴》第 94 页。

一月二十四日

下午，奚氏。

黄节逝世。

一月二十五日

去图书馆没看到简朝亮[1]的书籍，所以又去了文化事业处。在王府井的俄罗斯餐厅吃午饭后，去隆福寺买了戴望的《谪麐堂遗集》[2]。

去中根家，在奈良屋[3]吃了晚饭。

【注】① 简朝亮(1851～1933)：字季纪，广东北滘简岸人。早年与康有为同在广东名儒朱次琦门下求学。著有《尚书集注述疏》《论语集注补正述疏》《孝经集注补正述疏》《读书堂答问》等。另外，前一天去世的黄节是他的学生。

② 《谪麐堂遗集》：戴望(1837～1873)，字子高，浙江德清人。擅长训诂学，与孙诒让交往甚密。被曾国藩招入金陵书局，从事书籍编校、编辑等工作，三十六岁早逝。他的遗作集《谪麐堂遗集》是文集两卷、诗集两卷、补遗一卷。宣统三年(1911)神州国光社刊《风雨楼丛书》。卷首是施补华的墓志铭，附有刘师培的传记和赵之谦的序。

③ 奈良屋：日本料理店名。

一月二十六日

滨君来访，与钱氏共进午餐。

下午，坐马车去钓鱼台。天气寒冷。

一月二十七日（周日）

和钱端信君一起去真光看电影。

傍晚，与小川君约好在王府井汇合，在那里的俄罗斯餐厅吃饭。

一月二十八日

下午，在北大出版部买了《国学季刊》第二卷第四期，其中收有《纳兰性德年谱》[1]。

【注】①《纳兰性德年谱》：收录于北京大学《国学季刊》第二卷第四期(1930 年 12 月刊)。是清代词人纳兰性德(字容若)最早的一部年谱。作者张任政(1898～1960)，字惠衣，浙江海宁人。毕业于北京大学研究所，从事中学教师工作十几年，从 1924 年开始任上海光华大学语文系讲师。著有《声韵十二表》《汉魏乐府研究》《冰灯庵诗词》等。参考桥川时雄《中国文化界人物总鉴》第 400 页。

一月二十九日

下午，奚氏。

桂君、小川君来。

去澡堂泡澡。

一月三十日

下午，去图书馆查阅有关戴望的资料。

去本佛寺，与小川、八木、真武诸君畅谈。

去文化事业处，见了大槻氏、高宫氏①，拜托他们给我介绍南方旅行。

一月三十一日

下午，奚氏。

从东京目黑寄来的钱每天左等右等也没到，心里焦虑难耐②。

与山室君去散步，在咖乐搭斯吃饭。其后去看了电影。

二月一日

钱左等右等还是没到。

以后的事情比想象的还要严峻，很难过。

跟滨君借了一点钱，也是杯水车薪。自己也感到生气羞愧和可怜，而且加上牙疼，晚上没有睡着觉。

这两三天净想着钱的事情，也没能看书。

【注】 ① 高宫清吉：外务省会计科出身。从事东方文化事业会计业务。
② 心里难耐：这天是农历十二月二十七日。在当时的北京，是年末结算。所以在农历的大年三十（公历二月三日）之前，在书店等的账单都必须结算完。

二月二日

上午，与滨君去了公使馆。

中午回家，收到了从东京汇款来的电报，但已经来不及取了。

跟钱氏也借了钱，把书店的赊账都结算清了。

钱要是早一天到的话也不会这么麻烦了，很遗憾。

奚氏来。晚上，赤堀君来访。

二月三日

我的生日①。

在钱宅吃了茶碗蒸、小豆饭②。

农历大年三十。

下午，与真武君去前门看看街道的布置。只看到了房檐上挂着灯笼，没有什么其他的变化。晚上，灯光昏暗，没能读书。

拜访了山室君，一起喝了点酒，去西单商场，凌晨三点回到家。

二月四日

阴历新年(上午写稿)。

昨晚，爆竹声震耳欲聋，没睡好觉。

下午，山室、小川、八木三君来。

晚上，与八木、小川两君去了东城，在亨普尔③吃饭。

年初一的夜晚寂静无比，九点时的街道好像深夜似的。

【注】　① 生日：这天作者年满三十一岁。　　③ 亨普尔：西餐厅的店号，德国菜馆。
　　　② 茶碗蒸、小豆饭：鸡蛋羹和红豆饭，
　　　　日本传统名菜。有喜事大家就吃这些。

二月五日

给正金银行打电话，今天还在休息。

下午，杉村氏来访钱氏，一起吃饭。

滨君来。

傍晚，去白塔寺散步，买了升官图①。

二月六日

去正金取钱。

见到了樫山君，一起去先农坛，在琉璃厂的厂甸儿转了转。

买了柳公权、苏东坡等的法帖②。

二月七日

早上，换了四十五日元的钱（为了还给滨君）。

与山室、小川两君一起拜访了常氏宅，喝了酒。

回家途中拜访孙人和氏，但没在家。

晚上，与滨君去东亚公司，买了用于提交申请的美浓纸③。

二月八日

在民会买了三日元的印花税票，在小学请大冢君盖担保印。开执照许可证明。

其后，邀请桂君，办完了点事后，去观光局，问了去南方的事情，但是毫无所得。

回家后，把从桂君那里借到的芥川《中国游记》④一口气读完了。

【注】 ① 升官图：古代中国民间图板游戏，日本"双六"或"人生游戏"的原型。是一种依靠转动四面陀螺赌赛的图板游戏，参与者在一幅标志着各种身份、官衔的图板上游戏，从"白丁"开始，依照转动陀螺获得的判语升迁贬黜，以最先升任最高官制者"太师""太保""太傅"为胜。这是古代中国春节娱乐的一种游戏，现在基本上已被人们遗忘了。

② 法帖：将古代著名书法家的墨迹经双钩描摹后，刻在石板或木板上，再拓印装订成帖。这里作者购入的是唐代中期的楷书家柳公权（778～865）和宋代文人苏轼（1037～1101）

的法帖。柳公权与欧阳询（初唐）、颜真卿（盛唐）、赵孟頫（元朝）并称为"中国楷书四大家"。在北宋时期的书法艺术领域，苏轼、黄庭坚、米芾、蔡襄被后世并称为"北宋四大家"。

③ 美浓纸：美浓和纸，从江户时代以来，作为日本公文书的基础用纸。这里，作者因为要申请中国南方旅行才购买的。这种美浓判（竖9寸×横1尺3寸），大小跟现在的复印用纸B4差不多。

④ 芥川龙之介《中国游记》：改造社1925年刊。芥川在1921年3月到7月，作为大阪每日新闻社的海外观

察员访问中国。行程从北九州的门司港起航，到上海着陆。途经杭州、苏州、长江，游历了南京、武汉、长沙等地。之后，从武汉坐火车（平汉线即现在的京广线）北上，到达洛阳、大同、北京、天津等地。

二月九日

上午，写信。

俞君来。

奚先生来，《红楼梦》复习到第八十五回。

其后，与俞君一起去北海摄影。

看天空的颜色感觉到了春天的气息。百无聊赖。

二月十日

上午，想去拜访孙人和氏，约了小川、滨两君一同去，但孙氏不在家。

下午，一个人去利华洋行①修改了衣服，拜访了竹田氏，之后逛琉璃厂。玉池山房②有上好的砚台。

二月十一日

纪元节。

下午，与山室、滨两君一同去平安看电影。

回家后，《红楼梦》读到第九十五回。

二月十二日

风大，心情也不平静。

二月十三日

天气像春天就要到来一样。

下午，与山室、滨两君从德胜门骑着毛驴到黄寺和黑寺③游玩。

晚上，与滨君在协和礼堂④看了新剧《委曲求全》⑤。

【注】①利华洋行：当时在西单牌楼大街44号的日本人商店，主要经营绅士服和皮鞋等。

②玉池山房：琉璃厂从事裱装的书法用品商店。店主是河北人马云川（1892～1959）。

③黄寺、黑寺：在旧京城北，德胜门外建立的藏传佛教皇家寺院群。大殿因覆以黄瓦（和紫禁城一样）和黑瓦而得名。在清朝分双黄寺（东黄寺和西黄寺）和前后双黑寺（前黑寺和后黑寺）。目前保存完好的仅为西黄寺（清净化城）的塔院。

④协和礼堂：东单协和医学院的礼堂。

是由美国捐资创办的医院兼学校。在当时这样的戏剧公演有时是对外开放的。

⑤新剧《委曲求全》：英国华侨出身的王文显（1866～1968）的作品。以高等学府为舞台的近代剧（共三幕）。1929年初演于美国的耶鲁大学。随后王文显回到中国，担任清华大学外文系老师，他的学生李健吾（1906～1982，之后成为了剧作家）把这个剧本翻译成中文。作者这天看的是在中国的首演。王文显培养了曹禺、李健吾、洪深等一批现代戏剧人才。

二月十四日

下午，俞君、小川君来访。

傍晚，与小川君去北海，取了与俞君合影的照片，顺路去看画舫斋。

晚上，与小川君一起为俞君把酒饯行。俞君这两三天就要去张家口了，说不定这一去以后再也见不到了。

俞君邀请我去乐华剧院听富连成演的戏。

戏完之后，在前门大街跟他握手道别。

一抹悲伤席卷心头。

这是在北京所经历的最初的离别①。

【注】①离别：有关此时之事，作者在晚年回忆时有如下叙述："俞君离开北京的前夜，一起去看了戏剧，一同去了长安街。夜深人静，月光皎洁。他要回西城，我要回东城。送君千里终须一别，我说'那我走了'，我走出数步之后回头望去，俞君还在原地。我跟他挥手又往前走了几步，回头一看，他仍然在月光下站着。我又折返回去，握住他的手说'我们一定还会再见面的'，他的眼睛在月光下泛着泪光。我狠狠心叫住一辆正好路过的空马车坐上去。世间都知道中国人看重友情。古代就有

诗词用来表达对友人的思念、与友人分别之苦。日本平安时期恋爱的诗词很多，与之相反中国描述友情的诗词比较多。"(《别离》，收录于《目加田诚著作集》第八卷)。

二月十五日

早上，滨君从周作人宅带来了稻荷寿司①。

下午，与滨君去买照相机。

来回看了很多种，最后还是买了一个十元五十钱日币的便宜的相机。

晚上，去访周宅。

周丰一君已从上海回来了。

二月十六日

下午，奚氏。

晚上，研读《红楼梦》，读词，写信。

二月十七日（周日）

早上，周君、滨君来。

一同去了东安市场，邀请两位共进午餐。

周君带我们看了西服店。在王府井订购了一件三十五元的春秋穿的。

在天安门等地照了相。

晚上，去澡堂泡澡。自己缝制了一只装照相机的口袋。

二月十八日

傍晚，与山室君散步。

今天是元宵节②。街上人很多。到处都是烟花爆竹。

明月高照。

二月十九日

收到了杨树达氏发来的其母亲的讣告。

【注】　① 稻荷寿司：日本传统名菜，用油炸
　　　　　豆腐制作的寿司。
　　　② 元宵节：农历一月十五日，以这天
　　　　　晚上为主，商店街从十三日到十七
　　　　　日举办灯市。街道和寺庙都挂着独

出心裁的各式各样大小颜色不同的
灯笼，有很多来观赏的游客，非常
热闹。在中山公园元宵节这天夜晚
有冰灯，有花、动物、建筑和历史
人物等，观赏的人也非常多。

二月二十日

与山室、滨两君登了景山。

一个人去了琉璃厂。

二月二十一日

奚氏。复习《红楼梦》到一百二十回。

晚上，去西单商场买了《画人行脚》①。

山室君来。

二月二十二日

从来薰阁来了两个人，把书籍运到日本。

晚上，与山室君约定在商场会合。

二月二十三日

晚上，在周作人宅开送别会。

大醉，被人抬回家②。

二月二十四日

得知满寿代病情不太好。

痛心不已，十分挂念。

八木君来，一起去周宅待了一会，傍晚去了东城。

二月二十五日

顺子的照片，很可爱。

满寿代寄来的简要书信，说手脚麻木。让她那么焦急等待，而
我自己却出去旅行，心里实在痛苦。

下午(和山室君一起至半途)去一二三馆、扶桑馆，问了去南方旅行的事情。

然后去文化事业，小野君给了我前几天在醇王府拍的照片，拜访了大槻氏，一起喝了啤酒，随后又去了本佛寺。

二月二十六日

坐中午的公交车去清华大学。

通过钱氏的翻译介绍，和俞平伯见了面，并一起谈论了关于《红楼梦》以及有关诗词的问题。

自从来北京之后都没有这么认真地谈论过，实在很高兴，第一次见面就能这样敞开心扉尽兴畅谈。

回家途中去山室君的家一起吃了饭。晚上，看了电影《克里斯汀女王》③。

夜晚，想起了满寿代，不禁眼泪夺眶而出。

【注】 ①《画人行脚》：画家倪贻德(1901～1970)编的关于自己的艺术观和创作活动的随笔集。1934 年良友图书印刷。日本收藏在筑波大学和东京大学东洋文化研究所等。倪贻德出生于浙江杭州，1922 年从上海美术专科学校毕业后，1927 年来日本留学。回国后，在广州市立美术专科学校、武昌艺术专科学校、上海美术专科学校等执教。1932 年，在上海组织决澜社，以表现新艺术形式举办三次画展，使中国画坛出现了新气象。著有《西洋画概论》(现代书局，1933 年)等。之后，也以文学者的身份参加活动。1923 年参加郭沫若和郁达夫组织的创造社，发表了短篇小说《玄武湖之秋》(泰东图书局，1924 年)和《东海之滨》(光华书局，1925 年)，散文《百合集》(北新书局，1929 年)。解放后，历任中央美术学院华东分院副院长、中国美术家协会常务理事、浙江美术家协会副主席等。参考桥川时雄《中国文化界人物总鉴》第 365 页。

②周宅送别会：这天的情况记录在周作人儿子周丰一的《忆往二三事》(《飙风》第 19 期，1987 年 2 月)中，引用了《周作人日记》："丰一招小川、桂、目加田、滨及沈令翔诸君饭。客多大醉，小川留宿。"

③《克里斯汀女王》：1933 年公开上映的美国电影。以 17 世纪的瑞典女王安娜·克里斯蒂娜为原型，描述了与敌国西班牙大使的炙热爱情。主演是葛丽泰·嘉宝，一位出生于瑞典斯德哥尔摩的好莱坞女演员。

俞平伯氏会见记①

一九三五年二月二十六日下午

于清华大学

余：我一直都对《红楼梦》有着浓厚的兴趣，另一方面对词的研究也颇感兴趣。读了先生关于这两方面的研究论著(《红楼梦辨》《读词偶得》)，敬佩不已。您现在仍然一如既往地对《红楼梦》抱有兴趣吗？

俞：当然。但是对于《红楼梦辨》中论述的问题，通过深思熟虑之后，对不少地方又抱有疑问。但是有一个观点是迄今为止一直不变的，那就是此书八十回以后的回目绝对不是曹雪芹本人所写，也就是说是由后续作者完成的②。其他地方也有许多问题。

余：那么您说的其他的问题中重要的是什么呢？

俞：其一是曹雪芹的生辰问题③。五十年和五十五年差了五年，这是不能疏忽的地方。还有对《红楼梦》是曹雪芹描写自己少年时代的家庭这点也是大有疑问的，其理由之一就是金陵十二钗④。十二金钗这样的词语是用在妓女身上的，而不应对自己的姐妹如此称呼。而且描述贾赦⑤的文字谩骂之语居多。无论从哪个方面都让人无法想象这是描写自己家庭生活的著作。另外，《红楼梦抉微》⑥一书，并无可取之处，但指出《红楼梦》是由《金瓶梅》进化而成的观点应该值得注意的。认为黛玉可比作潘金莲、宝钗则比作李瓶儿，然而《金瓶梅》中潘金莲成功、李瓶儿失败，《红楼梦》则与其相反。这种说法尽管迂腐至极，但读者之所以都认为《红楼梦》和《金瓶梅》是完全不相似的，是因为《红楼梦》完全摈弃了其污秽之处的描述。而在《红楼梦》中的秦可卿可算是淫秽的代表了。关于秦氏的描写恐怕留有《金瓶梅》淫秽描写的痕迹。秦氏是宝钗和黛玉两人的抽象化身，所以取乳名为"兼美"。秦钟也是淫秽的代表。从友人赠予曹氏的诗⑦中可见，大多都是有关风花雪月，我认为这也是事出有因的。

余：您对可卿之死⑧的解释让我很佩服。

俞：那一点在胡适找到的钞本⑨中也证明我所想象的成为了事实。

余：在《红楼梦》接近八十回时，发生了尤氏姐妹的事件⑩。其描写甚俗，与全文的基调不太一致。对此您是如何认为的呢？

俞：此书绝不是从第一回开始逐回渐进的描写，这从脂砚斋本⑪等书中也能明确感受到。有关这些问题还存在很多疑问，而且尤氏的出身、与其他人的关系等，因此文章的笔法也有所不同。

余：在俗本《金玉缘》⑫可卿之死一段中有"都有疑心"。一般都是"伤心"，唯此书写的是"疑心"，其根据是什么？

俞：脂砚斋钞本写的也是"疑心"。《金玉缘》里的"疑心"绝不是空穴来风，一定是有来由的，但其理由没有明示。

余：《红楼梦》中的房屋样式我通过拍摄现在北京城里的房屋能够感受到。但对于服装不知如何是好？

俞：《红楼梦》中的服装描写⑬不甚明确。这本书到底是如实的描写清朝的事情，或者不是如此而故意使其所描写的时代不明，但至少是增加了不是清朝的事情。此书描写清朝的证据，是书中有女性的脚的描写⑭。这是和传统小说的相异之处。

余：您喜欢谁的词？

俞：《花间集》⑮和《清真词》⑯。

余：您对王国维的《人间词话》是如何评价的？

俞：非常好的一部书。但是这本书是作者年轻时所作，据说（俞氏与王氏并不相识）晚年对词失去了兴趣。

其"境界说"^⑰可视为一家之言。还有这本书的缺点，是太推崇北宋而贬斥南宋。

余：您的《读词偶得》我觉得很有意思。对其中李后主的"天上人间"^⑱应该如何理解呢？

俞：这四个字是因为曲调关系而被限制了字数，只说"天上人间"也没任何动词，因此有一见甚为晦涩之感。但这个字不必作深刻的思考。

《花间集》(二)张泌词^⑲："天上人间何处去，旧欢新梦觉来时。"读了上列对句，可解"天上人间"之意。

余：我很喜欢龚自珍的诗词和文章。您认为如何？

俞：他的古诗(五言)最好，其词又有规矩。他的太平湖的传说^⑳无人不知(举例如下)。

"一骑传笺朱邸晚，临风递与缟衣人"，还有"相思无十里，同此凤城寒"。

余：我也知道这个传说。

想请教一下，曲园先生和戴望^㉑是什么关系呢？还有他们之间往来的书信被收藏了吗？

俞：曲园先生和戴望是亲戚关系。曲园先生的公羊学受戴望的影响。

他们之间来往的书信，现在还有一些留存。

余：曲园先生也是很喜欢词的，是吗？

俞：词作不多，只有两卷^㉒，收在全集之中。曲园先生所注《论语》^㉓分散各处。我正在编纂，如果完成可方便赠你一本。

余：多谢。那本《论语》的注释是否像戴望一样采用公羊学呢？

俞：不是，是训诂。

正好下午五点，到了巴士的时间。辞别时仍意犹未尽。辞别时我说："近几天去南方旅行，如果到了西湖的话，我会去俞楼㉔。"
俞氏说："俞楼现在正在改建，多有不便。"跟俞氏合影后，在清华
门惜别，坐上将要发车的巴士。和俞氏探讨中还说了其他一些事
情，因为不是很重要，所以在这里就省略了。

【注】
① 俞平伯氏会见记：这次的对话记录，把其中的一些字句修改之后收入《目加田诚著作集》第八卷（龙溪书舍，1986 年）。这次对话除了作者和俞平伯之外，还有钱稻孙作为翻译一同参加。

② 《红楼梦》后四十回的作者：俞平伯在《红楼梦辨》中提出，《红楼梦》一百二十回当中，前八十回是曹雪芹（1715～1763）所著，后四十回是由高鹗（1763～1815）续著。现在这已经成为定论。但是 1930 年当时，也有人提出续著者另有其人。王国维和鲁迅也提出自己观点，认为后四十回是曹雪芹自己的未修订原稿。《红楼梦辨》中，还有很多其他问题被提及，认为《红楼梦》是曹雪芹自传体小说，并且尝试推测曹雪芹丢失的八十回以后的内容。这些都给予以后的《红楼梦》研究很大的影响。

③ 曹雪芹的生年问题：俞平伯《〈红楼梦〉底年表》（《红楼梦辨》中卷）中，推定曹雪芹生于康熙五十八年（1719），卒于乾隆二十九年（1764）。现在，关于卒年有两个说法，一是乾隆二十七年除夕（1763 年 2 月 12 日），一是乾隆二十八年除夕（1764 年 2 月 1 日）。关于生辰按卒年倒推算也有康熙五十四年（1715）和雍正二年（1724）两种说法。关于曹雪芹生年的对话，在《目加田诚著作集第八卷》所收的《俞平伯氏会见记》中被省略了。

④ 金陵十二钗：《红楼梦》中十二个主要的美女的总称（薛宝钗、林黛玉、贾元春、贾探春、史湘云、妙玉、贾迎春、贾惜春、王熙凤、贾巧姐、李纨、秦可卿）。在《红楼梦》第五回里，有描述贾宝玉在梦中看见了"金陵十二钗正册""金陵十二钗副册""金陵十二钗又副册"的场面。各页都写有对宝玉身边女性的判词。体裁与记录称为"花案""花榜"等妓女竞相角逐的书籍类似。而且，在明末确实有被称为"金陵十二钗"的妓女存在。参考合山究《花案·花榜考》（收于《明清时代的女性和文学》，汲古书院，2006 年）。

⑤ 贾赦：是贾母（史太君）的长子。一个好色、贪婪、傲慢的人物。第六十四回中，贾赦要娶贾母身边的心腹丫鬟鸳鸯为妾室，弄得沸沸扬扬。第六十四回题目"尴尬人难免尴尬事"指的就是贾赦（和妻子邢夫人）。第四十八回描写贾赦为了得到石呆子的古扇，陷害古扇主人，巧取豪夺。俞平伯的《读红楼梦随笔》中对贾赦也有同样的记述（《读红楼梦随笔》登载在香港《大公报》1954 年 1 月 1 日～4 月 23 日，收于《俞平伯论红楼梦》，上海古籍出版社，1988 年）。

⑥ 《红楼梦抉微》：阚铎著，大公报馆 1925 年刊行。多数收入的是对《金瓶梅》和《红楼梦》出场人物的对比的文章。作者阚铎（1875～1934），字霍初，号无水，安徽合肥人。毕业于日本东亚铁路学院。回国后，任北

京政府交通部秘书、国民政府司法部总务厅厅长、东北铁路局技师等职。九一八事变后，赴伪满洲国任奉天铁路局局长兼四兆铁路管理局局长。后在"满日文化协会"从事博物馆建设、古书复制、国宝建造物的保存工作。

⑦ 曹雪芹友人的诗：曹雪芹友人的诗里有"秦淮风月忆繁华"（敦敏《赠芹圃》），"繁华声色，阅历者深"（西清《桦叶述闻》）等这样的诗句。十里秦淮古时是烟花之地。参考前揭的合山究《花案·花榜考》。

⑧ 秦可卿之死：《论秦可卿之死》（《红楼梦辨》卷中所收）中，俞平伯对现行本中的秦可卿是病死这点持怀疑态度，认为她应该是自缢身亡。列举了以下四点根据：（1）宝玉听秦氏死，只觉心中似戳一刀，不觉哇的一声，直奔一口血来。若秦氏久病待死，宝玉应当渐渐伤心，决不至于急火攻心，骤然吐血。（2）写贾珍之哀毁逾恒，如丧考妣，又写贾珍备办丧礼之隆重奢华。（3）秦氏死时，尤氏（秦氏婆婆）正犯胃病旧症睡在床上，是一线索。（4）秦氏的侍女瑞珠，"见秦氏死了，也触柱而亡"。又有小丫鬟名宝珠的，因秦氏无出，愿为义女，宝珠自行未嫁女之礼，引丧驾灵，十分哀苦。第十五回说"宝珠执意不肯回家，贾珍只得另派妇女相伴"。《红楼佚话》上说："秦可卿与贾珍私通，被婢撞见，羞愤自缢死的。此话甚确。所谓婢，既是宝珠和瑞珠两个人，瑞珠之死想因是闻了大祸，恐不得了，故触柱而亡。宝珠不肯回家，乃自明其不泄，希冀珍之优容也。"

⑨《红楼梦》脂砚斋重评本：俞平伯《红楼梦辨》发表四年后，1927年胡适发现钞本《脂砚斋重评石头记》（甲戌本）。在这本书里提及秦可卿死之迷："秦可卿淫丧天香楼。"第十三回回末脂批："秦可卿淫丧天香楼，作者用史笔也。老朽因有魂托凤姐贾家后事二件，嫡是安富尊荣坐享人能想到处。其事虽未漏，其言其意则令人悲切感服，姑赦之，因命芹溪删去。"所以，秦可卿的死不是正常的死，更不是病死，而是自杀，脂砚斋一句"淫丧"，联系贾珍之悲，尤氏之病，贾蓉之躲，加上焦大骂"扒灰的扒灰"，连贾珍的名字都骂出来了，还有秦氏的两个丫鬟的异常之举。尽管删去了四五页，仍然可以下结论：秦可卿和公公贾珍的不伦孽情的暴露，是秦氏之死的根本原因。可参考本日记1934年10月8日和10月14日两条。

⑩ 尤氏姐妹：第六十四～七十回登场的尤二姐和尤三姐的故事。两人是贾珍的妻子尤氏的妹妹，没有血缘关系。以贾珍的父亲贾敬的葬礼为契机，贾琏背着妻子王熙凤纳尤二姐为侧室。三姐在贾珍和贾琏的撮合下，与贾宝玉的友人柳湘莲有婚约，但是湘莲怀疑其人品不端悔婚，三姐羞愧自刎。其后，二姐的事情被王熙凤所知，二姐也被逼自杀。本日记1934年10月20日条写道"与小川君听了荀慧生的《红楼二尤》，不愉快也"。有可能作者对这样的戏文，没有什么好感。

⑪ 脂砚斋评：脂砚斋评是最贴合曹雪芹思想的《红楼梦》版本。这次谈话所提及的秦可卿、秦钟姐弟和尤氏姐妹的故事在名为《风月宝鉴》的小说也有描述。参考船越达志《〈风月宝鉴〉考》（《〈红楼梦〉成立的研究》所收，汲古书院，2005年）。

⑫《金玉缘》：是《红楼梦》的别题之一。来自于贾宝玉和薛宝钗的"金玉良缘"。最早的版本是光绪十年(1884)上海文书局的石印本。以程甲本(程伟元的乾隆五十六年(1791)刊本)为底本，附有王希廉、姚燮、张新之的评语。第十三回，关于对秦可卿的讣告的描写，一家人的反应是"无不纳闷，都有些疑心"。对于这个描写，根据版本不同，有的把"疑心"写成"伤心"。俞平伯的论文《论秦可卿之死》里，认为"疑心"是比较贴切的。

⑬《红楼梦》的服装描写：俞平伯的《梨园装束》(《读红楼梦随笔》所收)中，《红楼梦》第十五回里有描写北靖王的服饰，指出是明代的服饰，而不是清代的。

⑭《红楼梦》与缠足：近代以前的中国妇女以裹足、小脚为美，有"三寸金莲"之说。旧时代论女子的美貌，对脚的描述是必不可少的。但是，缠足是汉民族特有的风俗，《红楼梦》中鲜有提及，这也证明了这本书是在清代时所写的。

⑮《花间集》：五代后蜀赵崇祚编，十卷。是中国五代十国时期编纂的一部词集，也是文学史上第一部文人词选集。该书收录了温庭筠、韦庄等18位花间词派诗人的经典作品500余首。

⑯《清真词》：北宋周邦彦(1057～1121)的词集，二卷。音律上做到拗怒与和谐的矛盾统一，是清真词的独创。

⑰境界说：关于王国维的"境界说"，参考竹村则行《王国维的境界说与田冈岭云的境界说》(九州大学中国文学会《中国文学论集》第十五号，1986 年)。

⑱李煜《浪淘沙》：南唐后主李煜(937～978)的《浪淘沙》词作的后半

阕云："别时容易见时难，流水落花春去也，天上人间。"

⑲张泌《浣溪沙》：《花间集》里南唐的张泌《浣溪沙》词作里其中一节。在梦里邂逅旧爱，醒来时发现是梦境，爱人已经远去，那个梦到底是往哪里飘去了呢？是天上的世界，还是人间世界？

⑳龚自珍太平湖传说：龚自珍《己亥杂诗》(全 315 首)中其 209《忆宣武门内太平湖丁香花》的一节，和《暮雨谣三叠》其三的一节。参考作者的论文《水仙花：龚定庵的生涯》(收录于《目加田诚著作集》第四卷)。

㉑俞樾与戴望：俞樾(1821～1906)，字荫甫，号曲园，浙江德清人。道光三十年(1850)进士。咸丰七年(1857)辞官后，专心于苏州等江南各处的教学。培育了章炳麟、吴昌硕等一批清末民初的杰出人才。俞平伯是他的曾孙。戴望(1839～1873)是俞樾的外甥，年幼的俞樾师从戴望的父亲戴福谦。在戴望给俞樾的信中自称"弟子"。俞樾给戴望的信至今保存五封。参考张燕婴整理《俞樾函札辑证》(凤凰出版社，2014 年)。

㉒俞樾《春在堂词录》：俞樾的全集《春在堂全书》中有《春在堂词录》三卷。《春在堂全书》同治十年(1871)初刻，收录了《群经平议》《诸子平议》《春在堂诗编》等。光绪年间多次增补，到光绪二十八年(1902)年总计四百九十六卷。

㉓俞樾注《论语》：《春在堂全书》中有关于《论语》的著作是《论语平议》二卷(《群经平议》所收)、《论语小言》一卷、《续论语骈枝》一卷、《论语古注择从》一卷(均收于《俞楼杂纂》)。

㉔俞楼：俞樾的旧居，在杭州西湖。俞樾受聘出任杭州孤山诂经精舍的

学教，讲学时间跨度长达三十余年。众弟子将他讲学的诂经精舍命名为俞楼。之后一度荒废，经几次修建，1998 年竣工。现为俞曲园纪念馆对外开放。

二月二十七日

晚上，在中根家(西裱褙胡同)聚餐。

二月二十八日

春秋穿西服做好了，三十五元。

三月一日

在琉璃厂买东西。

晚上，文化事业为我举行欢送会。

大槻、小竹(从日本回来，欢送会中途赶上了)、山室、滨、桂、中丸①、宫岛、八木、真武、大元、布施、樫山、小川、赤堀(随后要和这两君一起去旅行)、高宫、小野。

三月二日

昨晚，在小竹氏那里过夜。

下午，常氏(常裕生)邀请我听戏。

晚上，在钱宅聚餐。小川、八木、赤堀、山室。

【注】 ① 中丸平一郎(1908～1974)：生于山口县，号均卿。毕业于庆应义塾大学文学部东洋史学科。1934 年到 1936 年在北京留学。回国后，在庆应义塾大学商工学校教汉语。之后，在庆应义塾大学图书馆、湘南学园中学任职。与滨一卫共著《北平的中国戏》(秋丰园，1936 年)，与赤星五郎共著《朝鲜的陶瓷：李朝》(淡交社，1965 年)。

三月三日

与钱氏一同邀请山室君散步，在咖乐搭斯喝茶。

晚上,在震旦医院吃饭。

去看电影。

三月四日

早上,雇了辆洋车,去邮局、警察局、五昌、民会、青年会、本佛寺、傅惜华氏、奚氏、孙楷第氏、后门大街的古董屋等地转了一圈。

决定后天出发①。

【注】 ① 南方旅行日程:关于作者与小川、赤堀三个人的中国南方旅行,小川环树记录的两篇文章《从北京到南京:四十年前旅行的回忆》《留学的追忆:鲁迅印象与其他》(都收录于《小川环树著作集》第五卷)中记述了如下行程:

三月六日 下午三点五分从北京出发,坐上去上海的快速列车。

三月七日 早上七点,到达曲阜。参观孔林,孔子庙等。在车站附近的中西旅馆住宿。

三月八日 从曲阜出发去往南京。晚上十一点半到达长江南岸的南京下关车站,住在附近的日本旅馆(只有目加田与小川两人。赤堀去了别的地方住)。

三月九日 早上,进入南京城内,拿到了鼓楼附近日本领事馆的介绍信,访问了金陵大学刘国钧氏、国立中央研究院历史语言研究所赵元任氏。随后,游览了莫愁湖、夫子庙。

三月十日 访问国学图书馆。游览了雨花台、明故宫、中山陵。

三月十一日 早上,从南京出发到达镇江。游览了金山寺、北固山等地。去了对岸的扬州。

三月十二日 下午,从镇江坐火车五个小时到达苏州。在苏州游览了数日。

三月十六日 参观南浔的嘉业堂藏书楼。在南浔住了一宿。

三月十七日 到达杭州。

三月十八日 访问浙江大学附近的郁达夫府邸(大学路上官弄63号)。给我们开了与鲁迅先生见面的介绍信(在北京拜托周作人开介绍信,但被拒绝了)。

三月十九日 和郁达夫游览西湖。晚上,在聚丰园款待我们。

三月二十一日 早上八点十五分从杭州出发,十二点半到上海站。在外滩的日本邮船公司买了明天的船票(只有目加田买了)。之后,在北四川路的内山书店和鲁迅先生会面。鲁迅在《鲁迅日记》(人民文学出版社,1976年)下卷945页中写道:"(三月二十一日)下午得达夫信,绍介目加田及小川二君来谈。"

三月二十二日 目加田从上海出发回国。

三月二十三日 目加田回到日本长崎。小川环树此后于四月十一日从上海坐日本轮船到青岛,再经由济南返回北京。

附录

摘自目加田诚《写在论文集之后》(收录于《目加田诚著作集》第四卷,龙溪书舍,1985 年):

1935 年 3 月,我与小川、地质学者赤堀三人从北京出发,游历曲阜、南京、镇江、扬州、苏州,从苏州坐船渡河去南浔,查访了嘉业堂的书籍后又坐船去杭州。在杭州三天,每天都和郁达夫先生见面,一起去周围很多地方散步。郁达夫先生和美丽的太太一起居住,担任杭州报社的主笔。

拜托郁达夫给我介绍了在上海的鲁迅先生,我们去了上海,在内山书店见到了鲁迅先生。那时候的事情在他的书里也有记载[①],内山书店派人去请鲁迅先生,终于等到鲁迅先生现身的那一瞬间,整个书店里都变得静悄悄的。

鲁迅先生矮矮的身材,挺着胸膛,推开门之后径直走到书店最里面。和他弟弟周作人完全不同,当然他们都是非常坚强的人,但是周作人浑然如玉、面露微笑,而鲁迅先生则像挎着枪似的充满威武之气,让人感到紧张不已。鲁迅先生的日语非常好,跟他交流了很多,中途有一位年轻的女性走进来,轻轻地坐在了他身边,跟他耳语了几句,鲁迅先生对我们说"请稍等我一下",就离开了书店。

过了很长时间,鲁迅先生回来了,继续跟我们畅谈。那时,我对鲁迅先生在中国的地位还不是很清楚。现在回想起来真的是很遗憾。鲁迅先生畅谈各种话题,并语词激烈地感叹道:"日本和中国与世界其他国家是不一样的,我们拥有只有两国才能互相理解的文化,为什么大家却不能理会这点呢?"

还有一个印象深刻的事情是,我提起北京的周作人等人的小品文运动,鲁迅先生很冷淡地断言道:"周作人马上就要没落了。"对此我实在无言可对。

随后坐船到了长崎,得知我不在家时一直抱病在身的妻子病危的消息，我急忙向东出发，在镰仓陪伴照顾疗养中的妻子。但是，最终我妻子还是在若宫大路樱花凋落的时候去世了。料理完后事，把幼子寄放在妻子娘家，我就赴九州大学任教了。

【注】　①《鲁迅》：收于作者《随想　由秋向
　　　　冬》(龙溪书舍，1979 年)。

想去看看留学时的父亲

长女　永嶋顺子

在这次发现的父亲目加田诚的北平日记中，看到了这么详细完美的注释，作为女儿表示由衷的感谢。虽然父亲去世已经二十多年了，却得到了如此温暖的对待，父亲是多么幸福啊！为此我深受感动。

我眼前浮现出作为年轻学者的父亲在北京留学的一年半的时光，注释里引用的著作也有我所熟悉的，读着越发让我非常的怀念。

仿佛看到了刚到北京就思念家乡、寂寞孤独的父亲的样子，我情不自禁地笑了。我婴儿时日本家中的团聚场景，我当时并不知道也不曾留在我的记忆当中，但现在却让我好像坐了时光穿梭机一样心潮澎湃。

越往下读，就越能感受到全文渲染的"寂寞"的哀愁。年少时期父母双亡的父亲虽然自己体质羸弱，却一直照顾弟妹，并为他们的前途操心，留学期间担心病中的妻子、年幼的女儿。想到每日内心焦灼的父亲，我心里感到很痛苦。

但是，在那边有恩师的温情，留学中见到了很多著名的老师，和同期留学的朋友们所度过的聊天、喝酒、听戏、学习的日子，是非常幸福的时期，这些都是后来作为研究者的宝贵体验。

年轻时的父亲是有些洁癖的人。

谈到父亲的价值观，那就是"美丑"。他所说的美我认为就是"清廉品端"。父亲本来就性格开朗，即使再艰苦也不会长期消沉，和人说话时总是笑眯眯的，看起来很愉快。回想起晚年的父亲，脑海中浮现的，是他抬头看格外喜欢的山樱花而流露出温和的笑容的样子。

我也许是这本"北平日记"中唯一活在世上的人，有幸看到如此详细的注释，真是一个不可多得、让人惊喜的礼物。

现在，八十六岁的女儿如果去见在北京留学的三十岁的父亲，那是多么令人惊讶的事啊，很想去看看，这真是一个美好的想象。最后谢谢大家。

父亲的往事

次子　目加田懋

这次出版了《北平日记》，父亲如果知道了一定会很惊讶吧。我也是第一次知道了这本日记的存在。读了一遍之后，有很多专业问题不是很理解，但是父亲那种自矜而多愁善感的样子，让我有点不好意思。不过我也想到，父亲写这本日记的时候只不过三十岁左右，由于留下年轻的妻子和长女去留学，所以这本日记也许是他内心真实的流露。我是次子，毕业之前一直和父亲生活在大野城市（当时叫大野町），那是在父亲四十四岁到六十二岁的期间。那时的父亲，在家经常坐在书房的书桌前。傍晚也许是为了运动吧，经常带我一起去散步。他会夸赞在《万叶集》里也出现过的散落分布在大野山山脚下村庄农家庭院的花朵，边走边从他的话语中星星落落地听到他年轻时在北京的事情。他说的那些也许就是这本日记所记载的世界吧。我记得当时说过三津五郎的歌舞伎、志生的落语、文弥的新内、纹十郎的文乐、周五郎的人情物语。毕竟还是喜欢日本的人情物语。我那时身体虚弱，父亲从不说叫我学习之类的话，一到收音机里播放落语节目的时候就喊我。让我容易理解和感受到那些滑稽的人和事。父亲去世之后，读了父亲的书，我觉得我明白了在中国的诗中为什么李商隐会经常出现。晚年眼睛不好，睡不着的夜晚，父亲说在听着收音机深夜节目的迷迷糊糊中，会鲜明地回想起过去的事情，仿佛是回到了这本《北平日记》所记录的朋友们的世界当中吧。

听说这本书将在初冬出版，那时候那村庄（不知是否还在）的散步道旁，父亲非常喜欢的山茶花已经满地凋谢了吧。现在回想起来，当初要能多听听父亲所说的事情该多好啊！

邂逅《北平日记》

三女　东谷明子

那一年，我母亲佐久绪去世以后，在大野城市的大力支持下，把中国文学研究者的父亲和日本文学研究者的母亲的所有藏书，都作为"大野城市《目加田文库》"公开展示。这对于今后很多人都会有所帮助，我感到非常高兴。庞大的书籍，资料的整理运输工作，每天都在漫天飘雪的寒冬进行，大野城市、九州大学、福冈女子大学等相关人员都非常辛苦。那时，在资料保存专家儿嶋博美的指导下，进行了彻底精密的整理，做出了目录。如果没有这项工程，我认为就不会有《北平日记》的问世。

父亲不怎么说当年在北京的事情，有时他突然望着远处说"得到了钱稻孙先生的很大帮助""《红楼梦》是一部非常了不起的小说"

等。父亲早年父母双亡，在旧制高中教育时代，已经作为一家之长承担起照顾弟妹的责任，并为他们的前途、未来而操心。历尽生活艰辛的父亲在京都的三高谋得一个职位，刚刚组建了幸福的家庭后就去留学了。我想这也是因为生活终于安定了下来，就越发踌躇满志地想致力于学问的研究才去留学的吧。但是，突然传来了母亲满寿代生病的消息，充满了作为公费留学生所拥有的骨气和对家人的思念，生来性格细腻的父亲是怎么度过那时的每一天的呢？我眼前浮现出在昏暗的灯光下，埋头预习《红楼梦》、写《北平日记》的年轻父亲的身影。

突然觉得父亲一生一半生活在现实中，另一半则是在文学中度过的。这样的生活方式，从那时起就植根于父亲的内心深处了吧。战后，日中恢复正常邦交之后，父亲大概有三次以学术文化交流为目的访问中国。最后一次是在晚年，重病卧床的父亲强打精神起来，坐轮椅乘飞机去的。不出所料，在西安徘徊于生死边缘，多亏了当地的名医才平安无事地回国。父亲说过，"我觉得，我在那片土地上死了也无所谓。"现在我能真切地感受到他这话的真意。读着《北平日记》，仿佛又每一天在和已故的父亲对话。

八十多年前一名留学生的日记，得到了多方面的认可。对给这本日记作了详细注释的九州大学文学部静永健教授以及中国文学研究室的各位，还有欣然允诺出版此书的中国书店和大野城市的人们致以深厚的谢意！

【目加田诚与《北平日记》关联年表】

公历年号主要事件

（日本/中国）

1900　明治 33 年/光绪 26 年　6 月，义和团事件爆发。6 月 20 日，义和团军包围了包含日本在内的北京的（东交民巷）各国公使馆。被困者有 *the Times* 报社通信员 G・E・莫理循、法国探险家保罗・伯希和、东京大学的服部宇之吉，以及京都大学的狩野直喜等。8 月 14 日，被解救。

1901　明治 34 年/光绪 27 年　9 月 7 日，北京议定书签订。清政府对日、俄、英、法、美等十一国支付赔偿金。其中，支付给日本的赔偿金，稍后被用于外务省（于北京、上海、东京、京都）设立的“东方文化事业”的发展资金。

1904　明治 37 年/光绪 30 年　2 月 3 日，目加田诚诞生。同月，日俄战争爆发（～1905 年 9 月）。

9 月，与谢野晶子于《明星》杂志上发表《请你不要死》。

10 月，鲁迅（本名周树人）入学仙台医学专门学校（之后的东北大学）。

1905　明治 38 年/光绪 31 年　1 月，夏目漱石于《不如归》杂志上发表《我是猫》。

8 月，孙文等于东京结成中国同盟会。

1908　明治 41 年/光绪 34 年　11 月，光绪帝驾崩，西太后随后亦崩。

1910　明治 43 年/宣统 2 年　8 月，日韩合并。

1911　明治 44 年/宣统 3 年　10 月，辛亥革命爆发。

1912　大正元年/民国元年　1 月，中华民国政府成立。
7 月，明治天皇驾崩。大正天皇即位。

1914　大正 3 年/民国 3 年　6 月，爆发第一次世界大战（～
1918 年 11 月）。

1917　大正 6 年/民国 6 年　1 月，胡适于《新青年》发表《文学
改良刍议》。发起了中国文学革命（白话文运动）。

1918　大正 7 年/民国 7 年　5 月，鲁迅于《新青年》发表《狂人
日记》。

1919　大正 8 年/民国 8 年　爆发"五四运动"。

10 月，孙文等组建中国国民党。

1921　大正 10 年/民国 10 年　7 月，毛泽东等组建中国共
产党。

12 月，鲁迅于《晨报副刊》发表《阿 Q 正传》。

同年，胡适《红楼梦考证》刊行。

1923　大正 12 年/民国 12 年　4 月，俞平伯《红楼梦辨》刊行。

9 月，关东大地震。

1925　大正 14 年/民国 14 年　3 月，孙文逝世。

5 月，东方文化事业总委员会设立。

10 月，于北京召开第一次总会。

1927　昭和 2 年/民国 16 年　3 月，日本金融恐慌。

7 月，岩波文库创刊（文库本初创）。

1928　昭和 3 年/民国 17 年　10 月，于南京成立民国政府（北
京不再作为首都因而改称北平）。

1929　昭和 4 年/民国 18 年　3 月，目加田诚于东京帝国大学

文学部中国文学科毕业。

12月，于周口店发现猿人（或称北京猿人）头盖骨。

1930　昭和5年/民国19年　9月，目加田诚以讲师身份赴任京都第三高等学校。

1931　昭和6年/民国20年　9月18日，因柳条湖事件引发"九一八"事变。

1932　昭和7年/民国21年　3月，伪满洲国"建国"宣言。

5月，"五一五"事件爆发。犬养毅首相逝世。

12月，郑振铎《插图版中国文学史》第一册刊行。

1933　昭和8年/民国22年　1月，日本军（关东军）入侵热河。3月，日本退出国际联盟会。

7月，目加田诚任职九州帝国大学法文学部助教授。

10月，目加田诚开始北平留学生涯。《北平日记》开始动笔。

1934　昭和9年/民国23年　1月，帝人事件暴露。

3月，鸠山一郎辞任文部大臣。

1935　昭和10年/民国24年　2月，汤川秀树发表介子论。

2月26日，目加田诚于清华大学拜访俞平伯（《北平日记》第八卷载）。

3月4日，目加田诚《北平日记》停笔。6日，离开北平。

3月21日，目加田诚、小川环树一同于上海拜访鲁迅。次日，目加田诚于上海乘船返日。

1936　昭和11年/民国25年　2月，"二二六"事件爆发。

12月，西安事变。第二次国共合作。

1937　昭和12年/民国26年　7月7日，卢沟桥事变。

1939　昭和14年/民国28年　9月，第二次世界大战爆发。

1941　昭和16年/民国30年　12月，太平洋战争爆发。

1945　昭和20年/民国34年　8月，终战。

1949　昭和 24 年　10 月，中华人民共和国成立。

1964　昭和 39 年　10 月，召开东京奥林匹克大会。

同月，目加田诚作为日本学术代表团的一员访问中国。首次寻访了四川成都的杜甫草堂。

1965　昭和 40 年　3 月，目加田诚《杜甫》（集英社"汉诗大系"）刊行。

1966　昭和 41 年　8 月，"文化大革命"开始。

1967　昭和 42 年　3 月，目加田诚由九州大学文学部教授职退休。

4 月，目加田诚就任早稻田大学文学部教授。

1972　昭和 47 年　2 月，美国尼克松总统访华。

9 月，中日邦交正常化。

1974　昭和 49 年　3 月，目加田诚由早稻田大学文学部教授职退职。

1976　昭和 51 年　9 月，毛泽东逝世。

10 月，"四人帮"被捕，"文化大革命"结束。

1981　昭和 56 年　是年，《目加田诚著作集》全八卷开始刊行。

1985　昭和 60 年　11 月，目加田诚就任日本学士院会员。

1994　平成 6 年　4 月 30 日，目加田诚逝世。

● 目加田诚的主要著作及相关书籍

目加田诚《现代文艺》，共立社《汉文学讲座第五卷》，1933 年（与桥本成文《清朝尚书学》合订）

吉江乔松编《世界文艺大辞典》全七卷，中央公论社，1935～1937 年（目加田诚是"刘大櫆"等处的项目执笔担当。另外，在第七卷各国文学史中，概说了中国的第四章"清"的部分）

目加田诚《中等时文教科书》，目黑书店，1939 年

目加田诚《诗经》，日本评论社"东洋思想丛书 8"，1943 年

目加田诚《风雅集—中国文学的研究和杂感》，惇信堂，1947 年

目加田诚《诗经　译注篇第一》，丁子屋书店，1949 年

目加田诚《新释诗经》，岩波书店"岩波新书·青版"，1954 年

目加田诚《俞平伯·有关于红楼梦研究的批判》，九大中国文学研究会《中国文艺座谈会 Note》第 3 号，1955 年（著作集等未收入）

目加田诚《诗经·楚辞》，平凡社"中国古典文学全集 1"，1960 年

目加田诚《唐诗选》，明治书院"新释汉文大系 19"，1964 年

目加田诚著，渡部英喜编《唐诗选》，明治书院"新书汉文大系 6"，2002 年

目加田诚博士还历记念《中国学论集》，大安，1964 年

目加田诚《杜甫》，集英社"汉诗大系 9"，1965 年

目加田诚《杜甫》，集英社"中国诗人选 3"，1966 年

目加田诚《杜甫》，集英社"汉诗选 9"，1996 年

目加田诚《杜甫》，小泽书店"中国名诗鉴赏 4"，1996 年

目加田诚《洛神之赋——中国文学论文和随笔》，武藏野书院，1966 年

目加田诚《屈原》，岩波书店"岩波新书·青版"，1967 年

目加田诚《杜甫物语——其诗与生涯》，社会思想社"现代教养文库 653"，1969 年

目加田诚《诗经·楚辞》，平凡社"中国古典文学大系 15"，1969 年

目加田诚《中国诗选 I：周诗～汉诗》，社会思想社"现代教养文库 718"，1971 年

目加田诚《唐诗三百首 1·2·3》，平凡社"东洋文库 239、265、267"，1973～1975 年

读卖新闻社《楚辞集注〈人民文学出版社刊宋端平刊本全六册〉影印本》，读卖新闻社，1973 年（附录目加田诚《楚辞解说》。纪念 1972 年 9 月的中日邦交正常化）

目加田诚博士古稀记念《中国文学论集》，龙溪书舍，1974 年

目加田诚《世说新语上中下》，明治书院"新释汉文大系 76～78"，1975～1978 年

目加田诚著，长尾直茂编《世说新语》，明治书院"新书汉文大系 21"，2003 年

中国古典文学大系编集部《向中国古典文学之招待》，平凡社，1975 年（与近藤光男共同执笔第二章"中国的诗"）

山内恭彦等《如何思考：中国今昔》，二玄社，1976 年（对谈集）

目加田诚《唐诗散策》，时事通信社，1979 年

目加田诚《随想 由秋向冬》，龙溪书舍，1979 年

九州大学公开讲座 1《文学之中的人间像》，九州大学出版会，1980 年（收录 1979 年的演讲《文学与人间》）

《目加田诚著作集》全八卷，龙溪书舍，1981～1986 年（第一卷《诗经研究》、第二卷《定本诗经译注（上）》、第三卷《定本诗经译注（下）、楚辞》、第四卷《中国文学论考》、第五卷《文心雕龙》、第六卷《唐代诗史》、第七卷《杜甫的诗与生涯》、第八卷《中国文学随想集》）

目加田诚《歌之肇始：诗经》，平凡社"中国的名诗 1"，1982 年

目加田诚《沧浪之歌：屈原》，平凡社"中国的名诗 2"，1983 年

目加田诚《夕阳无限好》，时事通信社，1986 年

目加田诚编著《汉诗日历》，时事通信社，1988 年（以中国出版的《古诗台历》〔上海古籍出版社，1985 年版〕为底本，选出 365 首中国诗词与弟子们解释

目加田诚《洛神之赋》，讲谈社学术文库，1989 年

目加田诚《诗经》，讲谈社学术文库，1991 年

目加田诚《中国之文艺思想》，讲谈社学术文库，1991 年

岩国高等学校文化演讲会演讲集一《对后辈之期待》，岩国高等学校，1991 年（收录 1979 年的演讲《关于杜甫的诗等等》）

目加田诚《春花秋月》，时事通信社，1992 年

目加田诚《歌集 残灯》，石风社，1993 年

诗经学会《诗经研究》第 19 号，早稻田大学文学部村山吉广研究室，1994 年 12 月（此集作为《目加田诚博士追悼记》收录了六篇文章）

九州大学中国文学会《中国文学论集》第 23 号，1994 年 12 月（此集作为《目加田诚先生追悼号》收录了五篇文章）

邓红《日本著名〈诗经〉专家目加田诚其人其事》，辅仁大学中国

文学系《先秦两汉学术》第 9 期，2008 年 3 月

　　松崎治之《目加田诚先生之怀想》，九州大学中国文学会《中国文学论集》第 43 号，2014 年

　　静永健《关于目加田诚收藏的杭州古照片》，九州大学中国文学会《中国文学论集》第 48 号，2019 年

　　静永健《目加田诚〈北平日记〉初版正误表及补注三则》，九州大学中国文学会《中国文学论集》第 48 号，2019 年

　　静永健《1930 年代的九大亚洲研究和北京》，第 58 回九州大学附属图书馆贵重文物展示，2019 年，https：//catalog. lib. kyushu—u. ac. jp/opac＿download＿md/2543263/tenkan＿2019. pdf

● 义和团事件——有关于东方文化事业设立诸事

　　服部宇之吉《北京笼城日记　附北京笼城回顾录》，平凡社"东洋文库 53"，1965 年（大山梓编，与柴五郎讲演录与《北京笼城》合订）

　　守田利远《北京笼城日记》，石风社，2003 年

　　高桥长敏《虎口之难——义和团事件始末记》，元就出版社，2001 年

　　北平人文科学研究所《东方文化事业总委员会并北平人文科学研究所概况》，1935 年

　　桥川时雄《中国文化界人物总鉴》，原著：北京·中华法令编印馆，1940 年；覆刻：名著普及会，1982 年

　　吉川幸次郎《关于中国》，秋田屋，1946 年

　　吉川幸次郎《随笔集　雷峰塔》，筑摩书房，1956 年

《吉川幸次郎全集》第 22 卷，筑摩书房，1975 年

吉川幸次郎编《东洋学的创始者们》，讲谈社，1976 年

狩野直喜先生永逝纪念《东光》第 5 号，弘文堂，1948 年

盐谷温《天马行空》，日本加除出版，1956 年

仓石武四郎《中国语五十年》，岩波书店"岩波新书·青版"，1973 年

荣新江、朱玉麒辑注《仓石武四郎中国留学记》，中华书局，2002 年（原题《述学斋日记》，池田温所藏，1930 年 1 月 1 日～8 月 6 日之间的日记。原本也是用汉语写成）

仓石武四郎、桥川时雄编《旧京书影》，赵万里编《北平图书馆善本书目（1933 年）》，合订覆刻本，人民文学出版社，2011 年

六角恒广《近代日本的中国语教育》，播磨书房，1961 年

六角恒广《中国语书志》，不二出版，1994 年

中国文学研究会编《中国文学月报》全八卷·别卷一·别册一，覆刻：汲古书院，1971～1977 年（竹内好编集。目加田诚《俞平伯会见记》登于第 3 号，1935 年 5 月发行

《竹内好全集》第 14～16 卷，筑摩书房，1981 年（第 14 卷《战前战中集》、第 15 卷《日记·上》、第 16 卷《日记·下》）

《长泽规矩也著作集》第 5～第 7 卷，汲古书院，1984～1987 年（第 5 卷《中国戏曲小说之研究》、第 6 卷《书志随想》、第 7 卷《中国文学概观·藏书印表》）。

京都大学人文科学研究所《人文科学研究所五十年》，京都大学人文科学研究所，1979 年

砺波护、藤井让治编《京大东洋学的一百年》，京都大学学术出版会，2002 年

阿部洋《对中文化事业之研究——战前中日教育文化交流之展开与挫折》，汲古书院，2004 年

山根幸夫《东方文化事业之历史——昭和前期中日文化交流》，汲古书院，2005 年

菊地章太《义和团事件风云录——伯希和所见之北京》，大修馆书店，2011 年

冈本隆司编《G. E. Morrison 和近代东亚：东洋学之形成与东洋文库藏书》，勉诚出版，2017 年

● 一九三〇年代之中日关系

郑振铎著，安藤彦太郎、斋藤秋男译《烧书记：日本占领下的上海知识人》，岩波书店"岩波新书·青版"，1954 年

今村与志雄《理智与情感——中国近代知识人的轨迹》，筑摩书房，1976 年

永原诚编《1930 年代之世界文学》，有斐阁"立命馆大学人文科学研究所研究丛书 5"，1982 年

尾崎秀树《上海 1930 年》，岩波书店"岩波新书·新赤版 99"，1989 年

冈村敬二《被遗留的藏书——满铁图书馆·海外日本图书馆的历史》，阿吽社，1994 年

藤井省三《中国见闻 150 年》，NHK 出版"生活人新书 75"，2003 年

太田尚树《传说中的中日文化沙龙 上海·内山书店》，"平凡社新书 436"，2008 年

陈祖恩《上海的日本文化地图》，上海锦绣文章出版社，2012 年再版

本庄丰《鲁迅所喜爱的内山书店：围绕上海雁个音茶馆之国际联带物语》，鸭川出版，2014 年

小黑浩司《围绕图书馆的中日近代史——友好和对立的间隙》，青弓社，2016 年

井上寿一《昭和之战争——解读日记来看战前日本》，"讲谈社现代新书 2376"，2016 年

井上寿一《机密费外交——为什么日中战争无法避免》，"讲谈社现代新书 2501"，2018 年

江口圭一《日中鸦片战争》，岩波书店"岩波新书·新赤版 29"，1988 年

江口圭一、及川胜三、丹羽郁也《证言日中鸦片战争》，岩波书店"岩波小册子 215"，1991 年

小林元裕《近代中国的日本居留民和鸦片》，吉川弘文馆，2012 年

朴橿著，小林元裕、吉泽文寿、权宁俊译《鸦片帝国日本与朝鲜人》，岩波书店，2018 年

《北中国在留邦人芳名录》，北中国在留邦人芳名录发行所，1936 年

《大众人事录第十四版 外地·中国·海外篇》，帝国秘密探侦社，1943 年

《同仁会四十年史》，同仁会，1943 年

《昭和人名辞典》，日本图书中心，1980 年

国立公文书馆亚细亚历史资料中心网页 http://www.jacar.go.jp/

国立国会图书馆数字收藏 http://dl.ndl.go.jp/

● 北京留学时代的人们

赤堀英三译《人类与文化》，古今书院，1931 年（原著者为美国自然史博物馆的人类学学者 Clark·Wissler 博士）

赤堀英三《原人的发现》，镰仓书房"镰仓选书 3"，1948 年

赤堀英三译《人的进化——北京猿人的作用》，岩波书店，1956 年（原著者为人类学者 Franz·Weidenreich 博士）

赤堀英三《中国原人杂考》，六兴出版，1981 年（卷末收录赤堀自编《著者略历》）

石桥丑雄《关于北平的萨满教》，外务省文化事业部，1943 年

石桥丑雄《天坛》，山本书店，1957 年

冈田武彦《我的半生：向儒学家之道》，思远会，1990 年

飓风之会《飓风》第 18 号，1985 年 2 月（收录小川环树《留学的追忆——鲁迅的印象和其他》、周丰一《忆往二三事》）

《小川环树著作集》第 5 卷，筑摩书房，1997 年

小竹武夫译《中国封建社会 下卷》，生活社，1942 年（原著为瞿同祖〔商务印书馆，1937 年〕。中国的法治史研究的草创人。本书的上卷翻译是田岛泰平）

小竹武夫译《汉书（上中下）》，筑摩书房，1977～1979 年（上卷有桥川时雄《解说》，下卷有小竹自作《后记》）

座谈会《话说先学——楠本正继博士》，东方学会《东方学》第 62 辑，1981 年（自目加田诚、冈田武彦、猪城博之、佐藤仁、荒木见悟、山室三良）

小林知生教授退职记念《考古学论文集》，南山大学考古研究

室，1978 年

堤十女橘（留吉）《风与景同暖——明治、大正、昭和生活》，白帝社，1987 年

中丸平一郎、赤星五郎《朝鲜的陶瓷：李朝》，淡交社，1965 年

桥川时雄《楚辞》，日本评论社"东洋思想丛书 9"，1943 年

桥川时雄主编，今村与志雄编《文字同盟》全三册，汲古书院，1990～1991 年

今村与志雄编《桥川时雄的诗文与追忆》，汲古书院，2006 年

高田时雄编《桥川时雄　民国期的学术界》，临川书店"映日丛书 3"，2016 年

滨一卫、中丸均卿（平一郎）《北平的中国戏》，秋丰园，1936 年

滨一卫《中国戏剧之话》，弘文堂书房，1944 年

九州大学中国文学会《中国文学论集》第 4 号，1974 年（滨一卫先生退官记念号）

《滨文库（中国戏剧关系资料）目录》，九州大学附属图书馆教养部分馆，1987 年

中里见敬、中尾友香梨《滨一卫和京剧展——滨文库中国演剧收集》，九州大学附属图书馆《展示宣传册》，2009 年

中里见敬整理《滨一卫著译集　中国的戏剧·京剧选》，花书院"九州大学大学院言语文化研究院 FLC 丛书 III"，2011 年

中里见敬《滨一卫所见的中国演剧——京剧》，九州大学中国文学会《中国文学论集》第 43 号，2014 年

中里见敬《滨一卫的北平留学——作为外务省文化事业部第三种补给生的留学实态》，九州大学大学院言语文化研究院《言语文化论究》35，2015 年

中里见敬《滨一卫的北平留学：周丰一回想录的新事实》，《九州大学附属图书馆研究开发室年报》2014、2015 年合并号

中里见敬、戚世隽、中尾友香梨、李丽君、山根泰志编《滨文库所藏唱本目录》，花书院 "九州大学大学院言语文化研究院 FLC 丛书 11"，2015 年

中里见敬《滨一卫所见的 1930 年代中国艺能——北平、天津》，《九州中国学会报》第 53 卷，2015 年

中里见敬、潘世圣编《〈春水〉手稿和日中文学交流——周作人、冰心、滨一卫国际讨论会论文集》，九州大学 QR 项目，2018 年

中里见敬编《〈春水〉手稿和中日文学交流——周作人、冰心、滨一卫》，花书院，2019 年

山室三良《中国之心》，创言社，1968 年

山室三良《回顾九十年》，石风社，1995 年

疋田启佑《山室三良先生的人与学问》，九州大学中国哲学研究会《中国哲学论集》第 23 号，1997 年

山本守译《蒙古一千零一夜：一个蒙古民间故事》，东方国民文库，1939 年

杉本元子《奚待园先生》，同学社同学第 57 号，2019 年 2 月

曹伯言整理《胡适日记全集》全十册，联经出版公司，2004 年

周作人《周作人日记（鲁迅博物馆藏影印本）上中下》，大象出版社，1996 年

钱稻孙《日本诗歌选》，文求堂书店，1941 年（作为刊记著作权归北京近代科学图书馆代表者山室三良）

钱稻孙《汉译万叶集选》，日本学术振兴会，1959 年（刊记为 "编者代表佐佐木信纲"）

钱单士厘撰，铃木智夫译注《癸卯旅行记译注——钱稻孙母亲所见的世界》，汲古书院 "汲古选书 54"，2010 年

钱稻孙译，文洁若编，曾维德辑注《万叶集精选（增订本）》，上海书店出版社，2012 年

邹双双《被称为"文化汉奸"的男人——〈万叶集〉的翻译者钱稻孙的生涯》，东方书店，2014 年

郑振铎《插图本中国文学史》全四册，北平朴社出版部，1932 年

郑振铎《中国俗文学史》，作家出版社，1954 年

俞平伯《红楼梦辨》，文心书店出版（1923 年上海亚东版影印），1972 年

鲁迅《鲁迅日记》上下，人民文学出版社，1976 年

● 北京（北平）之都市景观·风俗

山本赞七郎摄影《PEKING 北京名胜》，山本照相馆，1906 年初版、1909 年再版（九州大学中央图书馆藏）

PRINGESS DER LING *TWO YEARS IN THE FORBIDDEN CITY*, Moffat, Yaed and Company, New York, 1911 年

德龄著，太田七郎、田中克己译《侍于西太后》（初版：生活社，1942 年、再版：研文社，1997 年（上书为日本语译本）

铁道院编《中国案内：朝鲜·满洲》，1919 年

后藤朝太郎《中国读本》，立命馆出版部，1933 年

仓桥藤治郎《北平的陶器》，工政会出版部，1933 年

石桥丑雄《北平游览案内》，大连·日本旅行代办处，1934 年

村上知行《北平：名胜与风俗》，东亚公司，1934 年

村上知行《北京岁时记》，东京书房，1940 年

佐藤定胜编《最新中国大观》，诚文堂新光社，1937 年

藤田元春《中国研究　北华中华的风物》，博多成象堂，1938 年

甲斐巳八郎《北京：甲斐巳八郎素描集》，大连·满铁社员会，1940 年

安藤更生《北京案内记》，新民印书馆，1941 年

清见陆郎《北京点描》，大都书房，1941 年

L·C·Arlington 著，印南高一、平冈白光译《中国之演剧》，亩傍书房，1943 年

高木健夫《北京横丁》，大阪屋号书店，1943 年

高木健夫《北京繁盛记——花、女人、剑》，雪华社，1962 年

秦浩二《品花宝鉴——北京玉房奇谈》，紫书房，1952 年

石原巌彻、冈崎俊夫《京剧读本》，朝日新闻社，1956 年

柳成行及其他摄影《北京风光集》，摄影艺术出版社，1957 年

中薗英助《樱之桥——诗僧苏曼殊和辛亥革命》，第三文明社，1977 年

中薗英助《在于北京饭店旧馆》，筑摩书房，1992 年

中薗英助《我的北京留恋记》，岩波书店，1994 年

茧山康彦《北京的史迹》，平凡社，1979 年

程季华、李少白、邢祖文《中国电影发展史》，中国电影出版社，1980 年

臼井武夫《北京追想——城墙旧态》，东方书店，1981 年

日本经济史研究所编《创业百年史》，大阪商船三井船舶株式会社，1985 年

邓云乡著，井口晃、杉本达夫译《北京的风物　民国初期》，东方书店，1986 年

程季华主编，森川和代编译《中国电影史》，平凡社，1987 年

奥野信太郎《随笔北京》，平凡社"东洋文库522"，1990 年

朱偰《元大都宫殿图考》，北京古籍出版社，1990 年

朱偰《北京宫阙图说》，北京古籍出版社，1990 年

翁立编《北京的胡同 Hutongs of Beijing》，北京美术摄影出版社，1993 年

张清常《北京街巷名称史话——社会语言学的再探索》，北京语言文化大学出版社，1997 年

徐城北《老北京——帝都遗韵》，江苏美术出版社，1998 年

徐城北《老北京——变奏前门》，江苏美术出版社，2000 年

中国戏曲志编辑委员会《中国戏曲志》北京卷上·下，文化艺术出版社，1999 年

加藤千洋《胡同的记忆——北京梦华录》，平凡社，2003 年

张先得编《明清北京城垣和城门》，河北教育出版社，2003 年

王永斌《北京的关厢乡镇和老字号》，东方出版社，2003 年

冯小思《老地图老北京》，北京燕山出版社，2005 年

徐雁《中国旧书业百年》，科学出版社，2005 年

高井洁《北京　步行观北京老建筑》，钻石社"走遍全球 GEM-STONE22"，2008 年

王军著，多田麻美译《北京再造——古都的命运与建筑家梁思成》，集广舍，2008 年

森田宪司《收集看读北京》，大修馆书店，2008 年

小川一真摄影，扬文举解说《清代北京皇城写真帖》，学苑出版社，2009 年

洪烛《老北京人文地图》，新华出版社，2010 年

章诒和著，平林宣和、森平崇文、波多野真矢、赤木夏子译《京剧俳优的二十一世纪》，青弓社，2010 年

徐苹芳编《明清北京城图》，上海古籍出版社，2012 年

子舆编《京剧老照片》第 1 辑、第 2 辑，学苑出版社，2013～2014 年

稻森雅子《1930 年代的北京古书肆——目加田诚留学日记〈北平日记〉探索》，九州大学中国文学会《中国文学论集》第 43 号，2014 年

刘文兵《日中电影交流史》，东京大学出版会，2016 年

樱井澄夫、人见丰、森田宪司《为了理解北京的 52 章》，明石书店 *Area Studies*160，2017 年

陈一愚《中国早期电影观众史 1896～1949》，中国电影出版社，2017 年

卫才华《北京隆福寺商业民族志》，商务印书馆，2018 年

映画 com　http：//eiga. com/

● 其他

小竹文夫主编《近百年来中国文文献现在书目》，东方学会"誊写版"，1957 年

孙雄《道咸同光四朝诗史》，鼎文书局"历代诗史长编 18"，1971 年

日本写真家协会编《日本写真史 1840～1945》，平凡社，1971 年

李慈铭著，由云龙编《越缦堂读书记》，上海书店，2000 年

武继平《异文化中的郭沫若——日本留学时代》，九州大学出版会，2002 年

吴红华《周作人、钱稻孙和九州中国学研究者们》，《九州产业

大学国际文化学部纪要》第 61 号，2015 年

南无哀《东方照相记——近代以来西方重要摄影家在中国》，三联书店，2016 年

岩佐昌暲、李怡、中里见敬编《桌子的跳舞：清末民初赴日中国留学生与中国现代文学日中学术研讨会论文集上下》，花木兰文化出版社，2016 年

中里见敬、松浦恒雄编《滨文库戏单图录》，花书院，2021 年

中里见敬编《中国戏单之世界："戏单、剧场与 20 世纪上半叶的东亚演剧"学术研讨会论文集》，花书院，2021 年

稻森雅子《开战前夜之日中学术交流：民国时期在北京的大学人与日本留学生》，九州大学出版会，2021 年

注释索引

Z